U0143231

名家通识讲座书系

中国古代诗学十五讲

□ 王先霈 著

北京大学出版社
PEKING UNIVERSITY PRESS

图书在版编目（CIP）数据

中国古代诗学十五讲/王先霈著．—北京：北京大学出版社，2007.8
（名家通识讲座书系）
ISBN 978－7－301－12226－6

Ⅰ.①中…　Ⅱ.①王…　Ⅲ.①古典文学—文学理论—文学评论—中国
Ⅳ.①I206.2

中国版本图书馆 CIP 数据核字（2007）第 079536 号

书　　　　名	中国古代诗学十五讲	
	ZHONGGUO GUDAI SHIXUE SHIWU JIANG	
著作责任者	王先霈　著	
责 任 编 辑	艾　英	
标 准 书 号	ISBN 978－7－301－12226－6	
出 版 发 行	北京大学出版社	
地　　　　址	北京市海淀区成府路 205 号　100871	
网　　　　址	http://www.pup.cn　新浪微博:@北京大学出版社	
电 子 邮 箱	编辑部 wsz@pup.cn　总编室 zpup@pup.cn	
电　　　　话	邮购部 010－62752015　发行部 010－62750672	
	编辑部 010－62756467	
印 刷 者	三河市北燕印装有限公司	
经 销 者	新华书店	
	965 毫米 × 1300 毫米　16 开本　19.75 印张　320 千字	
	2007 年 8 月第 1 版　2023 年 9 月第 10 次印刷	
定　　　　价	59.00 元	

"名家通识讲座书系"总序

本书系编审委员会

"名家通识讲座书系"是由北京大学发起,全国十多所重点大学和一些科研单位协作编写的一套大型多学科普及读物。全套书系计划出版100种,涵盖文、史、哲、艺术、社会科学、自然科学等各个主要学科领域,第一、二批近50种将在2004年内出齐。北京大学校长许智宏院士出任这套书系的编审委员会主任,北大中文系主任温儒敏教授任执行主编,来自全国一大批各学科领域的权威专家主持各书的撰写。到目前为止,这是同类普及性读物和教材中学科覆盖面最广、规模最大、编撰阵容最强的丛书之一。

本书系的定位是"通识",是高品位的学科普及读物,能够满足社会上各类读者获取知识与提高素养的要求,同时也是配合高校推进素质教育而设计的讲座类书系,可以作为大学本科生通识课(通选课)的教材和课外读物。

素质教育正在成为当今大学教育和社会公民教育的趋势。为培养学生健全的人格,拓展与完善学生的知识结构,造就更多有创新潜能的复合型人才,目前全国许多大学都在调整课程,推行学分制改革,改变本科教学以往比较单纯的专业培养模式。多数大学的本科教学计划中,都已经规定和设计了通识课(通选课)的内容和学分比例,要求学生在完成本专业课程之外,选修一定比例的外专业课程,包括供全校选修的通识课(通选课)。但是,从调查的情况看,许多学校虽然在努力建设通识课,也还存在一些困难和问题:主要是缺少统一的规划,到底应当有哪些基本的通识课,可能通盘考虑不够;课程不正规,往往因人设课;课量不足,学生缺少选择的空间;更普遍的问题是,很少有真正适合通识课教学的教材,有时只好用专业课教材替代,影响了教学效果。一般来说,综合性大学这方面情况稍好,其他普通的大学,特别是理、工、医、农类学校因为相对缺少这方面的教学资源,加上很少有可供选择的教材,开设通识课的困难就更大。

这些年来,各地也陆续出版过一些面向素质教育的丛书或教材,但无论数量还是质量,都还远远不能满足需要。到底应当如何建设好通识课,使之能真正纳入正常的教学系统,并达到较好的教学效果? 这是许多学校师生普遍关心的问题。从 2000 年开始,由北大中文系主任温儒敏教授发起,联合了本校和一些兄弟院校的老师,经过广泛的调查,并征求许多院校通识课主讲教师的意见,提出要策划一套大型的多学科的青年普及读物,同时又是大学素质教育通识课系列教材。这项建议得到北京大学校长许智宏院士的支持,并由他牵头,组成了一个在学术界和教育界都有相当影响力的编审委员会,实际上也就是有效地联合了许多重点大学,协力同心来做成这套大型的书系。北京大学出版社历来以出版高质量的大学教科书闻名,由北大出版社承担这样一套多学科的大型书系的出版任务,也顺理成章。

编写出版这套书的目标是明确的,那就是:充分整合和利用全国各相关学科的教学资源,通过本书系的编写、出版和推广,将素质教育的理念贯彻到通识课知识体系和教学方式中,使这一类课程的学科搭配结构更合理,更正规,更具有系统性和开放性,从而也更方便全国各大学设计和安排这一类课程。

2001 年底,本书系的第一批课题确定。选题的确定,主要是考虑大学生素质教育和知识结构的需要,也参考了一些重点大学的相关课程安排。课题的酝酿和作者的聘请反复征求过各学科专家以及教育部各学科教学指导委员会的意见,并直接得到许多大学和科研机构的支持。第一批选题的作者当中,有一部分就是由各大学推荐的,他们已经在所属学校成功地开设过相关的通识课程。令人感动的是,虽然受聘的作者大都是各学科领域的顶尖学者,不少还是学科带头人,科研与教学工作本来就很忙,但多数作者还是非常乐于接受聘请,宁可先放下其他工作,也要挤时间保证这套书的完成。学者们如此关心和积极参与素质教育之大业,应当对他们表示崇高的敬意。

本书系的内容设计充分照顾到社会上一般青年读者的阅读选择,适合自学;同时又能满足大学通识课教学的需要。每一种书都有一定的知识系统,有相对独立的学科范围和专业性,但又不同于专业教科书,不是专业课的压缩或简化。重要的是能适合本专业之外的一般大学生和读者,深入浅出地传授相关学科的知识,扩展学术的胸襟和眼光,进而增进学生的人格素养。本书系每一种选题都在努力做到入乎其内,出乎其外,把学问真正做活了,并能加以普及,因此对这套书的作者要求很高。我们所邀请的大都是那些真正有学术建树,有良好的教学经验,又能将学问深入浅出地传达出来的重量级学者,是请"大家"来讲"通识",所以命名为"名家通识讲座书系"。其意图就是精选名校名牌课程,实现大学教学资源共享,让更多的学子能够通过这套书,亲炙名家名师课堂。

本书系由不同的作者撰写,这些作者有不同的治学风格,但又都有共同的追求,既注意知识的相对稳定性,重点突出,通俗易懂,又能适当接触学科前沿,引发跨学科的思考和学习的兴趣。

本书系大都采用学术讲座的风格,有意保留讲课的口气和生动的文风,有"讲"的现场感,比较亲切、有趣。

本书系的拟想读者主要是青年,适合社会上一般读者作为提高文化素养的普及性读物;如果用作大学通识课教材,教员上课时可以参照其框架和基本内容,再加补充发挥;或者预先指定学生阅读某些章节,上课时组织学生讨论;也可以把本书系作为参考教材。

本书系每一本都是"十五讲",主要是要求在较少的篇幅内讲清楚某一学科领域的通识,而选为教材,十五讲又正好讲一个学期,符合一般通识课的课时要求。同时这也有意形成一种系列出版物的鲜明特色,一个图书品牌。

我们希望这套书的出版既能满足社会上读者的需要,又能有效地促进全国各大学的素质教育和通识课的建设,从而联合更多学界同仁,一起来努力营造一项宏大的文化教育工程。

2002 年 9 月

目　录

第一讲

什么是诗学

诗学在西方的起源和变迁
中国古代对诗学的理解
学习诗学和文艺欣赏的关系

本书要和读者谈论中国古代诗学，首先就有必要交代什么是诗学。对于高中文化程度以上的人，诗学，不是一个陌生的术语。从 20 世纪初期开始，近一百年来，特别是近一二十年来，在我国的美学、哲学的论著里面，在文学理论、评论论著里面，以至在报刊文章里面，它出现得越来越频繁，使用得越来越广泛。不过，各种论著中赋予诗学这个词语的含义，却往往有很大的差别。"诗学"一词的多义、歧义，在很大程度上是来自"诗"这个词的多义、歧义。说到诗，最常见的是指一种文学体裁，与散文、小说、戏剧文学不同的文学体裁。在这个范围里，诗学，就是讨论诗歌文体的写作和欣赏的种种问题的一门学问。这一层意思浅显明白。但是，一般所说的诗学，我们在这本书里要讨论的诗学，不限于这层意思，而比它要广泛、深入。其次，有时，人们用"诗"这个词指代整个文学，甚至指代所有的文学艺术，指代理想的文学、艺术所应该具有的品质。古希腊著名诗人西摩尼德斯说："画是一种无声的诗,而诗则是一种有声的画。"我国古代优秀的诗人和书法家苏轼说:"味摩诘之画,画中有诗;味摩诘之诗,诗中有画。"显然,"画中之诗"的"诗"不再指文学体裁,而是指一切优美的文学艺术作品所具有的质素。我国当代作家张承志,把他的三篇小说《海骚》、《黑山羊谣》和《错开的花》叫做"三首长诗"。这三篇作品都是散文体的,中间甚至有些论文体的段落,作家却说它们是诗。他说,在小说文体上的新探索,给予了他无拘无束地发掘和丰富汉语这美好文字的喜悦。有些评论家也把这几部作品叫做诗意小说。诗意小说的"诗",不再是狭义的诗歌,而是说,这些小说具有非同寻常的品格,有思想上和艺术上的特别追求。从这一类对诗的理解出发,诗学,就是关于文学以至各种艺术的理论,就是关于在不断地发展、变动中的文学性和艺术性的理论了。再次,在更高、更深的层面上,诗,是指主体所获得的美妙深邃的人生体验。我们看到湖水在月光下银波微荡,燕子在轻风里回翔,或者看到活泼的幼儿在草地上围着老人嬉笑,常常会脱口赞叹:多么富有诗意呀!南宋文学家张孝祥的《庚楼和林黄中韵》前半部分写道:

> 九月扁舟下水风,一尊佳处与君同。
>
> 眼高四海氛尘外,诗在千山紫翠中。

当主体避离尘世的纷扰,忘情于"千山紫翠"之中,他的心弦上奏响的就是诗。即使置身闹市,即使在日常起居饮食时,沉思也能使我们走进诗境。所谓"结庐在人境,心远地自偏","心远",就是有一颗诗心,以诗的态度对待生活。用德国存在主义哲学家海德格尔的话说,"人类此在在其根基上就是'诗意的'";"诗乃是对存在和万物之本质的创建性命名"。[1]这个意义上的诗学,其实已经是哲学。海德格尔的哲学,就是一种诗学的哲学。诗的高境界、文学艺术的高境界和哲学的高境界是彼此重叠、彼此融合的,人生的高境界是诗与哲学的结合。南宋理学家和诗人朱熹有《偶题》诗道:

> 步随流水觅溪源,行到源头却惘然。
>
> 始悟真源寻不到,倚筇随处弄潺湲。

这首诗把哲学的诗意和文学的诗意融合在一起,人生的奥义在于某种终极性的追求,在于这种追求的过程性,把眼前一切活动与终极目标链接,倚着手杖、面对无尽地流淌的溪水沉思,面对不断变幻的世相沉思,这正是"此在"的诗意。

相应于诗的上述几种含义,诗学也具有不同的几层内涵。一是指对诗歌的写作技巧的研究,二是指文学理论或文学艺术理论,三是指人类对精神家园的寻求,是诗意的、诗化的哲学。本书的讨论以诗学的第二种含义为主,也兼及第一和第三两种含义。在第二种含义中,以文学理论为主,也兼及绘画、书法和音乐理论中与文学理论关系比较密切的内容。

在人们的印象里,"诗学"这个词语和它所传达的概念,好像是从西方引进来的。我这本书要谈的却是中国古代诗学。中国古代有没有"诗学"这个词儿,有没有这个术语,有没有"诗学"这样一个治学的领域呢?当然是有的。法国文学理论家托多洛夫在和人合著的《语言科学百科辞典》的"诗学"条里说:"在西方,人们习惯于把古代希腊作为诗学的发端,实际上与此同时,甚或更早,这种对文学的思索已经在中国和印度开始。"中国古代诗学有自己独立的系统,有两千多年漫长的历史,有丰富精彩的内容。

虽然如此,我们还是要承认,进入近代之后,尤其是在"五四"之后,中国人讲诗学,在这个概念的内涵上,在诗学理论的框架上,是参照了西方。诗学成为一个专门的研究领域、成为一个学科,和其他许多人文学科一样,也是在西方的影响下才发生的,是在西学东渐的潮流中发生的。冯友兰先生在 20 世纪 30 年代初出版的《中国哲学史》的绪论中讲:"哲学本一西洋名词,今欲讲中国哲学史,其主要工作之一,即就中国历史上各种学问中,将其可以西洋所谓哲学名之者,选出而叙述之。"金岳霖先生当时评论说,冯友兰是"把中国的哲学当作发现于中国的哲学","以中国哲学史为在中国的哲学史"。[2]诗学史和哲学史情况类似而且关系密切,我们讲中国古代诗学,是站在今天看过去;而今天我们的观念主要是近百年来形成的,是受到了西方观念影响的;今天的学习和研究,又是在与世界对话的开放环境下进行的。所以,在本书的开头,有必要先简略谈谈中国的诗学与西方的诗学的同与异,谈谈广义的诗学和狭义的诗学各自的范围,也谈谈学习、了解诗学有什么现实的意义。而在后面的各讲中,也将从现实的创作和欣赏的实际出发,到古代诗学中寻珍探宝,结合西方诗学来阐发中国古代诗学的现实意义。我们既要从西方之所谓诗学的眼光去"发现"中国古代先贤对诗歌、对文艺的论述的意义,也要从中国历来论诗、论画、论乐的智慧来补救西方诗学的偏颇和不足。好的诗歌,好的艺术,好的诗学,都是属于全人类的。

诗学一般是理论形态,以理论著述的形式存在着,但诗学还存在于杰出诗人、杰出的文学艺术家的作品之中。我们领会理论形态诗学里的种种观念意旨,更要紧密结合诗歌和其他各种艺术文本。因此,本书会联系具体作品,来谈对古人诗学思想的理解。我设想,多数读者的更大的兴趣,是凭借对古代诗学的了解,加深对古代诗歌、对古代文学艺术的理解,增添阅读的兴味,这也是本书期望达到的目的。

一 诗学在西方的起源和变迁

法国让·贝西埃等人主编的《诗学史》中说,"在诗学领域,人们几乎自发地引用希腊起源说"[3]。在两千三百多年前的希腊,就有了亚里士多德的《诗学》,这是流传至今的最早以"诗学"命名的著作,是一部有很高权威性的经典,它对于欧洲乃至世界许多国家的诗学,有极大的影响。但是,亚里士多德其实并不是西方诗学第一人,"诗学"也不一定由他所命名。他的这本书题名原来叫做"亚里士多德的诗学"[4],以别于其他人的诗学,在他之前、之后,古希腊有不少学者对诗学发表过意见,有所论述。《诗学史》认为,在明确的、系统的诗学产生之前,有一个潜在诗学的漫长历史。人们关于"诗"的意识、观念,正是在这样的漫长时间里,逐渐积累、逐渐明朗化。人类生活中出现了诗,出现了文学艺术,就有了对诗、对文艺的态度、看法,也就有了最早的、广泛意义上的"诗学"。最早的诗,和音乐、和舞蹈、和祭祀、和劳动、和游戏结合在一起,很难分割剥离。原始的"诗学",不是单纯关于诗的谈论,而是与人的多种活动领域相关。

诗学的进一步发展,离不开诗的创作的发展和繁荣。荷马史诗流传的时间长、范围广,在古希腊,讨论诗歌往往要以荷马的两大史诗为对象。作为古希腊人文化生活的重要内容,所谓诗,包括史诗、戏剧和抒情诗。古希腊人常把诗歌、戏剧创作当做一门技艺。亚里士多德《诗学》开宗明义说："关于诗艺本身和诗的类型，每种类型的潜力，应如何组织情节才能写出优秀的诗作，诗的组成部分的数量和性质，这些，以及属于同一范畴的其他问题，都是我们要在此探讨的。"但是，他又不是只讲诗歌、戏剧写作的技巧，而是涉及更深更广的方面，古希腊诗学一开始就有了很强的理论性。仔细阅读亚里士多德《诗学》，我们可以了解到：第一，亚里士多德讨论的不是一部两部作品，而是讨论许多的作品，讨论各种各样的诗；第二，他说的诗，不限于狭义的诗歌，而是包括了史诗、悲剧、喜剧以及即兴的故事演唱（"狄苏朗勃斯"）；第三，亚里士多德不是就作品谈作品，他提出和分析了许多重要的理论问题。他一开始就"先从本质的问题谈起"，认为一切艺术都是摹仿；各种艺术的区分在于：采用不同的媒介，选取不同的对象，使用不同的方式。他的《诗学》是一部有系统性的理论著作。后来，古罗马的贺拉斯的《诗艺》更多地讨论的是戏剧文学，也讨论了韵律，他要求每一个诗人都以荷马、以古希腊诗人为典范。大致说来，西方古代的诗学，更多地以叙事文学和戏剧为论述对象，它的核心概念是"摹仿"，它所重视的社会作用是"净化"。我们将要讨论的中国古代的诗学，尤其是在进入元明两代以前的大部分时间里的诗学，是以抒情文学为主要对象，它的首要命题是"诗言志"，它所重视的社会作用是"兴、观、群、怨"。两者是很不一样的。

在中世纪，欧洲曾流行过把诗学限定在修辞学范围内的做法，认为"诗学就是根据格律规则创作诗歌的科学"，它的任务是讨论词语搭配、节奏、韵脚。这样做，把诗学的内容狭隘化了，但也有其实用功效。到了 20 世纪，西方的诗学发生更大的变化，一些学者的注意力从内容转移到形式。俄国形式主义文论家在新的观念支配下，重新论定诗学的性质。托马舍夫斯基说："诗学的任务（换言之即语文学或文学理论的任务）是研究文学作品的结构方式。"[5]日尔蒙斯基说："诗的材料不是形象，也不是激情，而是词。诗便是用词的艺术，诗歌史便是语文史。"他把诗学分为理论诗学和历史诗学："解释这些诗歌程序的艺术意义，解释它们相互间的联系和本质的审美功能，是理论诗学的任务。至于历史诗学，它应当澄清各种诗歌程序在诗歌的时代风格上的起源,阐明它们与诗歌发展史的不同时期的关系。"[6]形式主义的诗学,开了一种理论风气,其后的结构主义等种种理论学派,演化出若干新的框架,提出一些新的命题。它们提供了一些新的视角、新的研究方法,尤其在对文本身的细密解剖上,给读者新颖之感。它们的总体倾向,比之于文艺复兴时代、启蒙时代和 19 世纪的诗学,好像是提出了很新鲜的看法、很"叛逆"的见解。但是,在欧洲中世纪,在中国古代,把诗当做用词的艺术,把诗学看做语文学,却是早已有之并且代不乏人。这类极端化的主张,不可能长久地付之实践,热闹一阵,就被新的思潮取代了。

被多数人接受的是更为通达的看法,如法国的瓦勒里在《诗的艺术》中所说:"根据词源,诗学是指一切有关既以语言作为实体又以它作为手段的著作或创作,而不是以狭义的关于诗歌的美学原则和规则。"或者如瑞士的埃米尔·施塔格尔在《诗学的基本概念》中所说:"'poetik'一词源自于希腊文,乃 poiētiketéchne(作诗的技艺)一语的简化。""'诗学'……致力于证实人的本质力量如何出现在诗人创作的领域里。"[7]总之,诗学的概念不是凝固不变,而是在历史的发展中不断演化。我们对于诗学的理解,对于诗学中的许多概念的理解,也不能是单一的,要注意到它们在不同语境里的不同内涵。西方古代和现代诗学都有可以供我们吸收借鉴的精彩的思想、科学的方法,我们在追溯本土诗学传统时,可以用来作比较和参照。

二　中国古代对诗学的理解

中国的诗歌起源很早,对诗歌的正规学习,至少在战国时代就纳入了教育的规定内容。成人和孩子,官员和百姓,都要学诗。至于"诗学"这个名词的产生则要晚得多。从"学诗"到"诗学",经过了长久的积累;在中国,潜在的诗学比体系严密、观念明确的诗学,历史要漫长得多。前些年曾经有文章介绍说:在中国较早使用"诗学"这一名称的是元代范德机的《诗学禁脔》。这个说法不很确切,从文献学上讲,《诗学禁脔》产生的时代和它的著作权都是有争议的。而比这本书早几百年,在唐代元和三年,也就是公元 9 世纪初年,有位叫做李行脩的进士，给唐宪宗李纯上了《请置诗学博士书》[8]。这是一封长篇奏议，也可以看做是一篇理论文章。作者十分郑重地建议朝廷专门设立诗学博士，也就是要加强对诗的专门研究。博士是一种官职名称，是学官。唐代原有律学、算学、书学等方面的博士，都是些应用性的学科，而李行脩建议增加诗学这一门，有点儿如今之所谓"弘扬人文学科"的意思。其中所说的"诗"，既是指"五经"之一的《诗经》，又不仅仅限于《诗经》。比如，他说屈原"颇得诗人之风"，说扬雄和司马相如"文虽有余，不足称也"。所以，他希望建立的"诗学"，不限于《诗经》学，而是指有关古代诗歌的学问。他说，汉武帝早就把《诗经》之学立于学官，但是只重视章句而忽视了比兴。李行脩的批评切中要害，汉代研究《诗经》的学者很多，那时的诗学等同于《诗经》学，有齐、鲁、韩、毛四大派，专攻于此的学者难计其数，但大都是做文字的训释，不注意诗歌艺术性的剖析和诗歌意味的领会；对《诗经》各篇意旨、意味的解释，又大都从教化观出发，多牵强附会之说。李行脩这篇奏议还提到唐代有刘迅其人，"说诗三千言，言诗者尚之"。宋代王应麟《困学纪闻》卷三加以考证，说刘迅"取《房中歌》至《后庭斗百草》、《临春乐》、《小年子》之类，凡一百四十二篇，以拟《雅》章；又取《巴俞歌》、《白头吟》、《折杨柳》至《谈容娘》以比《国风》之流"。可见，唐代的"诗学"的研究对象，不只是文人诗歌，还广泛涉及民间歌谣。李行脩的意见没有被皇帝采纳。据《资治通鉴·唐纪》记载，二十多年之后，唐文宗李昂也曾有意设立诗学一科，但用意与李行脩不一样，大约是要以诗取士："上好诗，尝欲置诗学士。李珏曰：今之诗人浮薄，无益于理，乃止。"这位大臣认为，以诗取士不可能发现有用的人才。其实，那是唐代韩愈、柳宗元、白居易、元稹等人活跃的年代，只是这些文学家不受当朝权贵的欢迎，更不会受到重用罢了。虽然各个朝代、每个皇帝对于诗歌、文学、艺术的喜好程度不同，唐代以及唐以前的魏晋南北朝，学者们对于诗的研究、对文学艺术的研究，还是一步步细致、深入。从战国时代直到晚清，中国存在着绵延久远的诗学传统。

在中国古代，对诗学有深浅广狭的不同理解，归纳起来，主要有关于《诗经》之学、关于如何做诗之学和关于诗歌之学三种不同的含义。被司空图高度评价、又被《四库全书提要》称为"晚唐巨擘"的诗人郑谷，在《中年》

一诗中有"衰迟自喜添诗学,更把前题改数联"之句,明显地把诗学说成是作诗的技巧。明代周晖《金陵琐事》有"诗学"一条,记述:"嘉靖中,司寇顾公华玉,以浙辖在告,倡诗学于清溪之上。门下士,若陈羽伯凤、谢应武少南、许仲夷谷、金子有大车、金子坤大舆、高近思远,相从以游,讲艺论学,绰有古风。""在告"是官员休假,顾华玉从浙江左布政使任上告假休息期间,与文人们切磋诗艺,这也算是诗学。明末清初的思想家顾炎武不赞成把诗学仅限于作诗法,他在《日知录》中说,"唐人以诗取士,始有命题分韵之法,而诗学衰矣。"诗歌写作技术化了,诗学就衰亡了。元代刘祁《归潜志》介绍当时文士王郁的观点:"其论诗,以为世人皆知作诗,而未尝知有学诗者,故其诗皆不足观。诗学当自三百篇始,其次《离骚》、汉魏六朝、唐人,近皆置之不论,盖以尖慢浮杂,无复古体。故先王之诗,必求尽古人之所长,削去后人之所短,其论诗之详皆成书。"这是说,诗学要建立在对从《诗经》到唐诗的经典作品的研究基础之上。清代翁方纲《石洲诗话》意见与此相近,他曾谈到,他见到的杜甫诗的古今注本有三十多种,注家多有对事实的考证,"于诗理则概未有之闻","惟是诗理,古今无二,既知诗,岂有不知杜者?"诗理是一般的原理,适合于所有诗歌的。懂得诗理,就懂得杜甫,懂得各种诗人的作品。"海盐张氏刻有《带经堂诗话》一编,于渔阳论次古今诗,具得其概,学者皆颇问诗学于此书。"那么,诗学就是关于诗歌原理的学问了。梁章钜《退庵随笔》说:诗话自欧阳修《六一诗话》以来,著述很多,其中"教人作诗之言,则不可多得。国朝吴景旭撰《历代诗话》至八十卷,嗜奇爱博,而尚非度人金针。余尝欲就宋人各种中,精择其可为诗学阶梯者,益以明人及我朝名流所著,都为一编,庶几为有益之书。未知此愿何日酬耳"。看来,许多学者对诗学还是有较高的要求,但在西方诗学引进以前,缺乏统一的确切定义。

最早的诗歌教育开始在三千年前,《尚书》的《尧典》中说:"夔,命汝典乐(掌管主持关于"乐"的事务),教胄子(贵族子弟),直而温,宽而栗,刚而无虐,简而无傲。诗言志,歌永言,声依永,律和声,八音克谐,无相夺伦,神人以和。"朱自清说,这是中国诗论"开山的纲领",也可以说是中国诗学最早的宣言。它不但显示了那时诗乐合一的状态,而且鲜明地表达了把和谐原则放在中心地位的主张。它要求文学艺术:耿直但要温和,宽厚但要严明,刚正但是不应苛刻,简易但不要傲慢失礼——以上是就传达的心理内容来说;八音克谐,则是就形式因素来说。内容与形式都要和谐,这成为此后中国诗学的基调。

《诗经》里有一些诗,直接说出创作的意图,比如《小雅·四月》说"君子作歌,维以告哀",《魏风·葛屦》说"维是褊心,是以为刺"。这是最早对于文学创作动机的说明。所谓美刺,以后也成为中国古代诗学的重要原则。

孔子多次教导他的儿子和学生,要他们学诗。他说,不认真读诗的人,好像是面对墙壁站着,眼界、心胸会十分狭小。"不学诗,无以言",无法在上流社会与他人交流。这是因为,在战国时代,在礼仪交往中,尤其在外交场合,人们总是引用诗句来婉转地表达自己的意思;会见、宴饮时也演唱诗歌给客人欣赏。那个时候,人们从诗歌中汲取各方面的知识,通过诗歌了解社会的现实状况,了解老百姓的心理状况,还可以获得关于自然和社会的许多知识。当时"潜在的诗学"既注重诗歌的语言形式,更注重诗歌的思想内涵。孔子和孟子还指点学生如何读诗:孔子认为,学诗要联想、推想,由表及里,"告诸往而知来者";孟子认为,理解诗歌,不能仅仅执著于词句的字面意思,而要探寻作者的主旨。他们为中国古典诗学确立了一些重要的原则。道家的老子、庄子等人很少直接谈到文学艺术,倒是说过一些不赞成"美言",认为"五音"、"五色"于人的心理有害的话,但他们提出的"守静"、"心斋"等等许多思想,被后来的诗学家大加发挥。

从汉代开始,学术分科渐渐明确起来。汉代学者们心目中的诗学,首先是指关于《诗经》之学,是经学的一个分支。《汉书·艺文志》介绍,鲁国的申公、齐国的辕固、燕国的韩生,都是从前代进入汉代的学者,是研究《诗经》的专家,他们各自创立一个学派。后来又有了赵国人毛苌,创立了毛《诗》学。清代唐晏所著《两汉三国学案》说,有记载的汉代有名有姓的《诗经》研究者,有一百七十多人。《四库全书》"经部"有"诗类",所收的都是历来研究《诗经》的著作。例如,对其中宋代吕祖谦的《吕氏家塾读诗记》,编纂者在"提要"里评论说:"……诗学之详,正未有逾于此书者。"这句话中的"诗学"与"《诗经》学"是可以划全等号的。《诗经》是中国最早的诗歌集,论述《诗经》当然可以列入诗学的范围,而诗学则不应当只是讲《诗经》这一部书。

　　古代还有一类著述,书名中就有"诗学"字样,像是前面提到的《诗学禁脔》,还有明代黄溥的《诗学权舆》、周鸣的《诗学梯航》,清代顾龙振的《诗学指南》,都是讲诗歌写作的技艺。这当然也是诗学应有的内容,不过不能算是中国古典诗学的主干。

　　魏晋之后,人们说到"诗",不再仅仅指《诗经》。梁昭明太子萧统编《文选》,立了"诗"作为独立的一个部分,收录的是当时的现代诗,就是魏晋以下人所写的诗歌。正是在那个时代,曹丕的《典论·论文》说"诗赋欲丽",陆机《文赋》说"诗缘情而绮靡",钟嵘著《诗品》专论五言诗。刘勰的《文心雕龙》逐一讨论了三十多种文体,《明诗》一篇从传说中葛天氏时代的歌谣,讲到"近世"之作,评述诗歌流变和各种诗体。以上论者所说的"诗",都不再专指《诗经》,而他们的著述却是最有分量的诗学文献。这类著作被《四库全书》的"集部"收在"诗文评类",共收有六十四种著作,另外在"词曲部"还收有论词的著作。它们才是我们今天所要着重研读的诗学论著。编纂者在"诗文评类"的"提要"中说,东汉末年,文学的体裁逐渐完备,"故论文之说出焉"。"论文",就是对文学作理论的阐述。这六十四种中间,有曹丕的《典论·论文》,有刘勰的《文心雕龙》,都是古代诗学的经典之作。此外,还有唐代诗僧皎然的《诗式》,讲作诗的法则、格律;孟棨的《本事诗》,记录的是与诗人和诗作相关的遗闻轶事。北宋欧阳修晚年作《六一诗话》,从此诗话、词话写作成为风气,直到20世纪初王国维作《人间词话》。其中多有精当的议论,无疑属于诗学范围。郭绍虞先生说:"这类著述,在轻松的笔调中间,不妨蕴藏着重要的理论;在严正的批评之下,却又多少带些诙谐的成分。"因而适合于各种人阅读,在社会广泛流传。此外,自殷周以来,音乐与礼制密切相关,对于音乐的论述不但频繁出现于政治家和思想家的言论中,还有许多专门著作。《四库全书》有"艺术"类,其中书法理论、绘画理论、音乐理论著述属于我们上面所说"诗学"第二层含义的范围,并且历代文学家和诗论家都从中有所采撷。其中如南齐谢赫的《古画品录》、唐代孙过庭的《书谱》、宋代郭若虚的《图画见闻志》、宋代郭思的《林泉高致》、宋代朱长文的《琴史》,都是有价值的著述。古代诗学著作远不限于《四库全书》诗文评类和艺术类所收录的,近几十年来,研究者辑录的古代文学理论批评论著选辑、乐论选辑、画论汇编、书法理论选编……为进一步研究提供了前所未有的很好的条件。

诗学还以非理论的形态出现，比如，在屈原、杜甫、苏轼、陆游的诗歌中，在历代画家的题跋中，在小说里的一些议论中，有对于诗歌、对于文学和音乐、舞蹈、绘画、书法的议论。文学作品本身隐含的作家的审美取向、审美理想，也是今天诗学史研究的重要资源。其实，大多数的作家和读者不仅从理论中接受诗学传统，而且更多地从文学艺术文本中接受诗学传统。不过，对理论有了正面的了解，这种接受会更自觉。

古代的史书常有"文苑传"，在评述作为传主的文学家、艺术家的时候，体现出文学观、艺术观，体现出对诗学的见解。例如司马迁的《史记·屈原传》、沈约的《宋书·谢灵运传论》，都是影响深远的诗学文献。

文学作品往往赖文集得以广泛流传，包括总集和别集，文集的选录体现出一定的倾向，依据的是编者信奉的观念，它们作为隐性的诗学，发生很大的影响。许多文集有序或者跋，著名的如汉代王逸的《〈楚辞章句〉序》，梁代萧统的《〈文选〉序》和《〈陶渊明集〉序》，明代臧懋循的《〈元曲选〉序》，我们先读这些序文，再读其中的篇章，会增加很多的兴味。序跋把理论与对具体文本的分析紧密结合，引导读者脚踏实地去思考。

古代诗学思想不一定只存在于文学批评史、文学史上著名的经典里面，它还散见于各色各类文字中间。古代的笔记中有时有些只言片语、断简残章也能发人深思。举个例子来说，宋代罗大经的《鹤林玉露》，涉及的方面很广博，也有谈诗论文的。他曾经谈到，文学体类很多，作家往往各擅一体或数体，长于这种文学体式的可能短于那种文学体式。苏东坡是一位天才，但未必能作史；苏洵和曾巩后来都被列入唐宋八大家，他们散文写得好，写诗却显得笨拙；黄庭坚相反，诗写得妙，"散文颇觉琐碎局促"。又说，文学作品不应只是璀璨华丽，"盖读他人好文章如吃饭，八珍虽美而易厌，至于饭，一日不可无，一生吃不厌。盖八珍乃奇味，饭乃正味也"。这种不经意间的议论，更使人觉得亲切。

中国是多民族国家，汉族以外的其他民族，在诗学上各有其传统。例如，生活在9世纪至10世纪的维吾尔族的法拉比，被称为"东方的亚里士多德",有《论音乐》和《诗艺》传世;16世纪的祜巴勐,有《论傣族诗歌》;道光年间蒙族的哈斯宝,有《〈新译红楼梦〉回批》……这些论著显示了各自的民族特性。

20世纪前期中国的学者们讲到诗学,多是介绍本土的古典诗学。中华书局1918年出版谢无量的《诗学指南》,大东书局1925年出版徐敬修的《诗学常识》,东南大学1927年出版陈去病的《诗学纲要》,商务印书馆1928年出版杨鸿烈的《中国诗学大纲》,直到1946年东文印书馆出版劭青的《诗学概论》,以诗学为书名的,大致如此。朱自清1931年写有《论诗学门径》一文,他申明,所说的"诗学,专指关于旧诗的理解与鉴赏而言"。同时也有译介西方诗学的,商务印书馆1924年出版王希和的《西洋诗学浅说》和《诗学原理》,就是其中较早的。朱光潜1930年代撰写,1940年代出版并一再修订的《诗论》,据他在1984年重版后记中说,这是他用功较多、比较有独特见解的一部著作:"我在这里试图用西方诗论来解释中国古典诗歌,用中国诗论来印证西方诗论……"这种中西诗论的比较、交融,符合学术发展的要求,符合社会对理论的需要。直到现在,《诗论》仍然是一部雅俗共赏而又含有许多真知灼见的优秀著作,值得细读。

三　学习诗学和文艺欣赏的关系

人们接触诗学、涉猎诗学、钻研诗学,有各种的情况、各种的目的。我写这本书设定的对象,并不限定在中文专业的同学,而更顾及业余的爱好者,针对那些由于爱好诗歌、爱好艺术而连带关心到诗学,由于爱好中国古代的文学以及其他艺术门类而连带关心到中国古代的审美思想的人。爱好诗歌当然不是非要学习诗学不可,但学习诗学会给诗歌欣赏、艺术欣赏带来帮助,可能会把欣赏提升到新的高层次的境界。法国杰出的雕塑家罗丹说过:"美是到处都有的。对于我们的眼睛,不是缺少美,而是缺少发现。"要从绘画中发现美,眼睛需要经过训练;要从乐曲中发现美,耳朵需要经过训练。受过训练的眼睛、耳朵和没有受过训练的眼睛、耳朵是不一样的。眼睛、耳朵受观念管辖,甚至可以说,有什么样的观念,就会有什么样的眼睛和耳朵。

诗学,讲的正是关于诗歌、关于文学艺术的观念。已故的旅法华裔美术家熊秉明说,抗日战争时期,他在昆明读高中,很崇拜贝多芬、米开朗基罗。那时候物质条件极差,逃难到偏远的大西南后方的中学生,没有机会接触这些早已离开人世的外国大师的作品,顶多只接触过粗糙简陋的复制品。崇拜从何而来呢?原来是读了傅雷翻译的罗曼·罗兰所写的《贝多芬传》、《米开朗基罗传》。"罗曼·罗兰已经把他们的作品变成观念了,我们所接触的实际上是这些观念。"熊秉明后来成为一位具有敏锐感受力的文学评论家和艺术评论家,早期接受的美学的、诗学的熏陶起了奠基的作用。即使人们能够到罗马看米开朗基罗的雕塑、绘画,在维也纳听最好的乐队演奏贝多芬的交响曲,没有欧洲美术、音乐理论知识的人,和有相当知识的人,他们各自的感受也会有深浅、高低的不同。诗学观念离不开文学艺术文本,对文本的感受和理解也离不开接受者的观念,两者是相互支撑、相互促进也相互制约的。

我们说人对艺术品的感受要受到他的艺术观念的管辖,一是看他有没有基本的文学的、艺术的、审美的知识,有没有建立在足够知识基础上的较为明确、较为稳定的艺术观念;二是看他具有什么样的知识和观念,属于哪一个系统的知识和观念。就后一方面来说,不同时代、不同民族的文艺家有着很不相同的审美观念,欣赏不同文艺家的作品,最好要有对各不相同的观念的了解。还是以熊秉明为例来说,他在上世纪40年代末陪好朋友、画家刘文清到巴黎现代艺术馆看展览,刘文清当场受到很大刺激,"精神几乎崩溃",这位西方古典美术的崇信者很震惊:"西方的艺术怎么会变成这样?"熊秉明当时也很反感、很愤怒。西方现代艺术遵循与古典艺术很不相同的观念,是对古典艺术观念的挑战。后来的几十年中,熊秉明的心理有了变化,他对西方现代的美术、对现代派风格的诗歌,发生了同情甚至喜爱,很重要的原因之一,是他对西方现代艺术理论有了较多的了解。现在有的年轻同学,觉得接受中国古代文艺作品有障碍。曾经有进入大学不久的中文系同学对我说,他们也想尝试细读唐人的诗集、宋人的词集,细读《红楼梦》,却总是读不进去;而看好莱坞的大片,听摇滚乐,读新武侠小说、言情小说,却兴趣浓厚。这里可能有多种原因,其中重要原因之一可能是,对中国的文化精神、对中国古典诗学的陌生。

中国的诗学在几千年的历史中形成自己独特的传统,有自己的观念体系作骨架。对于中国古代诗学观念体系、审美观念体系的核心、精髓把握程度如何,会影响到对古代艺术品的领悟。《红楼梦》中贾政带了贾宝玉等人看新修成的大观园各处景致,欣赏园林艺术,父子两人观感常是相反的。看了"稻香村"里的茅堂,纸窗木榻,贾政心里欢喜,宝玉却说不好。贾政骂他是"无知的蠢物",只知道富丽为佳,不懂得清幽气象,"终是不读书之过!"宝玉不服气地回答说:"老爷教训的固是,但古人常云'天然'二字,不知何意?"原来,贾政读的书和宝玉读的书,分属两个体系。贾政要儿子读"经邦济世"之书,宝玉爱读"杂学旁收"之书,贾政尊崇儒家经书,而且是遵照被科举考试教条化了的注疏去理解这些经书,宝玉偏爱道家倾向的书,是从追求精神自由的角度去理解这类书。道家主张天然,遵从自然本有的规律,不用人工强制。他们说:"牛马四足,是谓天;落马首,穿牛鼻,是谓人。"《庄子》说,有人给海鸟奏《韶》乐,让它吃祭祀用的"太牢"(牛、羊、豕),结果鸟儿三天就死去了。"鱼处水而生,人处水而死",把茅屋搬进大观园里,也就好比是把鱼儿搬到陆地,好比让鸟儿享受"太牢"。贾宝玉说这是"人力穿凿扭捏而成","古人云'天然图画'四字,正畏非其地而强为地,非其山而强为山,虽百般精而终不相宜"。很显然,在这里,贾政与贾宝玉依据的是不同的诗学观念、不同的审美观念。贾政本人也承认,他长期在官场,"案牍劳烦,与这怡情悦性文章上更生疏了",所以难免"迂腐古板"。《红楼梦》的这段描写,证明了观念对于审美实践的强有力的作用。

在现代商业社会里,文学艺术被资本纳入文化产业,音乐、绘画、电影以及文学的生产成为文化工业的一部分,甚至利用现代高度发展的技术大量复制,古典的和民间的文学艺术的那种天然韵味受到伤害。舞台上的,银幕、荧屏上的大制作,具有很强的虚拟性,让青少年眼睛和耳朵的感受力钝化,减弱了领受天然之美的能力。《老子》说的"五色令人目盲,五音令人耳聋,五味令人口爽,驰骋畋猎令人心发狂,难得之货令人行妨",虽然很有些偏激,却也有具体的针对性。不论是在古代还是在现代,过分强调感官刺激的艺术,挑逗生理欲望的艺术,都造成了对人们正常的欣赏力的损害。《庄子》说的"朴素而天下莫能与之争美",《老子》说的"大音希声,大象无形",

被中国古代许许多多画家、音乐家、诗人奉为最高境界。我觉得，今天的青年学生，如果了解祖国艺术传统的这一部分，对于其素质的优化，对于其心理的健康，对于其精神的丰富，会有很大的好处。梁昭明太子萧统在《陶渊明传》中说，渊明不解音律，而在家里收藏了无弦琴一张，每当饮酒适意，总是要抚弄这张无弦琴以寄托他的心意，这叫做"但识琴中趣，何劳弦上声"。这在古代成为一个美谈，白居易、苏轼、黄庭坚等许多人，一再提起。李白的《赠临洺县令皓弟》写道："陶令去彭泽，茫然太古心。大音自成曲，但奏无弦琴。"宋代诗人唐庚在《古风赠谢与权行》(之二)中说："我有无弦琴，无弦亦无徽。忘言乃能解，得意心自知。山高流水深，尚笑钟子期。"文天祥的《和朱松坡》说："细参不语禅三昧，静对无弦琴一张。"这都是有某种寓言性的故事，琴还是要有弦，音乐还是要有声。但中国古代诗学提醒我们，欣赏音乐，欣赏诗歌，欣赏绘画，要从有声处体会那声音之外，从有言处体会那语言之外，从有笔墨处体会到那笔墨之外。同时，这个寓言性的故事提示人们，欣赏音乐的时候，不仅要听之以耳，更要听之以心。接触到中国古代诗学这一类思想观念，再去读楚辞汉赋，读唐诗宋词，读《红楼梦》，就会觉得其中天宽地阔、山环水绕，有无穷的胜境，可供我们留连。

中国古代诗学并不只是有单一的传统，有"不求甚解"的，也有字字落实的，有文人雅士的，也有村妇贾贩的。明朝后期诗坛的领袖人物李梦阳晚年在他的《诗集自序》中，回顾一生，"怃然"若失，"洒然"而醒，得出结论说："真诗乃在民间"。民间歌谣，"其曲胡"，曲调吸收了少数民族风味；"其思淫"——表达的是男女真切的热烈情感，与文人诗歌大异其趣。这种诗学传统我们今天不应忽视。学习中国古代诗学传统与学习现代的以及外国的诗学并不是彼此割裂的，更不是彼此对立的。在下面的介绍中，我会把中国古代诗学与现代诗学、与外国的古代和现代诗学联系起来，大家可以从中取长补短，使自己的眼界更为开阔。

思考题

1. 什么是诗学，中国的诗学和西方的诗学有怎样的关系？
2. 学习诗学，对文学艺术欣赏有什么帮助？

注　释

〔1〕　海德格尔:《荷尔德林和诗的本质》,见《荷尔德林诗的阐释》,孙周兴译,第
　　　46—47页,北京:商务印书馆,2002年。

〔2〕　冯友兰:《中国哲学史》上册,第1页,下册"审查报告"二,第6—7页,北京:中
　　　华书局,1961年。

〔3〕　让·贝西埃等主编:《诗学史》,史忠义译,第5页,天津:百花文艺出版社,
　　　2002年。

〔4〕　陈中梅译注:《诗学》,第一章注释〔1〕,第28页,北京:商务印书馆,1996年。

〔5〕　鲍里斯·托马舍夫斯基:《诗学的定义》,见《俄国形式主义文论选》,第76页,
　　　北京:三联书店,1989年。

〔6〕　维克托·日尔蒙斯基:《诗学的任务》,见《俄国形式主义文论选》,第217、
　　　224页。

〔7〕　本节关于西方学者对"诗学"的解释,参见王先霈、王又平主编:《文学理论批
　　　评术语汇释》"诗学"条,第184—185页,北京:高等教育出版社,2006年。

〔8〕　《全唐文》卷六九五,第3160—3161页,上海:上海古籍出版社,1990年。

第二讲

体物与尽己

体验论在中国古代诗学中的地位

体道和体物

尽己

唐代诗人王维,四十岁前后定居于修建在终南山里的辋川别墅,在那里写了许多优美的田园诗,其中一首五言诗里说:"行到水穷处,坐看云起时。"他独自一人,漫步到溪水的源头,默坐在山石之上,就只是在那里享受自然风光之美吗?不是。被人称为"宋代之李白"的苏庠,也爱写山水田园诗,特别赞赏王维的这首诗,他说:"此诗造意之妙,至与造物相表里,岂直诗中有画哉?观其诗,知其蝉蜕尘埃之中,浮游万物之表者也。"这首诗主要并不是要提供一幅用文字描绘的山水画,诗人此时此刻已经超脱于身边的物质世界,心灵沉浸于飘渺的玄思,他在用诗的形式表达哲学的思考。诗的开头说:"中岁颇好道,晚家南山陲。"王维信佛,但是这首诗里说的他所好之"道",却并非就是禅宗之道,而是指哲理之道,是指普遍精神的本体。王维这类诗句颇多,例如《登河北城楼作》结尾的"寂寥天地暮,心与广川闲",《积雨辋川庄作》中的"山中习静观朝槿",都描画了一种审美静观的思维方式。他无论是凝望云起云飞,还是看河水流逝,或是看花开花落,都为的是探寻"道",探寻人生的真谛,探寻宇宙的本体、宇宙的本源。这些诗句映现出中国古代诗人审美思维的特色。从哲学、宗教的角度说,王维好的是"道";从审美的角度说,他追求的是"趣"。

怎样达到这种"道"和"趣"呢?上述诗句表明,他是用特别的思维方式,是依靠"体"。体,是内向的思维方式。《庄子·知北游》说:"夫体道者,天下之君子所系焉。"现代的注释者把"体道者"理解为"体现道的人"或者"直接体认道的人",是"取消名言和概念,取消相对而有限的对象认识,进行直接体验,是一种自我体验"。古代的注释者说:"圣人不出户以知天下者,以己身知人身,以己家知人家,所以见天下也。"《淮南子·精神训》说:"故事有求之于四海之外而不能遇,或守之于形骸之内而不见也。"向主体自身之内求索,所得到的,不限于耳目之前,还能远届往世与来世。《张子正蒙·大心》说:"大其心则能体天下之物,物有未体,则为有外。世人之心,止于闻见之狭;圣人尽性,不以闻见梏其心,其视天下无一物非我。"可见,儒家和道家都是十分重视体验,把体验看得比观察更重要、更高级,就是要让探究的目光超越眼前,而投向无限的时空,透视现象的背后。重视主体的心灵,重视内向体验,是中国哲学区别于西方哲学的第一个显著的特色,是中国诗学区别于西方诗学的第一个显著特色。

一　体验论在中国古代诗学中的地位

张岱年先生的《中国哲学大纲》讲到中国哲学有六个特点,其中之一是"重了悟而不重论证","体验久久,忽有所悟,以前许多疑难涣然消释,日常的经验乃得到贯通,如此即是有所得"。他又讲到中国哲学的方法论有六点,其中两点分别是体道和体物,"直接的体会宇宙根本之道"。[1]杜维明先生认为,体验是"直接证会天地万物的最后真实,也就是对本体自身的体会",这种体知不能成为一般所谓的科学知识,"但却和人文学有不可分割的关系。的确,道德实践,宗教体验和艺术鉴赏之知都和自知之明的体结上了血缘"。[2]体验论在中国哲学和中国诗学中有着非常重要的地位,不懂体验论,就无法懂得中国古代诗学的特色和精髓。

人要获得真知,要把握真理,应该运用怎样的思维方式,经由怎样的思维途径? 这是古往今来思想家们、文论家们都很关注的问题。古希腊以来的西方哲学传统,着重强调的是了解外在于人的客观世界,他们谈得很多的是了解自然界;而要了解自然,首先必须学会观察。古希腊哲学以自然哲学为开端,恩格斯在《自然辩证法》中说:"最早的希腊哲学家,同时也是自然科学家。"被史家认定为希腊第一个哲学家的泰勒斯,发现了小熊星座,这个发现很快被应用在船只的导航上。据柏拉图在《泰阿泰德篇》里讲述,泰勒斯曾经因为太专注地观察星空,不小心掉进了井里,为此,一个女奴隶嘲笑他,"只热衷于天上发生的事情,却看不到在脚下发生的是什么"。这个小故事所以流传,因为它具有象征性,从中可以看出,古希腊哲学家更关心看远、看外,而不太关心看近处,不太关心看自身、看自己的内部。我国现代研究东西文化比较的学者梁漱溟先生,多次反复地说过:西洋人总是向外看,中国人呢,是回到自己,回到自己的生命上。他说:"深深地进入了解自己,而对自己有办法,才得避免和超出了不智与下等。——这是最深渊的学问,最高明或最伟大的能力或本领。然而却不是一味向外逐物的西洋科学家之所能知矣。"梁先生的话,足以与两千五六百年前色雷斯那位聪明伶俐的女奴隶的话相呼应。是不是要对中西传统的思维方式作出高下和优劣的区分、判断,这是另一个问题,但是,两者的侧重点有所不同,应该说是一个事实。当然,中西思维方式的这种差异也是相对的。近代以来,西方的哲学、心理学和诗学,也表现了明显的内倾的趋向。美国的爱默生就对西方长期的重外向、重实证的思维方式提出过怀疑。他说:"经验的实证科学总是遮挡人的视线,用完全属于功能与过程的知识来阻止学者独立地沉思世界整体,使哲人成了没有诗趣的匠人。但最好的学者却爱读那些对于真理给予完全虔诚的关注的博物学者的书,他认识到,在他与世界的关系上,他还有很多东西要学,而要学到这些知识不能用实证科学那种大量引证、抽象、比较的方法,而只能凭借精神的本性来领悟,凭借持续不断的自强复苏,凭借彻底的仁慈。他将感觉到,学者身上存在着比精确和严格更有价值的品质，一个猜想常比一个不容争辩的判断更有启发性。"[3]为了实现东西方思维特性的互补，我们就要认真研究它们是怎样地不同。东西方思维有不同特性，有各自强调的把握世界的不同方式，这首先体现在认识活动的指向上，一个是偏于外向的，一个是偏于内向的。

古希腊人认为，观察，是人认识客观世界的基本的方式方法，也是科学研究和艺术创作的不可逾越的第一步。观察，就是有目的、有计划地向外搜索和接受信息的活动。作家、艺术家如何汲取创作的源泉，如何感知外在世界，并如何将自己的感知所得转化为写作的原料，这是诗学首要回答的问题。艺术、文学，要描画物质世界、描画大自然，体现人对自然的眼光，更要反映人的生活、表现人的精神。无论是为了在作品中描写自然界，还是为了描写人的外貌、行为，表现人的性格、精神，首先必须要观察。中国古人也屡屡论述过观察的重要性。《文心雕龙》的第一篇《原道》说，"仰观吐曜，俯察含章"；又说，"观天文以极变，察人文以成化，然后能经纬区宇，弥纶彝宪，发挥事业，彪炳辞义"。天文，指的是日月星辰等自然景象；人文，指的是人类社会生活现象。对这两类现象，要"观"，要"察"，这是文学写作的前提。刘勰这里借用了《周易》中的语句。《易·系辞上》说："仰以观于天文，俯以察于地理"；《易·贲》象辞说："观乎天文以察时变，观乎人文以化成天下"。由此可知，对于观察的重要性的认识，中国古代学者也是持续注意的，对此有若干世代的积累。孔子比较注意对人的观察，《论语·为政》中说："视其所以，观其所由，察其所安，人焉廋哉，人焉廋哉！"这是说观察人的行为、表情，而后由外及内，进而了解人的内心，透彻地把握人的性格。《孟子》也说："听其言也，观其眸子，人焉廋哉！"晋代以下，以山水为专门对象的诗和画兴盛起来。画家和山水诗人，更注重观察自然界，他们观察花草树木、峰岭田畴、云霭雨雪、飞鸟走兽，并在实践中积累了观察自然界的丰富经验，总结了观察的方法技巧。古代哲学家、思想家、文论家和艺术家，对于观察作出过各自的论述。然而，构成中国古代哲学和美学特色的，构成中国诗学思想特色的，却不是观察理论，而更在于体验理论。与古希腊比较，中国古代的观察理论不算精致，而体验理论则相当深入。体验，是中国古代思想家倡导的基本的、主要的思维方式；体验，是中国古代哲学、中国古代诗学思想中占有特别地位的名词，是占有特别地位的概念。

与古希腊那些自然科学家兼哲学家相反，中国古代有的哲学家认为，观察得越多、越细致，人对世界、对世界的本源了解得反而越少。《老子》第四十七章说："不出户，知天下；不窥牖，见天道。其出弥远，其知弥少。"这段话被《韩非子》、《淮南子》、《吕氏春秋》、《文子》等许多古代典籍一再引用、诠释和发挥。中国古代这些哲学家认为"知天下"、"见天道"不能靠观察，那他们又靠什么呢？他们认为，思想家不要跨出房门，不要把眼光投向窗子外面，才可能悟道。他们主张的思维方式是体验。体验，和观察相反，它是向内的心理活动，是通过向内而最终在更高层次上感悟外在世界，力图把握宇宙和人生、把握最高本体的思维活动方式和心理活动方式。

中国古代的体验论，有道家的体验论、儒家的体验论和佛家的体验论，三者有同有异。道家的老子和庄子作为深刻睿智的哲学家，最先明确提出重内向心理、轻外向心理的观点，最先奠定了关于体验论的构想的基础。先秦儒家也论述过内向心理，他们说的主体自省其身、"自讼"以及"以意逆志"、"他人有心，予忖度之"等等，都是反身求诸己。但儒家所讲，或是道德上的自我检视，或是具体情境下的推想，还没有提到方法论的高度。作为哲学方法论根本原则的体验理论，是由先秦道家启其端，由魏晋玄学家正式建立的。佛教学者论证虚幻的彼岸世界，不可能依赖观察，他们探索宗教心理的奥秘，由此建立了很精致的体验理论，总结出细腻的进行体验的心理活动技巧。后来的哲学家和诗论家讲体验，常常是融合了道家、儒家和佛家的思想，并不限于一家一派。玄学家之后，宋明理学家深入地论及体验，朱熹对此贡献颇大，他说，"体验是自心里暗自讲量一次"，"且体认自家心是何物"，"此是置心在物中究见其理"；王阳明也一再讲到体验。比较起来，西方古代的哲学和心理学论著较少谈到体验，较少对于体验的深入探讨。体、体验，作为中国古代哲学方法论的范畴，经过长期演化，进而成为了诗学的范畴，体验论是中国古典诗学的主要基石之一。

观察和体验，各自所要把握的对象有区别。老子哲学所要探究的，不是人们直接面对的，不是凭借眼、耳、鼻、舌、身等感觉器官可以直接感知的具体事物，而是道。道是什么呢？《老子》说："有物混成，先天地生；寂兮寥兮,独立不改,周行而不殆,可以为天下母。吾不知其名,强字之曰道。"又说:"道之为物,惟恍惟惚。"在他的心目中,道,是玄奥超远的,是恍惚混融的,是形而上的,不能够靠观察直接把握。王弼《老子道德经注》说,"道,视之不可见,听之不可闻,搏之不可得。如其知之,不须出户;若其不知,出愈远愈迷也。"道不能直接感知,只能靠体验的思维方式去把握。假使到物质世界直接观察,可能会是背"道"而驰,走得愈远,迷惑愈大。用"体"的方式去把握"道",叫做体道。

什么是体道?怎样体道?《庄子·齐物论》的开头,描述"体道"的身体状态和精神状态说:

> 南郭子綦隐几(身体凭靠着几案)而坐,仰天而嘘,荅焉(忘记周围和自我)似丧其耦。颜成子游立侍乎前,曰:"何居(什么缘故)乎?形固可使如槁木,而心固可使如死灰乎?今之隐几者,非昔之隐几者也。"

> 子綦曰:"偃,不亦善乎,而问之也。今者吾丧我,汝知之乎?汝闻人籁而未闻地籁,汝闻地籁而未闻天籁夫!"

这个寓言里的人物南郭子綦,对向他请教的弟子谈论外界的各种声音——人籁、地籁和天籁,却并不指导学生去倾听、去观察,自己也不是在倾听、在观察,他背靠着几案,像一段枯木头,对眼前的外界事物不知不觉,甚至忘记了自己的身躯,忘记了自己的日常意识。道家认为,这正是体道的最佳境界。他追寻的不是具体的物质的东西,而是超越的最高本体。到了魏晋玄学家,提出"体无",他们"以无为体","无"也就是道,是舍物象、超时空的,是万物、万有的本体。"无"不能够观察到,而只能依靠内向思维方法去体悟。再后,中国佛教禅宗的"初祖"菩提达摩,弟子从早到晚在他身旁希望得到教诲,他却没有一言半语,只是"端坐面壁",传说他面壁九年,这也是示范。面壁,瞑目,形如槁木,是道家和佛家思维者的典型姿态。在哲学思维上如此,在艺术思维上呢?有的诗论家拿道家和佛家作样板,宋代吴可的《学诗诗》说:

> 学诗浑似学参禅,竹榻蒲团不计年;

> 直待自家都了得,等闲拈出便超然。

诗人要把握的也不是具体的物质对象,而是飘忽的、幽微的诗意。诗意不能靠观察得来。体验论认为,不出房,不窥窗,闭目静坐,"冥心求理",倚仗直觉思维,才能够把握那绝对的精神本体,把握艺术的、诗学的奥秘。

体道,体无,作为哲学思维,不能说都是纯然主观的臆想,更不能说是无规律的胡思乱想,而是需要经过严格的训练,甚至需要一种天赋的思辨能力。具备这种能力,把它作为哲学思维的根本路径,自觉地从哲学方法论上确立"体"的概念,提出"圣人体无"命题的,是魏晋时期早夭的天才哲学家王弼。他才二十来岁,会见吏部郎裴徽,《世说新语·文学》记裴徽和王弼的对话:

> 徽问曰:"夫无者,诚万物之所资(凭借,依靠),圣人莫肯致言,而老子申之无已,何邪?"弼曰:"圣人体无,无又不可以训(训释),故言必及有。老庄未免于有,恒训其所不足。"

裴徽的问题是,"圣人"不讲"无",而老子反反复复地讲"无",原因何在?王弼的答案是,"无"是万物藉以产生的本原,但是"无"不能用语言解说,能够说的只是"有"。老子肯定"有",把"有"和"无"看做一对范畴,所以他反复讲"无";圣人靠体验把握了无。王弼所说的圣人,似乎是指理想中的最高智慧的代表,这在事实上当然是不存在的,这里重要的是,明确了圣人把握最高本体的思维方式是"体"。清代陈澧《东塾读书记》说:"辅嗣(王弼)谈老庄,而以圣人加以老庄之上。然其所言'圣人体无',则仍是老庄之学也。犹后儒谈禅学而以圣人加于佛之上,然其所言圣学,则仍是禅学也。"陈澧说的"老庄之学"、"禅学",可以说即是体验之学。体无,是老庄的思想,被王弼作了理论加工。王弼明确地指出,最高本体,即无,是不可说、不可定义的,当然也不可观察,只能体验。他把"体"作为玄学的根本的思维活动方式和心理活动方式,把体验论深刻化和体系化了,这对魏晋六朝诗学的进展,有着推动作用。魏晋六朝的文论家们倡导文艺创作要"收视反听",也是主张不出门、不窥窗,主张向内,主张体验。

二 体道和体物

体道、体无,第一点是要超拔于眼前的物质世界,集中在自己的内心。《史记·商君列传》说:"反听之谓聪,内视之谓明,自胜之谓彊。"晋代挚虞的《贤良对策》说:"其有日月之眚(日蚀月蚀),水旱之灾,则反听内视,求其所由。"《文子·上德》也说:"夫道者内视而自反,故人不小觉、不大迷、不小慧、不大愚。"古代注家,都认为"收视反听"意为"不视听"。不视不听,是说不像通常那样运用视觉和听觉去感知外间世界,不求小觉小慧,也就是不在意对具体事物的知识;但不视不听绝不是说感觉、知觉活动的停止,绝不是说所有心理活动的停止,相反,是要达到心理活动的高效率、高境界。这些人说的内视反听,都不能解释为无思无虑,反倒是紧张的思虑,是以本人的言行和心理为思考的对象,其中包括内视己心的意思。收视反听作为一种心理状态,存在于哲学心理、伦理心理、宗教心理和艺术心理之中,在不同领域其性质有颇大差别,或是道德上的自我省察,或是培育宗教幻觉,而文论家是从创作心理的角度关注这一问题。

体验论第二个基本点,是强调主体的能动性,不是被动地反映外界事物,而是主动地、创造性地探究。不出户,不窥牖,把简单的感知活动减少,暂时停下来,目的是使思维活动更加专注、活跃。相对来说,观察,被动的成分多一些、大一些;体验,对思维者的主动性有更高的要求。道教有内视、内观、内照,是指一种修炼方法。《抱朴子·辨问》说仙人"闭聪掩明,内视反听,呼吸导引,长斋久洁"。《太上老君内观经》发挥这个意思说:"内观之道,静神定心,乱想不起,邪妄不侵。"在道教中,内观又是造成宗教幻觉的手段,即所谓"内观存想仙术"或"内观玄理仙术"。《仙术秘库》说:"居深静之室,昼夜端拱……人所不得见者,悉皆见之。""盖其平日清静而守,潇洒、寂寞既久,功到数足,辄受快乐,楼台珠翠,女乐笙簧,珍馐美馔,异草奇花,景物风光,触目如画——此内观之玄理也。"宗教徒可以在内视中看到"极乐世界",宗教修炼可能产生幻觉,这种幻觉在我们常人看来是有害无益。艺术家可以在内视中感受到实际并不存在的各种物质的和精神的现象,也是"人所不得见者悉皆见之",他们进行的是艺术创造。陆机的《文赋》描述创作最初阶段的心理状况说:"其始也,皆收视反听,耽思旁讯,精骛八极,心游万仞。"宋代词人秦观的《寄老庵赋》说:"闭观却扫,收视反听,内外既进,与妙自会。"艺术家向内追索,把自己曾有的审美感受在心中复现,构想出现实中所没有的新颖的图景。总之,中国古代的哲学、美学和诗学思想,都把内向看得比外向更为重要。

诗学中的体验论,有其不足的一方面;体验应该和观察结合起来,相互补充。体道是超验的、直觉的思维,它是一种修炼,关注的是彼岸而不是此岸;为了"守内"而宁可"失外",适合于宗教思维,却不是很适合于科学思维、实用思维,也不完全适合于艺术思维。东晋的玄言诗、历来的佛偈,直陈体道之言,不但缺乏诗韵,也很少给人思想的启示。文学艺术要描写人,描写林泉、花木,描写外在世界,作者当然需要"出户"去观察,要长期地、细致地、深入地观察。关起窗户、闭起眼睛去"体道",可能是一无所获;只盯着眼前的一事一物,也不可能得到深刻的认识。对于一般人,体道、体无,太过玄奥神秘,不具备思维活动的可操作性。对于文学家、艺术家,他们要把自己的感受表现出来,构造为文学艺术文本,只是体道、体无,显然不能让他们满足,不能帮助他们完成创作的过程。古代有哲学家对体道论加以变化和改进,就是从对眼前具体事物的感受开始,而后再达到对宇宙本体的体悟,通过具体的、个别的事物,去了解普遍的、根本的规律,这叫做体物。《荀子·解蔽》说:

> 精于物者以物物,精于道者兼物物。故君子壹于道而以赞稽物。壹于道则正,以赞稽物则察,以正志行察论,则万物官矣。

"以物物"是对个别事物只从它本身去认识,对一株树、一座山、一条河,精确细致地观察,多角度地了解,但没有上升到一般,更没有超越到根本。高明的思维者,把个别的、具体的物当做一级阶梯,联系、推广到普遍,这就是"兼物物"。"壹于道而以赞稽物",就是精细地考察具体的物,而又提升到最高的道;以对具体事物的观察作为体悟道的支点,以对道的体悟统率和深化对具体事物的观察。明代钱启新说:"万物皆备我也,体物不遗心也。离物言我，失我遗物，认心失心；单言致知，亦是无头学问，须从格物起手。"他要人们一方面防止被对具体对象的感觉、知觉所限制，另一方面防止离开具体对象做"无头学问"，而要把实实在在的万物和包容万物的"大心"交汇在一起。文学艺术要生动如画地描写出对象的外在面貌，更要表现出对象的内在神气、韵味；还要通过描写人和物，透露作者对于人生、对于宇宙的感悟。神气、韵味，还有人生的意义，等等，和道一样，也不是靠观察就能够直接把握的。所以，艺术思维既不应该离物，又不能被直接的所见所闻所桎梏，而要把"知"眼前之物，与"体"天下之物结合在一起。这一讲开始时提到的，王维从溪水、流云寻觅诗意，就是一个样例。他"好道"，但不是把自己关在房子里，而是流连山水之间；但他看水不只是水，看山不只是山，而是体验到道。体物的思维方式恰恰是文学艺术创作所需要的，所以，中国古代的文学家、艺术家很容易接受它。

"体物"的思维方式提供了可能，让主体得以避免思维被具体的物所束缚以及思维脱离客观世界而无所依凭这两种片面性。明代哲学家王阳明就是从一个极端走到另一个极端，先后陷入两种片面性。他叫别人去"格"竹子，要从眼前的竹子推知事物的本原，从早到晚呆在竹子跟前，"穷格"竹子的道理。面对一丛竹子，能"格"出什么道理？格了三天，劳神成疾。他自己去格，格了七天，也劳思成疾。王阳明得出的结论是，"天下之物本无可格者，其格物之功，只在身心上做"；他要离物求心，照样不能成什么"功"。文学家、艺术家的思维不离开具象，他们不容易像王阳明一类哲学家走进死胡同。在艺术创作中，接受老庄、玄学和佛学影响，把哲学思维中的"体"较为自觉地转化为艺术思维中的"体"，由体道而体物的，最初有田园诗人和山水画家。陶渊明是高僧慧远的知交，对佛学有颇深湛的见解，他的《饮酒》二十首之五，是得到千古文人激赏的佳作，也是对于艺术心理过程中如何"体悟"的绝好描述，是魏晋哲学思想中的"体"对诗学思想中的"体"的影响的绝好证明。那首诗写道：

> 结庐在人境，而无车马喧。
> 问君何能尔，心远地自偏。

采菊东篱下，悠然见南山。

山气日夕佳，飞鸟相与还。

此中有真意，欲辨已忘言。

这是一首山水诗，还是一首哲理诗？都是，又都不完全是，它是从山水体悟哲理的诗。宋人葛立方《韵语阳秋》卷三说，苏轼拈出陶渊明"谈理之诗"，首先就是这"采菊东篱下"，"以为知道之言"。陶渊明直接描写的是面对秋景的愉悦，而其实是表达自己对于"道"的体悟，用诗的方式说出自己某一次体道的过程和心得。他所说的"心远"，相当于《淮南子》讲的"气志虚静"、"五藏定宁"，相当于《老子》说的"守静笃"，是"体"的心理上的前提。至于采菊，见南山、见飞鸟，那并不是观察，而是感应，从大自然的动和静中产生心灵感应。然后是"欲辨"，所谓辨，不是向外去查究菊花、山色、飞鸟，是反身向内，把从"山气"、"飞鸟"得来的感应反复咀嚼，并由此去追寻蕴藏在天地万物背后的真意，追寻蕴藏在天地万物背后的诗意。真意、诗意，都是"恍兮惚兮"而"不知其名"的，都是"视之不见，听之不闻"的，都不能从外界查究而得，只能向内体悟。

陶渊明用诗歌所表现的，庄子早已用散文表现过了。他站在濠水桥上，看水中鱼儿自由自在，悠然有得，说："儵鱼出游从容，是鱼之乐也。"这是他由眼前之景触会出的"真意"。南朝"简文(萧纲)入华林园，顾谓左右曰：会心处不必在远，翳然林水，便自有濠濮间想也。觉鸟兽禽鱼自来亲人"。清人黄仲则之七律《濠梁》写道："梦久已忘身是蝶，水清安识我非鱼？平生学道无坚意，此景依然一起予。"朱熹作为理学家而兼诗人，更常将哲学家的本体体验同文学家的审美体验沟通，他的诗在描写了山川佳丽景致之后，常常就跃升到天地之妙理，《寄题咸清精舍清晖堂》说："览极惭未周，穷深遂忘喧。""境空乘化往，理妙触目存。"《次韵刘彦采观雪之句》说："徘徊瞻咏久，默识造化机。"《忆斋中》说："赏惬虑方融，理会心自闲。"人与菊花，人与山水，人与儵鱼，融为一体，人也就与道融为一体，主体通过自身而把握了道，把握了真意。

画家的创作不以语言为工具，他们比诗人更加热心于体物。南朝宋代宗炳的《画山水序》说："神本亡端，栖形感类，理入影迹，诚能妙写。"最高本体无迹可寻，它栖居在万物之中。"圣人含道应物，贤者澄怀味象。""圣人以神法道"，"山水以形媚道"，从山山水水入手，文艺家才能够体悟，也才能够表现。"夫以应会心为理者，类之成巧，则目亦同应，心亦俱会，应会感神，神超理得。""目"是感觉器官，直接感受外在的客观世界；"心"是思维的器官，它要把直接得来的感受提升。王维坐看云起，陶渊明悠然见南山，他们不是"穷格"面前的云山，也不是只在自己的身心，苏轼在《东坡题跋》中说："因采菊而见南山，境与意会，此句最有妙处。"诗人是从云的聚散、鸟的盘旋，体会哲学和诗学。郑板桥为了画竹子先去看竹，与王阳明的"格"竹子全然不同，他不是一般地看，而是"体物"，"胸中勃勃，遂有画意。其实胸中之竹，并不是眼中之竹也"。胸中之竹，不再只是纯客观的物、境，也不是纯主观的意。古代诗论家认为，把境与意融汇起来，是体物的最佳境界，是艺术思维的最佳境界。

三　尽己

体验，有以本体为对象和目标的体验，有以自我为对象和目标的体验，有"静观"即解除束缚、呈露自然真心的体验，有"内讼"即道德省察的体验。前者是道家和佛家的体验，后者是儒家的体验。道家以及佛家所说，无论是体道还是体无，都是对宇宙本体、宗教本体的把握，儒家则是侧重于个体的伦理道德的自我省察和觉知，两者所"体"的对象、目标是不同的。《论语·学而》记载曾子的话："吾日三省吾身"，朱熹《四书集注》认为这是"为学之本"，实际上，这就是儒家的修身之本——为学和修身在他们是不可分的。体验论要解决向外与向内、知己与知人的关系问题。不出户，不窥牖，究竟怎样去知"道"、知天下呢？河上公解释老子的话说："圣人不出户以知天下者，以己身知人身，以己家知人家，所以见天下也。"这样解释，"体"就有由内向外推知的意思。这个意思儒家讲得更明确清晰，为了表示以己知人的意思，儒家常常把体验叫做"尽己"，它对于艺术家的思维方式，尤其对于后来小说、戏剧创作心理的研究，给出了理论的前提和基础。

曾子的"吾日三省吾身"的命题里,标示主体的第一人称代词"吾"两次出现,在前面是思维动作的主体,而在后面却成了思维动作的客体。这意味着什么呢?——这意味着先秦哲学家已经认识到,主体是可以分解的,更是需要分解的。个人作为群体中之一员,不但需要认识他人,认识社会,更要认识自己;个人作为冥思主体,要体悟天道,首先也要体悟自己。也就是说,主体需要把自己分解,同时作为认知的主体和认知的对象,同时作为体悟的主体和体悟的对象。这是主体独立性最初觉醒的一个标志,也是民族哲学思维以及诗性思维走向成熟的一个重要标志。相对于人类的蒙昧时期和文明初期物我之间和人我之间浑然一体、互渗互融的思维特性,这是一个巨大的变化,从互渗走到既自然地互渗又自觉地相分。

哲学将主体对自我的意识作为认知的对象,是哲学作为人类思考和研究的专门领域开始形成的一个前提。在西方,苏格拉底最早提出了人作为认知主体,也同时可以是认知对象的问题。他以德尔斐神庙墙上铭刻的箴言"认识你自己",来强调他的这一指向。康德对"自我意识"的论述在欧洲思想史上具有很高地位和影响,他在《纯粹理性批判》"先验原理论"中说:

> 那思维的"我"如何能与直观到自己的"我"有所不同,而且既然是同一个主体,前者与后者就能是同一的,所以我又如何能说:"我,作为智力而进行思维的主体,是知道我自己作为被思维的一个对象,但,在我同样在直观中被给予我自己的这个限度之内,我知道我自己像其他现象一样,只是作为向我自己出现的我,而不是作为知性存在的我"呢?——这些都是问题,其产生的困难并不大于也不小于另一个问题,即:我如何能是我自己的一个对象并且又是内知觉的对象?[4]

康德仍然没有能够建立关于自我意识的理论体系。贤哲们留下的思索轨迹,显示出这一问题的重要,也让我们见出对这个问题深入研究的困难,它需要许多学者若干世代的努力。近代以来,这个问题仍然吸引着许多大哲学家和大心理学家,他们逐渐把对主体自我意识的研究推向深入。谢林说:"自我不能在直观的同时又直观他进行着直观的自身。"马赫在《感觉的分析》的第十五章"本书陈述的见解被接受的情况"中谈到"把自我分裂为被经验的客体和能动的或能观察的主体"的做法引起的困扰。胡塞尔提出了"内感知"或"自身感知"的概念,他说,"自身感知是每个人对他自己的自我及其特性、状态、活动所能够具有的感知",并对此作过多次深入的探讨。威廉·詹姆斯关于意识流(思想流)的理论和弗洛伊德关于无意识的理论,从心理学角度探讨主体对自我深层意识的观察。[5]从上面引证和提到的材料不难看出康德以来,西方哲学界有明显的向内转的趋向,日益重视内向感知。而我们中国从"五四"以来,则有向外转的趋向,重视外向感知。最好的当然是两者的结合。

中国哲学史、中国诗学思想史上,与西方哲学史、西方诗学思想史上,哲学家和文论家对自我意识的探究,对反观、反视、内省一再地加以论述,两者各自所主张的反观、反视、内省,各自所关注的自我意识,有颇大的甚至是原则的区别。苏格拉底探索的是人对自身的认识,在他看来,认识自己,包括分辨"知道的和不知道的"以及分辨"善的与恶的",即认识的分辨和道德的分辨,他讲的主要是前者,主要是从认识论角度研究人的自我意识。孔子及其弟子所提倡的是道德上的自我意识,他们是从伦理学的角度关心人的自我意识。就儒家而言,主体的道德修炼,一是从反面驱除自己内心里的杂念、邪欲,二是从正面培养自己内心里的正气、良知。关于存养正气,孟子提出"存心",通过内省保持他认为是与生俱来的善性,他说,"我善养吾浩然之气"。这句话里有"我"又有"吾",但两者的实际含义并无间隔。《孟子》的这一思想,在文论中被发挥为"养气说",经过刘勰、韩愈一直到桐城派的一再阐发,落实到创作过程中心境的培育、控制,落实到充沛的精神状态下作家对语言的驱使力量,具有了更多的可操作性。

关于清除杂念,《论语·公冶长》记孔子之言曰:"已矣乎! 吾未见能见其过而内自讼者也。"《说文》:"讼,争也",讼,就是争论;自讼,就是自己与自己争论,发现自己的过失,在深心里挖出根源。这样,主体的统一被打破了,有了两个自我:第一自我与第二自我。第二自我是反省的施动者,是理性的、道德的自我;第一自我是反省的受动者,是实践的、日常的自我。儒家要求人们经常地、反复地自我拷问。他们讲内省,自己剖析自己,讲的是自己对自己作理性的分析。如果说,"养气"是求自性之善并加以培育,那么,

"自讼"是查深心之恶并加以剪除。"三省",是用社会政治和道德体制所规约、本人所认同的伦理准则,检查本人的言论、行为。儒家在内省时,并不脱离本人的社会身份,而恰恰是在君臣、父子、朋友、夫妻、兄弟、师生等种种社会关系中考量自己、评估自己。内省中的儒家,是社会关系里的人,是高度社会化的、理性的人,是按照明确严格的礼治的即伦理的和政治的规范约束自己、矫正自己、塑造自己的人。儒家虽然对主体作分解,但他们所致力的,不是主体的分裂,恰恰是要通过内省达到主体理念和实践的统一、言论和行动的统一,最后达到"从心所欲不逾矩"的纯净的境界。历来儒家大多数学者反对完全的内向,主张内外结合。内省是一个包含冲突、斗争的心理过程,主体在内省中自己"起诉"自己,自己为自己辩护,自己既是拷问者、"法官",又是被拷问的对象、"罪犯"。为了能省察出真实的情况,需要道德上的勇气,也需要正确的、适当的方法。

宋明理学家们倡导的是用三纲五常的信条自我拷问,由于三纲五常本身的狭隘的功利性,由于它与自然人性的冲突,它对审美情绪有戕害作用。理学家也看到儒家道德心理和审美心理本性上的相拒相斥,他们担心的不是"道"损害文,而是怕文损害了"道",所以,他们轻文重道,甚至为了道而放弃和排斥文学艺术。但是,他们所总结的"省"的心理活动技巧,例如程颐、程颢、朱熹、王阳明、王夫之,反复讨论、辩难关于"已发与未发"、"致知"、"省察"等等,对于人们了解和掌握艺术思维规律又颇有启发。所谓"未发之心",是朦胧的、深层的、潜意识的;所谓"已发之心",是明朗的、表层的、有意识的。由"已发"去探求认识"未发",只能如朱熹所说的那样去"推寻",而不可能直接把握。通常,当"已发"察知到"未发"的时候,后者其实已经多少变形了。使"未发"的混沌心理成形并能用语言描述、揭示它的,只能是"已发"的理智的、高度紧张的心理,是现代心理学所说的"注意"。"已发"的自觉意识只能够极力地靠近"未发",不可能与它重合。如何把"未发"的微妙生动性保存下来,而又使它可视可闻、可触可摸,使它被主体及旁人所了解,并在文学艺术作品中显现,正是难点所在。在创作的关键阶段,诗人、画家所要细察的,不是外物,不是记忆表象,不是心中任意的臆想,而是内心曾经发生却尚未被自己意识到的意象。那自我心中的物象,兼具对象影像的客观性和主体感受的纯真性。文艺创作中的"内讼",不是如警察之追捕,而是如情侣之追求,是一方面在努力提取,另一方面在努力深藏;一方面竭力存真,另一方面则瞬息变幻。苏轼的《腊日游孤山访惠勤惠思二僧》说"作诗火急追亡逋,清景一失后难摹",《文与可画筼筜谷偃竹记》说"画竹必先得成竹于胸中,执笔熟视,乃见其所欲画者,急起从之,振笔直遂,以追其所见,如兔起鹘落,少纵则逝矣"。他从自己的创作经验总结出,意象最初在作者心理呈现时,缥缈恍惚而又非常脆弱,极为可贵,"少纵则逝",艺术家用"作"去追"感"、用"知"去追"觉",用有意识去追无意识,必须小心翼翼又果断迅捷。谁能当下兔起鹘落追到,谁是过后望尘莫及地摹刻,创造的天才与驽钝的庸材,差别就在那一点点。

明清之际的文学批评家金圣叹,把儒家的伦理上的内省法以及佛家的因缘生法,用于说明叙事、戏剧类文学的创作心理规律。他在《水浒传》评点中提出一个问题,《水浒》写豪杰就"居然豪杰",写奸雄就"居然奸雄",人们可以解释说是因为豪杰与奸雄本有某些相通之处,而作家性格中兼有豪杰和奸雄的因素,但为什么他写淫妇、偷儿,也"居然"就是淫妇、偷儿呢?无论如何他总不会也做过淫妇或偷儿吧!小说家一笔而写百千万人,写各种各样的人,包括与作家性格相近的人,也包括与作家性格相反的人,靠的是什么呢?金圣叹认为,靠的是"忠"、"恕"和"因缘生法"。"格物之法,以忠恕为门……吾既忠,则人亦忠,盗贼亦忠,犬鼠亦忠。盗贼犬鼠无不忠者,所谓恕也。"先要能"忠",就是坦白地审视自己,具有自我省察的意愿、勇气和能力,然后才能"恕",就是能够体贴、推知别人,再然后能够"因缘生法"——想象出各种各样的人物,想象出他们的性格、心理。掌握了这种方法,"斯以一笔而写百千万人,固不以为难也"。金圣叹的见解并非自我作古,而是从先秦儒家思想资料中引出。齐宣王赞扬孟子说:"诗云:'他人有心,予忖度之'——夫子之谓也。夫我乃行之,反而求之,不得吾心;夫子言之,与我心有戚戚焉。"齐宣王反求自心而不得,不能说出自己行为出于何种动因,他缺少反身体验自己内心的能力;孟子由自省而推己及人,合情合理地解释了齐宣王的心理。孟子是从性善论出发,相信人同此心,因而设身处地地推知齐宣王的深层心理。朱熹诠释《论语》里的"忠"和"恕"说:"尽己之谓忠,推己之谓恕。"所谓"忠",就是自己坦率地、透彻地省察自己,尔后才能够"恕"——真切地了解别的人,真切地了解万事万物。《礼记·中庸》说:"唯天下至诚,为能尽其性;能尽其性,则能尽人之性;能尽人之性,则能尽物之性;能尽物之性,则可以赞天地之化育。"先向内尽己,然后才有可能向外尽人、尽物。画家画花木禽兽,不但要观察,更要体验。苏轼在《高邮陈直躬处士画雁》诗中说:"野雁见人时,未起意先改。君从何处看,得此无人态。"野雁在无人之处自由自在,一见到人,就警觉起来。画家很难观察到无人处的野雁,但可以推知。自然界一些难以直接观察的景象,画家凭借其体验能力,能够设想出来。元代画家赵孟𫖯善于画马,传世的有《调良图》、《人骑图》、《秋郊饮马图》和《浴马图》等,再现马的各色各样的情态。因为画得生动逼真,画史上便有一些传说:说他每次画马,在密室中,"解衣踞地,先学为马"。清代小说家蒲松龄说:"昔子昂画马,身栩栩然马。"这类故事的产生和流传,表明古人对于创作心理中的体验十分重视。

西方宗教中有"忏悔"的传统,也是道德的自我反省。列夫·托尔斯泰本人写过《忏悔录》,他多次在小说里写人物的"忏悔"。车尔尼雪夫斯基谈到过,道德的纯洁性的自律、自我观照使托尔斯泰的观察力十分敏锐。作家通过"努力锲而不舍地自我观照……去研究心理生活的最可贵的规律","谁要是不从本身研究人,他就永远不会对人们达到深刻的认识"。[6]托尔斯泰是由内省而把握"心灵辩证法"的最杰出的大师。他有一部中篇小说《霍尔斯多麦尔》,主角是一匹老马,把马的心理刻画得细致入微。他向屠格涅夫谈论小说的构思的时候,讲述老马体弱身残的艰窘、凄凉,活灵活现,屠格涅夫惊讶地说:"列夫·尼古拉耶维奇,您一定什么时候也做过马!"足见,"先学为马",尽己之性而后尽物之性,是普遍适用的。古今中外,凡是善于描写人物性格、善于揭示人物深层微妙心理的作家,没有不认真自我观照、认真自省的。"吾日三省吾身",用到创作心理学中,是有效的。反思性、自省性是人文精神的特性之一,自省的缺失则是人文精神失落的一种表现,它必然导致文学作品的浅俗,不可能具备对人生世相的透视力和思想的震撼力量。

文艺的创作思维需要"体",文艺欣赏也需要"体"。《淮南子·说林训》说："听有音之音者聋,听无音之音者聪。"从无音之处听,就是从接受者的内心去听,就是体。清人沈德潜《唐诗别裁·凡例》提到："读读者心平气和,涵泳浸渍,则意味自出。"这也就是体。中国古代与"体"相配合的一个心理学术语是"味"。体的对象主要是道,味的对象则主要是诗意。当然两者也有交错。味,有品味、玩味等涵义,是指主体使自己的感受反复呈现,由此寻绎、把捉对象的隐微精妙之处。杜甫《秋日夔州咏怀》中"虚心味道玄",正是澄怀体道的意思。陆云《与兄平原书》说："兄前表甚有深情远旨,可耽味,高文也。"耽味,是沉浸在审美情绪中流连忘返,是对自己的审美感觉的不断再感觉。刘勰《文心雕龙》的《明诗》篇说："张衡怨篇,诗典可味。"《情采》篇说："繁采寡情,味之必厌。"《知音》篇说："兰为国香,服媚弥芳;书为国华,玩绎方美。"玩绎,即是玩味、体味。钟嵘《诗品》解释赋、比、兴,说把三者酌而用之,"使味之者无极,闻之者动心,是诗之至也"。所有这些人说的都是文艺欣赏中的体味,而这与创作中的体味是可以相通的。作者从自然万物"味道"、"味玄",因而有所得,形之于诗文,读者才得以玩绎。孔子听音乐而不知肉味,陶渊明读了好文章忘记吃饭,这种文学欣赏的态度和方式值得我们好好学习。今天信息的轰炸,养成不少人快餐式的吞咽的阅读习惯,其结果是与前人反过来,知肉味而不知音乐之味、诗歌之味。这是需要大力矫正的。

到了近代,在富国强兵、振兴国势的努力中,重视体验而轻视观察的传统受到质疑,这对于自然科学的发展也许起到促进作用,而在文学艺术上则是矫枉过正,走入另一种偏向。不重视体验,与不重视思维活动、心理活动中主体的能动性相关。毛泽东早年曾指出:

> 观念论哲学有一个长处,就是强调主观能动性,孔子正是这样,所以能引起人的注意与拥护。机械唯物论不能克服观念论,重要原因之一就在于它忽视主观能动性。[7]

毛泽东把他重视主观能动性的看法贯彻到文艺创作心理的论述中,必然要注重体验。他确认,作家、艺术家,只有经过"观察、体验、研究、分析",然后,"才有可能进入创作过程"。对于毛泽东所说的"体验",1940年代周扬等人的有影响的阐释，还是与历史上的"体验"概念相联系的，还是指内向的思维，1950 年代之后，就基本抛弃了其中的哲学、心理学含义，走向与之相反的方向，从内向变为外向，从求诸己变为求诸人、求诸物。体验，成了作家、艺术家离开惯常的生活圈子，与基层群众接触的意思。体验生活，成了一种实际行为，而不是思维方式、心理方式。可能是有鉴于此，胡风及其同道则极力强调体验的本来意义。他扣住毛泽东原先的论述，认为"应该抓住'体验'去提出问题，发展下去"。他在《论现实主义的路》中说：

> 从对于客观对象的感受出发，作家得凭着他的战斗要求突进客观对象，和客观对象经过相生相克的搏斗，体验到客观对象底活的本质的内容，这样才能够"把客观对象变成自己的东西"而表现出来。[8]

胡风的这一意见，既有国外的文艺思想的来源，也有本土的思想根基，它和中国古代体验思想有着继承关系，但又明显地受到了西方 20 世纪哲学、文艺学的影响。

在西方现代，重视体验的主要是一部分哲学家和艺术家，并不是心理学家。在现代心理学中，体验不但没有得到普遍的重视和充分的研究，甚至不是一个通用的、常见的术语，而只与情绪有关，是指主体对自己的情绪的觉察。1984 年，苏联莫斯科大学出版社出版了心理学界泰斗列昂节夫的弟子瓦西留克的关于人克服有威胁性生活情境过程的著作，名为《体验心理学》，"作者的话"中交代："我们所用的'体验'这个术语并不是心理学中所熟悉的那个意思，即指主体的意识内容的直接的、经常是情绪的形式。"作者赋予这一术语的特殊含义显然未能被更多的人所接受；然而作者提到的"不是怎样引起感情，而是感觉已出现的感情"，虽然仍局限在感情体验的范围，但已和中国古代心理学思想对体验的用法多少有切合之处。据瓦西留克的意思，体验是感觉自己的感情，感觉自己的感觉。

作为心理学的研究方法，现代心理学的开创者、德国心理学家冯特把苏格拉底以来西方习用的内省法，用精确的实验加以控制，他说："一切心理学都用自我观察法开始，而这终将继续下去成为解释在我们外部的那些心理现象的不可缺少的帮助。"孔子是为提高主体道德水准而自省，冯特是为研究感觉、知觉而自省。就艺术心理学而言,体验则是具有较高价值的内省心理活动,乃是对于感觉的感觉、对于知觉的知觉,是主体对于自身心理过程和心理动作的自我感知,是主体通过对于自我觉知的再觉知而对于对象非外在的、形而上的质性的感悟。歌德说:

> 一个人能达到的最高境地是意识到自己的情绪和思想,这可以启导他,使他对别人的心灵也有深刻的认识。

> 诗人也是生来就有这种禀赋,不过他不是为了直接的、人世的目的,而是为了更高的、精神的、普遍的目的而发展了这种禀赋。[9]

歌德的这些话里有三点和中国古代心理学思想是一致的:其一,是认为和外向的观察活动相比,内向的自我意识是更高境界,是最高境界;其二,是强调内向的自我意识是为了更高的普遍的目的,即为了"得道"、"诣极",为了趋近终极本体,只有向内才能升华到最微妙的、最幽深的、最精髓的极致;其三,是认为与科学活动不同,在艺术心理中,体验占有更为突出的地位,艺术家比其他人更需要体验,好的艺术家比之别方面的专家更善于体验。但西方的体验论和中国的体验论又有重大区别。首先,中国心理学思想强调的是"体道"、"体无"、"体极",是体悟最高本体,其前提是虚静、定宁,是超越个体自身;西方心理学思想、尤其是现代心理学强调的是自我观照,是体察自己的内心,体察自己的非理性的潜意识,乃至体察一切违背社会规范的欲念,是追求自我和表现自我。现代西方心理学家不是如同孔子、朱熹、王守仁那样,要求主体按照伦理原则去"自讼",而是提倡客观地表现和暴露。儒家、理学家所倡导的内省,扼制了人们对自己内心活动真实情形的了解、把握,这也是中国文学中心理描写发展迟滞的一个原因。其次,中国古代所说的体验,往往玄虚飘渺,难以捉摸,而西方现代心理学讲体验,则讲究操作技术。当然上述区分只是相对的,不是绝对的。19 世纪俄罗斯的体验论,似乎处于两者之间,处于中间状态。

俄罗斯19 世纪的几位作家是心理描写的大师,他们是体验能力极强的天才。他们不是把体验与道德反省对立、分开,而是将两者密不可分地联系在一起。车尔尼雪夫斯基在研究列夫·托尔斯泰的创作时,发现这位当时还是初出茅庐的青年作家，"十分注意从自己内心之中研究人类精神生活的秘密"。他敏锐地发现这位刚露头的天才有两个特点，即强烈的心理分析主义和道德情感的纯洁。两者恰好把心理过程的追踪再现和道德的自我完善结合起来。他认为，托尔斯泰揭示人的内心世界、揭示"心灵辩证法"的才能之获得与增强的路径，"是自我反省，是努力锲而不舍地自我观照"。他把观察和体验加以比较，确认体验具有更高的价值和品位。他说：

> 我们在仔细观察其他人们的时候，可以研究人的行动的规律、热情的变幻、事件的互相关联、环境与关系的影响；可是所有这些倚靠这种方法得到的知识，要是我们不去研究心理生活的最可贵的规律，它们既没有什么深度，也没有什么正确性，这些规律的变化只在我们自觉中向我们展示。谁要是不从本身研究人，他就永远不会对人们达到深刻的认识。

> 我们要是说：自我观照一般说应该使他的观察力变得十分敏锐，教会他使用洞察万有的目光来观察人们，这是不会错的。[10]

车尔尼雪夫斯基这里说的心理生活的"自觉"，从"本身"研究人，是什么意思呢？不正是体验吗！在西欧，自柏格森、叔本华以来，特别是在尼采那里，日渐注重主体对自己内心的省视。尼采曾说："有多少人知道如何观察？而在少数知道如何观察的人当中，又有多少人知道该如何观察自己？""'每个人和他自己之间的距离是最远的'——所有'缰绳的尝试者'都极不安地知道这点，而神对人类所说的'要了解你自己'可说近乎是一种嘲讽罢了。"[11]尼采的这种思想代表了西方哲学的转变，代表了西方艺术与文学的转变。后来出现的意识流文学，集中于深层无意识的挖掘和铺叙，它的前提就是作者的自我分析。西方文学中现代派的先声陀思妥耶夫斯基，以对人的内心的深刻的、无情的、彻底的暴露震慑读者，鲁迅分析他才华的根源说："凡是人的灵魂的伟大的审问者，同时也一定是伟大的犯人。"这里所谓犯人，就是自我拷问的作家；伟大的犯人，就是不留情地自我拷问的作家。

　　体验首先需要的是正视自己的勇气，同时也需要高度的心理技巧。在体验心理过程中，主体既是感受者，又是被感受者，主体一分为二，自己注视自己,自己跟踪自己,要保持客观,要做到细致、真实、全面,要尽可能完整地、清晰地意识到自己每一种情感、每一种思绪从萌生到定形以至消退的全过程,并且还能在意志的控制下让这一过程重复再现,这是相当困难的。苏联著名戏剧家梅耶荷德说:"在艺术中更为要紧的,不是知道,而是体会到。"他还说,演员"虽然还在和邻座在化妆室里聊家常,但他已经不是伊凡·伊凡诺维奇,而是走到了通向奥塞罗的半途。我最喜欢观察走到了通向角色的半途的优秀演员:他们还是伊凡·伊凡诺维奇,但与此同时在他们身上已经有了奥塞罗的某些影子……"在体验中,存在两个"我",作为被拷问者的"我"和作为拷问者的"我",拷问者的"我"向被拷问的"我"走去,他永远是走在半途上。如果完全重合,拷问无法进行;如果完全隔绝,拷问也无法进行。体验的关键是使两者的距离尽可能地短,以求得真切、细致、全面,又使两者始终保持一致。

哲学的体验论和艺术的体验论,抒情艺术的体验论和叙事艺术的体验论,古代的体验论和现代的体验论,东方的体验论和西方的体验论,各有自己的特色与重点,又有相通的东西,它们可以相互阐释,从而克服各自的片面性,大大丰富其理论内涵。

思考题

1. 为什么说重视体验是中国古代诗学的第一个特色?

2. 体验在艺术思维中有怎样的重要性?

3. 怎样看待体道和体物两者的关系?

注　释

〔1〕　张岱年:《中国哲学大纲》,第 8、528 页,北京:中国社会科学出版社,1982 年。

〔2〕　杜维明:《魏晋玄学中的体验思想》,见《燕园论学集》,第 200、209 页,北京:北京大学出版社,1984 年。

〔3〕　爱默生:《自然沉思录》,第 56 页,上海:上海社会科学出版社,1993 年。

〔4〕　康德:《纯粹理性批判》,韦卓民译,第 172 页,武汉:华中师范大学出版社,2000 年第 2 版。

〔5〕 参见马赫:《感觉的分析》,第 277 页,北京:商务印书馆,1986 年第 2 版;胡塞尔:《外感知与内感知。物理现象与心理现象》,见《胡塞尔选集》,第 675—696 页,上海:三联书店,1997 年;倪梁康:《胡塞尔哲学中的"原意识"与"后反思"》,《哲学研究》1998 年第 1 期。

〔6〕 车尔尼雪夫斯基:《童年与少年——战争小说集》,见《车尔尼雪夫斯基论文学》(下),第 267 页,上海:上海译文出版社,1982 年。

〔7〕 毛泽东:《致张闻天(1939 年 2 月 20 日)》,见《毛泽东书信选集》,第 145 页,北京:人民出版社,1983 年。

〔8〕 《胡风评论集》下,第 319—320 页,北京:人民文学出版社,1985 年。

〔9〕 歌德:《说不尽的莎士比亚》,载《古典文艺理论译丛》第三册,北京:人民文学出版社,1958 年。

〔10〕 车尔尼雪夫斯基:《童年与少年战争小说集》,见《车尔尼雪夫斯基论文学》下卷(1),第 267、268 页,上海:上海译文出版社,1982 年。

〔11〕 尼采:《快乐的科学》,第 224 页,北京:中国和平出版社,1986 年。

第三讲

神思

文学家的思
神思的基本涵义
神思的几个特点

　　文学艺术作品的创作过程,首先是创作者思维的过程,文学艺术作品是作家、艺术家思维的产物。那么,作家、艺术家的思维,与学者的思维,与人在其他活动领域的思维,有哪些相同、哪些不同呢? 这种思维有哪些特殊的规律呢? 这是诗学研究的一个重要课题,古人对此有一个长时间的认识过程。如上一讲所介绍的,中国古代哲学家和诗学家在多种思维方式中格外看重体验,而体验的思维方式与审美活动、与文学艺术活动,比之观察、比之推理等等有更为密切的关系。到了六朝时期,文学艺术取得了长足的发展,它们的独立性凸显出来,人们对于文艺创作思维的特殊性也就有了切近的认识,在此基础上,诗学家们开始认真细致地研究文学创作思维。《文心雕龙·神思》说:

　　古人云,形在江海之上,心存魏阙之下——神思之谓也。文之思也,其神远矣,故寂然凝虑,思接千载,悄焉动容,视通万里。吟咏之间,吐纳珠玉之声;眉睫之前,卷舒风云之色,其思理之致乎!

萧子显《南齐书·文学传论》将"神思"一词确定地用于说明文学家的思维:"属文之道,事出神思,感召无象,变化不穷。""感召",就是说把眼前所没有的意象招引过来、创造出来,"无象"是说这种思维不像推理过程那样步骤清晰,而是飘忽、难以捉摸。萧子显和刘勰说的"神思",就是文学艺术创作的特有思维,他们以及同时代其他诗学家关于文艺创作思维的论述,可以称为神思论。神思论的形成在魏晋南北朝时期,而这正是哲学上的体验论得到充分阐发的时期。

一 文学家的思

从陆机的《文赋》到刘勰的《文心雕龙》,还有他们前后的一些论者的著述,正面地提出和回答了文学创作的思维和心理的特点问题。值得我们给予特别关注的是,刘勰等人不愿意只是强调文学创作思维与理论思维、学术思维的差异,而是既要探寻两者之异,也要肯定两者之同。刘勰并不认为"思"是学者的专长和专利,相反,他认为文学创作也不能离开思,优秀的文学家也具有很强的思的能力,但这种思是一种特殊的思。这也是中国古代的文艺思维论与古希腊的文艺思维论不大相同的地方。这一方面表明六朝的诗学家们虽然开始把文学与哲学的、伦理的、实用的活动分别开来,另一方面也表明这种分别还不是非常清晰的。

原始时代人们的思维方式是浑融的,还没有明确的不同思维方式的分工。到了后来,不同思维方式的分化才逐渐地明晰;随着社会的发展、文化的进步,人们对这种分化慢慢就有了日渐清楚的感觉,并在词语的运用上有所表现。谈到人的思维,中国古人有时用"思"、"虑"、"念",有时用"想",这中间有一种微妙的差别。《说文》解释这几个词说:"思,容也",思是包容一切的;"虑,谋思也",徐锴《系传》解释:"思有所图曰虑,虑犹缕也,如丝之有缕以成文也";段玉裁注:"计画之纤悉必周,有不周者非虑也。"《说文》:"念,常思也";朱骏声《说文通训定声》解释:"谓长久思之"。思、虑、念,多数用来指周密地体现了逻辑性的思维。《说文》:"想,冀思也";徐锴《系传》解释:"希冀所思之"。想,则是对企望对象的思维,可能没有那么细密周严。这几个词含义、用法的差别,表明人们在摸索着区分不同的思维方式。在中国古代,"思想"作为一个词,涵义与今天不同,而是与"想象"靠近。郭绍虞先生说,思想"是文学内质的要素之一","想象亦文学内质的要素之一,不过昔人多混于思想言之"。[1]齐梁时代的沈约在《宋书·乐志》里选载的乐府歌辞《厥有初》,其中有"思想崛嶙居"之句,在那里,"思想"即想象,可作为郭绍虞的说法的一个例证。在那里,"思想"是个偏义复合词,主要用的是"想"的含义。

把思和想分别开来,可能与文学或者诗学有关,但今天已很难找出足够多的精确证据。现代学者金岳霖20世纪40年代在《思想》一文里,从哲学上专门讨论"思"和"想"的区分,他说:"思想者中间,有善思而不善想的,有善想而不善思的,有二者兼善或二者兼不善的。无论如何,它们有分别。而这分别在讨论知识论的问题上非常之重要。我们虽不能把思与想分开来,然而仍须分别的讨论。"[2]他把思叫做"思议",把想叫做"想象"。"想象的内容是象,即前此所说的意象。思议的内容是意念或概念。想象的内容是具体的、个体的、特殊的东西,思议的对象是普遍的、抽象的。"特殊的、具体的个体可以觉,可以想象,但不能思议。例如桌子、房子,是可以想象的,但无法思议。如要思议,所得到的不是意象,只是意念。普遍的、抽象的对象可以思议,但不能觉,不能想象。例如,"无穷大"、"零"、"哲学"、"诗学",是可以思议的,但无法想象。有些即使可以想象,得到的却不是意念,而是相应的意象。人类学家在田野调查中曾经发现,有些极不发达地区的部落里,人们可以很清楚地说出八匹马、五个人,却不能理解"八"和"五"。因为前者有形象或意象,后者需要抽象,要靠思议。古代的学科分工没有现代这样清晰和细致,古人对"思"和"想"并没有严格的区分,但古代不少人也意识到在不同的领域,需要不同的思维方式,并试图用词语区分不同的思维方式,这一点是不必怀疑的。

在中国早期的经典里,相比之下,"思"字出现多,而"想"字出现很少。这可能是因为,经典是思想家们的著作,他们所谈的是哲学的、伦理的思维,很少直接涉及文学艺术创作的思维问题。孔子说"学而不思则罔"，孟子说"心之官则思"，《易·艮·象传》说"君子以思不出其位"。他们讲的"思"，都是郑重的理性思维。全部十三经的经文中，"思"字出现得很多很多，而"想"字只出现一次，这个语言现象，颇可玩味。十三经中只在《周礼·春官·眂祲》有一个"想"字。那里说到的所谓"眂祲"，是观察阴阳相侵形成的不祥云气，"以观妖祥，辨吉凶"，为此要掌握"十法"，其中第十法就是"想"。郑玄注："想，杂气有似可形想。"唐代贾公彦疏："云气杂有所象似，故可形想。"天上的云气，当然是可以想象的。想，在很多情况下，和"形"、"象"连在一起；在这个意义上，想，是与形象相联系的思维，甚至就是用形象进行的思维。从战国到两汉，"想"的这种含义得到不少人的认可。《韩非子·解老》说："人希见生象也，而得死象之骨，按其图以想其生也，故诸人之所以意想者，皆谓之象也。"《楚辞·远游》里有："思旧故以想像兮，长太息而掩涕。"王逸注："像，一作象。"以上两例是推想和回想动物或者人的形象，活的野生大象、远别或逝世的亲朋故旧，都可以想象。《列子·汤问》说："伯牙乃舍琴而叹曰，善哉，善哉，子之听夫！志想象犹吾心也。"是说钟子期能够在听乐曲时，想象出巍巍高山或者洋洋江河的形象。司马迁在《史记》中多次说到，他披读孔子、屈原等人的著作，"想见其为人"，那是从作品想见作者的风度和相貌。汉代直至齐梁，文本中出现"想象"或"想"的还可以举出很多。梁简文帝《大同哀辞》有："忽徘徊而想象，曾何时而不伤。"《淮南子·要略》说："览冥者……乃揽物引类，览取拪掇（拾取），浸想（仔细地想见）宵类（相似的众物），物之可以喻意象形者，乃以穿通窘滞，决渎壅塞，引人之意，系之无极，乃以明物类之感，同气之应，阴阳之合，形埒之朕（迹象），所以令人远观博见者也。"在这几处，"想"的也是"象"。想象，召来不在身边的事物的形貌，用具体有形之物，表达某种喻意。写诗、作画的时候人的思维，以及读诗、观画的时候人的思维，与治学或处理日常事务时的思维是不同的，后者要多思而前者更多想。

但是，颇为奇怪的是，六朝文论家、诗学家也极少用"想"字。《文赋》中没有"想"字。《文心雕龙》里"想"字只出现两次，一次还是在引文中；但用"思"字却有八十多次。在给这种特殊的思维命名的时候，诗学家们并没有采用当时出现频率颇高的"想"或"想象",而是仍然用"思"。除了"神思"之外,刘勰用过"才思"、"文思"、"妙思"等等。怎么解释这种现象呢?我觉得,这很可能是因为,他们既期望、赞赏飞驰风发之思,又要求精思、思理,认为两方面都不可忽视,用"神思"比用"想象"更能传达这两个方面的意思。

人能够思维,这是人区别于动物的一个本质特征。思维与感觉、知觉不一样,感觉、知觉在主体与客体的直接接触中产生,而思维是在感觉、知觉基础上的深度加工,是在直接感知基础上的一个飞跃,是对于客观世界的穿透性的反映。诗人、艺术家、学者,从事精神的生产,思维、思想成为他们生命的重要内容,是他们存在的价值所系,也与他们生命存在的特殊方式密切相联。在肯定了文艺创作思维与其他思维方式的共性之后,刘勰立刻就强调,文学家的思,是一种特别的思,他把这种思叫做"神思",以"神"来标举、揭示、突出文学艺术思维的特性。"神思"一词并不是刘勰的新创,在他前后,不少人都使用过这一词语。曹植《宝刀赋》中早有"规圆景以定环,摅神思而造像"之句,这个句子里的"神思"接近于今天所谓摹想、想象。孙吴时期华覈《乞赦楼玄疏》说:"陛下既垂意博古,综极艺文,加勤心好道,随节致气,宜得闲静,以展神思。"这里所说的"神思",是闲暇悠游、从容不迫,因而导致良好的思维状态。在魏晋六朝时期的各类著述中,"神思"二字并不罕见,它在使用中有一个发展变化的过程。最初,"神思"是指神的思维、神的意向的意思,不是复音词,而是很不稳定的词组。后来,才成为词组,逐渐有相对稳定的涵义。《晋书·刘寔传》记载:"管辂尝谓人曰,吾与刘颖川兄弟语,使人神思清发。"《三国志·魏志·曹植传》中有:"陛下将复劳玉躬,扰挂神思。"在这类句子里,"神思"已经是独立的词语了。《蜀志·杜琼传》载:"蜀既亡,咸以(谯)周言为验。周曰,此虽已所推寻,然有所因,由杜(琼)君之辞而广之耳,殊无神思独至之异也。"他说的"神思"是一种推想和预测,即是《周礼》所谓"眡祲"之术;预测应验了,便被称为"神思"。直到刘勰,才把这个词语变成了诗学的重要概念。

二　神思的基本涵义

神思论的"思"，表明诗学家们确认，文学创作思维与理论的、逻辑的思维有共同点，它应该是理性的，而不是非理性的；神思论的"神"，表明诗学家们确认，文学创作思维与理论的、逻辑的思维有不同点，它是非理论的、非逻辑的，其中有主体不可完全控制的因素。就前者而言，刘勰认为，神思并非不可捉摸，他要探求"驭文之首术，谋篇之大端"，帮助作家认识和掌握这种规律。就后者而言，神，是非同寻常的，难以确切描述和不可完全把握的，有时是可遇而不可求的，作家和读者应该承认和尊重这种特殊性。

关于思，它的含义比较清晰，但在诗学家笔下，思总是带有情感性、灵动性。《文赋》说"思涉乐其必笑"、"藻思绮合"，《文心雕龙》说"妙思"、"才思"，都是不同一般的思。但是，他们也强调"耽思"、"凝思"、"思按之而愈深"，强调"环周"之思、"思理"、"苦思"、"研思"、"覃思"。他们所说的"神"，都是在肯定思的一般规律的前提之下。

在汉语里，神，兼有天神和神奇的含义，两种含义彼此相关。天神是造物主，是一切的创造者；神奇则是超乎常人、超乎常态的品质和能力。那么，神思究竟是天神之所赐，还是主体自己的超常能力、超常发挥呢？这就有两种完全不同的解释。

文学创作过程中，有时候文思泉涌，有时候苦思不得。这类现象许多作家都经历过，感觉到神秘，难以作出有说服力的解释。于是有人说成是神赐之思，并且编造出一些故事来。诗学家要对此作严肃的探究，他们先是描述文艺创作思维变幻莫测的情状，刘勰说是"思有利钝，时有通塞"，陆机更有很生动的描述：

> 若夫应感之会，通塞之纪，来不可遏，去不可止。藏若景（影子）灭，行犹响（回声）起。方天机之骏利，夫何纷而不理。思风（思如风）发于胸臆，言泉（言如泉）流于唇齿。纷葳蕤（丰盛）以驳遝（健壮），唯毫素（纸笔）之所拟。文（辞采）徽徽以溢目，音（声韵）泠泠而盈耳。

> 及其六情底滞（钝塞），志往神留，兀（光秃）若枯木，豁（空虚）若涸流。
> 揽营魂以探赜（探求深微），顿精爽而自求；理翳翳（被遮蔽）而愈伏，思
> 轧轧（被阻隔）其若抽。是以或竭情而多悔（竭尽心力却十分不满意），
> 或率意而寡尤（随意而行却很少差错）。虽兹物之在我，非余力之所戮
> （非人力能定）。故时抚空怀而自惋，吾未识夫开塞之所由。

文思的利钝通塞，其中的缘由规律难以言说。难以言说的恰是最微妙、最关键的地方，文论家则不能不说，于是，才有了神思论。

汉语中"神"这个词有多种义项，神思之"神"的意义，需要放在中国古代哲学体系中来理解。"神"的含义主要有三个方面，相应地，神思作为诗学范畴的内涵，也有三个指向。

第一，"神"是指神祇，神灵。《说文》说，神是"引出万物者也"，是超乎自然和人世的最高的力量代表或精神存在。因为文学艺术创作的思维微妙难以言说，人们便归之为神赐。在古希腊，柏拉图的《伊安篇》里记述苏格拉底的话说，如果写诗是一种技艺，和做鞋子、做桌子一样，那么，诗人遇到什么题目都应该可以作出好诗。事实却不是这样。"凡是高明的诗人，无论在史诗或抒情诗方面，都不是凭技艺来作成他们的优美的诗歌，而是因为他们得到灵感，有神力凭附着。科里班特巫师们在舞蹈时，心里都受一种迷狂支配；抒情诗人在作诗时也是如此。"诗人"不失去平常理智而陷入迷狂，就没有能力创造，就不能作诗或代神说话"。在《裴德若》篇里柏拉图列举了四种迷狂，第三种是由诗神凭附而来的，"若是没有这种诗神的迷狂，无论谁去敲诗歌的门，他和他的作品都永远站在诗歌的门外，尽管他自己妄想单凭诗的艺术就可以成为一个诗人。他的神志清醒的诗遇到迷狂的诗就黯然无光了"。[3]中国少有这类系统的理论，但也有过类似说法。钟嵘《诗品》谈江淹，说这位当时有名的诗人在离开宣城太守的职位去到都城的路上，"梦一美丈夫，自称郭璞，谓淹曰：'吾有笔在卿处多年矣，可以见还。'淹探怀中，得一五色笔以授之。尔后为诗，不复成语，故世传江淹才尽"。江淹创作思维的能力是神（托名郭璞）给的，神后来收回了。《聊斋志异·吴门画工》说，有一个画工，喜欢画吕洞宾的像，"每想像而神会之"，后得吕祖托

梦,让他在梦中睹见一个丽人,嘱咐仔细记住她的形貌,醒来画出收藏。几年后皇帝的妃子死了,让众多画工造像,"口授心拟,终不能似",这个人献上以前的画,宫中之人"以为神肖"。于是贵戚们争着要他给逝去的先人画像,"悬空摹写,罔不曲似"。这个画家的才能是吕洞宾给的。中国历代的文论家很少认真对待文思神赐之说。江郎才尽只是一个故事,江淹晚年诗文不佳,人们更多的解释是说他"名位益登,尘务经心",官员的身份意识窒息了审美思维。蒲松龄那个故事更是微言曲讽,嘲笑那些梦想一夜成名发财的艺匠。所以,小说中吕洞宾对画工说:"汝骨气贪鄙,不能成仙。"贪鄙不能成仙,其实是说市侩的占有欲决定了他不能取得真正的艺术成就。这很符合马克思在《1844年经济学—哲学手稿》中指出的,被束缚在粗陋的实践的欲望下面的感觉只有局限的意义。概而言之,中国古代文论并不赞成灵感神赐说,而赞成文艺家刻苦努力;古代诗学中的神思,不是神赐之思,它靠的是人的能力。

第二,"神"又指通过修炼而获得的非同常人的、非常态的行动能力和思维能力。中国宗教不重视人格神,佛教的"神"多指灵魂、精神。佛教称修习禅定可以获得神通,有超自然的、"无碍自在"的、"神变不可思议"的妙用,从而无所不能,可以看到和看透一切现象,可以尽听世间一切声音,可以悉知别人的心理。[4]刘勰和梁代不少文人熟谙佛典,他们当会汲取佛学相关思想材料,而与中国既有观念融合;舍弃其宗教教义性质,而汲取其在艺术心理上的意义。道教也讲神,但与佛教有所不同。在他们那里,神是人的意识。先天为元神,后天为识神;精中生气,气中生神;炼心就是开发元神。修行人能以神驭气,到了神入气穴,神气不相隔碍,就叫做内神通;能以神大定纯阳而出定,变化无穷,就叫做外神通;神通就是驭气之神所显。道教的这些思想,也被古代艺术思维论所吸收。这个意义上的神思,就是超常的思维能力。宗教的神通需要修炼,文艺创作的神思也由修养积累而来,它由先天禀赋与后天修养结合而产生。总之,中国关于神的观念,不同于希腊、印度宗教之神——不是指某一人格神,而是指主体的特殊能力和特殊状态。这对后世产生了很深远的影响。正如刘勰的《神思》篇所说:"若学浅而空迟,才疏而徒速,以斯成器,未之前闻。"神思,不是天上神祇赐给的妙思,而是创作者可遇不可强求的妙思,是主体难以自觉控制的妙思,是可以培植、养炼,但其爆发却有很大偶然性的妙思。怎么培植、养炼,刘勰提出的路径是:"积学以储宝,酌理以富才,研阅以穷照,驯致以绎辞。"分别是指对于经典的学习,对思维规律的掌握,生活体验的积累,语言能力的培育。杜甫说:"读书破万卷,下笔如有神。"严羽说:"诗有别材,非关书也;诗有别趣,非关理也。然非多读书多穷理,则不能极其致。"袁守定《易斋占毕丛谈》说:"得之在俄顷,积之在平日。"他们一致认为,神思离不开后天的努力,先有了学识、阅历等方面的前提和基础,才可能获得神思。

第三,"神"是千变万化、不可预测的意思。《孟子·尽心下》说:"圣而不可知之之谓神";赵岐注:"有圣知之明,其道不可得知,是为神人。"《易·系辞》说,"阴阳不测之谓神",是指卦爻或者事物的变化难以把握,占卜时出现什么样的卦事先难以预料,自然和社会、人事的变化更难以预料,如果有人能够把握、能够预料,那就叫做神。所以又说,"知几其神乎","几",是变化的征兆,能由刚刚萌芽的征兆预知事物的变化趋向,可以称之为神。晋人韩康伯解释《系辞》说:"神也者,变化之极,妙万物而为言,不可以形诘者也。"文艺创作的思维,特别是最初的触发和灵感到来的高潮中,主体似乎是被外在力量所支配,不由自主,是作家们常说的"如有神助"。"如",不是真的靠神的帮助,而是好像得到传说中神的帮助。

"神"作为名词,是指人的精神状态、思维的主宰;作为形容词,指异乎寻常的、高超的。神思,就是指脱离了、超越了日常实务思维定势的自由的精神能力、高效率的创造性思维状态。《论衡·卜筮》说:"夫人用神思虑……一身之神,在胸中为思虑。"郑玄注《礼记·乐记》说:"圣人之精气谓之神,贤知之精气谓之鬼。"《抱朴子·尚博》说:"用思有限者,不能得其神。"道家高度重视自由的精神能力,所以,《庄子》对"神"的论述很多:《养生主》中说:"臣以神遇而不以目视,官知止而神欲行";《知北游》中说:"神明至精";《在宥》中说:"神动而天随","无视无听,抱神以静";《刻意》中说:"动而以天行,此养神之道也"。大致都属于这类意思。"官知止而神欲行",人的肢体器官要停下来,而"神"却支配它们继续动作,这正说明"神"的非自觉性,主体不可完全控制,它具有直觉和无意识的性质。先秦儒家较多讲"学"而道家多讲"神",道家讲的神主要用以指称人的思维能力、良好的思维状态。刘勰的神思论,也更多地从先秦道家汲取思想资源。

三 神思的几个特点

神思,就是神化之思、入神之思、神来之思。神思有两个方面的含义——当神思用来指称文学家、艺术家的心理动作,其中突出的含义是创造性想象,如刘勰所说的"神思方运,万途竞萌";当神思用来指称文学家艺术家的思维状态,它的含义主要体现为兴会或灵感,刘宋时期宗炳《画山水序》中有"峰岫峣嶷,云林森渺,圣贤映于绝代,万趣融其神思"之句,其中的神思就是指称画家的艺术思维状态。

神思用来指称艺术创作中的心理动作,其基本内容围绕着主体与对象即心与物的关系;神思的过程,就是处理心物关系的过程。刘勰说:"故思理为妙,神与物游。"在这种关系中,神思论既肯定心对于物的依赖,更强调心的主动性、心的创造性。东晋诗人孙绰,写过一篇《游天台山赋》,在序中说,天台山"所立冥奥,其路幽迥","举世罕能登陟",他既然不能登上山顶,就转而靠想象——"非夫远寄冥搜,笃信通神者,何肯遥想而存之。余所以驰神运思,昼咏宵兴,俯仰之间,若已再升者也"。这里的"驰神运思",就是主体集中心力去完成一种心理动作,也就是艺术思维过程的一种心理动作。

神思作为心理动作有三重特性。第一,是超时空性。文艺家描写、表现的时空范围,既可以上溯远古洪荒也可以遥想未来世界,既可以远达太空外星也可以近在一室之内。《文赋》说:"恢万里而无阂,通亿载而为津。"《文心雕龙·神思》说:"思接千载,视通万里"。《文镜秘府论·论文意》说:"凡属文之人,常须作虑。凝心天海之外,用思元气之前。"神思的第一个特点是"远",这个"远",既是指空间距离,也指时间间隔。他们所说的"神",包括了视觉、听觉、触觉……主体驰神运思,在他所有的感觉、知觉范围,在"声"、"色"等各个方面。《庄子》的文章就善于驰骋想象,它的第一篇是《逍遥游》,开头写道:

> 北冥有鱼,其名为鲲。鲲之大不知其几千里也,化而为鸟,其名为
> 鹏。鹏之背不知其几千里也,怒而飞,其翼若垂天之云。

这岂不是万里无阂、亿载相通吗!《庄子》说,神人"乘云气,骑日月,而游乎四海之外",这可以借来作为对神思的一种描述,神思也就是逍遥游。《庄子》给后世文学家的创作思维垂示了典范。李白的《大鹏赋》说:"余昔于江陵见天台司马子微,谓余有仙风道骨,可与神游八极之表,因著《大鹏遇希有鸟赋》以自广……南华老仙(指庄子)发天机于漆园,吐峥嵘之高论,开浩荡之奇言。"李白从庄子学习了神游。他写大姥、写蜀道,都是倚仗着神思。宋代罗大经《鹤林玉露》说:"庄子之文,以无为有;《战国策》之文,以曲作直,东坡平生熟此二书,故其为文,横说竖说,惟意所到,俊辨痛快,无复滞碍。"苏轼从庄子学习了以无为有、唯意所到,他的《赤壁赋》并非纪实,湖北黄冈的赤壁矶,不过是一座山丘,哪里有什么"断岸千尺",哪里有什么状如虎豹、虬龙的"巉岩"?诗评家说苏轼是学《庄》、《骚》文法,"如乘云御风而立乎九霄之上"。王世贞《读庄子》说:"凡庄子之为文,宏放驰逐,纵而不可羁。"王世贞从庄子学习了宏放驰逐,所谓"不可羁"者,就是艺术想象。他们所取于庄子的,都是神思,都是发挥神思的超时空的长处。

为什么文学家能够超时空呢?就因为主体运用想象力去主动召唤物象。想象是对记忆表象的加工,包括对原有经验的转移和重新组合、粘连,把事物的某种或某些特性加以突出夸张。英国学者李斯托威尔说:"'创造性的想象',由于它把从先前经验中所获得的心灵意象彻底地加以修正、变化和重新组合,所以一般说来,它不同于'再现的想象',或者通常的记忆。虽然这种不同只不过是程度上的差别而已。创造性想象的活动,主要表现为三种形式:'理智的想象',为追求纯粹知识的没有利害感的愿望所决定;'实践的想象',为指导实践行为的自然的利害感所决定;最后,'审美的想象',为支配创造性艺术家的心灵的那种感情和情绪所决定。"[5]神思显然主要属于审美的想象。虽然哲学、科学和各种社会实践都需要想象,但想象对文学艺术确实格外重要。波德莱尔把艺术家称为"想象力和精神最珍贵的能力的热情的代表",他说:"我认为,对一个艺术家来说,不相信想象力,

蔑视宏伟的东西,喜爱并专门从事一种技艺,这是他的堕落的主要原因。"[6]想象使主体得以把握他无法直接了解的东西。宗炳《画山水序》说:"神本无端,栖形感类,理入影迹,诚能妙写,亦诚尽矣。""栖形感类,理入影迹",就是画家对象化于山水之中,所以就能够"妙写"。把想象作为文学家艺术家首要的、基本的思维能力,承认文艺家有权突破时空限制而驰神运思,这是中国古代神思论对文艺创作思维研究的贡献。

神思作为心理动作的第二层涵义,是虚构性。神思之神,在于它能够"规矩虚位,刻镂无形",化虚为实,也就是《文赋》说的"课虚无以责有,叩寂寞而求音"。明代茅坤《唐宋八大家文钞》评论苏轼的《武王论》,说"通篇将无作有,转展不穷"。宋代楼昉编的《崇古文诀》说,韩愈的《毛颖传》"笔事收拾得尽善,将无作有"。《毛颖传》把写字用的毛笔假拟为一个人物,写成一篇文章,实际上是一篇小说。小说比诗歌更加需要虚构。虚构,是艺术思维的品性与特长,是它的优势所在。在文学家、艺术家的思维中,原来直接或间接的生活经验,是自然、社会生活或人的心理状态的映象。这类映象出现于主体脑海里,就是再造性想象,这些只是他创作的原材料。一个作家、一个画家、一个音乐家,都需要很强的形象记忆能力、再造想象能力,他的原料仓库越是充实,创作的基础就越是雄厚。但是,仅此还不够,创作主体还要把这些映象改造制作、冶炼熔铸,塑造出艺术形象,艺术想象主要应该是创造性想象。创造性想象需要更强的思维能力,科学思维对原料进行加工依靠的是抽象力,文学家、艺术家创造艺术形象既要概括性,又要具象性,靠的是艺术想象。艺术想象用虚构的形象来概括原始映象。清代初期的著名画家、诗人方士庶《天慵庵随笔》说:"山川草木,造化自然,此实境也。因心造境,以手运心,此虚境也。虚而为实,是在笔墨有无间。故古人笔墨具此山苍树秀,水活石润,于天地之外,别构一种灵奇。或率意挥洒,亦皆炼金成液,弃滓存精,曲尽蹈虚揖影之妙。"宗白华认为:"中国绘画的整个精粹在这几句话里。"[7]炼金成液,蹈虚揖影,就是再造出崭新的、生动的形象,用艺术的具象来概括深广的内容。清代恽南田题唐洁庵的画说:"谛视斯境,一草一树,一丘一壑,皆洁庵灵想之所独辟,总非人间所有。其意象在六合之表,荣落在四时之外。将以尻轮神马,御泠风以游无穷。真所谓貌姑射之山,汾水之阳,尘垢秕糠,绰约冰雪。时俗龌龊,又何能知洁庵游心之所在哉!""灵想"也就是神思,杰出的文艺作品里,从细节到整体,都非现实世界所本有,而是作者神思之独造。艺术想象之高于生活现象、高于再造想象,就是因为有文艺家心灵的参与,赋予了形象以意义,主体对象化带来了对象的主体化、人化、心灵化。

神思作为心理动作的第三层涵义,是强烈的情绪性,这是科学思维通常不会具有的。刘勰说,神思运作之时,"登山则情满于山,观海则意溢于海,我才之多少将与风云而并驱矣!"艺术家登山观海与科学家有不一样的心理状态。北宋画家郭熙论山的画法说:"春山淡冶而如笑,夏山苍翠而如滴,秋山明净而如妆,冬山惨淡而如睡。""春山烟云连绵,人欣欣;夏山嘉木繁阴,人坦坦;秋山明净摇落,人肃肃;冬山昏霾翳塞,人寂寂。看此画令人生此意,如真在此山中,此画之景外意也。见青烟白道而思行,见平川落照而思望,见幽人山客而思居,见岩扃泉石而思游,看此画令人起此心,如将真即其处,此画之意外妙也。"[8]他带着真挚的情感看山、画山,所以作品才有感染力。苏轼多次写诗赞美他的画,说是"玉堂昼掩春日闲,中有郭熙画春山。鸣鸠乳燕初睡起,白波青嶂非人间"。

文艺家的创作思维达到高潮,他的情绪同时也出现高潮。情绪是艺术想象的动力,是神思的动力,古今论者对此说得很多,但是,人们侧重的多是与想象的内容相关的情绪,多是与对社会生活评价相关的情绪。至于由艺术想象的效率和质量而派生出来的情绪,与主体对艺术形式的琢磨相关的情绪,人们则往往忽视了。当创作者文思受阻时,他会焦急、烦愁,这焦急、烦愁迫使他竭尽全力寻求最好的传达方式。苏辙的孙子苏籀《栾城遗言》记载:"先生(苏轼)尝谓刘景文与先子(指苏籀的父亲苏迟)曰,某生平无快意事,唯作文章,意之所到,则笔力曲折无不尽意,自谓世间乐事,无逾此者。"[9]苏轼屡遭贬谪,生活在困窘危苦之中,他的快乐是自如地驾驭语言文字,自如地驾驭格律规范,在写作中实现自我肯定的快乐。苏轼本人在《自评文》中说:"吾文如万斛泉源,不择地皆可出,在平地滔滔汩汩,虽一日千里无难;及其与山石曲折,随物赋形而不可知也。所可知者,常行于所当行,常止于不可止,如是而已矣。其他,虽吾亦不能知也。"这里没有直接说到快乐，其愉悦得意之情则流荡于字里行间。以上，无论是焦虑还是快意，都属于文艺创作的工作情绪，是神思的构成成分。

中国古典诗学与"神"密切相关的理论，主要有三个方面：一是就创作主体的心理而言，指作家、艺术家进入高峰状态，并因此而得心应手、左右逢源；二是就表现对象而言，神思是指其超乎外表的精神性的特征得以呈现；三是就文本而言，神思是指其独特而生动的审美品质。这三者在古代文论中分别在神思论、传神论和神韵论中得到阐述。从孔融《荐祢衡表》的"思若有神"，到《文心雕龙·神思》，都是讲创作心理。从顾恺之《论画》的"以形写神"和"传神写照"，《南齐书·文学传论》的"属文之道，事出神思"，宋代韩拙《山水纯全集》的"凡未操笔，当凝神着思，豫在目前。所以意在笔先，然后以格法推之，可谓得之于心，应之于手也"〔10〕，到《水浒》评点中"真是传神写照妙手"和脂砚斋所说"《石头记》传神摹影"，都是讲从对象的外在形貌透视出其内在质性，并且将其表现出来。"神"和"韵"结合在一起，被用来品赞绘画和书法作品，如谢赫《古画品录》讲到"神韵气力"，后来被用于品赞诗歌和散文，如胡应麟《诗薮》称盛唐诗"神韵轩举"，直到清代发展出神韵说。所以，下面再分别对传神论和神韵论作简单介绍。

传神论，原来出于六朝的画论。《世说新语·巧艺》称，顾恺之"画人，或数年不点目睛。人问其故，顾曰：'四体妍蚩，本无关于妙处。传神写照，正在阿堵中。'"传神是顾恺之的美学追求。宋代陈郁《藏一话腴》说："写形不难，写心惟难……夫写屈原之形而肖矣，倘不能笔其行吟泽畔、怀忠不平之意，亦非灵均。写少陵之貌而是矣，倘不能笔其风骚冲淡之趣，忠义杰特之气，峻洁葆丽之姿，奇僻赡博之学，离寓放旷之怀，亦非浣花翁。盖写其形，必传其神；传其神，必写其心。"〔11〕宋代邓椿《画继》则说，画家所以能曲尽万物之态者，"止一法耳。一者何也？曰，传神而已矣。世徒知人之有神，而不知物之有神。此若虚（郭若虚）深鄙众工，谓虽曰画而非画者，盖止能传其形，不能传其神也"〔12〕。止于传形，只配叫做画工、画匠，能够传神才是画家。山水诗和山水散文也要求传神。李贽将传神论引入小说评论，他谈《世说新语》和《类林》道："今观二书……传神写照于阿堵之中，目睛既点,则其人凛凛自有生气;益三毛,更觉有神,且与其不可传者而传之。"[13]
"益三毛"就是颊上添毫,是指抓取特别的细节,突出人物的个性特征,传达
人物的风度、情态。《世说新语》里记述,顾恺之画裴叔则,在脸颊上添了三
根毛,人问他为什么要添加,他回答:"裴楷俊朗有识具,正此是其识具。"看
画的人仔细观赏,觉得"益三毛如有神明,殊胜未安时"。文学家、艺术家能
从很细微的地方抓取对象的特点。中国的各类艺术,一般来说,不愿意精细、
全面地追摹对象的外部形貌,而都是着力于其精神性特征。美国的苏珊·布
什在她的博士论文中阐释中国画的传神论说:"艺术呈现了视觉世界可信的
形象;这种形象为一颗杰出的人的心灵所渗透时,能够比未加解释的自然更加
真实。"[14]她的这一体会很敏锐也很深刻,传神是有普遍性的审美原则。

　　神韵论是清代王士禛所提倡的一种诗论,但其渊源却可以上溯到很早。
"神"开始本来多用于评画,"韵"则多用于论音。宋代范温《潜溪诗眼》说:
"有余意之谓韵","测之而益深,究之而益来,其是之谓矣"。最先把神韵作
为评价诗歌的基本标准的是明代的胡应麟,他的《诗薮》说:"古人之作,往
往神韵超然,绝去斧凿",诗"惟以神韵为主"。"诗之筋骨,犹木之根干也;
肌肉,犹枝叶也;色泽神韵,犹花蕊也。筋骨立于中,肌肉荣于外,色泽神韵
充溢其间,而后诗之美善备,犹木之根干苍然,枝叶蔚然,花蕊烂然,而后木
之生意完。"与之同时的陆时雍在《诗境总论》中也谈及神韵:"诗之佳,拂拂
如风,洋洋如水,一往神韵行乎其间。"王士禛说的神韵,有专门指向,他在
唐诗中宗尚王维等人,而不取李杜。他的《池北偶谈》由孔文谷之语而议论
道:"诗以达性,然须清远为尚。薛西原论诗独取谢康乐、王摩诘、孟浩然、
韦应物……总其妙在神韵矣。神韵二字,予向论诗首为学人拈出,不知先见
于此。"作为诗学概念的神韵,不能如此狭窄。钱锺书指出:"神韵非诗品中
之一品,而为各品之恰到好处,至善尽美。"[15]神韵概念的提出,表明人们不
满足艺术作品只是真实、准确地反映对象,而要求艺术形象体现活力、灌注
生气,给欣赏者持续、稳定的美感享受。

思考题

1. 神思论表明古人对艺术思维的特性有怎样的认识?

2. 神思作为心理动作和作为思维状态分别有怎样的含义？

注　释

〔1〕　郭绍虞:《中国文学批评史》上卷,第 110 页,天津:百花文艺出版社,1999 年。

〔2〕　金岳霖:《金岳霖选集》,第 143 页,长春:吉林人民出版社,2005 年。后来在金岳霖的代表作《知识论》第六章,有一段与这里相同的文字,可见是作者一直坚持的重要观点。

〔3〕　柏拉图:《文艺对话集》,朱光潜译,第 8、118 页,北京:人民文学出版社,1963 年。

〔4〕　参见《中华佛教百科全书》"神通"条释义,蓝吉富主编,中华佛教百科文献基金会出版,1994。

〔5〕　《近代美学史评述》,第 17 页,上海:上海译文出版社,1980 年。

〔6〕　波德莱尔:《一八五九年的沙龙》,见《波德莱尔美学论文选》,第 405—406 页,北京:人民文学出版社,1987 年。

〔7〕　宗白华:《中国艺术意境之诞生》,见《美学与意境》,第 209 页,北京:人民出版社,1987 年。下面恽南田之语,亦转引自此处。

〔8〕　郭熙:《林泉高致》,见俞剑华编《中国画论类编》,第 634—635 页,北京:人民美术出版社,1986 年。

〔9〕　见《古典文学研究资料汇编·苏轼资料汇编》上编一,第 285 页,北京:中华书局,1994 年。

〔10〕　《历代论画名著汇编》,第 142 页,北京:文物出版社,1982 年。

〔11〕　俞剑华编:《中国画论类编》,第 473 页,北京:人民美术出版社,1986 年。

〔12〕　沈子丞:《历代论画名著汇编》,第 129 页,北京:文物出版社,1982 年。

〔13〕　李贽:《初潭集·又叙》,北京:中华书局,1974 年。

〔14〕　苏珊·布什:《文人画理论的产生》,见《外国学者论中国画》,第 99—100 页,长沙:湖南美术出版社,1986 年。

〔15〕　钱锺书:《谈艺录》,第 40—41 页,北京:中华书局,1984 年。

第四讲

顿悟与渐悟

悟在诗学中的提出
悟的达成的两种方式
顿悟与渐悟的互相依存

前面一讲谈的是神思,古代诗学把文艺家的创作思维、把这种思维的高峰状态名之为神思,这个"神",除了突出标示艺术思维高峰状态的神奇超常,不是很多人都能够具有,还有一个意思是说这种思维状态难以把捉,它不是招之即来,不是主体能够完全控制的,即使是才华卓著的作家也不是随时可以获得。陆厥《与沈约书》说:"夫思有合离,前哲同所不免;文有开塞,即事不得无之……王粲《初征》,他文未能称是;杨修敏捷,《暑赋》弥日不献。率意寡尤,则事促乎一日;翳翳愈伏,而理赊于七步。一人之思,迟速天悬;一家之文,工拙壤隔。"沈约《答陆厥书》说:"故知天机启则律吕自调,六情滞则音律顿舛。"他们是在诗歌韵律调谐这个范围,讨论文学创作思维的非随意性。天机开启之时,不需要刻意琢磨,音韵就和谐流畅;而在思维阻滞的时候,费力推敲音韵还是舛错拗口。王粲和杨修,是两个有名的才子,但有时候也是文思滞塞,长时间写不出合意的文字。刘勰说:"神居胸臆,而志气统其关键;物沿耳目,而辞令管其枢机。枢机方通,则物无隐貌;关键将塞,则神有遁心。"皎然《诗式》说:"有时意静神王,佳句纵横,若不可遏,宛若神助。"他们说的都是文艺创作思维最佳状态之不可控制和难以预期。文艺家的创作思维的进展,有时速有时迟,有时难有时易,有时通有时塞;而文艺家本人也不识其所由,人们对此感到神秘,这是文艺家的困惑和苦恼。文艺创作的最佳状态的产生、出现,诗学家把它叫做"悟"。在古人看来,悟有突然发生和逐步积累两种情况,也就是顿悟和渐悟,它们的发生和消失,还是有些规律可以寻找的。探究这种规律的工作,当然是交给诗学家去完成。

一 悟在诗学中的提出

诗学家要发现和描述各种人、一个人的各种时刻的创作思维的通和塞的差别,首先容易看出的是人和人之间的区别,不同的文艺家思维的效率很不一样。刘勰《文心雕龙·神思》说:"人之禀才,迟速异分。"他列举了很多的例子。这里顺便说一下,刘勰写《文心雕龙》是在掌握大量文学史事实、文学创作实践材料的基础上,他是从实际材料出发,而不是从抽象的概念出发。我们学习诗学理论,也应该尽可能联系实践,联系实际的事例。《神思》提到"相如含笔而腐毫",司马相如写作时把毛笔含在嘴里,笔毫都腐朽了他还没有写出几个字来。这当然有些夸张。事实是,司马相如的《上林赋》、《子虚赋》,两篇加在一起不过三千多字,他关起门来"不复与外事相关","忽然如睡,焕然而兴","几百日而后成"。扬雄写《甘泉赋》的时候,思虑太过,昏昏沉沉,梦见五脏流出来掉在地下,自己用手拾起来,清醒后患了气喘,精神恍惚,大病一年。刘勰又举出与此相反的例子,"子建援牍如口诵"和"祢衡当食而草奏"。杨修与曹植关系亲密,他在给曹植的信里说,曾经亲眼看见曹植"握牍持笔,有所造作,若成诵在心,借书于手,曾不斯须少留思虑"。曹植才思如此之敏捷,以致常常使人怀疑他事先准备了稿子,连他的父亲曹操也要问他:你是请人代做的吗?曹植跪奏说:"言出为论,下笔成章,顾当面试,奈何倩人?"当铜雀台建成,弟兄们一起登台,曹操叫各人作一篇赋,这是一次严格的面试,曹植"援笔立就"。至于后来曹丕让曹植七步成诗,更是人们津津乐道的故事。祢衡先在刘表手下做事,刘表与文人们一同起草文章,祢衡进来看都没看完,就把别人的文稿撕毁丢在地下,要来纸笔自己动手,"须臾立成,辞义可观"。刘表把他转送到黄祖那里做官,黄祖的儿子黄射宴请宾客,有人献鹦鹉一只。黄射让祢衡即席作《鹦鹉赋》,萧统在这篇赋的序里说:"衡因为赋,笔不停缀,文不加点。"文不加点,就是一气呵成,不需要改动、润色。以上是刘勰举的一些例子,在他以后,类似的传说故事还很多。例如,初唐四杰之一的王勃作《秋日登洪府滕王阁饯别序》,唐朝人就有记载。五代王定保的《唐摭言》和元代辛文房《唐才子传》以及《旧唐书》、《新唐书》王勃传,都讲述,说主人都督阎公本来是要他的女婿作这篇序的,而且实际上事前已经做好了,请宾客们来作不过是客套一下,不料王勃竟然不推辞,"欣然对客操觚,顷刻而就,文不加点,满座大惊"。当时阎公叹为"天才"。此文一千多年来一直被人们所喜爱。

文思迟速的差异普遍存在,注意于此的学者也很多。陆机《文赋》说:"或操觚以率尔,或含毫而邈然。"人与人之间的差别有先天和后天两方面的因素,就是天生的资质和后天的学习、训练、积累等等。同一个人在不同的时候也会有巨大的差别,又是什么原因呢?清代袁守定《佔毕丛谈》说:"夫一人载笔为文,而有迟速工拙之不同者,何也?机为之耳。机郁(畅)则文敏而工,机塞则文滞而拙。"这些地方说的"机",是多种因素的凑合。多种因素怎么凑合到一起?这就有偶然性在里面。

讲神思,讲妙悟,讲如何获得和养护神思妙悟,这个问题在理论上被提出来,是由于文艺创作的自觉性、专门性到了很高的程度。民歌创作冲口而出,不可能含笔腐毫,不需要讲什么悟。文学艺术创作者成了社会上一个引人注目的群体,文艺创作成为一些人社会身份的重要标志,成为他们投身的事业,刻意作文的作者们才会遇到通和塞、迟和速两种状况,诗学理论才有必要来研究其间的规律。后来,诗学家借用佛教修行中的"悟"和"迷"来描述和说明文艺创作思维中的通与塞。宋代韩驹《赠赵伯渔》写道:"学诗当如初学禅,未悟且遍参诸方。一朝悟罢正法眼,信手拈出皆成章。"严羽把佛教的思想用于论诗,提出了"妙悟"说。《沧浪诗话·诗辨》说:"大抵禅道惟在妙悟,诗道亦在妙悟……惟悟乃为当行,乃为本色。然悟有浅深、有分限,有透彻之悟,有但得一知半解之悟。汉魏尚矣,不假悟也;谢灵运至盛唐诸公,透彻之悟也;他虽有悟者,皆非第一义也。"

汉语中"悟"的词义是觉悟、觉醒,作为佛教用语,"悟"与"迷"相对,指断除烦恼,反转迷梦,觉悟佛教的"真理"、"实相"。佛教修行的目的就是求得觉悟。晋代以后,学者文人接过此词,用之于玄学思维,孙绰《喻道论》释"悟"说:"佛者梵语,晋(晋,这里指汉语)训觉也。觉之为义,悟物之谓,犹孟鋆以圣人为先觉,其旨一也。"悟物,就是把握万象背后的哲理;把"悟物"解释为圣人先觉,倾向于先验的、神秘的一面。从汉到唐,中国佛教关于悟的理论有多样的论述。佛教所说的悟,尤其是禅宗所说的悟,有明显的非理性和反理性的色彩。严羽所说的悟,则是学诗过程中的飞跃。先有学,然后才有悟。他说汉魏之诗,自然流出,因此不存在悟的问题。两晋以下,有意作诗,这就有一个思维过程,起点是思、是学,关键是悟,悟是创作思维的转折点。悟建立在学的基础上,却不一定是学的必然结果。学可能产生悟,也可能始终不悟。学,是有步骤的、逐步积累的心理过程;悟,是突发的、带有偶然性的心理飞跃。悟是怎样产生的,作家怎样才能获得悟,怎样促成悟的出现,诗学家对此发表了各自不同的见解。

二 悟的达成的两种方式

关于悟,理论资源开始多来自佛学。佛教学者有两种看法,有主张顿悟的,有主张渐悟的。渐悟指必须严格按照一定的顺序,经过长期修习,才有可能得证悟;顿悟则与之相对,否定繁琐的功夫,认为不需要按照一定的次第作长期修习,悟可以在刹那之间完成,快速证入觉悟之境。佛教修行是一个过程,成佛是结果。这个结果怎样产生?渐悟说认为修行是一个阶段一个阶段逐步前进,最后会达到觉悟;顿悟说认为修行没有固定的阶段和次序,结果的出现是突然的,刹那之间进入悟境。顿悟说和渐悟说是总体的区分,每一种之中又有许多的不同见解和不同论证。佛教中的顿悟说和渐悟说,在哲学和诗学中被广为援引。文学艺术创作,大而至于立意的确定,细而至于文学写作中一个字一个词的去取,书法绘画中一个笔触的轻重,也有由"思"而"悟"的过程,因此,也就有是顿悟还是渐悟的问题。

在晋代,两种主张在佛学界激烈争论,诗人谢灵运加以调和,写成《辨宗论》。他认为,印度佛学主张的是渐悟说,中国儒学主张的是顿悟说,他要把两者结合起来。他说:"释氏之论:圣道虽远,积学能至,累尽(积累的足够了)鉴生(洞见就会出现),方应渐悟;孔氏之论:圣道既妙,虽颜(颜回)殆庶(也只能是接近),体无鉴周,理归一极(归于本体)。有新论道士(指竺道生),以为寂鉴微妙,不容阶级(一步一步地推进),积学无限,何为自绝?今去释氏之渐悟,而取其能至;去孔氏之殆庶,而取其一极。一极异渐悟,能至非殆庶。故理之所去,虽合各取,然其离孔释矣。余谓二谈(佛和儒两种学说)救物(拯济世人)之言,道家之唱(这里指佛家之说),得意之说(这里指儒家之说),敢以折中自许。"[1]印度佛教多主渐悟,经过"十地",最后成佛。中国儒学认为圣道可能接近,而不能达到。竺道生的新论,吸收了两方的见解。谢灵运认为,强调顿悟还是强调渐悟,要根据不同的对象,不能一概而论。理智胜于才气的人,需要开启灵性直觉;感性敏于理智的人,需要加强学习积累。

顿悟说是由道生确立的。道生好学深思,慧皎的《高僧传》说他"俊思奇拔,研味句义,即自开解",可见他精心研究经典,而又敢于依照学理逻辑去独立思考,敢于创新。他认为"入道之要,慧解为本",感叹当时的佛教学者"多守滞文,鲜通圆义";而长安内外的僧众,也都称道他的"神悟"。就是说,在他本人的思维实践中,十分看重"悟"。在这种情况下,道生"乃立善不受报、顿悟成佛"之义,提出了顿悟说。"顿悟成佛"说虽然原来不是没有人谈到过,但毕竟是道生的一个创见,因为以前的所谓顿悟,说到底,依然还是渐悟,而且多把顿悟和渐悟割裂,似乎两者完全不能相容。

道生实际上也认为还是需要渐修顿悟的,在平时修集种种"资粮",达到"究竟"时,最后才能一悟永悟,一了百了。他是怎样论证顿悟说的呢?在他看来,修行成功必须依赖顿悟最根本的原因,是由悟的目标的性质决定的。佛教徒的悟,尤其是高僧们的悟,目标是什么呢?应该是追求"真如"、"实相"、"佛性",即一切万法真实不虚之体相,也即是佛教认定的最高的本体、最高的真理。佛教认为,真如、实相、佛性是不能分割的整体。人们的认识、领会,当然也就不能一部分一部分地积累,而要求一次性地、整体地掌握。就是这个原因,使得悟不可能分阶段,必须到最后一念,有一种像金刚般坚固和锋利的思力,一次将一切"惑"断得干干净净,由此得到正觉。"夫称顿者,明理不可分,悟语极照。"最高的真理只能一次性地、整体地把握,不能分割成许多部分。

在古希腊,亚里士多德把认识分为五个阶段,前面是感觉、记忆、经验、技艺,最后是智慧。智慧的人力求通晓一切,而不是一个一个地认知个别事物。东方思维将亚里士多德放在第五阶段的认识,名之为悟,更加明确地把智慧、悟与记忆、技艺之类根本地加以区别。道家以及后来的理学,把各自信奉的最高真理,分别叫做"道"或者"理",这些也都是终极性的真理,也是不能分的。"道"、"理"、"真如"既然不可分,自然就不能一步一步地分开来体悟,只能是"极照极慧"、"一时顿了",只能整体地、完整地去把握,只能顿悟,不能渐悟。渐悟,是企图一部分一部分逐步累积,达到认知全体;顿悟,是一下子完整地领悟全体。顿悟和渐悟,不是量的区别,而是质的区别。顿悟说所要辨明的,不是体悟的快慢问题,而是对万物本原的终极关怀和把握方式的问题。

理解顿悟说,很重要的是如何看待最高本体与纷繁万象的关系、整体与部分的关系。格式塔心理学认为,人的知觉是整体的、完整的,知觉经验具有在它的任何一个部分都找不到的整体性。其基本原理是:整体大于部分的总和。格式塔心理学家说,问题的解决是突然来到的,随着"顿悟一闪"(flashofinsight)而理解了问题情境中的各种关系,并且作出适当的动作,"顿悟是对关系的知觉"。[2]佛教说的关系,是真如与万法的关系;格式塔说的关系,是整体、情境与部分、要素的关系。两者不在一个层次上,但是,在方法论上还是有某种相近性、相关性。

刘勰对佛学有精深研究,在他稍前和同时的佛学界大谈"悟"的时候,《文心雕龙》却极少直接用到"悟"这个词,偶尔用到,也是在"理解"、"领会"的一般词义上。这与刘勰大力肯定文艺创作思维的理性化有关。但是,从《神思》等篇的阐述、论证看,他是充分吸收了佛学中顿渐之争各方的思想资料,并且主张折衷的。几百年后,严羽也是调和顿、渐。中国古代多数诗学家,都不赞成偏于一方的极端之论。

古代诗学通常认为,除了因人而异之外,在一个作者创作道路的不同时期,在一次创作活动的不同阶段,顿和渐都应该有不同的侧重点。诗歌写作中的顿悟,往往是在起初的触发,当然也包括中间的突破,如"诗眼"的获得。但是,文学创作中的顿悟,"悟"的主要是思路,而结构、语言仍需要反复推敲,反复推敲就不是"顿"了。方回《清渭滨上人诗集序》说得很明确:"然偈(佛教的偈语)不在工,取其顿悟而已。诗则一字不可不工,悟而工,以渐不以顿。"明代胡应麟《诗薮》说:"汉唐以后谈诗者,吾于宋严羽卿得一'悟'字,于明李献吉得一'法'字,皆千古词场大关键。此二者不可偏废,法而不悟,如小僧缚律;悟而不法,外道野狐耳。""严氏以禅喻诗,旨哉!禅则一悟而后,万法皆空,棒喝怒呵,无非至理;诗则一悟之后,万象冥会,呻吟咳唾,动触天真。禅必以深造而后能悟,诗虽悟后仍须深造。"偈语只要表现对宗教教义的突然领会,不求文辞之美;诗歌则既要表达独到的人生体验,又要造成语言之美。禅宗六祖慧能,他是极力主张顿悟的,人们很熟悉他的得到五祖弘忍赏识、认可的偈语:"菩提本无树,明镜亦非台,本来无一物,何处惹尘埃。"在领会佛教精义上是很高明的,文辞却是寡淡乏味的,他不准备也不需要在文辞上费气力,所以,作这首偈语时也就不需要渐悟。佛家悟后,万虑皆空;诗家悟后,却还要继之以思。

顿悟在文艺创作过程中的重要性是不言而喻的。每一件文艺作品的创作,从素材到主旨的确立,中间必然有一个悟的瞬间。这种悟,也可以说是对关系的领悟。例如托尔斯泰写《复活》,开始只是想写一个诱惑下层少女的贵族的忏悔,后来才达至对旧俄社会体制的深刻揭露,其间有一个巨大的转变,那就是创作中的悟。作家看出了贵族男子对下层女子的诱惑以及这一行为引起的一系列后果,与社会大环境、与阶级对立的关系。诗人炼字中的顿悟,多是集中在某字某词在音节上、在意味上与全句全篇的关系。书法家落笔时的顿悟,多是在一撇一捺与一字之结体、一行各字之连接呼应的关系。就单个元素考虑,无论怎样苦思苦想,也不可能有悟。

三　顿悟与渐悟的互相依存

　　道生关于顿悟成佛的观点提出之后,马上引起很多人的反对意见。同时代的慧观(他与道生同奉鸠摩罗什为师)写了《渐悟论》,昙无成作《明渐论》,都对道生加以反驳,两种主张激烈争论。这场争论延续时间很长,直到道生去世很久之后也未平息。参与者不但有诸多著名僧人,还有皇帝、朝臣,以及谢灵运、颜延年等文人。到了唐代,禅宗的南北宗又发生了顿渐之争,南宗慧能主顿,北宗神秀主渐。南宗所说的顿悟,不再是道生那种渐修顿悟,而是直下顿悟,是不要准备积累的若干阶段,不要长期过程,不要中间环节,直接体认真如佛性。他们不重事修,而主张学佛者先求自悟本心——本来清净的佛性,一旦豁然,就一悟百悟。《坛经》说:"自性常清净,日月长明,只为云覆盖,上明下暗,不能了见日月星辰,忽遇惠风吹散,卷尽云雾,万象森罗,一时皆现。"从迷到悟,只在一念之间,"一念愚即般若绝,一念智即般若生"。"迷来经累劫,悟则刹那间。"后来被称为禅宗七祖的神会和尚,在河南滑县大云寺召开"无遮大会"(不分僧俗、贵贱、贤愚、善恶、平等参与),宣传南宗法旨,在与北宗崇远法师辩论时有一段很鲜明的论断:"我六代大师——皆言单刀直入,直了见性,不言渐阶。夫学道者须顿见佛性,渐修因缘,不离是生而得解脱。譬如其母顿生其子,与乳,渐养育,其子智慧自然增长。顿悟见佛性者亦复如是,智慧自然渐渐增长。"禅宗惠能、神会诸人与道生是颠倒的——道生同意初学阶段的渐学,最后的顿悟是一个飞跃;禅宗则认为先有顿悟,然后再来渐修,再来"养育"、"挚乳"。据我看,惠能等人的学说具有很浓厚的神秘主义色彩,不如道生的学说合理成分多。更重要的是,两次顿渐之争虽然有时显得十分尖锐激烈,但是,无论在宗教思维中还是在文艺思维中,绝对的顿悟或绝对的渐悟是没有的,问题是如何看待顿悟和渐悟各自的地位及其相互关系。汤用彤先生说得很好,道生关于顿悟的"新论",新在什么地方呢,就新在把中国儒学传统与印度佛教传统"调和",突出顿悟而不排斥渐修,肯定圣人虽不可学而可至。他的特别之处在于,认为可以渐修,而只能顿悟。每个人都可以渐修,但不是每个人都可以顿悟。这些说法,还是比较接近文艺创作思维的实际情况的,对古代诗学有不少启发。宗教思维是采取内敛的方法,去绝尘缘,无思无念,以求一悟;艺术思维则须外驰,登山观海,上天入地,以求一悟。佛家之悟,是万虑皆空;诗家之悟,却还要继之以思。佛教所说的悟,尤其是禅宗所说的悟,有明显的非理性的色彩。严羽所说的悟,则是学诗过程中的飞跃。先有学,然后才有悟,也是审美之悟,而非理论思维之悟。学,是有步骤的、逐步积累的心理过程;悟,是突发的、带有偶然性的心理飞跃。悟之前需要有渐,渐之后则不一定能悟。那么,怎样促使悟的产生呢? 道生认为:"悟不自生,必借信渐。"众生本有佛性,因"迷"之为患,被"无明"遮蔽,需要用信仰去掉迷妄,开发出真智慧,然后,像果实成熟会掉落,"豁然贯通,涣然冰释",而达到悟。阻碍悟的是执著,所谓执著,就是将虚妄非实的人我及万法,执以为实有自性,起种种迷妄颠倒、虚伪不实之见解。修行,要去掉迷妄,去掉执著。禅宗为除去执著,常常用公案、机锋,用一些模棱两可、不着边际的言语;禅宗还有所谓德山棒、临济喝:对于请求传授的弟子,"道得也三十棒,道不得也三十棒","问即有过,不问犹乖";"一喝如金刚王宝剑"。所谓"横抽宝剑,剪诸见之稠林;妙叶弘通,截万端之穿凿"。他们这些看似奇特、不近情理的做法,为的是断绝问话人也即是学佛者的常规思维,开启全新的思路,叫做"截断葛藤"。现代学者发现,禅宗的棒喝与精神分析医生的做法有着一些相似之处。佛洛姆在《心理分析与禅》中说:"禅宗与心理分析还有另一个相同之处。禅的教育方法可以说是要把学生逼入角落。公案使得学生无法在知性思考中寻求庇护;公案就像一个障碍,使得学生无法再逃。心理分析者也做着——或者应当做着——类似的事。他必须避免用种种的解释来喂养患者,因为这只能阻止患者从思考跃入体验。他要把合理化的借口一个一个移除,把拐杖一个一个撤走,使得患者再无从逃避,使他突破充满心中的种种幻象,而体验到真实——即是说,对于以前未曾意识到的某些事情,现在变得意识到。"[3]禅宗与精神分析两者,都是要求设法打破常规。

谢灵运认为,佛学与儒学,一个强调渐悟,一个强调顿悟,是由于文化传统与文化环境的不同。他在《再答法勖问》中说:"二教不同者,随方应物,所化地异也。"中国和印度两大民族有不同的思维习性,"华民易于见理,难于受教,故闭其累学,而开其一极;夷人易于受教,难于见理,故闭其顿了,而开其渐悟。渐悟虽可至,昧顿了之实;一极虽知寄,绝累觉之冀。良由华人悟理无渐,而诬道无学;夷人悟理有学,而诬道有渐。"[4]学和悟、顿和渐都是要的,各有所用,也各有局限。不同民族的文化各有所长,各有所短。不应该因为自己不习惯按严密的步骤渐进,就说道是不可由学而得;也不应该因为自己习惯于按部就班,就说道是可以分割的。如果拿中国古代与古希腊相比,谢灵运所说的文化习性的区别就更明显,而且在两种诗学中有突出的体现。中国古代重体验,容易倾向于顿悟。除了民族群体的差异,还要看修行者个体的主观条件,要根据不同的对象,不能一概而论。"至精之理,岂可径接至粗之人? 是故傍渐悟者,所以密造顿解;倚孔教者,所以潜学成圣。"每个人、每个文艺家,天资、学养、性格不相同,某个人可能偏向其中某一种,关键是要善于取长补短,扬长弃短。

谢灵运的说法,从哲学上说,新意并不多,但比较平实,对于理论家、文艺家都有较大的实际参考价值。汤用彤先生说:"谢康乐具文学上之天才,而于哲理则不过依傍道生。"我们从另外一个角度来说,由于谢灵运既笃信佛教,又是一位天才的文学家,他对顿悟、渐悟的解说有宗教心理和艺术心理两个方面的亲身体验作根据,因而具有单纯佛教徒的学说所没有的启迪意义。谢灵运曾经自信地对孟颛说过:"得道应需慧业,丈人生天当在灵运前,成佛必在灵运后。"意思是孟颛能渐不能顿,而没有顿悟,无论如何精修苦修,都是不能成佛的。同样,没有顿悟,也是写不出杰出的、纯美的作品的。顿悟,就要依靠机遇和天分。文学艺术,特别是其中的某些门类,需要天资,这一点应该承认。骆宾王7岁就写出《咏鹅》;夏完淳7岁作诗文,死的时候也才17岁,留下不少优秀作品;莫扎特4岁时就能弹奏小步舞曲和三重奏曲,12岁就写出歌剧;毕加索8岁创作了油画《马背上的斗牛士》,16岁创作的《科学与慈善》获得全国美展荣誉奖和马拉加美展金奖。但他们并不是躺在天资的温床上坐享其成。毕加索说:"我的每一幅画中都装有我的血,这就是我的画的含义。"仅靠天资不成,仅靠顿悟也不成。

人的天资不一样,机遇不一样,"思有利钝,时有通塞",文艺家应该怎么做呢? 古代理论家认为,悟的出现,既无法强求,也不是只能坐等、只靠碰运气。刘勰就不赞成坐待"天机",而认为需要创造条件促成"天机"出现。《文心雕龙·神思》说:"若夫骏发之士,心总要术,敏在虑前,应机立断。覃思之人,情饶歧路,鉴在疑后,研虑方定。机敏故造次而成功,虑疑故愈久而致绩。难易虽殊,并资博练。若学浅而空迟,才疏而徒速,以斯成器,未之前闻。"博练,包括学和思,那是长期勤奋积累。立断是顿,研虑是渐,因人而异,因时而异,因事而异,两者总要有不同程度和不同形式的结合。《世说新语·文学》记:"佛经以为,祛练神明则圣人可致。简文(东晋简文帝司马昱)云:'不知便可登峰造极不?然陶练之功,尚不可诬。'"陆机、刘勰等人,就是既讲主体不能完全控制的顿悟,讲"是盖轮扁所不得言,亦非华说之所能精"和"未识开塞之所由","伊挚不能言鼎,轮扁不能语斤",又讲渐修,讲学,讲"收百世之阙文,采千载之遗韵",讲积学、酌理、研阅、绎辞,总是兼顾渐和顿两个方面。几乎所有认真的论者,都承认顿和渐缺一不可。金圣叹在《第五才子书施耐庵水浒传序一》中说:"故依世人之所谓才,则是文成于易者,才子也;依古人之所谓才,则必文成于难者,才子也。依文成于易之说,则是迅疾挥扫、神气扬扬者,才子也。依文成于难之说,则必心绝气尽、面犹死人者,才子也。故若庄周、屈平、马迁、杜甫,以及施耐庵、董解元之书,是皆所谓心绝气尽、面犹死人,然后其才前后缭绕,得成一书者也。"古人总结的经验是,袖手于前才有可能疾书于后,取之也勤才有可能出之也敏。一般地说,一挥而就不利于出精品,大作家、大艺术家大都是深思熟虑还要反复修改。汉代刘歆的《西京杂记》说:"枚皋文章敏疾,长卿制作淹迟,皆尽一时之誉;而长卿首尾温丽,枚皋时有累句,故知疾行无善迹矣。"古代诗学虽然承认天才,提倡的则是创作中的苦功。

文艺创作需要苦功,但苦功并不必定产生杰作。在创作过程中,特别是在鸿篇巨制的创作过程中,在由渐而顿的过程中,自我心理调节也成为一个重要的问题。《文心雕龙·养气》讲的就是,如何在心理状态上充分准备,以促进神思的焕发,促进"天机"骏利,促进顿悟的出现。其中说,"率志委和,则理融而情畅","适分胸臆","从容率情,优柔适会","吐纳文艺,务在节宣,清和其心,调畅其气"。刘勰提醒思维者,既要刻苦又要从容,关键是把握和遵循心理活动的规律。刘勰说"率志"、"率情","适分"、"适会",都是依顺感情活动和思维活动的规律的意思。《庄子·山木》说,"性莫若缘,情莫若率,缘则不离,率则不劳","缘"和"率",是顺其自然。文艺家之思,有时是"吐"、有时是"纳",有时要"宣"、有时要"节"。要"吐"、要"宣"的时候,主体应该敞开胸怀,让妙辞丽句从笔下奔涌;要"纳"、要"节"的时候,就不应勉强冥搜苦索。好的文艺家,要努力地了解创作心理的规律,在创作中随时自我调整。

中国古人认为,神思虽然具有不随意性的一面,具有主体不能完全控制的一面,但却可以养护,也可以训练。神思的养护,是提高自我心理调适能力;神思的训练,是加强联想的能力,把杂乱的材料依据形式美规律组合为圆满的形象,并且把情感灌注于其中。各种艺术门类的创作主体,训练养护想象力有不同的途径、方法。波德莱尔说:"一个人越是富有想象力,越是应该拥有技巧,以便在创作中伴随着这种想象力,并克服后者所热烈寻求的种种困难。而一个人越是拥有技巧,越是要少夸耀,少表现,以便使想象力放射出全部光辉。这就是智慧的教导,智慧还说:只拥有技巧者是个傻子,企图丢弃技巧的想象力是个疯子。"[5]这里谈到想象力和技巧的关系,其实,涉及的是艺术想象的随意性和不随意性的关系。没有随意性就没有灵动的生气,没有不随意性就不能把那灵动的生气以精美的形式表现出来。

宗教家讲的悟,哲学家讲的悟,主要是对他们心目中的最高本体之悟。实际上,人们还有各种不同层次的悟。在文艺创作中,各种不同层次的悟都会发生作用。首先,是人生之悟。汉魏乐府诗,古诗十九首,曹操父子的诗作,等等,它们的突出特点是真率自然,原因在于作者都有对人生哲理的深刻领悟。其中许多人,非刻意寻求而得悟,难能可贵,可遇而不可求。文学艺术,表现人对生命的意义的探索和思考,作者对人生意义有了深刻的体认,悟了,作品才可能有很高的价值。陶渊明的诗,苏轼的散文,歌德的《浮士德》,都表现了人生之悟。这种悟,总是由渐而顿,由长期积累而在某一契机下突然发生思维飞跃。第二种,审美之悟。从谢灵运到唐代李白、杜甫等人,都是有意作文,但他们确实都有独到的审美感悟。像谢灵运的《登池上楼》,被誉为"一语天然万古新",就是久病卧床之后,偶尔"窥临","倾耳聆波澜,举目眺岖嵚"时瞬间之所得。艺术创作中的触发,常常是这种悟的结果。第三种,技法之悟。艺术就是克服困难,创作的每一步都有困难,一词一句之得,也要靠悟。这种悟,如皎然《诗式》所说,常常是苦思之后的突破。每一个层次的悟,都有由渐而顿、顿后复渐的沉积、铺垫和完成、完善的阶段。每一个层次的悟,都是对"关系"的把握,从人与宇宙、世界的关系,到人与某个具体的自然或者社会环境的关系,到文本的某个或大或小或长或短的"上下文"的关系。对于这种或那种关系,找到一条全新的思路,悟就出现了。

思考题

1. 悟在文艺创作中有怎样的重要性?

2. 怎样理解顿悟这种心理现象?

3. 怎样理解顿悟和渐悟的关系?

注　释

〔1〕　谢灵运:《与诸道人辨宗论》,见《中国佛教思想资料选编》第一卷,第220页,北京:中华书局,1981年。

〔2〕　参见查普林、克拉威克:《心理学的体系和理论》下册第十一章中"顿悟学习实验"一节,第22—27页,北京:商务印书馆,1984年;舒尔茨:《现代心理学史》第十二章"猿猴的智慧"一节,第304—307页,北京:人民教育出版社,1981年。

〔3〕　铃木大拙、佛洛姆:《禅与心理分析》,第191页,北京:中国民间文艺出版社,1986年。

〔4〕　谢灵运:《再答法勖问》,《全宋文》卷三十二。

〔5〕　波德莱尔:《一八五九年的沙龙》,见《波德莱尔美学论文选》,第396页,北京:人民文学出版社,1987年。

发愤抒情与悲音为美

发愤著书说的形成及其根据

悲音为美

　　人为什么要吟诗、唱歌、跳舞、画画或者读诗、听曲、看舞、看画,为什么需要进行文学艺术的创作和欣赏呢? 古人说,凡音之起,由人心生也;又说,气之感物,物之感人,故摇荡性情,形诸舞咏。中国古代诗学认为,人之所以投入文学艺术活动,是因为人在社会生活中,受到外在世界的激发,产生了情感,情感积累到相当程度,需要表露出来、抒发出来,找一个宣泄的渠道。人的情感丰富复杂,表达、宣泄情感的渠道和方式也多种多样。《左传·昭公二十五年》记子大叔的话说:"民有好恶、喜怒、哀乐,生于六气……哀有哭泣,乐有歌舞,喜有施舍,怒有战斗。"其中,哭泣和战斗一般不是人们乐于选择的,文学艺术的创作和欣赏,是表露、抒发情感的很适合、很恰当的方式。古人又认为,情感有七类,就是喜、怒、哀、惧、爱、恶、欲;这七类又可以归纳为两端:喜、爱,属于欲(需要);怒、哀、惧,属于恶(wù,厌弃)。前者对于主体是积极的,是肯定性的情感;后者对于主体是消极的,是否定性的情感。不同的情感都可以成为文艺创作的心理驱动力,那么,对艺术创作来讲,哪一端更加重要?哪一端从伦理上看更正当,从审美上看更适应于艺术的规律呢?对此,不同的人有不同的答案。古人提出的"发愤抒情"和"悲音为美"就是对这个问题的两种回答。

一 发愤著书说的形成及其根据

我们读《论语》,不难发现,孔子以快乐为艺术心理的基调,由此推断出,他认为,只有喜悦、快乐的情感才是艺术创作的正当的动力,也是艺术欣赏的最好的效果。曾点鼓瑟,在春风里歌唱,是快乐;孔子听《韶》乐,三月不知肉味,是快乐。《左传》上说"乐有歌舞"也是这个意思。但大多数诗论家、大多数文学家和艺术家与此相反,他们强调的是情感的另一端,认为愤怒和悲哀才是艺术创作的更常见、更正当也更能发生审美效应的心理动力。若就文艺欣赏而言,人在悲伤、痛苦的时候,比之在快乐的时候,更迫切地需要文学艺术,表达悲哀和愤怒的文艺作品更能吸引读者受众。史书记载,殷亡以后,曾经向纣王进谏而被拒绝的微子经过殷墟,心情悲伤,"欲哭则不可,欲泣为其近妇人,乃作《麦秀》之诗,以歌咏之"。微子心里积蓄的情感无法排泄,觉得哭泣有失身份,而以为作诗是排解悲伤的最适合方式。古乐府《悲歌行》说,当人们"心思不能言,肠中车轮转"的时候,"悲歌可以当泣"。司马迁在《史记·屈原贾生列传》中说:

> 人穷则反本,故劳苦倦极,未尝不呼天也;疾痛惨怛,未尝不呼父母也。屈平正道直行,竭忠尽智,以事其君;谗人间之,可谓穷矣;信而见疑,忠而被谤,能无怨乎?屈平之作《离骚》,盖自怨生也。

人在危苦惨痛之时,不由自主地要呼号。文艺家以自己的作品来呼号,这种呼号最真诚,也最容易引起共鸣。《离骚》是中国第一部长篇抒情诗,是世界文学的精粹之作,它并不是由快乐的情感产生,恰恰相反,是由怨愤的情感产生的。屈原如果没有怨,或者怨得不深、不强烈,就写不出《离骚》,至少不会写得这样好。怨愤是优秀的诗歌、优秀的文学艺术作品创作的心理动力。不仅屈原一人如此,悲愤之情产生优秀诗篇、优秀的文学艺术,是一

个普遍规律。司马迁在《史记·太史公自序》里还说:

> 昔西伯拘羑里,演《周易》;孔子厄陈蔡,作《春秋》;屈原放逐,著
> 《离骚》;左丘失明,厥有《国语》;孙子膑脚,而论兵法;不韦迁蜀,世传
> 《吕览》;韩非囚秦,《说难》、《孤愤》;《诗》三百篇,大抵贤圣发愤之所
> 为作也。此人皆意有所郁结,故述往事,思来者。

他举出一系列传世的作品,都是出于悲愤之情。陆游《澹斋居士诗序》说:
"盖人之情,悲愤积于中而无言,始发为诗。不然,无诗矣。苏武、李陵、陶
潜、谢灵运、杜甫、李白,激于不能自已,故其诗为百代法。"白居易《序洛诗》
中说:

> 予历览古今歌诗,自《风》、《骚》之后,苏、李以还,次及鲍、谢徒,迄
> 于李、杜辈,其间词人闻知者累百,诗章流传者钜万,观其所自,多因逸
> 冤谴逐,征戍行旅,冻馁病老,存殁别离,情发于中,文形于外。故愤忧
> 怨伤之作,通计今古,什八九焉。世所谓文士多数奇,诗人尤命薄,于斯
> 见矣。

总之,在古代很多的诗人和诗论家看来,杰出的、伟大的诗作都是由于发愤
而创作的,没有悲愤,就没有那些惊天地泣鬼神的好诗。那么,为什么悲愤
之情更有可能催生出最好的文艺作品呢?

第一,从心理的一般规律来说,喜悦之情使人放松,甚至使人陷于慵惰;
愤怒之情使人紧张,使人生发有所行动的强烈欲求和实现欲望的意志。
《内经·素问·举痛论》说,"怒则气上,喜则气缓",人的情绪的变化会影响
到心血管变化、皮肤温度,影响到呼吸、汗腺、内分泌等等。《淮南子·本经
训》说:"人之性,心有忧丧则悲,悲则哀,哀斯愤,愤斯怒,怒斯动,动则手足
不静。人之性,有侵犯则怒,怒则血充,血充则气激,气激则发怒,发怒则有
所释憾矣。"人在愤怒的时候,可以产生平时所没有的巨大力量,举起平时
举不起的重物,跑出平时不可能达到的速度。上面所引《太史公自序》讲的
正是这一层意思。一个处身逆境的人、遭遇不公正对待的人,可能产生比之
平时更强大得多的力量,向环境宣战,向命运抗争。文学艺术创作,是艰苦

的精神劳动，要想取得超越前人的成就，必须付出辛勤的努力，没有坚强的意志，就会半途而废。人受了冤屈，遭遇不幸，脚被砍掉，眼睛瞎了，他却要与命运较量、搏斗，做出一番大事业。司马迁为李陵辩护，触怒汉武帝，受到宫刑，遭此奇耻大辱，"肠一日而九回"，但他决心"隐忍苟活"，终于以一人之力，写成"史家之绝唱"的五十余万言的《史记》。支持他写作的，就是悲愤的情感激发的毅力。江淹之所以晚年诗作平庸，是因为官做大了，生活优裕了，意志也就衰退。前人评论柳宗元的文学成就道："宗元学问文章光於千古者，挤之者之恩欤！"排挤、陷害他的人成就了他。我们看李白、杜甫、苏轼、辛弃疾，看历朝历代的作家，他们遭到排斥、贬谪之后，诗文的创作就有一个飞跃。

中国古人一向重视悲哀、恐怖之类情感对于人的意志的激发力量。孟子说，舜和傅说、胶鬲、管夷吾、孙叔敖、百里奚都是从穷困中拼搏出来的杰出人物。"故天将降大任于是人也，必先苦其心志，劳其筋骨，饿其体肤，空乏其身，行拂乱其所为，所以动心忍性，增益其所不能……然后知生于忧患而死于安乐也。"《春秋繁露·竹林》篇说："福之本生于忧，而祸起于喜也。"安乐使人意志松懈，忧患使人意志坚强，没有忧患意识就难有激情和毅力，这成为中国古代文人的共识，也是人类的共性。鲁迅多次引用匈牙利诗人裴多菲题赠一位作家夫人的诗句："听说你使你的男人很幸福，我希望不至于此，因为他是苦恼的夜莺，而今沉默在幸福里了。苛待他吧，使他因此常常唱出甜美的歌来。"意志需要情感的支持，不同的情感、情绪对于人的行为、思维所产生的作用很不一样。不是任何愤怒都一定有正面的激励作用，嫉妒也会产生愤怒，也可能成为一种动力，但那种力量很有限，而且常常会把主体引向邪路。文艺创作所要求的意志，是以高度自觉的目的性为特征，应该有健康的、高尚的情感支持。个人之哀与黎民之哀联接，个人之忧与社稷之忧联接，与对民族、对国家、对事业、对工作的高度责任感紧密联系，在此基础上激发的意志，是强大的意志。司马迁说的"发愤著书"，不是一般愤怒的情感，更重要的是坚持人生信念和坚韧地从事于名山事业的意志，是为一个明确的有社会意义的目标奋斗的坚强意志、坚定决心。

与"发愤著书"相关的诗学命题是"诗穷而后工"。"穷"，是指创作主体不得志,潦倒困窘;个人所处的环境极端恶劣,或者当时整个社会环境恶劣,是国家、民族的多事之秋。处在个体和群体的逆境之中,燃烧起正义的激情,创作就有了强大而持久的动力。

第二,以悲愤之情为动力最能产生优秀的文学艺术作品还因为,文学艺术感人的力量,最主要的是它反映社会历史的深刻程度,是它表现人性的深刻程度;一个人如果未曾经历磨难、挫折,不容易对社会人生有深切的体会,很难对人性有深刻的理解,作品的思想内容往往肤浅,打动人的力量和给人的启示也往往较弱。少年的鲁迅由大人差遣把家里的物品送到典当行高高的柜台,开始体味人情的冷暖、世事的艰辛;留学日本,观看记录军国主义暴行的影片,开始体味民族的屈辱。鲁迅曾说,他主要是为了所憎恨的人而写作,不是为了所爱的人而写作。他说,自己深味这非人间的浓黑的悲凉,以最大哀痛显示于非人间。鲁迅的小说、杂文、散文和诗歌,都是大悲愤的产品。李煜是一个小朝廷的皇帝,父兄辈为争权位相互残杀,使他体会到高处不胜寒,在《登高文》中曾有"无一欢之可乐,有万绪以缠悲"之句。后来国破被俘,留下了"自是人生长恨水长东","问君能有几多愁,恰似一江春水向东流"的名句。在他身上,应验了"国家不幸诗家幸,赋到沧桑句便工"的说法。《春秋公羊传·宣公十五年》何休"解诂"说:"男女有所怨恨,相从而歌,饥者歌其食,劳者歌其事。"社会有不平,有人遭受贫穷、饥饿、劳困、饥者、寒者、贫者、弱者,满腔怨愤之情,他们创造的作品占了《诗》三百篇的大多数。郑玄《诗谱序》说:"《十月之交》《民劳》《板》《荡》,勃尔俱作,刺、怨相寻。"郑玄这里提到的诗歌,都是深刻地揭示出社会的矛盾、广阔地反映出社会的真实状况的。

司马迁提出发愤著书说主要的例证是屈原和他自己的创作。屈原《九章》的第一首《惜诵》,开头一大段,带有很浓的创作心理自述的成分:

> 惜诵以致愍兮,发愤以抒情。所作忠而言之兮,指苍天以为正……忠何罪以遇罚兮,亦非余心之所志。行不群以颠越兮,又众兆之所咍。纷逢尤以离谤兮,謇不可释。情沉抑而不达兮,又蔽之而莫白。心郁邑余侘傺兮,又莫察余之中情。固烦言不可结诒兮,愿陈志而无路。退静

默而莫余知兮,进呼号又莫吾闻。申侘傺之烦惑兮,中闷瞀之忳忳。

他触犯了国君,开罪于群臣,心情总是"沉抑"、"郁邑"、"烦惑"。在屈原的大部分作品里,到处是燃烧着的愤怒,到处是喷发着的怨艾,到处有弥漫着的郁悒。因为这样,司马迁和后代无数正直文人读之不能不"垂涕",称颂这些作品可以与日月争光。屈原不只是抒一人之愤,他不但道出了同时代的贤人君子的义愤,也道出了其后两千年正直的知识分子的心声。

司马迁"发愤著书"的观点与同时的儒家不很一样,他说《离骚》"盖自怨生",与孔子说的"诗可以怨",虽然有着一些继承关系,更有着很大的不同。孔子的"诗可以怨"是他的整个政治文化理论的一个部分,是从社会现存秩序的稳定出发,为统治者长远的整体利益考虑,让消极情绪有合理的渠道发散出来,不至于集聚得过于强烈、过于深厚而威胁政治的安定,是建议统治者遵循社会心理的规律以保持社会心理平衡。《毛诗序》要求艺术家怨而不怒,更把孔子的思想引向驯服下民的方向。司马迁则是从创作主体的遭遇出发,论证正直文人的怨愤的必然性、正当性、正义性,论证以艺术方式抒发怨愤的合理性,以及这样做对提高作品价值的有效性、优越性。《文心雕龙·杂文》则是调和两者:"原夫兹文之设,乃发愤以表志,身挫凭乎道胜,时屯寄乎情泰,莫不渊岳其心,麟凤其采,此立体之大要也。"既是对社会不平的呼喊,也是减轻自身心理压力的渠道。对于"渊岳其心,麟凤其采",我们不妨给以现代心理学的发挥,就是说,文学创作过程中,主体把社会性的强烈愤慨,熔化凝结到相对宁静的审美情绪之中。

"发愤抒情"使文艺创作具有鲜明的个性色彩,具有强烈的情绪性,引发读者对人的命运的思考,使读者由同情文学家的遭遇、同情文学家所描写的人物的遭遇,而产生对他们所置身的社会制度之合理性的深刻怀疑。司马迁写作的动力,是一种超乎寻常的极大悲愤。不只屈原、司马迁几个人如此,这也符合此前此后无数优秀作家的实际情形,是规律性的现象。我们若把司马迁的作品与同时代那些逢迎宫廷娱乐需求、谄媚君王的作品比较,就更发人深思。《汉书·枚乘传》说:"(枚)皋不通经术,诙笑类俳倡,为赋颂好嫚戏,以故得媟黩贵幸。"他自己也说:"为赋乃俳,见视如倡,自悔类倡也。"《王褒传》说,王褒等人随侍武帝畋猎,为宫馆作"歌颂","议者多以为淫靡不急";武帝反驳道,"譬如女工有绮縠,音乐有郑卫,今世俗犹皆以此虞说(愉悦)耳目"。不同性质心理动力下产生的文学作品,价值高低悬殊。那些娱悦君王耳目的作品,与倾诉作家悲愤的作品,犹如天上地下,无法相提并论。白居易在讲了流传的佳作多出于愤忧怨伤,说这是文学史的一般规律之后,接着说他晚年洛中诗,"苦词无一字,忧叹无一声"。现在来看,同为白居易所作的晚年闲适诗,是难以与早期优秀诗作并列的,因为少了忧愤。

也有论者对发愤抒情的文艺家加以指责,屈原以下,所有发出对邪曲不公的抗议、对污浊政治的愤慨的作品,都遭到过正统思想维护者的非议、贬斥。发愤抒情说,正是对那些指责的反驳,是为这类作品所作的辩护和肯定。班固《离骚序》说:"君子道穷,命矣。故潜龙不见是而无闷,《关雎》哀周道而不伤……今若屈原,露才扬己,竞乎危国群小之间,以离谗贼。然责数怀王,怨恶椒兰,愁神苦思,强非其人,忿怼不容,沈江而死,亦贬絜狂狷景行之士。"他在《汉书·司马迁传赞》中批评司马迁说:"呜呼!以迁之博物洽闻,而不能以知(智)自全。既陷极刑,幽而发愤,书亦信矣。迹其所以自伤悼,《小雅·巷伯》之伦。夫唯《大雅》,'既明且哲,能保其身',难矣哉!"唐人裴度《寄李翱书》说:"骚人之文,发愤之文也,雅多自贤,颇有狂态。"他们要求文艺家明哲保身,温良恭俭让,把自己的怨愤埋藏在深心里,不表露出来,这不但违背历史进程的需要,违背大多数民众的利益,也背离了艺术创造的规律。

第三,发愤抒情说不是让诗人直接表达政治见解,一切政治见解、政治观念,在诗歌创作过程中,必须首先化而为诗人的情绪,化而为诚挚、真切、强烈的情绪,才有可能审美化,才可能感染人、打动人。悲愤哀怨的情绪,往往是一种强烈的情绪,在文艺创作中,这种情绪可以成为熔化剂和黏合剂,把创作的原料熔化之后重新组织、重新铸造,成为一个新的有机整体。韩愈的《送孟东野序》对这一点作了最好的阐述,他说:"大凡物不得其平则鸣……人之于言也亦然,有不得已者而后言,其歌也有思,其哭也有怀。"明代的李贽和晚清的刘鹗认为,《水浒传》、《西厢记》、《红楼梦》以及八大山人的画,许许多多优秀的文学艺术作品,都是发愤之作。刘鹗说,有有力的哭泣和无力的哭泣,有力的显然是强者的哭泣,无力的是弱者的哭泣。"吾人生今之时,有身世之感情,有家国之感情,有社会之感情,有种教之感情。其感情愈深者,其哭泣愈痛。"文艺家用创作代替哭泣,它的力量最强劲,它的力量传送最久远。

司马迁说《离骚》"盖自怨生",就创作主体说是指出创作的心理动力,就文本说也即指出了作品的情感内容。司马迁对创作心理动力的思考没有停止于此,没有停止在"愤于中"(充实于内心)而发于外这一点。有了以审美方式倾诉怨愤情感的冲动,还远远不等同于作品的完成,中间往往是十分艰苦的过程。艺术创作不仅需要情感来启动,更加需要意志来坚持,而情感和意志又是紧密相关相连。人的心理,本来就是知、情、意的统一体。

文学艺术创作,需要以情感、情绪为动力、为燃素,以情感、情绪为艺术心理的融合剂,用情感将意志、认知融合起来。情感真挚而充沛,作品的思想与形象才能冶于一炉、融为一体。司马迁写《史记》搜集了非常丰富的书面的和口头的资料,那些材料进到文本中,注入了他的感情。像李广这个人,官职不高,战功也不特别显赫,在别的史家,或许觉得没多少可写的。司马迁是因为替李广的孙子李陵辩解而受刑,对李氏家族有特殊的情感,更重要的,他对受环境局限不能施展抱负的豪杰之士抱有极大的同情,所以,历代读者都从司马迁的《李将军列传》中读出了太史公的孤愤之情、不平之气。从前有人说,《史记》对西汉大将卫青、霍去病加以贬抑,对李广给予推崇,"乃其偏习","此岂论世知人之定准哉"?从史实的采用和叙述上说,司马迁没有"偏习",他如实地写了李广的缺失、错误。写他挟小嫌而杀霸陵尉,写他诱降敌方八百余人而杀之,写他治军不严,行军无部伍行阵,如此等等。从文字间情感倾向说,司马迁不掩饰他对李广的喜爱和仰佩。这篇传记的主调是:李广勇敢善战,仁爱士卒,但不遇于时。明代散文家茅坤说,司马迁"极意摹写,感慨淋漓,悲咽可涕"。还有的评论者说,传中对他的子孙"纤悉零碎,一一写出,尽于二百余字之中,又妙在人人负气,往往屈厄,皆隐隐与李将军吊惋,此所谓神情见于笔墨之表者也"。在这些地方,司马迁是借他人之酒杯,浇自心之块垒。《史记》一书,尤其是它的列传,优于后来所有史书,就在怨愤之情的贯穿。《李将军列传》写出一个英雄的命运悲剧和性格悲剧。他问相面者，几十个中下资质的人因为军功而得封侯，他数十年与匈奴作战，不在人后，却长期沉于下僚，"岂吾相不当侯邪？且固命也？"到他两鬓斑白之后，请求随卫青军出击匈奴。卫青认为他年纪已老，且一向运气不佳，令作前将军的李广走远道，而安排好友公孙敖与自己正面进攻。李广请命说，自己等了几十年，才有直接与单于作战的机会，希望能打前阵，"先死"于战场，卫青不许，并直接给李广的部下下达命令。后来李广军迷失路向，部下受到追查。这个时候，李广对上面来人说："诸校尉无罪，我自失道。"又对部下说，我一辈子与匈奴大小七十余战，好不容易有机会与单于面对，大将军却要我走远道，而我们又迷了路，这岂不是天意吗！"且广年六十余矣，终不能复对刀笔之吏。"于是引刀自刭。读到这里，读者怎能不动情！前人说，"非子长（司马迁字子长）笔力，安能于胜败之外，乃出古今名将之上如是哉！"笔力从哪里来？从作家自身的悲愤来。司马迁一方面生动地记述了李广平生事迹，另一方面突出了他内心的委屈。这当然是由于两人惺惺相惜，也因此引起世世代代怀才不遇者的共鸣。

再次，司马迁的意见能较好地解释艺术心理与伦理心理的关系。在司马迁这里，怨愤，首先是伦理心理，其次才是艺术心理。作为伦理心理，屈原的怨是否正当，是否具有正义性、合理性呢？扬雄和班固对此是持批评态度的。他们认为，君子应该"既明且哲，以保其身"，"潜龙不见而无闷"。以这样的标准来看，班固说屈原"贬絜"，是指损害了自身的高洁，而班固以为这是由屈原自己招致。但他接着说："然其文弘博丽雅，为辞赋宗，后世莫不斟酌其英华，则象其从容……虽非明智之器，可谓妙才者也。"从立身处世上，班固对屈原的创作心理是不赞成的；从艺术成就上，又是充分肯定的。这里，把伦理价值判断与艺术价值判断暂时搁置不谈，仅从两者之间的关系，伦理心理与艺术心理的关系加以讨论，班固所论也是不正确的。倘若屈原果真如班固之所愿，"明哲保身"，"无闷"，他会去写《离骚》吗？他能写出《离骚》吗！倘若屈原的愁神苦思、忿怼不容不是一种正义的情感，《离骚》能有这样强的感染力、会有这样高的艺术性吗！屈原的"妙才"与他的"忿怼"是不可分的。司马迁首先肯定的是屈原的"正道直行"，屈原的愤，是正道直行基础上的愤。司马迁将情感的伦理正义性、心理真诚性与艺术的完美性联系起来、统一起来,而不是分割开来。司马迁的说法能为古今中外大量文学家、艺术家的实践所证实,在理论上也是深刻的。普列汉诺夫曾经多次引用英国艺术评论家罗斯金的话,在《艺术与社会生活》第二部分,可以看到这样的文字:

> 罗斯金说得非常好:一个少女可以歌唱她所失去的爱情,但是一个守财奴却不能歌唱他所失去的钱财。他还公正地指出:艺术作品的价值决定于它所表现的情绪的高度。他说:"问问你自己,任何一种能把你深深控制住的感情,是否都能够为诗人所歌唱,是否都能够真正从积极意义上使他激动?如果能够,那么这种感情是崇高的。如果它不能够为诗人所歌唱,或者它只能使人觉得滑稽可笑,那就是卑下的感情。"不可能再有别的情况。艺术是人与人之间的精神交往的一种手段。一部艺术作品所表现的感情愈是崇高,它在其他同等条件之下就愈加容易显出它作为上述手段的作用。[1]

司马迁对屈原的称赞,首先正是称赞他的创作情感的崇高性,不但"群小"的卑劣情感不能与之相比,为一己之安而退居静默的"君子"也相形见绌。司马迁说:"屈原既死之后,楚有宋玉、唐勒、景差之徒者,皆好辞而以赋见称。然皆祖屈原之从容辞令,终莫敢直谏。"那几个人的成就远逊于屈原,症结在于他们的明哲保身,缺乏强烈的怨愤之情,缺乏倾诉怨愤之情的勇气,主要并不是才能、技巧的问题。

二　悲音为美

儒家除了认定快乐的情感有利于艺术活动的发生,有利于艺术活动的高质量展开、顺畅地进行之外,还对情之两端,也就是对艺术活动中的乐与怒作了伦理价值的判断。他们说,治世之音安以乐,乱世之音怨以怒;可见,他们是偏向乐的情感这一面,对乐作正面评价而对怨作负面评价的。《礼记·乐记》说,"乐者,乐也"——音乐就是快乐。"夫乐者,先王之所以饰喜也;军旅铁钺者,先王之所以饰怒也。"音乐的功用就是表现快乐。司马迁主张发愤著书,主张文学艺术作品抒发怨愤之情,他首先是从伦理出发的,但同时,这样的作品是否也能给接受者以审美快感呢?从审美心理规律来研究,从人的自然天性来研究,表现乐的情感的作品与表现悲的情感的作品,其审美品格有没有高低深浅之别呢?

大约从汉代开始,许多记载表明,不少人乐于从表现悲哀情感的艺术作品中寻求快感。例如,扬雄的《琴清英》记述几个故事,其中之一说:"晋王谓孙息曰,子鼓琴能令寡人悲乎?息曰,今处高台邃宇,连屋重户,霍肉浆酒,倡乐在前,难可使悲者。"刘向《说苑·善说》记述:"雍门子周以琴见乎孟尝君,孟尝君曰,先生鼓琴,亦能令文悲乎?"在这两个十分相似的故事里,主人公都向艺术家要求,用音乐引起悲哀的情感,期望从饱含悲哀情感的艺术作品中去寻求特殊的审美快感,而不是从内容幽默、诙谐或欢乐的作品中去寻求一般的快感。汉代的一些人,例如王充,更将"悲音"作为"美妙音乐"的同义的、等值的词语使用。《论衡》的《自纪》篇说:"师旷调音,曲无不悲;狄牙和膳,肴无淡味。""美色不同面,皆佳于目;悲音不共声,皆快于耳。"《超奇》篇说:"饰面者皆欲为好,而运目者希;文音者皆欲为悲,而惊耳者寡。"《书虚》篇说:"唐虞时,夔为大夫,性知音乐,调声悲善。"《感虚》篇说:"《尚书》曰,'击石拊石,百兽率舞',此虽奇怪。然尚可信。何则?鸟兽好悲声,耳与人耳同也。"黄晖《论衡校释》在此句下引《龙城札记》说:"魏晋以前,皆尚悲音,盖丝声本哀也。"[2]

悲音为美,是汉代以后一个流传颇广的说法。它涉及艺术心理的多项问题。第一,声音——自然界的声音和音乐作品——与人的情感的关系,声音本身到底有没有哀乐之分?第二,为什么人们在欣赏音乐作品时,会产生悲哀或快乐的不同情感,仅仅是由于接受主体原来的心理状况,与作品无关吗?第三,引起悲哀情感的作品与引起快乐情感的作品有无高下深浅之分?为什么"悲音为美"的说法得到许多人的认可,而不是说"喜乐之音为美"?

孔子以来许多人主张声有哀乐。《荀子·乐论》说:"夫乐(yuè)者乐(lè)也,人情之所必不免也。故人不能无乐,乐则必发于声音、形于动静,性术之变尽是矣。故人不能不乐,乐则不能无形,形而不为道,则不能无乱。先王恶其乱也,故制雅颂之声以道之,使其声足以乐而不流,使其文足以辨而不谑(xǐ,恐惧),使其曲直、繁省、廉肉、节奏,足以感动人之善心,使夫邪污之气无由得接焉。"《吕氏春秋·适音》说,"乐(lè)有适,心亦有适","音亦有适",都要平和:"太钜则志荡(心悸),以荡听钜,则耳不容,不容则横塞,横塞则振(震惊)。太小则志嫌,以嫌听小,则耳不充,不充则不詹(不足),不詹则窕(不满密,不完整)。太清则志危(心里危惧),以危听清,则耳谿极(空洞),谿极则不鉴(不能鉴察),不鉴则竭;太浊则志下,以下听浊,则耳不收(散而不能收聚),不收则不搏(不能专一),不搏则怒(迷惑烦怒)。"音乐的声调、音高要适度,高低、大小、清浊都要适中。这里把音乐—情感(哀乐)—社会风气(治乱)—天象连成一个完整的链条,想要用音乐的平和助成社会的安定。《韩非子·十过》记述,平王命师旷奏清角,"一奏之,有玄云从西北起;再奏之,大风至,大雨随之,裂帷幕,破俎豆,隳廊瓦,坐者散走"。平王恐惧,晋国大旱三年,平王癃病。这也是出于相同的理念。

音乐与情感的关系、艺术与情感的关系,自来有种种说法。文学是语言艺术,语言可以直接描叙作者的情感和思想;绘画可以再现社会生活场面,也便于表现思想、情感。音乐依赖声波振动的组织结构,它能不能表现思想、情感呢?早在先秦时,就认为音乐与情感有密切关系。孔子和孔子以前的论者谈到艺术,主要都是以音乐为对象;他们谈论音乐,重点都是音乐与人们的情感的关系,是它对人们的情感的作用。《礼记·乐记》将以前的音乐思想系统化。关于音乐与情感的关系,它说:"乐者,音之所由生也,其本在人心之感于物也。是故,其哀心感者,其声噍以杀(急促细小);其乐心感者,其声啴以缓(宽舒徐缓);其喜心感者,其声发以散;其怒心感者,其声粗以厉;其敬心感者,其声直以廉(庄重);其爱心感者,其声和以柔;六者,非性也,感于物而后动。"这里说,情感不是天生的,主体受到外界的刺激,产生喜怒哀乐的不同情感;这些情感在音乐作品中便表现为不同的曲调,表现为声音的缓急、粗细、高低、刚柔、曲直等的不同。反过来,音乐作品对于欣赏者又成为刺激物,引起他们相应的情感。"夫民有血气心知之性,而无哀乐喜怒之常;应感起物而动,然后心术形焉。是故,志微(应作纤微,指乐音纤细而微眇)、噍杀之音作,而民思忧;啴谐(宽和)、慢易(平缓)、繁文(复杂)、简节(单一)之音作,而民康乐;粗厉、猛起、奋末、广贲(怒气充斥)之音作,而民刚毅;廉直、劲正、庄诚之音作,而民肃敬;宽裕、肉好(丰润)、顺成、和动之音作,而民慈爱;流辟、邪散、狄成(轻浮)、涤滥(放纵)之音作,而民淫乱。"于是,从创作到欣赏形成一个长链,即是:外物——创作者的情感——曲调——欣赏者的情感。在这个链上,曲调是中心,它连接作者的情感与欣赏者的情感;它受情感激发而产生,又激发他人产生相应的情感。

声音,有组织的乐音即曲调,作为一种物理刺激,如何造成人的生理和心理反应,这个问题的深入研究,有赖于声学、生理学、心理学等学科的进展。音响心理学的概念,是在1883年才第一次由德国音乐学家和音响学家施通普夫提出。直到现在,各个不同学科的专家、心理学的不同学派的学者,关于声音、曲调与情感的关系,各自解释不一。对于音乐激发情感的生理的和心理的机制,中国古代学者不可能具体揭示。但是,乐曲的形式因素,尤其是它的节奏、它的速度(音乐进行的快慢程度)和力度(音量的强弱程度),对接受者情感的哀乐的不同影响,则是任何人都能够体验到的。《乐记》所说的"志微"之音使听者心忧,"粗厉"之音使听者刚毅,不难被人们所认可。悼歌、哀乐缓慢,听来沉重;凯旋曲是由弱渐强,听来欢快。这属于生理心理学范围,可以与情感、情绪的社会内容分开来考察。威廉·詹姆斯等机能主义心理学家认为,情绪是对机体变化的知觉;人害怕,是因为他发抖,而不是发抖由于害怕。这种说法受到质疑,但多数心理学家承认,人们口里干渴、胃里痉挛、躯体颤抖,的确会增强恐惧感。音乐的节奏影响人的生理的节奏,影响人的脉搏、血压、体温、脑电波、内分泌,由此进而影响人的情感。经历漫长的年代,人类对音乐的各种形式因素表达情感的功能积累了丰厚的经验,发展出极为丰富的手法技巧来发挥音乐表达情感的功能,对这些手法技巧掌握得越来越细致、充分。在文化的发展、艺术的发展中,音乐形式因素的组织结构、形态样式与相应人群的情感和意识,进一步发生对应关系。因此,音乐作品能够表达情感,能够激发情感,并不是,至少不完全是因为接受者把自己的情感、情绪投射到乐曲中去,而是客观上确有悲哀之音、有欢乐之音,这已经无须争论。

但是,要证明悲哀的音乐比欢乐的音乐更富于美感,在生理学、心理学、美学上都是困难的。朱光潜先生早年所写的《悲剧心理学》对于悲剧快感作过专门的探讨。因为是在欧洲攻读博士学位时所写,引证的都是西方的材料。其中不少观念,与中国历史的实际,有较大差距。悲音为美的说法,并不限于中国。西方也有类似的说法,如法国诗人波德莱尔的《随笔·美的定义》说:"我并不主张'欢悦'不能与美结合,但我的确认为'欢悦'是美的装饰品中最庸俗的一种,而'忧郁'却似乎是'美'的灿烂出色的伴侣;我几乎不能想象……任何一种美会没有'不幸'在其中。"[3] 而中西对悲音为美的解释则与各自文化背景相依存。朱光潜《悲剧心理学》第三章评述"悲剧快感源于恶意",这种观点在中国很难见到。悲音,表现悲剧性内容的艺术作品,会引起接受者忧伤、哀惋、沉痛、震惊,其所以如此,在中国古人看来,根源在于人的同情、恻隐之心。人们读《离骚》未尝不垂涕,是因为看到屈原这样才华出众、忠诚正直的人,被冤屈、被流放,终于屈死,善良美好的被邪恶丑陋的所击败、所毁灭。在欣赏吟诵中油然生起崇敬之心,情感上得到提升,产生了崇高感。在对不幸者的同情中,接受主体的正义感得到满足,也对自身的道德产生良好的感觉、良好的评价。韩愈《荆潭唱和诗序》说:"夫和平之音淡薄,而愁思之声要妙;欢愉之辞难工,而穷苦之言易好也。是故文章之作,恒发于羁旅草野;至若王公贵人,气满志得,非性能而好之,则不暇以为。"气满志得的王公贵人,就是"好"、"为",也写不出好诗,因为得意炫耀的心理引不起共鸣。欧阳修《梅圣俞诗集序》说:"若使其幸得用于朝廷,作为雅颂,以歌咏大宋之功德,荐之清庙,而追商、周、鲁颂之作者,岂不伟欤!"这或许是欧阳修的反讽吧?为赵宋王朝歌功颂德,肯定只能成为庸劣之作。序文开头才是欧阳修真实的思想:"凡士之蕴其所有,而不得施于世者,多喜自放于山颠水涯,外见虫鱼草木、风云鸟兽之状类,往往探其奇怪,内有忧思感愤之郁积,其兴于怨刺,以道羁臣寡妇之所叹,而写人情之难言,盖愈穷则愈工。——然则非诗之能穷人,殆穷者而后工也。"抒发忧愁愤懑的诗,更具有高的审美境界。

在中国历代文人那里,悲音为美更普遍、更深层的原因,是在怀古感旧中的自伤与自慰。悲音,有家国之悲,如《诗经》中的《黍离》之类;有怀才不遇之感、忠而见疑之恨,如《离骚》;有相爱而遭阻隔、生离死别之苦,如《长恨歌》。这些悲恨,远古就已发生,后世一直存在。后人读前人的作品,产生强烈的共鸣,产生一吐为快的舒畅感,产生发现同调知音的欣喜感。杜甫《咏怀古迹》之二说:"摇落深知宋玉悲,风流儒雅亦吾师。怅望千秋一洒泪,萧条异代不同时。"注者评点道:"前半怀宋玉,所以悼屈原;悼屈原者,所以自悼也。"[4]杜牧的《读韩杜集》绝句说:"杜诗韩集愁来读,似倩麻姑痒处抓。"白居易的《琵琶行》写他听到的琵琶曲:"转轴拨弦三两声,未成曲调先有情。弦弦掩抑声声思,似诉平生不得志";这琵琶曲当然是一首悲歌,白居易听了欣悦又哀伤,"今夜闻君琵琶语,如听仙乐耳暂明……座中泣下谁最多,江州司马青衫湿"。这些,用一句话概括,叫做借他人之酒杯,浇自己之块垒。金圣叹评点《西厢记》之"序一"题为"痛哭古人",文末说:"夫我之痛哭古人,则非痛哭古人,此又一我之消遣法也。"这正说明,悲音为美,是古代文人在文学艺术欣赏中发散积郁而得出的审美感受。

对于创作者和欣赏者来说,文学艺术是一种有效的、有益的宣泄途径。宣泄是恢复个体心理健康的一种重要手段,现代精神分析心理学高度重视宣泄。"最根本的诗歌艺术就是用一种技巧来克服我们心中的厌恶感";"一种虚构的作品给我们的享受,就是由于使我们的精神紧张得到解除"。[5]文学艺术是一种巧妙的、隐蔽的宣泄,因而是一种有效的宣泄。

宣泄的思想不是精神分析心理学的首创。古希腊时期,亚里士多德的《诗学》和《政治学》就提出过"净化"(Katharsis),所谓净化,是在文学艺术活动中,让过度激烈的情绪得以宣泄而趋于平静。[6]前面提到过的人本主义心理学家罗杰斯的《与人交往》,其中一节是"我愿人听我倾诉",罗杰斯说,当你处于精神痛苦,感到因无法解决问题而火冒三丈,或陷入苦恼的恶性循环而不能自拔,或被绝望心情所压倒,总之,当你处于病态心理之中时,如果能够找到人倾诉,内心的紧张就会解除,就可以从纷乱的情绪中解脱,"无法澄清的迷惘也都变成比较清澈透明的涓涓细流"。[7]在现代社会里,有许多激烈的竞争,有许多紧张的拼搏,欣赏文艺作品,是调整心理状态、保证心理健康、丰富精神生活的不可缺少的途径。

思考题

1. 为什么说"发愤"是文艺创作的重要动力?

2. 悲剧性作品对人的心灵可以起到怎样的作用？它们的魅力源于哪里？

注 释

〔1〕 《普列汉诺夫美学论文集》，第 837 页，北京：人民出版社，1983 年；罗斯金语出于其《1870 年在牛津大学所作的艺术讲演》。

〔2〕 黄晖：《论衡校释》，第 245 页，北京：中华书局，1990 年。

〔3〕 伍蠡甫编《西方文论选》下册，第 225 页，北京：人民文学出版社，1964 年。

〔4〕 《杜诗详注》卷十七，北京：中华书局，1979 年。

〔5〕 弗洛伊德：《创作家与白日梦》，见《弗洛伊德心理学与西方文学》，第 144 页，长沙：湖南文艺出版社，1986 年。

〔6〕 参见陈中梅译注《诗学》附录（六），其中说，亚里士多德"不同意柏拉图提倡的对某些情感采取绝对压制的办法"，认为"人们应该通过无害的途径把这些不必要的积淀（或消极因素）宣泄出去"。

〔7〕 参见罗杰斯：《与人交往》，见《人的潜能和价值》，第 130—133 页，北京：华夏出版社，1987 年。

第六讲

虚静与静穆

创作主体的虚壹而静

文本的静穆境界

文艺欣赏给接受者"疏瀹镇浮"

　　愤怒、哀怨成为文学艺术创作的动力,进而被改造成构成文学艺术文本的要素,这中间要经过若干个步骤、若干的中介,而不宜采取当下的、直接的方式,否则会弊多利少,作品很难有很高的艺术性。人在社会生活中产生的愤怒,还不是审美的情绪,让它直接进入文艺创作,会与审美心理发生摩擦、冲突。鲁迅曾经说过,诗人的感情太烈,会杀掉诗美;又说,长歌当哭,要在痛定之后——这些都是他的经验之谈。一个人在盛怒之中,或者在大悲之际,难以进行正常的文艺创作。为了进行文艺创作,文艺家有必要从激动的心情中沉静下来。中国古代诗学一方面讲发愤以抒情,另一方面讲虚静而作文,这两者并不对立、并不冲突,而是互为补充。

　　文学艺术创作的理想状态是,灵感如火山爆发,鲜活的形象、新鲜的词句、新颖的构图、曼妙的旋律从文艺家脑子里奔涌出来,以至他们几乎都来不及落笔了。但是,进入这种状态之前,少不了酝酿、准备;在酝酿、准备的时候,作家需要的是什么呢？陆机《文赋》说,"其始也,皆收视反听",收视反听的状态下,与外界在心理上拉开距离,心情是宁静的、纯净的。刘勰在《神思》篇中说:"陶钧文思,贵在虚静。疏瀹五脏,澡雪精神。"《养气》篇又说:"水停以鉴,火静而朗。"唐代初期的大书法家虞世南《笔髓论》也说:"欲书之时,当收视反听,绝虑凝神,心正气和,则契于妙。"陆机、刘勰和虞世南等人的这些话,代表了中国古代哲学和诗学的一个基本观点,就是创造性思维的前提,是主体心理进入虚静状态。虚静说,是中国古典诗学的一个重要内容,下面,我准备从三个方面来讨论它:第一,从创作心理来看,作家艺术家进入创作过程之前,先要自我调整,撇开艺术创作以外的其他事情,让自己心里虚静;第二,从文本风格来看,虚静心理表现在一部分文学艺术文本中,形成静穆的境界,有一部分诗学家特别推崇这种境界;第三,从审美接受的心理效应来看,文学艺术欣赏能够让接受者除烦去躁,获得虚静,进入静穆,这有助于心理的健康和精神的提升。下面就分别作些说明。

一　创作主体的虚壹而静

就创作主体心理的虚静来说,古代诗论家的阐述也有两个方面:第一,是说创造性思维过程中主体心理活动指向的专一性;第二,是说审美思维的超功利性。这是分属两个范围的问题,我们先来谈第一点。虚静,最早是由先秦的哲学家们提出来的,他们讲哲学思维,也连带涉及艺术思维。人怎样把握最高的本体,怎样掌握宇宙人生的规律,怎样领悟道？靠的是"心",靠的是"思"。而为了有效地思、高效地思,进入深沉的哲学的和审美的思维,前提是要求"虚"和"壹",也就是专一。《老子》提出:"致虚极,守静笃。"他认为,"致虚"和"守静"要做到极致,那就是做到没有任何别的什么能够打扰思维者的心灵。《荀子·解蔽》把这概括为哲学思维的理论原则:"人何以知道？曰:心;心何以知？曰:虚壹而静。"《孟子》和《庄子》用实际的例子讲同样的道理,孟子批评了在听老师讲解的同时"一心以为有鸿鹄将至"的人,表扬了"专心致志"、唯老师所讲之为听的人。《庄子·达生》讲过"佝偻者承蜩"的寓言故事,一个驼背的残疾老人,粘捕高高树枝上的蝉,就像随意拾取那样地便捷。他怎么能做到这样？他自述的秘诀是:站在那里,像一棵树一样兀立,手臂像一根枯树枝丝毫也不动弹。"虽天地之大,万物之多,而唯蜩翼之知。"这个时候,就是有人拿来世间各种珍贵物品,也不能改变、转移他对蝉儿翅膀注视的目光。《庄子》叙述到这里,假借孔子之口感叹道:"用志不分,乃凝于神。其佝偻丈人之谓乎!"庄子说的用志不分,和孟子说的专心致志,和荀子说的虚壹而静,是同样意思。凝于神,也是注意力高度集中,一点也不分心。这段话里的"凝",苏轼认为应该作"疑"。苏轼有"庄周世无有,谁知此疑神"的诗句,清代翁方纲注释说:"乃疑于神者,谓直与神一般耳。"作凝,可以解释为凝静;作疑,可以解释为比拟。两解都可通。文艺创作,要心力集中、心无旁骛,这是虚静说的第一层意思。这个意思不难理解,做任何事都要专心,何况文艺创作这种对独创性要求极高的精神劳动,当然要求全心全意地投入。达·芬奇告诫画家,要"独身静处","应该没有其他牵挂"。他甚至说,画家不适宜住大房子,"住所小,思想集中;住所大,思想散漫"。他的意思,换用中国古代诗学的表达,无非也就是力求达到"虚壹而静"。

　　虚静说的第二层意思,是说在进入文艺创作过程之时,要抛开俗世利害得失的欲念,抛开物欲、功利的计较,这是虚静说的重点、核心。六朝著名画家宗炳,同时是一位绘画理论家,他在《画山水序》中提出"澄怀味象","澄怀"就是涤除杂念,使心怀归于澄洁,"味象"是进入艺术想象。他又是一位虔诚的佛教徒,有一篇《明佛论》,是中国佛学的重要文献,其中提出宗教思维(和艺术思维)应当"心与物绝"、"悟空息心"。他认为,人心好比一面镜子,非宗教的(以及非审美的)功利计较好比人心上的尘垢,"今有明镜于斯,纷秽集之,微则其照蔼然,积则其照朏然(如月光之朦胧),弥厚则照而昧矣。质其本明,故加秽犹照,虽从蔼至昧,要随镜不灭,以之辨物,必随秽弥失,而过谬成焉。人之神理,有类于此"。镜面上的灰尘愈少,镜像愈清楚;灰尘愈厚,镜像就愈昏暗。污秽粘了很多,仍然用它来照,把歪曲了的影像当做真实,错误就这样产生。这就从理论上提出了宗教思维(和艺术思维)与实用功利思维的冲突性的问题,两者在性质上不能相容,此消则彼长。后来苏轼在送给一位僧人的诗里说:"欲令诗语妙,无厌空且静,静故了群动,空故纳万境。"心静了,才能够客观准确地反映出外界景象,这也是把宗教心理与艺术心理相沟通。

在这之前很久,庄子已经用寓言提出同样的思想,而且他没有牵扯到宗教,讲的就是艺术创作心理。《庄子·达生》讲了一个木雕艺人的故事,故事的主人公叫梓庆,他的工作是削木为鐻,鐻,是古代的一种乐器(也可能是悬挂乐器的支架),早先用木制,后来改用铜制,多作猛兽之形。故事说:

> 梓庆削木为鐻,鐻成,见者惊犹鬼神。鲁侯见而问焉,曰:"子何术以为焉?"对曰:"臣,工人,何术之有? 虽然,有一焉——臣将为鐻,未尝敢以耗气也,必齐以静心。齐三日,而不敢怀爵禄庆赏;齐五日,不敢怀非誉巧拙;齐七日,辄然忘吾有四枝形体也。当是时也,无公朝。其巧专而外骨消,然后入山林,观天性形驱,至矣,然后成见鐻,然后加手焉,不然,则已。则以天合天,器之所以疑神者,其是与?"

齐,同斋,就是斋戒。在秦汉以前的古籍中,"斋"字常写作"齐","斋"的词义中也包含了"齐"的某些意思,"齐"和"斋"两个词在某些语境中可以相互训释。古人在祭祀活动之前,为了平息嗜欲之心,先要洗浴净身,洁食净腹,使散乱不齐的思绪变为单一而集中,"心迹俱不染尘境"。在进入艺术创作过程之前,也要斋戒,不要想借此得以升官或得到赏赐,不要想凭此获得名声,不要想别人会如何评价,最后,连自己的肉体之身也忘记。庄子一派主张心理的内向,鄙薄以自己的思维成果换取物质享受、换取功名利禄的做法。《达生》篇提出"外重者内拙",在庄子看来,主体所期望得到的外物的社会功利价值越高,主体思维的创造力就越弱。他说:"以瓦注(作赌注)者巧,以钩(银锞)注者惮(惴惴不安),以黄金注者殙(心绪昏乱)。"物欲很强的人,必定整天算计,心理经常处于紧张、纷乱之中。《齐物论》篇很形象地描述人在世俗社会的利益冲突中的心理困扰,今天读来,还有很强的现实感:"其寐也魂交,其觉也形开,与接为构,日以心斗。"成玄英解释说:"凡鄙之人,心灵驰躁,耽滞前境,无得暂停。故其梦寐也,魂神妄缘而交接,其觉悟也,则形质开朗而取染也。"睡梦中也牵挂着名和利,不得安宁,醒来则陷在勾心斗角的矛盾纠葛里面。《庚桑楚》篇说:"贵、富、显、严、名、利六者,勃志也;容、动、色、理、气、意六者,谬心也;恶、欲、喜、怒、哀、乐六者,累德也。"勃、谬、累,是搅乱、束缚、妨碍的意思。一个人让荣华、声名、利禄、容貌、爱欲等搅乱情志、系缚心灵,会成为德之患累,同时,也成为文艺创作的患累。元代张养浩有一首《双调·雁儿落带得胜令》,讲的是"日以心斗"与"虚静"两种心理状态的对比:

> 往常时为功名惹是非,如今对山水忘名利。
> 往常时趁鸡声赴早朝,如今近晌午犹然睡。
> 往常时秉笏立丹墀,如今把酒向东篱。
> 往常时俯仰承权贵,如今逍遥谒故知。
> 往常时狂痴,险犯着笞杖徒流罪,如今便宜,课会风花雪月题。

这支曲子有那么一点玩世不恭的消沉,却把功名之心和审美心理的敌对性写得活灵活现。元人散曲里这种作品很多,乃在异族统治下,汉族知识分子自我心理调适的艺术反映。蒲松龄的《聊斋志异》里有《司文郎》一篇,写一姓宋的书生,生前科举考试不得志,死后想要帮助姓王的书生一展抱负,他读了王生的课业,劝勉说:"君亦沉深于此道者,然命笔时,无求必得之念,而尚有冀侥得之心——即此,已落下乘。"写文章有"求必得"之念,在艺术上就不可能取得成就。无此念,但还残留了"冀侥得"之心,也还不免会去揣摩、逢迎考官(或者书商)的心理,或者下笔时有种种顾忌,使得审美的需要让位于博取实际利益的策略。这篇诙谐风趣的小说,表露的是蒲松龄痛心疾首的感慨。科举考试用官禄作钓饵,戕害、扼杀了无数读书人的才华。蒲松龄在豆棚瓜架下自由驰骋的笔墨,则成为文言小说的高峰。

　　审美超功利,是德国古典美学的重要命题。康德认为,一个关于美的判断,只要夹杂了哪怕是很少的利害感在里面,就会有偏爱而不是纯粹的欣赏判断了;审美不是单纯感官的满足而是精神的享受。王国维吸收了康德、叔本华的"审美无利害说",也继承了中国古代的虚静说,他在《文学小言》中说:"吾人之胸中洞然无物,而后其观物也深,而其体物也切。"他的《古雅之在美学上之位置》更肯定西方形式主义观点,说"一切之美,皆形式之美也","可爱玩而不可利用者,一切美术品之公性也",所以,"吾人之玩其物也,无关于利用,故遂使吾人超出乎利害之范围外,而惝恍于缥缈宁静之域"。这就从美学理论上,探讨了虚静对文艺创作何以必不可少。

马克思从对资本主义金钱至上批判的角度,从资本主义生产对人的异化,谈到过占有欲会破坏纯正的审美感觉。马克思论证文艺创作作为自由的精神生产,与以资本的最大增值为目标的资本主义生产的敌对性。现代资本主义社会,鼓励消费主义思潮,文学艺术愈来愈被商业化,在这个背景下,虚静说还有其当代的现实意义。真正审美性的文学艺术,才是对国民心理健康有益处的。

中国古代,在审美虚静说得到初次清晰、深入阐述的六朝,那时的文人们曾经强调把占有欲与超功利的审美观照加以对比。《世说新语》里说,祖约好财,热衷于攒钱;而阮孚好屐,屐,是木头做的下有两齿的鞋子,阮孚热衷于收集各式各样的屐。两个人都是被身外之物所累,当时的风气喜欢品评人物,舆论没有分出两个人的高下。一次,有人到祖约家里看望他,恰好他正在清理、检点钱,见有客人来了,来不及全部收捡、藏起,剩有两小竹箱,藏在背后,斜着身子挡住,神色很为不安。另外有人看望阮孚,见他正在吹火烤蜡,把蜡涂在屐上,对进来的客人叹息道:"也不知道我这一辈子能穿几双屐!"神色很是闲畅。两件事传开,于是才分出两人的胜负。两人都有爱好,祖约要遮挡所爱的钱,阮孚是很愿意客人观赏自己收集的屐。他的那句话虽是自嘲,其实流露的是自我欣赏。为什么会有这样的差别呢?这是因为,爱钱,是一种占有欲;爱屐,是一种审美鉴赏。占有欲是排他的,不愿与人共享,参与的人多了,个人能占有的就少了,有人来分享,就会减少甚至会取消快感。审美鉴赏却相反,不但不排他,而且期望有同好共赏。休谟说过,审美感受具有"扩散性"和"可分享性"。我们读到一首好诗,听到一首优美的乐曲,如果有同道、知音来共赏,分享我们的快乐,快乐不但不会减弱,还会得到增强。陶渊明描述的"邻曲时时来,抗言谈在昔,奇文共欣赏,疑义相与析",杜甫企盼的"何时一樽酒,重与细论文",表达的正是审美快感的分享带来的欢欣。世俗的物欲与审美快感相妨碍、相冲突,所以,为了文艺创作心理的纯正和高效率,就要止息、抑制物欲,要"疏瀹"、"澡雪",要超脱于功利之外。虚静了,创作心理就会像平静的水面清晰地映照景物,艺术想象力就会像没有任何干扰的火焰一样充分地燃烧。

关于审美的超功利性，有绝对的和相对的两种不同的主张。庄子把超功利绝对化，虽然是愤世嫉俗之言，无论如何，理论上是偏激而不准确的。欧洲唯美主义者更是把审美超功利推向极端，近代以来，这类极端的言论，只能在被看做是对于资本主义商业化玷污文学艺术的抗议的意义上，才可以说是积极的。中国历代多数的诗论家，则是把超功利的虚静说与忧国忧民的发愤说结合起来，文艺家不谋一己之私利，而以天下兴亡为己责；即使是社会的、群体的功利，也不是计一时一事之得失，而是以天下苍生为念，以百姓之心为心，如范仲淹《岳阳楼记》所说，不以物喜，不以己悲，先天下之忧而忧，后天下之乐而乐。有了这样的胸怀，就比较容易进入审美观照。

社会性的功利，往往有较强的时间性、地域性，随着时移事异，昔日或异域代表历史前进方向的功利观，到今天可能落后了，不符合新时代的需要了。我们不能要求屈原、杜甫、陆游具有今天的先进功利观，但他们的体现各自功利观的作品却依然能够深深地打动我们，这是什么缘故呢？这是因为，他们并不简单、直接地在作品中表现其功利观，而是把自己的愤怒、哀怨审美化，而审美心理有较强的稳定性，有较强的人类共通性。拿杜甫与元结以及白居易比较，他们都倡导并实践用诗歌反映民生疾苦，元结的十二首"系乐府"和白居易的五十首"新乐府"远不如杜甫的"三吏"、"三别"等一系列诗作。杜甫不是把诗歌当做"裨补时阙"的政见的表述，而是在对社会苦难的描述中表达自己深沉的情感，这种情感是高度审美化了的。他在《四松》诗里说，"有情且赋诗，事迹可两忘"，进入创作过程，他就保持虚静的心态。总之，对于发愤说和虚静说，我们应该联系起来理解。

二　文本的静穆境界

创作主体心理专一，涤除了世俗欲念，进入虚静状态，他们并不会如道家夸张地形容的处于"无思无虑"的混沌之中，相反，他们不但沉浸于高度紧张的思维运作，而且，他们的艺术思维的内容和情调可以是多种多样的，他们的作品的风格、情调也会是多种多样的。在这多种多样里面，中国古代的文学家和诗学家,有不少人格外钟情于静穆之美。虚静指的是主体的心理状态,静穆指的是文本的气象格调,这本来是两个问题,但有的诗学家却由创作心理的虚静,进而倡导创作风格的静穆。

在中国古代诗学论著中,原没有"静穆"这一术语,而是用"冲淡"、"沉著"、"自然"、"旷达"等等来指称不少文人喜爱的类似风格。朱光潜和宗白华两位现代美学家,融合了对中国的和欧洲的诗学、美学的领会,融合了对中国的和欧洲的文学艺术的领会,先后提出了静穆说。朱光潜说:"'静穆'是一种豁然大悟,得到归依的心情。它好比低眉默想的观音大士,超一切忧喜,同时你也可说它泯化一切忧喜。"[1]宗白华说:"静穆的观照和飞跃的生命构成艺术的两元。"[2]他们的论述,给我们思考中国古代诗学的某一方面的传统提供了新的视角,打开了新的思路,对我们欣赏某些古代诗歌散文以及书法、绘画、雕塑很有启迪。

朱光潜和宗白华提倡静穆,受到了西方美学的启示。在欧洲,静穆说是由 18 世纪德国美学家文克尔曼提出的,他认为,古代艺术的发展经历几个阶段,静穆是成熟阶段艺术的特征。"古希腊人的美的理想建筑在威严和静穆的特性上",体现了一种"高贵的单纯和静穆的伟大";"希腊人的艺术形象表现出一个伟大的沉静的灵魂,尽管这灵魂是处在激烈情感里面;正如海面上尽管是惊涛骇浪,而海底的水还是寂静的一样"。[3]文学艺术风格可以粗略地划分为两个基本的类型,一是崇高雄浑,一是优美含蓄;或者换个角度说,一种是华美,一种是简朴。静穆则力求把两者调和,是自然单纯和深刻沉厚的结合。古来不少人表达过对这种结合的憧憬,早在近千年前的北宋,苏轼就在《书黄子思诗后》中提出,"发纤秾于简古,寄至味于淡泊";他又曾说,陶渊明与柳宗元的诗,"外枯而中膏,似澹而实美"。讲的都是两个对立方面的结合。苏轼最佩服的诗人是陶渊明,佩服他什么呢?他说:"其诗质而实绮,癯而实腴,自曹(曹操父子)、刘(桢)、鲍(照)、谢(灵运)、李(白)、杜(甫)诸人,皆莫及也。"质朴中蕴含了华美,枯瘦里蕴含着丰腴,讲的也是两个对立方面的结合,是很难达到的境界。苏轼说李白、杜甫在陶渊明之下,引起后来的很大争议,其实这并非全面评价,只是从静穆的风格这一点来比较,不过表示他对静穆的偏爱,而这种偏爱有一些代表性。清代书法家和书法理论家梁巘在《评书帖》中说:明代书家"张瑞图得执笔法,用力劲健,然一意横撑,少含蓄静穆之意,其品不贵"。温克尔曼评论早期的希腊艺术,说在雕刻家斐底阿斯(公元前 5 世纪)以前,素描的线形很有魄力,但显得生硬;衣服皱褶刻画细致,但不秀气。梁巘与温克尔曼两人意见的内容和表述都很近似。中国和西方,都有不少文艺创作家和理论家推崇静穆之美。

我们这里所说的静穆,不必局限于温克尔曼以及其后黑格尔的那些阐述,我们现在来重新探究静穆,更多地是建立在本土理论资源和对本土文学艺术文本体认的基础上;而且我们也不赞成把静穆与热烈对立,静穆本是诸对立因素在矛盾中得到统一。鲁迅曾经对朱光潜推崇静穆提出过尖锐激烈的批评,这与当时的时代背景有关,也与朱光潜把静穆与热烈相对立以及拿陶渊明与屈原、杜甫比较时扬此抑彼的偏颇有关。今天,在新的文化环境中,我们可以更从容冷静地讨论这个问题。[4]

古希腊的雕塑是体现了静穆的文本,中国的佛教造像,陶渊明、王维、韦应物、柳宗元的诗文也是体现了静穆的文本。在我看来,首先,静穆绝不只在于形式,而更在于文本所流露的创作主体的人格。静穆是诗与哲学的融合,它表现了主体所具有的稳定深沉的人生信念。静穆首先是一种人格理想,然后才是一种诗学理想。静穆中主体把信仰转化为自信、从容,由庄严的精神力量统摄并制约激动的感情,产生崇高之美。苏轼所说的"至味"、"中膏"是什么?那就是诗化了的人生哲理,是从人生忧患中体验得来又溶化在心灵深处的哲理。王夫之作为一位哲学家兼诗学家,特别看重这一点。他用"深远广大"来做对陶渊明的《停云》诗的评语,并且说:"彼以褊怀学陶者,初不知此诗风旨也。"离开了深远的意旨,不懂得这首诗体现的陶渊明的人格,不可能进入陶诗静穆的境界。陶渊明是一位诗化的哲学家,是站在他那个时代哲学思维前列的哲学家。当时,文人诗和民间诗频繁地吟唱着对于死的忧虑和畏惧,这也是文艺中永恒的主题,在他的前代和同时关于生死主题的诗歌中,有哀婉凄切的悲音,也有纵欲求享受的放旷,还有立功立言以求不朽的誓愿。而陶渊明呢,他是"纵浪大化中,不喜亦不惧。应尽便须尽,无复独多虑"。他的这种顺应自然的人生观,确认自身是自然的一部分,应该"委运任化",遵从自然的规律。陈寅恪称之为"新自然说",赞扬它是"孤明先发"、"创辟之胜解","实为吾国中古时代之大思想家,岂仅文学品节居古今之第一流,为世所共知者而已哉!"[5]苏轼也可以算是一位诗化的哲学家,他的《赤壁赋》也因其"深远广大"而获得不衰的魅力。其中倾吐的"盖将自其变者而观之,则天地曾不能以一瞬,自其不变者而观之,则物与我皆无尽也,而又何羡乎!"化用了道家的"齐物"、佛家的"不迁",让人们体悟旋风劲吹中的"常静"、江河注泻中的"不流",它的静穆建立在哲学思想基础之上。静穆并不等于避世,陶渊明和苏轼都坚持操守,不与龌龊的势力同流。理想的人格不仅仅是静穆,但静穆为清高廉直的文人所悦服,静穆的诗风为文人们所向往,与这些诗人品格的感召力和思想的深刻性是分不开的。

其次,静穆要求艺术形式的和谐、均衡,端庄、圆转,意蕴内含,不过于外露。温克尔曼分析雕塑《拉奥孔》说,人物身体上的极端痛苦"表现在面容和全身姿势上,并不显出激烈情感","身体的痛苦和灵魂的伟大仿佛经过衡量,均衡地分布于全体结构"。与此类似,佛教造像体现了宗教精神,同时也寄托了艺术家的人间理想。最好的佛教造像,都表现了静穆之美。中国佛教造像最先从古印度传来,例如,北魏时期建造的云冈石窟,佛像明显地具有犍陀罗艺术的特征。犍陀罗在今巴基斯坦西北部与阿富汗东部接壤的喀布尔河中下游地区,建国时间大约在公元前3世纪到公元5世纪,曾经被马其顿亚历山大王统治,艺术风格受到古希腊和波斯的影响,所以,也可以说,中国早期佛教造像间接地受到过希腊雕塑的影响,但又继承了中国上古造型艺术的传统。云冈石窟佛像就吸收了汉画像石的手法,也参考了当时南朝顾恺之等人的画风,人物身体浑圆,秀骨清相,神采飘逸,好像"佛性"均匀地分布在塑像的全身。特别在衣纹的处理上,既有西方雕塑影响的痕迹,更有江南美术的装饰化作风。据唐代张彦远《历代名画记》说,南朝美术家戴逵,铸造、雕刻佛像,如果"开敬不足动心",就要不厌其烦地修改。可见,创作主体把思想、心理的静穆放在首位,又不忽视技术的处理,因为线条以及结构安排等形式因素对佛教精神的表现也是至关重要的。瑞典汉学家喜龙仁对中国佛教造像有很高的评价,他在其中体味到的正是静穆:

那些佛像有时表现坚定自信;有时表现安详幸福;有时流露愉悦;有时在眸间唇角带着微笑;有时好像浸在不可测度的沉思中,无论外部的表情如何,人们都可以看出静穆与内在的和谐。

他认为这些佛像超过了欧洲文艺复兴的造型艺术。他说:在米开朗基罗的作品中是变化复杂的坐姿、突起的肌肉,强调动态;而在龙门大佛那里则是全然的休憩,是整体平静的和谐。请注意,外衣虽然蔽及全身,但体魄的伟岸、四肢的形象,仍然能够充分表现出来,散射着慈祥而平和的光辉。[6]或许是在近现代的欧洲文艺中,静穆甚为稀见,便有许多西方人士对东方艺术中的静穆格外向往。

在文学的表现方式上,陶渊明为静穆建立了范本,他避免了同时代人的两种偏向,弃绝了玄言诗的枯淡,又迥异于谢灵运的华赡。明代陆时雍评六朝诗说,左思的诗,"抗色厉声",读了使人畏惧;潘岳的诗,"浮词浪语",读了使人生厌;唯有陶渊明的诗,素净而又绚丽,读起来像是清风徐来,水波不兴,有悠然之致。宋代曾纮说:"陶公诗,语造平淡而寓意深远,外若枯槁,中实敷腴,真诗人之冠冕也。"明代钟惺说:"古人论诗文,曰朴茂,曰清深,曰雄浑,曰积厚流光。不朴不茂,不深不清,不浑不雄,不厚不光——了此,可读陶诗。"以上这些评语,既是对陶诗的描述,也是对静穆的审美境界的描述。领会他们所说的内与外的关系,才能领会静穆。不朴之茂,不是真茂;不深之清,不能久清。读者要从朴素中读出它的华茂,从清澄中读出它的深邃。钟嵘说陶渊明"文体省净"、"风华清靡",这很接近于温克尔曼说的"没有任何杂质的水最好喝。同样,最单纯、没有任何华丽、拘泥和装模作样的美质是完善的"。试从具体文本来体会文学中的静穆,可以举陶诗《时运》的第一段为例:

> 迈迈时运,穆穆良朝。
> 袭我春服,薄言东郊。
> 山涤余霭,宇暖为霄。
> 有风自南,翼彼新苗。

本来,四言诗距离今天人们的阅读习惯已经很远,人们比较习惯五言和七言等奇数字的句子,偶数字的四言诗每一句词语的组合、节奏的起伏,较难造成变化,虽然如此,这首诗仍然给我们流畅和平易的感觉,诗语在平实中隐含了精巧。开头两句用叠字,而"迈"和"穆"两者又是双声,颇似诗人一面在晨风里缓步徜徉,一面自语、微吟。迈迈,是不停息地流逝;穆穆,是宁静、静默、凝止。两者构成对比。英国新批评派的学者燕卜荪,在他的《朦胧七型》里,对这首诗的头两句有长篇分析。在滔滔不息的时间之流里,短暂的转瞬即逝的晨光却让人感觉静止,这是宁静、永恒和流逝、变迁的汇合。五六两句是对称性的句子:夜露洗去烟霭,山谷里留下几缕如带的宿雾;云朵在天空彼此追逐,衬托得天空更蓝。清风轻拂禾苗的叶片,好像是它们张开了翅膀,迎接阳光与朝露。一切是那样地平和,一切又是那样的生机勃勃,这些诗句是那样的清丽,同时,又是那样的渊深。这就是静穆。

苏轼将柳宗元与陶渊明并列,这两人也确有近似之处,柳宗元的《江雪》和《渔翁》也是静谧澄夐的绝唱。这两首诗境中万径无人、孤舟独钓,"烟销日出不见人,欸乃一声山水绿",好像是超然出世。他在《溪居》里写的"晓耕翻露草,夜榜响溪石。来往不逢人,长歌楚天碧",也是同一心情的表达。这些诗是在柳宗元志图改革而失败,一再被贬,到了那荒僻地、瘴疠之乡的悲苦逆境中所写。诗人独自咀嚼着伤痛,努力把心里的伤痛埋在最深层,而以平淡出之。苏轼说,"柳子厚南迁后诗,清劲纤徐";又说,柳宗元诗"忧中有乐,乐中有忧,盖妙绝古今矣!"真的是完全出离世间吗?柳宗元本人在《对贺者》里说:"嘻笑之怒,甚于裂眦;长歌之哀,过于痛哭。庸讵知吾之浩浩,非戚戚之大者乎!"静穆与忧愤不是相互排斥,深沉的静穆中往往蕴涵着深沉的忧愤,这样的忧愤还是大忧愤。深入地理解陶渊明,理解柳宗元,理解静穆,关键就在这种地方。他们的静穆里面,本身就包含着金刚怒目。

当然,也并不是所有的静穆的诗歌中都包含了激愤,静穆的诗歌中激愤的有无、多少和深浅是有差别的。被苏轼列在陶渊明、柳宗元同一系列的王维、韦应物,这两人的诗作"静"多而"愤"少。例如,王维的《酬张少府》:"晚年唯好静,万事不关心。自顾无长策,空知返旧林。松风吹解带,山月照弹琴。君问穷通理,渔歌入浦深。"其中也有对宦海凶险的畏惧、对龌龊政治的厌恶,但归结为与世无争。纵观王维其人,他的不少作品有雄豪矫健之风，就是这类冲淡清净的作品，也是诗中之一格，受到许多读者的喜爱。他在辋川别业留下的几十首诗篇，幽深之景、恬适之情，被许多的读者所喜爱。"倚仗柴门外，临风听暮蝉。渡头余落日，墟里上孤烟。""明月松间照，清泉石上流。""雨中山果落，灯下草虫鸣。"……纪昀说他这类诗"静气迎人，自然超妙"。这类诗我们也不必排斥。山水诗、山水画在中国成为独立的文学艺术部类，有着很悠久的传统。宋代画家郭熙著有山水画论，名为《林泉高致》，这个标题表明诗人和画家在山水中寻找的是精神寄托。郭熙说，人们为什么爱山水呢？"泉石啸傲，所长乐也"；"尘嚣缰锁，此人情所常厌恶也"。山水诗、山水画帮助人们随时得遂林泉之志、烟霞之侣。所以，山水诗、山水画中的上品，大多臻于静穆。在快节奏、竞争激烈的现代社会，静穆的文艺作品可以成为精神的清凉剂。

三　文艺欣赏给接受者"疏瀹镇浮"

文艺接受心理也是审美心理，它同样要求虚静。这里的两个层面是：其一，接受者面对文本，要以虚静之心待之；其二，好的文学艺术文本，能够使接受者获得虚静。朱熹教导他的学生说，读诗之法，"须是打叠得这心光荡荡地，不立一个字，只管虚心读他，少间推来推去，自然推出那个道理。所以说'以此洗心'，便是以这道理尽洗出那心里物事，浑然都是道理"[7]。他说的就是两个方面："打叠得这心光荡荡"，是排除任何先入之见，搁置与审美无关的日常实用思维；以此洗心，是清洗了凡俗的贪吝之心，从文本获得虚静。

在文艺欣赏中，接受者与作品里叙写的生活内容要保持一个距离，也是要忘掉"爵禄庆赏"，忘掉利害得失。例如读小说，读者不应把自己当做故事及人物的直接相关者，不应想象与书中人物发生切身的利害关系。清代有涂瀛其人，在《红楼梦问答》里说："或问：'子之处宝钗也将如何？'曰：'妻之。''处晴雯也将如何？'曰：'妾之。'"这是占有欲在文学接受心理中的典型表现，是与审美相冲突的。如果看了文艺作品中描写的美味就产生食欲，看了文艺作品中描写的美色就产生性欲，还谈什么审美观照呢？所以，文艺欣赏，也要先疏瀹五脏、澡雪精神，以空灵之心去迎接文学艺术文本。古代文人，读书之前要焚香扫地、沐浴更衣，那也是要与声色犬马之想隔绝开来。

文艺欣赏的深化和细化，必然把对艺术形式的欣赏放到重要地位，而艺术形式的欣赏要求与实用的、伦理的思维拉开距离，保持相对的独立。例如，虔诚的教徒往往忽略对佛教造像的审美观照，他们被宗教膜拜心理所支配。熊秉明曾描述他在上世纪40年代末，在法国雕刻家纪蒙的工作室，看中国北魏、隋唐的佛像头的心理上的一个大转折：

> 那是我不能忘却的一次访问，因为我受到了猛烈的一记棒喝。把这些古代神像从寺庙里、石窟里窃取出来，必是一种亵渎；又把不同宗教的诸神陈列在一起，大概又是一种亵渎，但是我们把它们放入艺术的殿堂，放在马尔荷所谓"想象的美术馆"中，我们以另一种眼光去凝视、去歌颂，我们得到另一种大觉大悟，我们懂得了什么是雕刻，什么是雕刻的极峰。
>
> 在纪蒙的工作室里，我第一次用艺术的眼光接触中国佛像，第一次在那些巨制中认辨出精湛的技艺和高度的精神性……在那些神像的行列中，中国佛像弥散着另一种意趣的安详与智慧。我深信那些古工匠也是民间的哲人。我为自己过去的雕刻盲而羞愧。[8]

这里记叙的先是接受心理状态的转换，从非审美的转换到审美的。我们几乎每个人都见过佛像，但很多人没有把佛像作为艺术品去仔细揣摩，细腻地审视，深入地体会。对于其他文艺作品也是如此，心理虚静是前提。然后，还有怎么看的问题。读诗，读散文，读小说，观画，听乐，各有其法。当然不是固定的规程，但总要有各自适合的方式。宗白华说，欣赏山水画，抬头先看高远的山峰，然后层层向下，窥见深远的山谷，再转向近景林下水边，最后横向平远的沙滩小岛。"远山与近景构成一幅平面空间节奏，因为我们的视线是从上至下的流转曲折，是节奏的动……这正是抟虚成实，是虚的空间化为实的生命。于是我们欣赏的心灵，光被四表，格于上下。"[9]接受者主动地进到文本的境界里面，视线和听觉在诗里、画里、乐曲里游走，如同亲身在山山水水中尽情玩赏。

文艺欣赏对接受者的心灵有净化作用,接受者可以"以此洗心"。《国语·楚语》说到诗教、乐教即审美教育:"教之诗而为之导……教之乐以疏其秽而镇其浮。""秽"是指芜杂的不符合健康人性的意念、情感,"浮"是指紊乱无序、躁动不安的心理;疏秽镇浮,就是帮助接受者心理有序化、纯净化。文学艺术对接受者的作用是多种多样的,既可以使人由静而动、振奋起来,也可以使人由躁而静、安宁恬适。两种效果各有其用,并且是互为补充;有时候,一部作品发生的效果,可以兼有两个方面。中国古代诗学家在谈到文艺普遍的社会功用的时候,往往强调它能令人感奋的一面;文人们谈到自身的文艺欣赏,往往侧重于得到抚慰的一面。在艰难的人生中,尤其是在不合理的社会制度下,遭遇冤屈,遭遇磨难,如何抗御恶劣的环境,保持心理的平衡,文艺欣赏是有益而有效的方式之一,文人们在失意时总是到文艺欣赏中寻找解脱。苏轼贬谪黄州时《书渊明"羲农去我久"诗》说:"每体中不佳,辄取读(陶诗),不过一篇,惟恐读尽后,无以自遣耳。"他几十年间,在黄州、惠州、儋州,无数次地读陶诗,都是要从陶诗的静穆,求得自己心情的静穆。从文本的静穆,到接受者心理的静穆,不是被动的、简单的刺激→反应,而是要主动地再创造。欧阳修《鉴画》说:"萧条淡泊,此难画之意,画者得之,览者未必识也。故飞走迟速,意浅之物易见,而闲和严静,趣远之心难形。"看小说里紧张的情节,看戏剧里武打的动作,那是很容易的。而在平和的形式中,领会文艺家悠远的思绪,那就很难了。张彦远《历代名画记》谈他对历代名画的欣赏时说:"遍观众画,惟顾生画古贤,得其妙理。对之令人终日不倦。凝神遐想,妙悟自然,物我两忘,离形去智。身固可使如槁木,心固可使如死灰,不亦臻于妙理哉!所谓画之道也。"文艺欣赏,看出、听出热闹是很容易的,能够从淡泊的外表了解深挚的思想感情,则是很难很难的。由此发生共鸣,接受者也滋生出深挚的思想感情,而进入闲和严静的心态,就是更难的了。一旦做到,就能获得长久的、稳定的愉快。

思考题

1. 试述虚静的心理对于文学创作的重要性。
2. 你从哪些文学艺术作品中感受到静穆?

3. 文学艺术作品的静穆对于接受者有什么影响？

注 释

〔1〕 朱光潜:《说"曲终人不见,江上数峰青"》,见《朱光潜全集》第八卷,第396页,合肥:安徽教育出版社,1993年。

〔2〕 宗白华:《中国艺术意境之诞生》,见《美学散步》,第65页,上海:上海人民出版社,1981年。

〔3〕 参见吉尔伯特、库恩:《美学史》,第393—401页,上海:上海译文出版社,1989年;鲍桑葵:《美学史》,第311—331页,北京:商务印书馆,1985年;朱光潜:《西方美学史》第六卷,第331—337页,合肥:安徽教育出版社,1990年。

〔4〕 参看鲁迅《且介亭杂文二集》中《"题未定"草》之七,见《鲁迅全集》第六卷;朱光潜后来有所修正,参看《西方美学史》第十章。

〔5〕 陈寅恪:《陶渊明之思想与清谈之关系》,见《陈寅恪史学论文选集》,第117—142页,上海:上海古籍出版社,1992年。

〔6〕 龙喜仁:《五世纪至十四世纪的中国雕刻》,转引自熊秉明《佛像和我们》,见《展览会的观念》,第169—170页,上海:文汇出版社,1999年。

〔7〕《朱子语类》第六册,第2086页,北京:中华书局,1986年。

〔8〕 熊秉明:《佛像和我们》,见《展览会的观念》,第169—170页,上海:文汇出版社,1999年。

〔9〕 宗白华:《中国诗画中所表现的空间意识》,见《美学散步》,第92页,上海:上海人民出版社,1981年。

第七讲

物色移情

情由景生，辞以情发

比德于物，物移我情

我情注物，照之则美

　　诗人以及其他的文学家、艺术家，大多是一些多情善感的人，他们对于自然界的花开花谢、鸟啭猿鸣，都会发生敏锐的感应。客观自然物以其形、色、声、味发出的信息，文艺家张开自己的感觉屏幕接收和解读，情感随之发生起伏变化。自然景物是文学家重要的诗料、文料，李白说："阳春召我以烟景，大块假我以文章。"对于同样的外物的刺激，不同的主体情感变化各不相同；同一主体面对相同相近的客观物象，这一次和下一次的反应所产生的情感形态和强度也不一样，奏响的是音调各异的乐章。文艺家把受到景物激发而发生的感情变化体现在作品里面，接受者受到文艺作品感染，每个人由此激发的情感也会有或大或小的差别。这类情感发生和演化的机制如何，情感发生为什么会有主动与被动之分，为什么会有共同性和差异性，这中间有些什么规律？这些问题与文艺创作和欣赏，特别是与以自然景物为主要表现对象的文艺作品的创作和欣赏，有着重大关系，引起诗学家们的关注,他们纷纷加以阐释说明。在中国古代诗学中,自然景象被称为物色,自然景象与主体情感之间的互动关系,我们则可以把它叫做移情。六朝时代,山水诗、山水画兴起,物色移情理论随之受到重视,并在以后的年代里不断丰富、发展。

一 情由景生,辞以情发

自然界的景物能引起人的审美感应,这是极普通的现象,但要透彻地说明其中的道理,却也并不容易。谢道韫《登山》诗说:"气象尔何物,遂令我屡迁?"她在东岳泰山上,仰视秀岭摩天、云霞幻化,随时兴起各种情感;不禁要问,景物的变化与情感的变化是一种什么关系呢? 这些和我没有特别利害关系的景物,为什么却让我的心情发生频繁的变化呢?

"气象"造成人的情感变化是多样的,移情的第一种、也是最常见的一种,是自然景象与人的情感保持具有相当普遍性的对应关系,就是说,某一类的自然景象,往往引起人们与之相应的某类情感。《文心雕龙·物色》说:

> 是以献岁发春,悦豫之情畅;滔滔孟夏,郁陶之心凝;天高气清,阴沉之志远;霰雪无垠,矜肃之虑深。岁有其物,物有其容;情以物迁,辞以情发。

春夏秋冬,四时之景观各异;晨夕晴雨,环境给人的刺激各不相同;主体的情感随着客体的变化而变化,由此催生出不同情调的文艺作品。《物色》篇的这些语句看来颇为平常,但它告诉作家,不仅要从外界观察描写的对象,精细地写出各个季节的风物,还要从中体验兼有人类普遍性和个人特殊性的情感,找到恰当的形式把体验到的情感表现出来。常人都看到了岁时的更迭中物象的变化,诗人则从中体验出丰富的情感。

"情"为什么会以"物迁"呢? 古人认为,"情"之所属的人与"物"之所属的天,有密切的内在关系,这种看法的哲学基础是天人合一的理论——"天"的变化决定人的变化,决定人的心理的变化。在《黄帝内经》中有《生气通天论》篇,其中说,天地之间,六合之内,九州之地,人的九窍、五脏、十二关节，"皆通乎天气"，"苍天之气清净，则志意治"。在《阴阳应象大论》篇里又说："天有四时五行，以生长收藏，以生寒、暑、燥、湿、风。人有五脏，化五气，以生喜、怒、悲、忧、恐。"这种理论有它的合理性，生物，所有的植物、动物以及人，本来就是在地球的环境中形成，作为地球环境的产物，人的生理和心理与环境密切相关，对于四季的轮回、昼夜的交替、阴晴雨雪的转换，人的身体和精神会作出有规律的反应。原始人类对环境的反应直接而较为单纯，这类反应沉积在后人、今人心理中，成为集体无意识，形成一些范式，这是每个人都可以体验到的。现代心理学认为，人的情绪是主体对自身机体变化的反馈知觉，是生物为适应生存作出的反应过程在大脑中留下的痕迹。外界刺激引起主体身体器官的变化，引起内脏、腺体的反应，进而引起大脑的反应，情绪就是一种模式化了的反应行为。光线的明暗，气温的高低，噪声的大小，气味的强弱，都是刺激的要素。

我们还是用文学作品的例子来作说明。比如，刘勰所提到的，秋天里人们容易生出阴沉之志，这就与秋风、秋气对自然景观的改变并由此带给人的感觉有关。宋代邹浩《秋蝇》诗开头说："秋风快如刀，著木木欲折。蕃鲜转凄凄，入眼无一悦。"秋风把翠绿的树叶吹黄了，吹落了，枝条在秋风中折断了。鲜艳的花花草草变得枯萎，放眼四望，找不到悦目之处。这个时候，人的情绪会随之低落，岂不是不足为怪吗！明代王恭的《咏秋风》说："青苹江上响潇潇，吹得林间万叶飘。何处凄凉最关别，数株残柳灞陵桥。"于是，"秋风萧瑟天气凉，草木摇落露为霜"（曹丕），"秋风吹飞藿，零落从此始"（阮籍），"万里悲秋常作客，百年多病独登台"（杜甫），"骚人故多感，悲秋更慷慨"（苏轼），"秋风秋雨愁煞人"（秋瑾），等等，这样的句子，在诗文集中就随时随处可以见到。宋玉《九辩》里的名句：

> 悲哉，秋之为气也！萧瑟兮草木摇落而变衰，憭慄兮若在远行，登山临水兮送将归。泬寥兮天高而气清，寂寥兮收潦而水清。憯悽增欷兮薄寒之中人。

曹植《静思赋》写道：

> 秋风起於中林，离鸟鸣而相求。愁惨惨以增伤悲，予安能乎淹留。

潘安仁《秋兴赋》也是被后来的文人经常引用的：

> 四运忽其代序兮,万物纷以回薄(循环变化)。览花莳之时育兮,
> 察盛衰之所托。感冬索(萧索、消减)而春敷(生长、扩展)兮,嗟夏茂而
> 秋落。虽末事之荣悴兮,伊人情之美恶……嗟秋日之可哀兮,谅无愁而
> 不尽。野有归燕,隰(低湿的原野)有翔隼。游氛(飘动的云雾)朝兴,
> 槁叶夕陨……何微阳之短晷兮,觉良夜之方永。月朦胧以含光兮,露凄
> 清以凝冷。熠燿灿于阶闼兮,蟋蟀鸣于轩屏。听离鸿之晨吟兮,望流火
> 之余景(火星西降,预示秋天到来)。宵耿介而不寐兮,独辗转于华省
> (官署)。悟时岁之遒尽兮,慨俯首而自省。

人情的美恶与花木的荣悴相对应,枯槁的叶子不停地坠落,白昼一天天地
短,霜露一天天清凉,这些,也是秋日多愁的原因。王维《华子冈》前两句
说秋景,后两句说愁情：

> 飞鸟去不穷,连山复秋色。
>
> 上下华子冈,惆怅情何极。

自古以来,不知道有多少人写过秋愁。如果是秋风、黄昏、细雨凑在一起,情
感细腻的诗人便愈是愁肠百结,同时也是诗兴悠长,把对环境的模式化的反
应行为化为优美的诗篇。总括前代文人伤秋之作,欧阳修《秋愁》诗写道:
"层楼夜午转西风,眉际新愁劀地浓。怪得当时潘与宋,凄凉尤怯此时逢。"
潘指潘安仁,他有《秋兴赋》;宋指宋玉,他的代表作《九辩》开头就是悲秋。
这些作品都表达了人们对自然界景物转换的情不自禁的反应。

山水景观的变换与人的情绪的对应,在画家那里也是同样的。宋代郭
熙的《林泉高致》说:"真山水之云气,四时不同:春融怡,夏蓊郁,秋疏薄,冬
黯淡。"画家仔细体察了真山水的意度,在绘画里表现出来,一山而兼数十
百山之意态,看画的人于是从绘画作品感受到各种情调;虽然每个接受者情
感的具体内容、情感的浓淡强弱都不会完全一样,但情感的性质大体是近
似的。

西方学者企图从生理和心理规律来证明上述现象的规律性。德国的生

物学家谷鲁斯,用生物学理论来解释移情,说移情产生于一种内在的运动感觉,他称之为内模仿;内摹仿不显现为外部的躯体动作,而表现为心理的过程。人看到树叶在秋风中阵阵飘落,剩下光秃秃的枝桠,感觉自己的生命力也随之耗损;在无边落木萧萧下之时,便有艰难苦恨繁霜鬓之叹。人看到春风中柳枝绽出新绿,春江水暖,桃花含苞,感觉自己浑身力量萌动;当野桃含笑竹篱短之际,诗人与农家一同快乐。这就是陆机《文赋》说的,"悲落叶于劲秋,喜柔条于芳春"。

对移情的另一种现代的解释是形式同构说。格式塔心理学认为,自然景象和与它相应的人的心理过程有着形式结构的相似性。他们说,一棵垂柳看上去是悲哀的,不是因为它像一个低垂着头的悲哀的人,而是因为垂柳的形状、方向和柔软性传递出被动的、下垂的表现性。神庙里的大立柱,看上去挺拔,也是因为它的位置、比例和形状包含了这种表现性。"造成表现性的基础是一种力的结构","像上升和下降、统治和服从、软弱和坚强、和谐与混乱、前进和退让等等基调,实际上乃是一切存在物的基本存在形式……那推动我们自己的情感活动起来的力,与那些作用于整个宇宙的普遍性的力,实际上是同一种力"。[1]格式塔心理学派的代表人物之一勒温甚至归纳出,人的行为是人格和环境的函数的公式。格式塔心理学家主要分析造型艺术作品,这种理论可以帮助我们理解自然美感的发生,并且,它对于我们认识和说明汉字书法之美,颇有启示。一幅书法作品,为什么给人美感?古人常以自然景物比况书法作品,如说王献之的行草结合,"如孤峰四绝,悬崖坠石",说欧阳询的飞白"云雾轻浓,风旋电击"。人观赏书法和观赏自然景物有什么共同点?难道不是由于它们的形式结构引起我们内心某种与之有相近形式结构的情感吗?古代有的草书帖,里面的字有时很难一一识别,却不妨碍千百年来无数人的激赏;不识汉字的外国人,也可以欣赏汉字书法精品。例如陆机的《平复帖》,曾在宋代皇家内府珍藏,明代的内行人也只认识其中六分之一的字。清代顾复在其书法专著《天下壮观》里说,此帖"古意斑驳而字奇幻不可识",这并没有妨碍历代书家对它的珍爱。直到当代启功先生对原帖反复研究,才大致通读。书法美就是一种形式美,书法的形式美与移情现象有密切关系。唐代的孙过庭《书谱》说:"观夫悬针垂露(悬针是一竖笔直地自上而下,垂露是垂而复缩)之异,奔雷坠石之奇,鸿飞兽骇之资,鸾舞蛇惊之态,绝岸颓峰之势,临危据槁(据槁,出于《庄子》,指倚靠着枯槁的树干)之形;或重若崩云,或轻如蝉翼;导之则泉注,顿之则山安;纤纤乎似初月之出天涯,落落乎犹众星之列河汉;同自然之妙,有非力运之能成。"他认为,书体的各种形态变化,不是书法家有意在笔划本身造作而成,而是得之于"自然之妙"。从他的这段话可以看出,书法作品给我们的情感刺激,与自然景象给我们的情感刺激,都是一种结构的自发感应。书法家用笔、结体、布置,是从自然物那里得来的形式结构美的启迪,他们的书法作品给观者的也是形式结构美的愉悦。韩愈在《送高闲上人序》中评述草圣张旭的书法创作过程说:

> 观于物,见山水崖谷,鸟兽虫鱼,草木之花实,日月列星,风雨水火,雷霆霹雳,歌舞战斗,天地事物之变,可喜可愕,一寓于书。故旭之书,变动犹鬼神,不可端倪。

自然景象以其力的结构激发了张旭的情感,张旭把这种情感表现在书法作品中,于是又激发欣赏他的书法的人们的类似情感。两者都是移情。

现代实验心理学研究表明,人对声音、形状、色彩的感受经验与他的情感体验有联系,乃至有某种对应关系。举例来说,一个边在下尖朝上的三角形,和边在上尖朝下的三角形,使观看者产生的心理反应很不一样,甚至可能是相反的:一个给人平稳安定的感觉,一个给人动荡危险的感觉。实验心理学家发现,彩色灯光对人的肌肉弹力和血液循环的影响,其影响力依蓝色、绿色、黄色、橘红色、红色的顺序而逐渐增大。波长较长的色彩,引起扩张性反应;波长较短的色彩,引起收缩性反应。现代画家马蒂斯说过,"线条是诉诸于心灵的,色彩是诉诸于感觉的",它们都影响人的情绪、情感。大漠孤烟,长河落日,它们的直与曲、淡白和艳红,都能产生美的诱惑、诗的灵感。大自然的许多现象,树木的向上生长、河流的向下奔泻,往往具有一种自发的组织性、一种秩序感,使观者得到审美的欢喜,这是由自然界的自发组织性、秩序感而来的惊喜。

人们一再经验过自然景象对自己情感的作用,开初大约是无意的,后来,为了求得特定的情感体验,为了情感的培育和升华,而设法置身于某种自然环境之中,那就是有意的了。诗学家们对此作了理论概括和引导,《文心雕龙·物色》说,"山林皋壤,实文思之奥府",又说屈原的创作乃得"江山之助"。任昉《奉和登景阳山》诗说:"物色感神游,升高怅有阅。"唐人有诗句:"江山清谢朓,花木媚丘迟。"谢朓给后人留下许多写景的丽句,像是"远树暖阡阡,生烟粉漠漠。鱼戏新荷动,鸟散余花落","余霞散成绮,澄江静如练","秋河曙耿耿,寒渚夜苍苍"。丘迟存世作品不多,就凭"暮春三月,江南草长,杂花生树,群莺乱飞",就足以使他永远不被忘记。前提是景物澄清了谢朓的心境,景物取悦、打动了丘迟的灵府。张说本是丞相,早年诗作写京城的繁华,后一再被贬,曾经担任岳州刺史。《新唐书》本传说他到岳阳后,诗作越发凄惋,时人认为他得到楚地江山之助。例如《赠赵公》里的诗句:

> 寒暑一何速,山川远间之。
> 宁知洞庭上,独得平生时。
> 精意微绝简,从权讨妙棋。
> 林壑为予请,纷霭发华滋。
> 流赏忽已散,惊帆杳难追。
> 送君在南浦,侘傺投此词。

对南方山水的爱赏和感伤之情自然流露。有名的《送梁六自洞庭山作》:"巴陵一望洞庭秋,日见孤峰水上浮。闻道神仙不可接,心随湖水共悠悠。"迁谪的失意之情隐在湖光秋色之后。以上说的都不是题材范围,而是心理环境,说的是环境孕育出审美情思。宋代邵雍《伊川击壤集》中《宿寿安西寺》诗说,"好景信移情",寿安西寺里有"竹色交山色,松声乱水声",他很高兴借宿在那里,在那里获取诗情。为了要写出好诗,画出好画,创造美的文艺作品,就有意地到美丽的自然风景中去。总之,文艺创作的主体受到自然景象的激发,兴起了相应的情感,把这种情感体现在作品中,调动起接受者的类似情感,这就是移情,是移情的常见的、主要的一种。

二 比德于物,物移我情

古代诗学讲的第二种移情是"比德"。所谓比德,先是拿自然物的某一性质与人的某种德行相比拟,自然物的某种可爱的品质让诗人联想到人的某种可敬的德行,尔后,为了激发、培育某种道德情感,文艺家到自然物里去寻求启示和依托。原始人类多有自然崇拜,认为有些自然物具有神秘的力量;中国古代人们很重视文艺的伦理性质和作用,许多诗学家都乐于把文艺创作和接受中情感的自然本性与社会性连接起来,比德就是在这样的思想支配下提出来的。《礼记·玉藻》说:"君子无故玉不去身,君子於玉,比德焉。"上流社会的人们随时佩带玉饰,没有特别的原因玉不离身,为的是要养成玉一样的品质。作为单纯的自然物,玉本身就让人喜爱。玉让人们联想到少女的清纯,《诗·召南·野有死麕》里"有女如玉",就是用玉来形容少女。玉还让我们想到坚贞不渝,宋代文学家称赞一个人:"持身如玉雪,莅官居乡,无秋毫点涴","守身如玉"就是赞美人能够保持清白节操的成语。《孔子家语·问玉》记述,子贡问于孔子,君子为什么贵玉而贱珉?珉是外表很像玉的石头,君子贵玉是因为玉之难以得到而珉在很多地方都有吗?孔子说,不是,不是因为玉之寡而贵之、珉之多而贱之。"昔者君子比德於玉",玉的温润而泽,像是君子的仁;缜密以栗,像是君子的智;有棱角而不刺伤人,像是君子的义;垂之如坠,像是君子彬彬有礼;叩之其声清越而长,其终则诎然(声音戛然而止)乐矣。瑕不掩瑜,瑜不掩瑕,玉的优点、缺点等各个方面都呈露在人们眼前,这是忠;孚尹(玉色透明)旁达,这是信……如此等等,所以"《诗》云:言念君子,温其如玉,故君子贵之。"

除了比德于玉,还比德于水。《大戴礼记·劝学》记述,子贡问孔子:"君子见大川必观,何也?""孔子曰,夫水者,君子比德焉。"普遍地施给一切需要它的人和生物,没有偏私,这是德;给万物带来活力,所及者生,所不及者死,这是仁;赴百仞之谷不疑,这是勇;受恶不让,受纳各种污秽而能自净,这是贞……如此等等,所以诗人从水得到美德的养育。

文学创作中的比德,有的只是简单的比喻、比拟或象征。在山水画论中,就有把主峰比作天子,环绕的冈峦林壑比作奔走朝会的大大小小的宗主;高大的松树为众木之表,比作君子,藤萝草木依附于它,为之役使。这种比德只有修辞的意义,容易成为一种套语。具有深厚审美意义的比德,主体首先是被自然景象所感动,对自然景象的形式美有细致的观察和深刻的体验,同时把自己的道德情感渗入其中,这可以从一些咏物诗中看得很清楚。例如苏轼的诗《王复秀才所居双桧》:

> 凛然相对敢相欺,直干凌空未要奇。
> 根到九泉无曲处,世间惟有蛰龙知。

这首诗是比德于高耸挺拔的桧树,表达一个正直文人的人格追求。当时有人向皇帝报告,说苏轼有异心:他认为只有地下的蛰龙才能够赏识他,而不信任、不忠于当今的皇帝。宋神宗回答:"彼自咏桧,何预朕事!"这首诗倒也不能说只是咏桧,他借物言情,但不是影射而是比德。影射的文艺作品,寓意和形象勉强嵌合在一起,生硬牵强;而比德的作品里,形象和寓意则是融合无间的。四库全书在《杜诗攗》的提要里,批评用影射、用简单化的比附来阐释杰出作家咏物之作,说:"一字一句,务使与纪、传相符,夫忠君爱国,君子之心;感事忧时,风人之旨。杜诗所以高于诸家者,固在于是,然集中根本不过数十首耳。咏月,而以为比肃宗;咏萤,而以为比李辅国,则诗家无景物矣!谓纨绔下服比小人,谓儒冠上服比君子,则诗家无字句矣。元竑(《杜诗攗》作者是明代唐元竑)所论,虽未必全得杜意,而刊除附会,涵泳性情,颇能会于意言之外。"提要的批评,很切中要害。诗画作品中的景物,有其独立的自然美,若不能表现自然美,寓意也就无所依附,作品何谈审美意味、艺术魅力?和苏轼这首诗类似的作品很多,就拿歌赞桧树的来说,唐代刘梦得有《谢寺双桧》:"双桧苍然古貌奇,含烟吐雾郁参差。"更深寓意的还有元代袁桷的《次韵史允叟桧屏》:

> 苍云之根百岁植,巧匠屈曲空揉蟠。
> 净如翡翠立亭下,矫若么凤倚栏杆。
> 峥嵘要使头角出,鞭霆驾电超云端。
> 扶春万条岂不好,猥琐篱落迎霜残。

君不见姚江参天两双桧，至今风雨之夜犹清寒。

用经霜雪而凋残的树木反衬桧树岁寒仍然苍翠，既是写树，更是写人。这也是李白《古风》中"松柏本孤直，难为桃李颜"的意思。诗歌和绘画中赞美松树的佳作更多，大多运用了比德。如李白的《南轩松》：

> 南轩有孤松，柯叶自绵幂，
> 清风无闲时，潇洒终日夕。
> 阴生古苔绿，色染秋烟碧。
> 何当凌云霄，直上数千尺。

通首都是素描，没有直接抒情言志，但突出松树在清风中的潇洒和凌空入云的期许，正是诗人的抱负。明代刘基《游松风阁记》写山巅之松：

> 阁后之峰独高於群峰，而松又在峰顶。仰视如幢葆（旌旗）临头上，当日正中时，有风拂其枝，如龙凤翔舞，离褷（浓密）蜿蜒，缪辘（交错）徘徊，影落檐瓦间。金碧相组绣，观之者目为之明。有声如吹埙箎，如过雨，又如水激崖石，或如铁马驰骤，剑槊相磨戛。忽作草虫鸣切切，乍大乍小，若远若近，莫可名状。听之者耳为之聪。

这就几乎是纯客观的写生，但放在历朝历代咏松的诗文系列里，不难体会到作为地位显赫的开国功臣，也是一位大政治家的诗人，特有的人生意趣。宗白华在论移情时引用过马克思的话，放在这里是很有启发性的："唯物主义在它的第一个创始人培根那里，还在朴素的形式下包含着全面发展的萌芽。物质带着诗意的感性光辉对人的全身心发出微笑。"[2] 松树以其形、其色、其声，散发感性的光辉，而作家和读者由此体悟人生境界。王冕作为一位画家，有《题夏迪双松图》：

> 我昔曾上五老峰，白云尽处看青松。
> 中有两树如飞龙，正与夏迪画者同。
> 夏迪画松得松趣，个个乃是廊庙具。
> 贞固不特凌雪霜，偃蹇犹能吐烟雾。
> 苍髯猎猎如有声，铁甲半掩苔花青。

六月七日炎火生，对此似觉形神清。

　　丈人兀坐诚有道，岂比商山采芝皓。

　　有琴有琴不须弹，而今世上知音少。

他在自己的直接观察中得了"松趣"，观赏别人的画作，再以松树比德，松树凌霜傲雪，即使被迫蟠曲，依然吞云吐雾；但它在深山中，不能为时所用，这也是作者的感叹。

　　古人对莲花的题咏，其中很多比德的性质更明显。白居易《东林寺白莲》：

　　东林北塘水，湛湛见底清。

　　中生白芙蓉，菡萏三百茎。

　　白日发光彩，清飚散芳馨。

　　泄香银囊破，泻露玉盘倾。

　　我惭尘垢眼，见此琼瑶英。

　　乃知红莲花，虚得清净名。

　　夏萼敷未歇，秋房结才成。

　　夜深众僧寝，独起绕池行。

　　欲收一颗子，寄向长安城。

　　但恐出山去，人间种不生。

白居易信奉佛教，东林寺是佛教胜地，东晋高僧慧远在此建白莲社，慧远倡导净土信仰。净土宗认为，西方极乐世界池中开满了大如车轮的莲花；尘世上有人发心念佛，那里七宝池中就会生出一朵莲花，念得越是诚心，莲花就越是鲜艳，不断长大起来；相反，如果心不诚，不能坚持，莲花就会枯萎。这首诗里写白莲皎洁和馨香，比德禅心之清净。其后宋代理学大师周敦颐的《爱莲说》，是在离东林寺不远的濂溪书堂写的，赞美莲花"出淤泥而不染，濯清涟而不妖，中通外直，不蔓不枝，香远益清，亭亭净植"。这篇文章成为以比德赞莲花的经典。随后，朱熹写过《爱莲》："闻道移根玉井旁，开花十丈是寻常，月明露冷无人见，独为先生引兴长。"明代理学家陈献章《茂叔爱莲》："不枝不蔓体本具，外直中通用乃神。我即莲花花即我，如公方是爱莲人。"这些诗文里,宗教哲学意味很浓。唐代高僧法藏《华严经探玄记》里早说过:"莲华有四德:一香,二净,三柔软,四可爱;譬真如四德,谓常、乐、我、净。"如果周敦颐直接去宣讲真如四德,他作为一位大哲学家,当然可以讲得不错,但没有诗意。如果他只是写莲花的可爱,以他的笔力,可以写得生动,但缺乏深邃的意味。他对莲之四德有亲切的体验,对佛家所说释迦牟尼的四德有深入的体悟,两者自然结合,成就了传世妙文。

古代诗学把山水视为文章之助,因为自然景象对人的心灵确有启示作用。在山水画的开创时期,宗炳就提出"山水以形媚道而仁者乐","至于山水,质有而趋灵"。艺术中的山水草木,要体现出作者心中的道,体现他的人格。

古代诗学认为,自然景象可以移易人的情感,移易人的性情,提升人的素质和品德。要想教育一个人,一个好的方法是把它放到合适的自然环境中;要想培育、提升一个人的审美感觉和能力,也可以把他放到相应的自然环境中。大自然是德育和美育的好学校、好课堂。《太平御览》乐部《琴》引《乐府解题》"水仙操"条说:

> 伯牙学琴於成连先生,三年不成,至於精神寂寞,情之专一,尚未能也。成连云:"吾师方子春今在东海中,能移人情。"乃与伯牙俱往,至蓬莱山,留宿伯牙,曰:"子居习之,吾将迎师。"刺舡(划船)而去。旬时不返。伯牙近望无人,但闻海水洞滑崩澌之声,山林窅冥,群鸟悲号,怆然而叹曰:"先生将移我情!"乃援琴而歌,曲终,成连回刺船迎之而还,伯牙遂为天下妙矣。

伯牙学习中的问题不在技巧,而在精神,精神不能虚静专一。这个毛病靠讲解说教,没有什么效果。成连给伯牙请的老师不是一个人,而是浩瀚雄伟的大海。海洋使狂傲者变得谦虚,浮躁者变得沉稳,狭隘者变得宽厚。《庄子·秋水》生动地描述过,河伯第一次见到大海,从欣然自喜、以为天下之美尽归于己的他,旋其面目,望洋兴叹,这个时候,他才成为"可与语大理"的有素养的人。后来,这个伯牙移情的典故被广泛运用,唐代李咸用《水仙操》诗:"但见山青兼水绿,成连入海移人情。"清代王士禛《张员外园亭送金山人归越》诗："水国三千里,冰弦一再行。成连何处去? 今夕独移情。"古今中外许多诗人、音乐家和画家,都曾从大海受到感召,从大海汲取精神的力量,普希金的《致大海》是献给拜伦的,并且受到了法国诗人拉马丁《向大海告别》的影响,诗中说大海之于拜伦:

> 你的形象反映在他的身上,
> 他是用你的精神塑成,
> 他像你一样地威严、深邃和阴沉,
> 他像你一样,什么都不能使他驯服。

由此可见,这种移情确实是有人类普遍性的,不同时代、不同国家的人,都能够被大海移情,被大海的精神塑造,同时这又不但不妨碍而且有利于形成和强化他们的艺术个性,使他们的文学艺术创作由此而为"天下之妙"。因此,刘勰说,四序纷回,物色虽繁,文艺家依然能够做到味飘飘而轻举,情晔晔而更新。这就叫做文章江山助。这样的作品又可以移易、培育接受者的情感,清代画家恽正叔欣赏优秀的山水画,"观其运思缠绵无间,缥缈无痕,寂焉寥焉,浩焉渺焉,尘滓尽矣,灵变极矣,一峰焉,石谷焉,对之将移我情"[3]。审美移情是文学艺术的重要的社会作用。

三　我情注物,照之则美

以上说的是对自然景物感受的共通性,但是,我们还看到这类感受的相异性——面对同样的自然景象,不同的人被激发出来的美感、诗情却可以各具风采,这又是什么缘故呢? 这是因为,在物移我情的时候,主体不是完全被动的,越是审美感觉敏锐的人,越是会主动地去迎接"物质带着诗意的感性光辉对人的全身心发出微笑",越是要以自己与众不同的方式对这"微笑"作出反应;就是说,主体要把自己的心理、自己的审美情感和道德情感,渗透到对自然景象的观照之中,他在自然景象中看到的、听到的、触到的,不只是物象发出的信息,还有他自己在与物相触碰中有意无意发出的信息:他不仅观察自然界,还在反观自身;他不仅在体验物像,而且在自我体验。德国19世纪美学家立普斯说:"审美的欣赏并非对于一个对象的欣赏,而是对于一个自我的欣赏。它是一种位于人自己身上的直接的价值感觉。"但是,这时的自我已经不是日常实用的功利生活中那个自我,而是审美观照中的自我。"这个自我就其受到审美的欣赏来说,却不是我自己而是客观的自我。"[4]主体和客体、主观和客观在这里打成一片了。前面列举了许多描写秋景的诗句,李白《秋登巴陵望洞庭》比较完整地写出在秋光中的心理过程:

> 清晨登巴陵,周览无不极。
> 明湖映天光,彻底见秋色。
> 秋色何苍然,际海俱澄鲜。
> 山青灭远树,水绿无寒烟。
> 来帆出江中,去鸟向日边。
> 风清长沙浦,霜空云梦田。
> 瞻光惜颓发,阅水悲徂年。
> 北渚既荡漾,东流自潺湲。
> 郢人唱白雪,越女歌采莲。
> 听此更肠断,凭崖泪如泉。

秋色给人的不只是阴沉之志,还有明洁、澄鲜之感。空中水上,皆无尘杂,远树和炊烟,分别消融在青山和绿水的背景之中,此时此刻山光水色给予的应该是宁静和恬适。悲情之生,则必有主体社会情感的参与。对着青山绿水,诗人想到的是流年消逝,白发渐稀,如泉之泪因此而出。黄庭坚《感秋》诗说:"旧不悲秋只爱秋,风中吹笛月中楼。如今秋色浑如旧,欲不悲秋不自由。"青年人和老年人,幸福的人和不幸的人,在秋光中的感触可以很不一样。自然景色没有变,主体心理变了,对景物的情感反应也就随着变化。秋景只是触发愁情,愁情的根源在诗人心里,是因秋景与诗人本来心境的汇合油然而生。

宋代叶梦得《石林诗话》记述:王安石在编《唐百家诗选》的过程中,向当时著名的藏书家,曾经任馆阁校勘、参与撰修《唐书》的宋敏求借善本书,他要选录的皇甫冉的诗中有一句"暝色赴春愁",宋敏求在自家藏本上把"赴"字改作"起"字,王安石替他改回来,重新定为"赴"字,并且对宋敏求说："若是起字，人谁不能到？"宋敏求想一想，觉得王安石改得对。这个小故事被好多位诗论家提到，有的还记述，王安石当时讲："若下'起'字，小儿言语也！"皇甫冉是盛唐时期一位诗人，他那首诗叫《归渡洛水》，全文是：

> 暝色赴春愁，归人南渡头。
> 渚烟空翠合，滩月碎光流。
> 澧浦饶芳草，沧浪有钓舟。
> 谁知访歌客，此意正悠悠。

"起"和"赴"这一字之差，背后是对审美心理发生机制的两种不同认识、对移情现象发生机制的两种不同认识。在客体的激发和主体的反应之间，"起"字描述的两者是单向的关系，"赴"字指示的两者是互动关系。现代心理学酝酿和初创时期，德国的赫尔巴特、费希纳和冯特等人，把自然科学方法引入心理研究领域，认为人的心理是可测量的。他们把感觉强度和刺激强度的关系概括为一个公式，感觉强度决定于刺激强度与不同感觉中的每个感官的常数的函数关系。之后，行为主义心理学认定，外界刺激决定一个人的行为模式，只要弄清了环境刺激与行为反应之间的规律，就能根据刺激预知反应，或根据反应推断刺激。这实际上把人当做了机器，这种心理学理论与审美实际是不相容的。再后，心理学家们逐渐注意到人的心理的整体性，主体和外界环境是两极，各自都有自身的结构，对刺激的反应要经过结构的整体的组织性。瑞士心理学家让·皮亚杰说："认识既不是起因于一个有自我意识的主体，也不是起因于业已形成的（从主体的角度来看）、会把自己烙印在主体之上的客体；认识起因于主客体之间的相互作用，这种作用发生在主体和客体之间的中途，因而同时既包含着主体又包含着客体，但这是由于主客体之间的完全没有分化，而不是由于不同种类事物之间的相互作用。"[5] 秋色、暝色与诗人心理之间的关系，不是单向的刺激→反应关系，不是秋色、暝色进入诗人的视线，就启动了愁绪，而是引起了很复杂的动态的心理过程，在这个过程中，诗人不是被动的，他在当时的处境、心境，他的审美修养，他的全人格，着极为重要的作用，会反过来投射在秋色、暝色上面。皇甫冉留下的不算太多的诗作，多次写到夕阳、暝色、暮色，每次并不一样。他的

《之京留别刘方平》里有一句:"乔木清宿雨,故关愁夕阳"。《唐诗纪事》说,作者彼时正由河南从事调到京城任左拾遗,这是一首留别之作。那两句形容,一夜的雨水使乔木更加清新,夕阳照射即将离别的城关,增加了惆怅。与此类似的另一首是《馆陶李丞相旧居》:"门前坠叶浮秋水,篱外寒皋带夕阳。日日青松成古木,只应来者为心伤。"流露的是怀旧之情。而《送康判官往新安》里的"驿树收残雨,渔家带夕阳。何须愁旅泊,使者有辉光"则有所不同,劝友人不要因暝色起愁,在新地方可以有一番作为,应该焕发起来。

按照本讲第一节所分析的道理,暝色起愁是可以解释的常见心理现象。原始人,幼儿,面临的威胁多,处置的条件和能力有限,于是就有对黑暗的恐惧,这种恐惧保留在文明人、成人的无意识之中。所以,诗词、散文写到黄昏,往往就要抒发愁绪。《楚辞·逢纷》有:"日暮黄昏,嗟幽悲兮";宋代李觏《秋怀》有:"山含红树随时老,天带黄昏一例愁"。李清照的《声声慢》写道:"梧桐更兼细雨,到黄昏,点点滴滴。这次第,怎一个愁字了得!"《诗经·君子于役》里很有名的一段:

> 日之夕矣,羊牛下来。
>
> 君子于役,如之何勿思!

丈夫到远方服役去了,妻子十分想念,但却总是在黄昏时分想念得最迫切、最酸痛。清代的许瑶光发挥道:"鸡栖于桀下牛羊,饥渴萦怀对夕阳。已启唐人闺怨句,最难消遣是昏黄。"(桀,同榤,是供鸡栖息的小木桩。)其实,不仅是唐人,不仅是闺怨,也不一定就是受到《诗经》的直接启发,这是人类的一种共通心理。说到黄昏、暮色与愁思的关系,诗词中类似的句子太多了,下面再略举一些:

> 旅人乏愉乐,薄暮增思深。日落岭云归,延颈望江阴。
>
> ——鲍照《日落望江赠荀丞》
>
> 悲薄暮而增甚思。
>
> ——江淹《伤爱子赋》
>
> 平林漠漠烟如织,寒山一带伤心碧。暝色入高楼,有人楼上愁。
>
> ——李白《菩萨蛮》

黄鹤晓别,愁闻命子之声;青枫暝色,尽是伤心之树。

          ——李白《春於姑熟送赵四流炎方序》

愁因薄暮起,兴是清秋发。

          ——孟浩然《秋登万山寄张五》

移舟泊烟渚,日暮客愁新。

          ——孟浩然《宿建德江》

日暮乡关何处是,烟波江上使人愁。

          ——崔颢《黄鹤楼》

暝色起烟阁,沉抱积离忧。况兹风雨夜,萧条梧叶秋。

          ——韦应物《秋夜南宫寄澧上二弟及诸生》

暝色无边际,茫茫尽眼愁。

          ——白居易《寄远》

晚景萧疏,堪动宋玉悲凉。

          ——柳永《玉胡蝶》

晚上危亭为少留,亭前暝色已供愁。更听画角声悲壮,愈使愁人厌远游。

          ——吴芾《登碧云亭感怀》

夕阳鸦背寒,暝色灯花落。际以茕然身,那能不悲作。

          ——王世贞《雨中》

黄昏、暮色引发人低沉、哀愁的心绪,这是一种很典型的移情现象。古人如此,现代人也如此;中国人如此,外国人也如此。陀思妥耶夫斯基小说《白夜》里一个人物感叹:早晨是如此美好,黄昏是那般凄凉。这种反应是人们共有的,可以说早已固化为一种范式。光线是人类以及各种生物生存的必要条件,基督教的《圣经》里说,上帝创造世界,首先就是创造光。光线在原始人那里受到膜拜。在日常生活中,光线的明暗对于人的生理节奏,对呼吸、心跳、血液循环会有影响。在漫长的年代里,黄昏、暝色从一种自然现象,进入到文化之中,造成群体的心理定势。对于大多数人来说,日出日落是人生中的不断循环,日出意味着一天的开始,日落意味着一天的结束,日落提醒人又一天的消逝。于是,在若干民族早期的文学艺术中,光线被赋予象征性,日出,明亮的白天,象征青春、希望、欢乐、善良;黄昏,黑暗的夜晚,象征衰老、绝望、悲哀、罪恶。所以,唐代吕温的《如来药师绣像赞》说:"黄昏望绝,见偶语而生疑;清旭意新,闻疾行而误喜。"法国象征主义诗人魏尔伦,把夕阳叫做"衰微了的晨曦",他写道:"衰微了的晨曦/洒在田野上,/那忧郁的/沉落的夕阳。"李商隐《楚吟》说:"山上离宫宫上楼,楼前宫畔暮江流。楚天长短黄昏雨,宋玉无愁亦自愁。"主体原是没有愁的,黄昏给他带来愁绪,"移"了他的"情"。美国现代美学家桑塔耶纳的《美感》从理论上给以说明:"新鲜空气所带来的心旷神怡,对我们的欣赏力有一种明显的影响。清晨的美和它完全不同于黄昏的魅力,多半是由于此。"[6]清晨的魅力不只是由于新鲜空气,也由于文化心理。文艺家掌握了这普遍的范式,用自己独创的形式表现,就能引起千万人的共鸣。但是,暝色起愁,只说了移情现象的一半,还不是最重要最关键的一半;对于诗学最重要的是后面一半,是暝色赴愁。所以,王世贞的《论诗绝句》说:"诗人一字苦冥搜,论古应从象罔求(象罔,出于《庄子》,指从无形迹之处探求),不是临川王介甫,谁知暝色赴春愁。"确认暝色赴愁,是古代诗学的一项理论进展。

暝色不是必定起愁,它也可以引起快乐、欢欣。谢灵运《石壁精舍还湖中作》:

> 昏旦变气候,山水含清晖。
> 清晖能娱人,游子憺忘归。
> ……
> 林壑敛暝色,云霞收夕霏。
> 芰荷迭映蔚,蒲稗相因依。
> 披拂趋南径,愉悦掩东扉。

每当日落前后,是天空变幻最迅疾、最出人意料的时刻。在夜幕合拢之前,云朵千汇万状,房舍、树木的叶和枝干、山石、池塘溪流统统显出极其丰富的色调。光线昏暗让我们视觉模糊的同时,也让我们听觉和嗅觉灵敏,林和靖的《山园小梅》里"疏影横斜水清浅,暗香浮动月黄昏"一直为人们所激赏,朱熹有《次韵秀野早梅》："可爱红芳爱素芳,多情珍重老刘郎。疏英的皪(鲜明)尊中影,微月黄昏句里香。"最后一句说的是林和靖的诗,因为林和靖写出了在夜色里,梅花的香气散漫开去,水中的花影晃动,那一种朦胧之美。

暝色给人归家的温煦之感,劳累一天,可以歇息了,可以与家人在炉火旁、餐桌上消除身心的疲劳。刘克庄《暝色》诗:"暝色千村静,遥峰带浅霞。荷锄归别墅,乞火到邻家。"就透露了归鸟还林似的轻快。

黄昏是情人约会的时间。欧阳修《生查子》:"去年元夜时,花市灯如昼。月到柳梢头,人约黄昏后。"那里有多少期待的喜悦!

元代刘因《村居杂诗》:"邻翁走相报,隔窗呼我起。数日不见山,今朝翠如洗。黄昏雨气浓,喜色满南亩。"这里的欢喜,主要还不是因为翠色,而是因为雨水滋润了庄稼。

总之,暝色、黄昏、夜雨、秋风,大自然相同或相近的物象引发人们的是各种各样的情绪。王世贞的《雨中》说:"夜雨生白发,怆然青灯语。日出愁更深,应知不关雨。"准确地讲,愁也好,喜也好,既与日出日落、阴晴明晦无关,也与之有关。《文心雕龙·物色》里讲:"一叶且或迎意,虫声有足引心。况清风与明月同夜,白日与春林共朝哉!"但同时,《物色》又说:"写气图貌,既随物以宛转;属采附声,亦与心而徘徊。"物色以自然之美赠与诗人,诗人以审美之心回应。移情,就是这样回环往复的过程。

思考题

1. 自然景物与人的审美情感的对应性怎样解释?
2. 文学家对自然景物的描写中怎样融入自己的情感?
3. 表现自然美的文学艺术怎样对接受者发生陶冶作用?

注 释

〔1〕 阿恩海姆:《艺术与视知觉》,滕守尧、朱疆源译,第622—625页,北京:中国社会科学出版社,1984年。

〔2〕 马克思:《神圣家族》,第163页,北京:人民出版社,1957年。

〔3〕 恽正叔:《南田论画》,见沈子丞编《历代论画名著汇编》,第342页,北京:文物出版社,1982年。

〔4〕 立普斯:《论移情作用、内模仿和器官感觉》,见伍蠡甫主编《现代西方文论选》,朱光潜译,第4—5页,上海:上海译文出版社,1983年。

〔5〕 让·皮亚杰:《发生认识论原理》,王宪钿等译,第21页,北京:商务印书馆,1981年。

〔6〕 桑塔耶纳:《美感》,缪灵珠译,第38页,北京:中国社会科学出版社,1982年。

第八讲

意境

象之意和境之味
情之境和意之象
创作思维中的意与境

　　意境,是中国古代诗学的一个很重要、很有民族特色的概念,它的内涵涉及文艺作品所蕴涵的创作主体的思想、情感、意旨与所描绘的客观画面之间的关系,涉及对于两者结合方式的要求。但是,在不同的诗学家那里,这个概念曾经是用不完全相同、甚至是完全不同的术语来表达,诗论家们讲到过"情与景"、"思与境"、"意与象"等等两两相对的方面,提出了相近的一些原则,在此基础上,逐步形成了古代的意境论。唐代司空图《与王驾论诗书》中说:"思与境偕,乃诗家之所尚者。"明代谢榛说:"作诗本乎情景,孤不自成,两不相背……景乃诗之媒,情乃诗之胚,合而为诗。"清代王夫之说:"情、景名为二,而实不可离。神于诗者,妙合无垠。巧者则有情中景,景中情。"现代多数文学批评史家使用最多和反复剖析的术语,还是"意境"和"意象"。

　　意象一词出现较早,直接用到诗学中的,《文心雕龙·神思》里就有"窥意象而运斤",黄庭坚的《同韵和元明兄知命弟九日相忆》里有"革囊南渡传诗句,摹写相思意象真"。"意境"虽出现稍晚,但有些论者明确地把它作为衡量文学艺术创作高下、工拙的关键,例如,明代朱承爵《存余堂诗话》说:"作诗之妙,全在意境融彻,出音声之外,乃得真味。"王国维的《〈人间词〉乙稿序》说:"文学之事,其内足以摅己,而外足以感人者,意与境二者而已。……文学之工不工,亦视其意境之有无,与其深浅而已。"这篇序文署名樊志厚,而收入《海宁静安王先生遗书》,据说,这是王氏手笔,文章的立意却出于樊志厚——无论如何,总是王国维认可和接受的观点。意境一词,古人早先用得并不很多。佛教说六境(眼、耳、鼻、舌、身、意),其中有"意境",但那和诗学中的意境只有比较间接的关系。黄庭坚《子瞻题狄引进雪林石屏要同作》有"意境可千里"一句,意思与佛教用语接近,也还不是诗学中的意境概念。直到清代,人们对这个词的使用才多起来,而且也多是用来评说书画和诗文。如姚鼐《惠山寺观御赐寺内王绂溪山渔隐卷歌》:"次看王画果神妙,清深意境穷天倪。"恽敬《答伊扬州书(四)》:"所惠香山老人画,是其晚年之笔,意境超远,体势雄厚。"《四库全书总目提要》评诗论文,更是多次用到"意境",如说唐代王绩的《石竹咏》"意境高古",说姜特立《梅山续稿》"论其诗格,则意境特为超旷",说元代许恕的诗作"格力颇遒,往往意境沈郁,而音节高朗,无元季靡靡之音"。这些地方的"意境",近似于"风格"之义。王国维自己并不用"意境",而是用"境界"。他说:"沧浪(严羽)所谓'兴趣',阮亭(王士祯)所谓'神韵',犹不过道其面目,不若鄙人拈出境界二字为探其本也。"境界说是王国维诗学思想的核心,其意思与意境没有很大区别。在诗学里,意境和意象两者内涵多有重合,我们在下面作为近义词来对待。

较早在诗学著作中作为重要概念使用意境一词,是题名王昌龄的《诗格》,其中说到:"诗有三境:一曰物境,二曰情境,三曰意境。"显然,这里的"意"和"境"不是平列关系,而是修饰关系,"三境"分别就文学作品中对于物、情、意的表现而言。物境是指描写外物,如山水诗中很多属于物境;情境是指抒写诗人的情感,喜乐愁怨之类,如抒情诗中很多属于情境;意境是指叙写诗人的心意思想,这和后来诗论家们说的"意境"不太一样。《诗格》没有展开对"三境"的解说,我在本讲后面,将从现在的理解对它们作些解说。

至于现代诗学所阐释的"意境"概念的内涵，《诗格》中也有多处涉及，如说"诗一向言意，则不清及无味；一向言景，亦无味。事须景与意相兼始好"。这句话里"一向"是指只向着一个方面，而不顾及另一个方面，《诗格》主张景和意两者都要出色，两者要"相兼"。作者又说："若一向言意，诗中不妙及无味；景语若多，与意相兼不紧，虽理通亦无味。""凡诗，物色兼意下为好。若有物色无意兴，虽巧亦无处用之。"可见，他认为，诗应该有意也有境，描写自然景物的作品，既要写出景观，还要写出主体对景观的感受。但《诗格》对意和境多半是分开来谈，比如说"诗有上句言意、下句言状，上句言状、下句言意"，这似乎有些割裂，没有充分强调物色和意兴相融汇。这和《诗格》主要是讲写诗的技巧、法则，还不是形而上意义上的诗学理论著作，主要不是从整体审美意味着眼有关。历来诗学著述中谈到意和境、情和景的很多，我们只要不是死扣住字面，就会发现，古代诗学中的意境论，有很丰富的精彩论述。

在文学艺术中，主观的情、意和客观的境、象，既是最基本的创作原料，也是文学艺术文本中最基本的成分、要素；处理好两方面的关系是诗学要研究的基本问题。这个问题最开始却不是由诗学家提出，而是由思想家提出来的。《老子》论道，"道"是最高的本体，不能用感觉器官直接地接触。人要"体道"，要通过象。"道之为物，惟恍惟惚。惚兮恍兮，其中有象；恍兮惚兮，其中有物。"这种不能直接接触的"道"，体现在"物"、"象"中间。但是"道"的"象"，超乎一般的物象，"是谓无状之状，无物之象，是谓惚恍"。《老子》关于"道"和"象"的关系的说法，对于古代诗歌、散文和绘画创作，对中国诗学民族特色的形成，影响至为深远。文艺家们把"大象无形，大音希声"当做最高的审美理想去追求。同时，这也导致了对于"意"的重视和对于"象"的不同程度的轻视。

《易·系辞》中说："圣人之意其不可见乎？子曰：'圣人立象以尽意，设卦以尽情伪。'""圣人"的思想极其高深、神奥，看不见，摸不着。那么，怎么办呢？圣人就用象征物来传递他的思想，用六十四卦的卦象来表达世间事物的真实和虚假。王弼的《周易略例·明象》说："象生于意，故可寻象以观意。"儒家思想的表达，也需要象，卦象只是象的一种。他们说的卦象和卦意的关系的原则,对于文学艺术颇有适用性,也确实对诗人和诗论家发生过影响。

佛教认为的最高本体是"真如",是"空",是"实相"。真如、空、实相和"道"一样,也不能直接感知。"无相之相,名为实相",这和道家的"无物之象"差不多。"色即是空,空即是色","空"在"色"里得到表现。佛教要开悟,需要借象来宣示佛法,也是一种立象以尽意。因为用形象点化众生,所以,佛教又称为象教。佛经变相是用来宣示教义的绘画,变文是用来讲说教义的故事,它们都要处理"意"和"象"的关系;不过,在佛教的宣说中,"象"往往只被当做表征"意"的符号。

文学家、艺术家要向读者表达他们对宇宙、人生的领悟。好的文艺家,优秀的、杰出的文艺家,他要表达的是新鲜的、独创的、从来没有人道出过的领悟,这种领悟与道家之"道"、圣人之"意"、佛教的"真如"有某种近似,也往往有些"惟恍惟惚"、"其不可见"。清代诗学家叶燮在《原诗》里说,诗人表达的是常人没有体会到的和不能表达的,"必有不可言之理,不可述之事,遇之于默会意象之表,而理与事无不灿然于前者也"。所以,文艺家也是需要借助于象、借助于境来传达他的难言之意。与宗教家、思想家不同,文艺家借助的是审美的意象。艺术形象是符号,但不仅仅是符号;艺术形象本身,是有独立价值的、有意味的符号。

意境论或意象论,要讨论文学艺术的境、象的特殊品质、特殊要求,而中心是讨论意与境、意与象的关系。这种关系存在于创作过程中,存在于创作成果的文本中,需要分别加以探究。文艺家的创作及其所生产的文本是多种多样的,有以表意为主的,有以造象为主的,境有客观事物之境和主观精神之境之分,无论哪种,关键都在对两者关系的处理,我们下面分别加以考察。

一 象之意和境之味

中国诗学中的意境论,从古到今,注重"意"、注意"意"对"境"和"象"的统帅作用的多一些,对于"象"和"境",对于"境"、"象"在"意"的触发、形成以及表达上面的作用,不少的论者在很多时候则有些忽视、轻视。书法、绘画、音乐和诗文中，那些"意到笔不到"的作品受到赏识、称誉，而同时每有"和盘托出，不若使人想象无穷"的说法，对文本中客观事物情境的逼真再现给以嗤笑。这一点，现在值得我们重新探讨。所以，在讲意境的时候，我要先来说说，对于文学艺术创作，写"境"、写"象"的必要和重要。

文艺家再现客观世界，描写社会生活或者描绘自然景物，应该有什么样的要求？《文心雕龙·物色》有一段话说："自近代以来，文贵形似，窥情风景之上，钻貌草木之中。吟咏所发，志惟深远；体物为妙，功在密附。故巧言切状，如印之印泥，不加雕削，而曲写毫芥。故能瞻言而见貌，即字而知时也。"现代有些研究者认为，这段话是对六朝文学的形式主义倾向的批评，而且认为这种批评是十分正确、恰当的。这种理解，在我看来，还可以斟酌、商量。刘勰对六朝文学是有所不满，但是，文学描写"曲写毫芥"，用语言文字咏物能够做到"如印之印泥"，能够做到"密附"，不能说一定就是弊病，而很可能是文学家能力的表现。山水诗、山水画之状物，仅仅做到形似当然是不够的，但不能说"形似"就不好，否则，难道说，文学艺术要形不似才好？刘勰没有这样的意思，这不是中国古代诗学家的主张。只是，诗学家中的一些人，对境和象的细致描写，确实是不太欣赏、不太赞成，由此带来一些偏颇。文学、美术创作的训练，第一步是要有素描的功夫，素描的第一步就要形似。没有形似，哪能有神似？"意境"、"意象"，首先要有"境"、有"象"，作品中的境和象，要切合实际事物的境和象，不然一切无从谈起。

从《诗经》的时代到魏晋南北朝，历经漫长的探索，中国古代文学艺术在再现对象的形貌方面，有明显的进步，其中的变化意味着诗学观念的转折和进步。以景物描写为例，《诗经》里写得很出色的如《小雅·采薇》的最后一章："昔我往矣，杨柳依依。今我来思，雨雪霏霏。行道迟迟，载渴载饥。我心伤悲，莫知我哀。"《世说新语·文学》记载，谢安考问他家中的后辈们，《诗经》里哪个句段文字最漂亮？谢玄回答说，就是《采薇》的这一段。方玉润《诗经原始》中评说："此诗之妙，全在末章：真情实景，感时伤事，别有深情，非可言喻"；又说："末乃言归途景物，并回忆来时风光，不禁黯然伤神。绝世文情，千古常新。"谢安、谢玄应该就是从寓深情于实景这一点，来肯定《采薇》的。又如《王风·黍离》："彼黍离离，彼稷之苗，行迈靡靡，中心摇

摇。知我者谓我心忧,不知我者谓我何求。悠悠苍天,此何人哉!"明代王
鏊在《震泽长语》里说:"余读《诗》至……《黍离》等篇,有言外无穷之感,后
世唯唐人诗尚或有此意。如'薛王沉醉寿王醒'(李商隐《龙池》),不涉讥
刺而讥刺之意溢于言外;'君向潇湘我向秦'(郑谷《咏瓜渡》),不言怅别而
怅别之意溢于言外;'凝碧池头奏管弦'(王维《菩提寺凝碧池》),不言亡国
而亡国之痛溢于言外;'溪水悠悠春自来'(刘禹锡《伤愚溪》),不言怀友而
怀友之意溢于言外;'潮打空城寂寞回'(刘禹锡《石头城》),不言兴亡而兴
亡之意溢于言外——得风人之旨矣!""风人之旨",指的是《诗经》开创的处
理意和境的关系的传统,这个传统的核心要义是:以"不言"而使得读者更
能领会其所欲言,以"不写"使得读者更能想象其所欲写。"不言"的是情和
意,把情和意放在景的描写中间了。方玉润评《黍离》,说它"一往情深,低
徊无限。此专以描摹虚神擅长"。意在言外,也可以说是意在境外、意在象
外。对于境和象,包括外物的境和象以及作者心理的情状、过程,作者内心
世界的境和象,都要不言或者少言,而追求的是"描摹虚神"。刘勰《文心雕
龙·物色》概括这种手法时说:"故灼灼状桃花之鲜,依依尽杨柳之貌。杲
杲为日出之容,瀌瀌拟雨雪之状,喈喈逐黄鸟之声,喓喓学草虫之韵,皎日嘒
星,一言穷理;参差沃若,两字连形。并以少总多,情貌无余矣。"这是古代
文艺家所尽力追求的,是得到历来诗学家赞赏的。

　　这种表现方法很有特点、很有韵味,但是,事物、对象的"貌"是不是"无
余"呢?那就不一定了。对象,景物的"貌",诗人心理、情感的"貌",在这些
诗里,常常朦胧隐约,常常是藏身在背后,不以真实面貌示人。直到明清之
际,王夫之还是说,"'庭燎有辉'(《诗经·庭燎》),乡晨之景,莫妙于此。
晨色渐明,赤光杂烟而暧曃,但以'有辉'二字写之。唐人除夕诗'殿庭银烛
上熏天'(杜审言《守岁侍宴应制》)之句,写除夕之景,与此仿佛,而简至不
逮远矣。'花迎剑佩'(岑参《和贾至舍人早朝大明宫之作》有'花迎剑佩星
初落,柳拂旌旗露未干'一联)四字,差为晓色朦胧传神,而又云'星初落',
则痕迹露尽——益叹三百篇之不可及也!"说唐诗对景象的描写详细了,因
而不如《诗经》,希望文学描写停留在"简至"的阶段。他又在《诗广传》中
提出了他对诗歌的要求。在人类早期诗、乐、舞合一的阶段,以"嗟叹咏歌、

手舞足蹈"来帮助表现情感,而不用繁复的文字,他批评对情境的细致描写说:"故备众事于一篇,述百年于一幅,削风旨以极其繁称,淫佚未终而他端蹴进,四者有一焉,非傲辟繁促、政散民流之俗,其不足以是为诗,必矣!"王夫之是古代诗学大家,对意境论有特殊的贡献,他的上述明显地偏颇的观点,是有代表性的。

历史的事实是,文学在不断地进步,文学描写不能也不会停留在"简至",而是逐渐细密、丰腴。到了魏晋,山水诗描写景物不再满足于"两字"、"一言",不再专重"虚神",而是"情必极貌以写物,辞必穷力而追新"(《文心雕龙·明诗》)。曹操的《观沧海》是一个转变的标志:

> 东临碣石,以观沧海。
>
> 水何澹澹,山岛竦峙。
>
> 树木丛生,百草丰茂。
>
> 秋风萧瑟,洪波涌起。
>
> 日月之行,若出其中;
>
> 星汉灿烂,若出其里。
>
> 幸甚至哉,歌以咏志。

这首诗绝大部分篇幅是对海景的描画,写了海岸边的树木、近海处的岛屿、海中的波涛,写了大海的苍茫寥廓、无边无涯,清人张玉榖《古诗赏析》说:"铺写沧海正面,插入山木草风,便不枯寂。"那么,对景物的描写是否冲淡了对于意旨的表现呢?不但没有冲淡,反而是大大加强了。"日月之行,若出其中"四句,既是海上的实景,也流露诗人在海景前的心情,表现了他气吞万里的气魄。明人钟惺在《古诗归》说:"《观沧海》直写其胸中、眼中,一段笼盖吞吐气象。"这篇诗作,把重点放在了境、象的具体描写上,这是有开创性的。

再往后,谢灵运把境、象描写又推进一大步,他的《于南山往北山经湖中瞻眺》、《从斤竹涧越岭溪行》、《入彭蠡湖口》等许多篇,都以主要篇幅细描山水云树,写到新竹的绿箨,写到浮萍的紫茸,写到岩石披着云裳,写到花瓣托起清露。明代焦竑在《谢康乐集题辞》中说,"诗至此"是"一大变":

> 弃淳白之用,而竞丹膗(彩色颜料,藻饰)之奇;离质木之音,而任

官商之巧。岂非世运相乘,古始易解,即谢客(谢灵运名客儿)有不得而自主者耶?然殷生有言:"文有神来、情来、气来,搴画于步骤者神踬,雕刻于体句者气局,组缀于藻丽者情涸。"康乐之雕刻组缀,并擅工奇,而不蹈殷生之诮者,其神情足以运之耳。何者?以兴致为敷叙点缀之词,则敷叙点缀皆兴致也;以格调寄俳章偶句之用,则俳章偶句皆格调也。是故芙蕖初日,惠休谢其高标;错彩镂金,颜生为之失步,非以此与!

焦竑这番话,在古代意境论上的重要意义,应该给予高度评价。他似乎是针对着重意而轻境的传统,大力肯定谢灵运的诗歌华丽精致,分析华丽精致没有导致诗歌文本的情感枯索,没有导致精神窒碍、晦涩,没有导致气势局促,是因为诗人以神情、兴致来支配描叙的词藻,所以人们才把他的诗作比之为朝阳映射下的荷花。这样,我们看到了两种处理境、象描写的范式,一是《诗经》里的许多篇章,以及后来唐诗中的许多绝句、宋词和元代小令,力求精炼简约;另一种是六朝山水诗,汉赋,唐诗中一些写景的古风、排律,模山范水,雕刻铺排。两者各有其妙。钱大昕《潜研堂集》有《瓯北集序》说,赵翼的诗作模山范水,几十年间,"每涉一境,即有一境之诗以副之,如化工之赋草木,千名万状,虽寒暑异候,南北殊方,枝叶无一相肖,要无一枝一叶不栩栩然含生趣者"。境、象,要写出一枝一叶,要写出每片树叶、每根树枝的独特,这就对后一种范式作了明确的肯定。

从一种范式独领风骚到两种范式各显风采,是文学发展和诗学发展的结果。如何既要做到境真,又要做到味永、意深,两千年间,不少诗人和诗论家认真探讨。谢灵运之弟谢惠连在《雪赋》中,假拟梁王对司马相如说:"抽子秘思,骋子妍辞,侔色揣称,为寡人赋之。""侔色揣称",是仔细观察对象的形状色调,找到最适合的词语,也就是要求"形容迫至"。《雪赋》对雪的描绘是刻画入微的,元代的祝尧在《古赋辨体》中评论说:"此赋中间极精丽,后人咏雪皆脱胎焉。盖琢句练字,抽画细腻,自是晋宋间所长。其源亦自荀卿《云》、《蚕》诸赋来。""抽子秘思",是要求文学家对雪景有审美的感悟,作品体现独到的意味。后面,梁王听完这篇赋,"寻绎吟翫,抚览扼腕"。他寻绎什么,吟翫什么,为之扼腕的又是什么呢?那当然是赋的作者寄寓在文本中的"秘思"。六朝作家,鲍照、沈约、丘迟、任昉、何逊、徐陵、庾肩吾等,都有咏雪诗,大都是在"俟色揣称"下功夫,而"抽子秘思"却做得不够,这就是他们遭到刘勰批评的原因。至于"揣称",是很有讲究的。《世说新语·言语》记载,谢安冬天在家里给儿女辈讲论文义,一会儿下起大雪来,谢安动了兴致,道:"白雪纷纷何所似?"侄子谢朗随即应答:"撒盐空中差可拟",侄女谢道韫接着说:"未若柳絮因风起"。"撒盐空中"的"揣称"也没有错,做到了形似,但缺乏审美的意味。"柳絮因风"被后人所称赏,以至成为了典故,是由于它不但描摹出了雪花的形貌,其中还含蕴了才女的诗情,使我们好像同时看到她那追踪着飘飞的雪花的欣悦的眼神。宋代蒲寿宬的《咏史》诗赞扬谢道韫:"当时咏雪句,谁能出其右。雅人有深致,锦心而绣口。""锦心"和"绣口"分别指创作主体从雪景得到的体悟和文本对雪景的语言表达两方面。唐代张打油的咏雪诗:"江上一笼统,井上黑窟窿;黄狗身上白,白狗身上肿。"要算是贴切并且易晓的,但它没有一点意蕴,却把美景丑化了。祝尧大加赞扬的《雪赋》中间的一段是:

> 霰淅沥而先集,雪纷糅而遂多,其为状也,散漫交错,氛氲萧索,蔼蔼浮浮,瀌瀌弈弈(李善注:飘流往来繁密之貌)。联翩飞洒,徘徊委积。始缘甍而冒栋,终开帘而入隙。初便娟(轻盈美好)于墀庑(台阶上和屋檐下),末萦盈(回委之貌)于帷席。既因方而为珪,亦遇圆而成璧。眄隰(原野)则万顷同缟,瞻山则千岩俱白。于是台如重璧,逵(大路)似连璐。庭列瑶阶,林挺琼树。皓鹤夺鲜,白鹇失素,纨袖惭冶,玉颜掩嫭(女人美貌)。若乃积素未亏,白日朝鲜,烂兮若烛龙衔耀照昆山,尔其流滴垂冰,缘霤承隅,粲兮若冯夷(河神)剖蚌列明珠。至夫缤纷繁骛之貌,皓汗皦洁之仪,回散萦积之势,飞聚凝曜之奇,固展转而无穷,嗟难得而备知。

《雪赋》创造意境,既再现了雪景之境,又充溢着赏雪之意、之味。就前者说,它写出了下雪的过程,雪的千姿百态。霰是小冰粒,是雪的先导,它们轻声欢叫着,所以说是"淅沥"。雪花盘旋回转,彼此挤挤撞撞,好像春风中的落英,所以说"纷糅"。雪花在作家眼里是一群活泼的小生灵,到处探头探脑，把一切染得洁白，无论是低的隰还是高的山，兀立的台成了白璧，逶迤的路成了串珠。台阶都是玉砌，林木都是琼瑶。天上的白鹤白鹇，地上的素衣玉颜，在这琉璃世界，都失去了原有的光艳。当红日照射，素裹红妆，那就更是美妙绝伦了。《雪赋》表现的是自然美和人对自然美的欣赏，它的意味是人化的自然的意味。

宋代杨万里《雪后晚晴，四山皆青，惟东山全白》赋"最爱东山晴后雪"绝句则又是另一种风味："只知逐胜忽忘寒，小立春风夕照间。最爱东山晴后雪，软红光里涌银山。"表达的是明朗轻快的喜悦之情。雪景的"形"是可以穷尽的，诗人的"意"是可以不断新创的。雪景诗文的意境之意，还有更深一层的，是由自然而触发到社会人生的感慨。唐人咏雪诗中，岑参的《白雪歌送武判官归京》与柳宗元的《江雪》是精美之作，前者表现塞外壮阔的雪景，而更传达了戍边将士的坚苦和悲壮，以及朋友之间的深情；后者表现江南荒野凄清的雪景，更传达了作者的孤寂和对理想、操守的坚持。宋代蔡正孙《诗林广记》记述，王安石曾经和友人"在钟山对雪，举唐人咏雪数十篇，要之穷极变态，无如退之（韩愈）。大抵唐人诗尚工巧，失之气格不高。有如'鸟向有香花里宿，人从无影月中归'；若状一时佳处，如'江上晚来堪画处，渔人披得一蓑归'；道孤寂之意如'夜静唯闻折竹声'；其好用事则如李义山云'已随江令夸琼树，又入卢家妒玉堂'；又云'欲舞定随曹植马，有情应湿谢庄衣'。至於老杜则不然，其'霏霏向日薄，脉脉去人遥'等句，便觉超出人意。唐人咏雪，好用琼瑶、鹅鹳、梅花、柳絮，重叠工巧，所以觉少陵超迈也"。蔡氏引用的杜甫诗句出于《又雪》："南雪不到地，青崖露未消。微微向日薄，脉脉去人遥。"写的是南方的雪，不待落地就已经融化。在《对雪》中他又写道："北雪犯长沙，胡云冷万家。随风且间叶，带雨不成花。"雪花和落叶共舞，飞着飞着失去了六角花瓣的形状，成了水滴。而他高于其他诗人之处，在于立意高。诗中表现的是在战乱中对长安的思念，忧国忧民，不愧是沉郁顿挫之作。

二　情之境和意之象

在文学作品中,不只是山水花木、不只是人物房舍,可以得到清晰的再现,被描写成为境、象,人的主观世界,人的情感、思绪,也可以被展现,从而构成境、象,成为心理的图画,就是所谓情感之境、思想之象,这正是文学和其他艺术种类相比更为优长的地方。

我们先来说情感之境。比较起来,写内心之境,写情感的萌生、涌动、起伏,比之写山水景色、写人物的外貌和行为,更困难得多。山水景色、人物形貌,人人可见,它们是较为明确和稳定的,可以任你反复观察。人的心理瞬息变化,可能闪现一下就从此隐匿,让你难以捉摸。所以,在这方面的艺术积累,要经过长得多的时间。尽管在《诗经》和屈原、宋玉的作品里面已经有不少内心生活的画面,真正细腻地铺写情感之境、思绪之象,要到文学发展的成熟时期,才有可能。以人的某种情感为描写对象,力图写出它的丰富和复杂,在赋家那里开始成为风气,著名的作品有《恨赋》、《别赋》,《思旧赋》、《叹逝赋》、《思玄赋》、《幽通赋》,等等。晋代的潘岳与好友任护是连襟,任护早逝,潘岳作《寡妇赋》刻画他的遗孀的心理,"以叙启孤寡之心"。其中写道:

> 易锦茵(锦缎的被褥)以苦席(草垫)兮,代罗帱以素帷。命阿保(保姆)而就列兮,览巾箑(扇子)以舒悲。口呜咽以失声兮,泪横迸而沾衣。愁烦冤其谁告兮,提孤孩于坐侧。时暧暧而向昏兮,日杳杳而西匿。雀群飞而赴楹兮,鸡登栖而敛翼。归空馆而自怜兮,抚衾裯以叹息。思缠绵以瞀乱兮,心摧折以怆恻。

把孤独、悲苦的心境的各种细微曲折之处,一一展现。主人公开始还克制感情去处理举丧的事务,到整理丈夫使用过的巾扇,睹物思人,禁不住悲伤爆发,失声痛哭,涕泪沾衣。到时光向晚,鸟雀归巢鸡入笼,心里更是阵阵绞痛。《诗经》中早有类似题材的作品,《邶风·绿衣》是男子怀念已故妻子的诗:"绿兮衣兮,绿衣黄里。心之忧矣,曷为其已!"绿衣穿在身上,缝制绿衣的人儿却永别了。这和"抚衾裯以叹息"异曲而同工，但一则以精简胜，一则以繁密胜，两个文本显示着"情境"描写的两个不同阶段。

由于心理境象表现的困难，在古代诗词里，文学家宁愿借景抒情，而避免直接描述心理状态、心理过程。例如白居易的《长恨歌》，是古代叙事诗歌的上乘之作，表现唐明皇的心理，也只是概略的侧面描写，诸如"君王掩面救不得，回看血泪相和流"，"行宫见月伤心色，夜雨闻铃肠断声"；非常感动人的"夕殿萤飞思悄然，孤灯挑尽不成眠，迟迟钟鼓初长夜，耿耿星河欲曙天"，也还没有在心理活动本身落笔。陈鸿的《长恨歌传》，还有宋人用唐代多种材料加工润色的《杨太真外传》也大抵如此。直到清代洪昇的《长生殿》，才有了对两个主要人物心理的细致刻画，"夜雨闻铃"两句在这里孳生成《雨梦》一出，淋漓尽致地铺排唐玄宗失去杨贵妃之后的深愁巨痛：

> 冷风掠雨战长宵，听点点都向那梧桐梢也。潇潇飒飒，一齐暗把乱愁敲，才住了又还飘。那堪是凤帏空，串烟销，人独坐，厮凑着孤灯照也，恨同听没个娇娆。猛想着旧欢娱，止不住泪痕交。万山蜀道，古栈岩峣。急雨催林杪，铎铃乱敲。似怨如愁，碎聒不了，响应空山魂暗消。一声儿忽慢袅，一声儿忽紧摇。无限伤心事，被他逗挑，写入清商传恨遥。听淋铃，伤怀抱。凄凉万种新旧绕，把愁人禁虐得十分恼。天荒地老，这种恨谁人知道。

中国古代早期的小说中，写人物心理笔触多较粗放，心理境象的细致描写首先出现在戏曲文本里，这不是没有缘由的。戏曲与诗歌有更多的直接渊源，戏曲作家不少是以写诗的心态去写戏文，戏曲剧本写作受传统诗学影响更大更多，其中就有意境论的影响。戏曲作家们摆在第一位的不是讲叙故事，而是努力使人物的内心历历如绘，而又努力使文字富于诗的韵味。至少是从《西厢记》《牡丹亭》开始，作家就在有意识地表现人物内心世界之境。能够精细再现情感之境，这既是创作上的一个突破，也给意境论提供了崭新的实践资料。《西厢记》大约产生于13世纪、14世纪之交，《牡丹亭》产生于16世纪，《长生殿》产生于17世纪。但是，小说毕竟是建造心理境象的更为便利的体式，《红楼梦》在这方面也达到了中国古典文学的最高峰。如第三

十二回,写黛玉的心理:

> 原来黛玉知道史湘云在这里,宝玉又赶来,一定说麒麟的原故。因此心下忖度着,近日宝玉弄来的外传野史,多半才子佳人都因小巧玩物上撮合,或有鸳鸯,或有凤凰,或有玉环金佩,或鲛帕鸾绦,皆因小物而遂终身。今忽见宝玉亦有麒麟,便恐借此生隙,同史湘云也做出那些风流佳事来。因而悄悄走来,见机行事,以察二人之意。不想刚走来,正听见史湘云说"经济"一事,宝玉又说:"林妹妹不说这样混帐话,若说这话,我也和她生分了。"林黛玉听了这话,不觉又喜又惊,又悲又叹。所喜者,果然自己眼力不错,素日认他是个知己,果然是个知己。所惊者,他在人前一片私心称扬于我,其亲热厚密,竟不避嫌疑。所叹者,你既为我之知己,自然我亦可为你之知己矣;既你为我知己,则又何必有"金玉"之论哉?既有"金玉"之论,亦该你我有之,则又何必来一宝钗!所悲者,父母早逝,虽有铭心刻骨之言,无人为我主张。况近日每觉神思恍惚,病已渐成,医者更云:"气弱血亏,恐致劳怯之症。"你我虽为知己,但恐自不能久待;你纵为我的知己,奈我薄命何! 想到此间,不觉滚下泪来……

林黛玉心里的迂回曲折,她心里的悲喜忧惊,前后变化的和同时迸发的,在作家笔下都生动地呈现。类似的描写在《红楼梦》中不止一处两处。西方心理小说的出现是 19 世纪的事了。被尊为现代小说之父的《红与黑》的作者司汤达,自称是"人类心灵的观察者"。就其心理形象描绘在全书中所占的比重而言,就其心理形象描绘的细腻程度而言,欧洲 19 世纪小说远胜于中国古代小说;但就心理境象的诗意韵味而言,则《红楼梦》依然是难以企及的。

下面再来谈谈思想境象的创造。古代当然没有"思想境象"这样的术语,但是却有对于相关意思的表述。除了《诗格》里与"物境"、"情境"并列提出的"意境"之外,宋代包恢(他是杰出的诗学家严羽的老师)的《敝帚稿略》中有《答曾子华论诗》一文,其中说:"古人于诗不苟作,不多作。而或一诗之出,必极天下之至精,状理则理趣浑然,状事则事情昭然,状物则物态宛然。有穷智极力之所不能到者,犹造化自然之声也。""状事"、"状物"就是构造事物的境、象,"状理"呢,那是把理论思维的成果或过程摹状出来,也应做到"昭然"、"宛然"。六朝时文人爱谈玄,"玄"怎么谈呢?于是,就有"象喻"(见刘孝标《世说新语注》引《支遁传》)一法,就是把玄理形象化,与"状理"的意思是一样的。《荀子·正名》里有"象道"一语:"辨说也者,心之象道也;心也者,道之工宰也",则是要用语言文字把"道"形象化。这些地方所说的,实际都是指思想的形象。

我们说思想境象,是指在文学作品中,把思想的内容或者思想的过程,展现给读者。思想与情感不一样,它是抽象的,没有外在的表情如哭、笑等等征象伴随,不可视、不可触、不可闻,在多数情况下,是枯燥而不适合文学艺术表现的。历来在文学中直接表现思想的意图,往往遭到失败。魏晋时期的玄言诗,唐代王梵志、寒山、拾得等人的佛理诗和唐宋禅宗僧人们的诗作,宋代程颐、程颢、邵雍等人的理学诗,都是想直接表现自己的思想。邵雍在《无苦吟》中写过:"行笔因调性,成诗为写心。诗扬心造化,笔发性园林。"所有这些作品,其中富于艺术感染力的很少。明代胡应麟在《诗薮》中说:"程、邵好谈理,而为理缚、理障也。"他们没有解决在文学创作中建造思想境象的困难,但是,这并没有阻止人们继续不断地去尝试。钟嵘《诗品序》说,玄言诗"理过其辞,淡乎寡味","平典似《道德论》"。《道德论》指的是魏晋人讲说老庄思想的文章,这些文章今已不传,无从查考。但《老子》和《庄子》的文章,却一点也不"平典"。刘勰说,《道德经》的五千言,是很"精妙"的。清代吴仲伦《古文绪论》说,"《庄子》文章最灵脱,而最妙于宕","宕"是以文章的波澜表现思维的驰骋。《老子》多处用形象的话语描绘深奥的思想,例如,它说"道"是极其微妙的,是难以清晰地认识的,正因为难以清晰地认识,就要尽力切近地去描绘:

> 古之善为道者,微妙玄通,深不可识。夫唯不可识,故强为之容——豫兮若冬涉川,犹兮若畏四邻,俨兮其若客,涣兮其若凌释(冰凌消融),敦兮其若朴,旷兮其若谷,混兮其若浊,澹兮其若海,飂(高处之风)兮若无止。孰能浊以止,静之徐清;孰能安以久,动之徐生?

前面九句连用比喻,形容道的博大渊深,形容道对思维者的吸引力和它的难以接近,末尾两句似乎也暗含了比喻(将道比作水体),而指出动与静的辩证关系。这样,全文显示出思辨的过程,带动读者沿着哲学家思路的轨迹,体会到悟道的欣悦。海德格尔曾经在一位中国人的帮助下,精研《老子》的这一章,而把末尾表述为:"谁能处于安然,却又能从之出并经由之,而将某物置于路途之上,以使其逐渐敞开?"[1]这当然是现代西方的解读,但表明他从上述文字窥见了陌生的、异质的中国古代哲学思想。可以说,《老子》的描绘,多少使得"道"向我们"敞开"了。这也就是思想之"境"、思想之"象"。薛道衡《老子庙碑》说:"其辞简而要,其旨深而远,飞龙成卦(指的是《周易》),未足比其精微;获麟笔削(指的是《春秋》),不能方其显晦。"总之,《老子》对道的描述,充满了魅力。

《庄子》也善于用文学手法表现玄奥的思想,借助寓言、借助比喻来把抽象的哲理形象化。比如,《人间世》里说,孔子要颜回"斋",颜回理解为要他吃素,饮食的斋戒很容易描述;孔子说的是"心斋",心斋是一种思维状态,怎么能讲清楚呢?孔子解释说:"若一志,无听之以耳,而听之以心;无听之以心,而听之以气……闻以有翼飞者矣,未闻以无翼飞者也;闻以有知知者矣,未闻以无知知者也。瞻彼阙者,虚室生白,吉祥止止。夫且不止,是之谓坐驰。"心斋,是不用翅膀,而在精神的世界飞翔。从空无("阙者")中观照,在一片纯净("虚室")中生出最高智慧的辉光。《庄子·齐物论》为了讲明存在乃是一种幻觉,真与幻随时可以相互转化,两者没有确定的界限,人们应该把幻的视作真的,是的视作不是的,它写道:

> 是不是,然不然。是若果是也,则是之异乎不是也亦无辩;然若果然也,则然之异乎不然亦无辩……昔者庄周梦为蝴蝶,栩栩然蝴蝶也。自喻适志与,不知周也。俄然觉,则蘧蘧然周也。不知周之梦为蝴蝶与?蝴蝶之梦为周与?周与蝴蝶则必有分矣。此谓之物化。

《庄子》的思想是空幻的,它的绝对的相对主义是"一朵不结果实的空花",但它把这种思想那么生动地展示给读者,所以,两千多年吸引着无数的文人。

《老子》的文字毕竟很简约,而《庄子》"状理"的本领也很少有人能够继承发扬。古代的人们一直就被一个矛盾所困扰:至微者理也,至著者象也;如何把至微的理,变成至著的象呢? 如何既能状深邃之理而又成功塑造优美的文学形象呢? 我觉得,在这一点上做得最出色的古代诗人,是陶渊明。著名的《饮酒》组诗的第十七首:

> 结庐在人境,而无车马喧。
> 问君何能尔?心远地自偏。
> 采菊东篱下,悠然见南山。
> 山气日夕佳,飞鸟相与还。
> 此中有真意,欲辨已忘言。

这首诗是写乡居风景呢,还是讲玄学妙理呢? 它的好处就是在乡居风景中写玄学妙理,把玄学妙理讲得比同时代许多人都深刻,而让读者在不知不觉中接受,并且获得醇厚的美感。我们且来比较一下与陶渊明同时代的王康琚的内容十分相近的诗《反招隐》:

> 小隐隐陵薮,大隐隐朝市。
> 伯夷窜首阳,老聃伏柱史。
> 昔在太平时,亦有巢居子。
> 今虽盛明世,能无中林士?
> 放神青云外,绝迹穷山里。
> 鹍鸡先晨鸣,哀风迎夜起。
> 凝霜凋朱颜,寒泉伤玉趾。
> 周才信众人,偏智任诸己。
> 推分得天和,矫性失至理。
> 归来安所期,与物齐终始。

同样是说在嘈杂的朝市可以体悟玄理,但通篇枯燥僵直,毫无趣味。陶诗说"心远"就能够不闻车马喧闹之声,"远"字意蕴无穷,写出不慕荣利、安贫乐道的心态。从瞥见南山到顿悟真意,把直感思维的飞跃活灵活现地披露了。

如果说直感思维的形象化,困难还稍微小一点,那么,对生与死的哲理

思辨要形象化就更困难得多。陶渊明的《形影神·神释》写的正是这一
内容：

> 大钧无私力，万理自森著。
> 人为三才中，岂不以我故。
> 与君虽异物，生而相依附。
> 结托善恶同，安得不相语。
> 三皇大圣人，今复在何处？
> 彭祖寿永年，欲留不得住。
> 老少同一死，贤愚无复数。
> 日醉或能忘，将非促龄具！
> 立善常所欣，谁当为汝誉。
> 甚念伤吾生，正宜委运去。
> 纵浪大化中，不喜亦不惧。
> 应尽便须尽，无复独多虑。

为了说明对生与死的态度，诗人假拟了人的神和形、影的对话，摆出了立德、
养生求寿、立善求名、耽于现世享乐等，每种人生设计都有缺陷，引出的结论
是"委运"，末尾四句既是对自己长久深思所得的人生观的表述，也是对自
己人生感慨的抒发，是深沉的情和新颖的理的融合，构成富有启悟力和感染
力的思想境象。

现代西方诗人，例如爱尔兰的叶芝、英国的 T. S. 艾略特和奥登、美国的
庞德等，在诗歌中把玄学思辨和具象象征结合，我国的穆旦以及海子等也具
有类似创作倾向。古代诗学意境论中关于"状理"、"象喻"、"象道"的种种
论述，在今天仍然具有启发性。

三　创作思维中的意与境

文学艺术如果只是反映对象的形貌，只是写境、写象，即使写得非常细
致，写得十分逼真，那也是不够的。文学艺术文本里的"境"要表达出意旨，

文本里的"象"要表达出情味,这是更加重要的。我在本节开头引用的古人提出的"思与境偕"、"妙合无垠"等命题,他们要强调的就是这个意思。

在文学艺术中描绘境、象的一个重要目的,是表达意旨、意味,就是古人说的立象以尽意、造象以传意、观象以求意。境,作为汉语词汇,最初指空间的界域,是不带感情色彩的;后来转而兼指人的心理状况,涵义大大地丰富了。这一转变可能是受到佛经翻译的影响。唐代僧人圆晖所撰《俱舍论颂释疏》说:"心之所游履攀援者,故称为境。"在六朝和唐宋,"境"的含义不再只是纯粹客观的展现,而带有主观感受性在内。《世说新语·排调》中说:"顾长康啖甘蔗,先食尾,问所以,云:'渐至佳境。'"顾长康就是杰出的画家顾恺之,他这里说的"境",指的是主体感受的合意度。晋代郭象《庄子序》说:"是以神器独化于玄冥之境,而源流深长也。""境"又被用来述指思维的深博玄妙程度。唐人以"境"论诗的较多,并且逐步赋予其稳定的内涵。总之,在诗学中,境和境界的含义,既指外,又指内;既指客观的景象,又指渗透在客观景象中的精神。"境"虽然已经包含了诗人心理的投射作用,而诗论家仍然觉得不够,于是又提出意境,以更进一步强调主体性。《诗格》说:"娱乐愁怨,皆张于意而处于身,然后驰思,深得其情。""亦张之于意,而思之于心,则得其真矣。""欲为山水诗,则张泉石云峰之境,极丽绝秀者,神之于心。处身于境,视境于心,莹然掌中,然后用思,了然境象,故得形似。"这些论述,都是肯定了境的主客二维的性质。

意境的"意",也有两层意思,一是作者要表达的对于社会人生的思想,一是艺术形象的审美意味,两者有时候不容易截然分开,而后一方面又常常被人们所忽略。对于诗学理论来说,后一方面更有研究的价值。客观对象的形象进入文学艺术,要在文艺家的心灵中经过陶冶、重铸,要诗化、审美化,才会有艺术形式的独特表现;正是在这个过程里,才显现出平庸的文艺家与优秀的文艺家的区别。司空图引戴容州之语谓:"诗家之景,如蓝田日暖,良玉生烟,可望而不可置于眉睫之前。象外之象,景外之景,岂容易可谈哉?然题纪之作,目击可图,体势自别,不可废也。"虽然题纪之作不可废,那总是二流;符合诗学理想的还是要张之于意。宗炳《画山水序》说:"夫以应目会心为理者,类之成巧,则目亦同应,心亦俱会,应会感神,神超理得。

遂复虚求幽岩,何以加焉!"应目的是象,会心的是意,两者俱得,文本中的意境就超越了自然山水本身。南朝宋王微《叙画》也讲到同样的意见:"夫言绘画者,竟求容势而已。且夫古人之作画也,非以案城域、辨方州、标镇阜、划浸流,本乎形者融灵而变动者心也……望秋云,神飞扬,临春风,思浩荡……此画之情也。"要把审美之心融在诗画中的山水里面。《淮南子·说山训》说:"画西施之面,美而不可悦;规孟贲之目,大而不可畏,君形者忘焉。"画西施画得象,不等于画得美,画中西施的美,主要不再是她的外表之美,而是包括笔墨情趣的艺术形象之美。《宣和画谱》说赵叔傩画禽鱼,"景物虽少而意常多,使览者可以因之而遐想"。《世说新语·文学》记,郭璞的《幽思篇》里有"林无静树,川无停流"之句,阮孚阅读后感叹:"泓峥萧瑟,实不可言。每读此文,辄觉神超形越。"画花鸟、画花木、画人物,都要发生引人遐想、使人神超形越的效果。殷璠《河岳英灵集》评论王维的诗说:"维诗词秀调雅,意新理惬,在泉为珠,着壁成绘。一句一字,皆出常境。至如'落日山水好,漾舟信归风'(《淇上别赵仙舟》);又'涧芳袭人衣,山月映石壁'(《蓝田山石门精舍》);又'天寒远山净,日暮长河急'(《齐州送祖三》);又'日暮沙漠陲,战声烟尘里'(《李陵咏》),——讵肯惭于古人也。"举出的这些诗句,表达殷璠关于意境的诗学理想。这些诗都是写山水的,殷璠赞赏它们在描绘山水之外,还表现了新颖的意味,能够使人获得快慰的理趣,具有优雅的风度和文笔之美。他说的几个方面,都属于"意境"之"意"的范围。拿"天寒"这一联来说,它写出了一种通感,在寒冷的时候,人们容易产生静和净的感觉;在苍茫的暮色中,河水更显得奔腾喧嚣。"净"和"急"不只是一般的知觉,更是一种宁静中的思索,河水流逝提示人生的短暂,远山静、净,则引人遥望历史的天空,探询永恒的价值。远山与长河、天寒与日暮,凝结的净和变幻的急,彼此对称、对比而造成形象的建筑美和文字的音调美。《蓝田山石门精舍》全文是:

> 落日山水好,漾舟信归风,
> 玩奇不觉远,因以缘源穷。
> 遥爱云木秀,初疑路不同。

安知清流转，偶与前山通。

舍舟理轻策，果然惬所适。

老僧四五人，逍遥荫松柏。

朝梵林未曙，夜禅山更寂。

道心及牧童，世事问樵客。

暝宿长林下，焚香卧瑶席。

涧芳袭人衣，山月映石壁。

再寻畏迷误，明发更登历。

笑谢桃源人，花红复来觌。

这首诗表面上看就是写兰田的山水，其实诗人要表露的是自己的意趣。"涧"会散发芳香吗，即使有芳香会阵阵洒落在游人的衣袖上吗？这里写的不必是实境，却肯定是真意。晋代陆机有"京洛多风尘，素衣化为缁"之句，是深感都市之浊，风尘把衣服染黑了。王维则是享受着山野之清。诗里有朝有夜，有乘舟有缓步，有交谈有野宿，很难设想是纪实，毋宁看做是诗人的神游。

另一点需要特别提到的是，在中国古代意境论中，比较注重的，是心与境的双向互动，而不是单一的线性关系。从创作主体方面说，画家、诗人的创作意兴，是在境与心相互激发中迸出火花。《诗格》说："夫置意作诗，即须凝心，目击其物，深穿其境……文章是景，物色是本，照之须了见其象也。"艺术思维的"思"，即未来作品的立意和构思，也即它的主旨，是不可以直接求取的，要用境去"照"。境，是心物相击的产物，是艺术家凝神观照所得。

皎然《诗式》论及"取境"："夫诗人之诗思初发，取境偏高，则一首举体便高；取境偏逸，则一首举体便逸。"皎然诗句云："诗情缘境发，法性寄筌空"；其《诗议》说："夫境象非一，虚实难明，有可睹而不可取，景也；可闻而不可见，风也；虽系乎我形而妙用无体，心也；义贯众象而无定质，色也。"权德舆《左武卫胄曹许君集序》说："凡所赋诗，皆意与境会。"这些话语里的要点是，境绝非等同于自然景象，诗心也非进入创作过程之前的初心，两者撞击、融合而具有全新的性质。因此,写大致相同的景,才可能有个性各异的诗。元代方回作《心境记》,认为"心即境也","顾我之境与人同,而我之所以为境,则存乎方寸之间,与人有不同焉者耳"。"心即境也,治其境而不出于其心,则迹与人境远,而心未尝不近;治其心而不于其境,则迹与人境近,而心未尝不远。"诗人、画家,既要精于选境,善于在境中有独到的发现,更要悉心培育自己的审美之情,善于把深挚的情意融涵在境里。

王国维的境界说加入了近代的分析精神,便于在文学批评中应用。他在《文学小言》曾指出:"文学中有二原质焉,曰景、曰情。前者以描写自然及人生之事实为主,后者则吾人对此种事实之精神的态度也。"他还进一步提出,"有造境,有写境","有有我之境,有无我之境"。意境在文本中的形态无限丰富,给作家的创作和读者的鉴赏留下了广阔的天地。

思考题

1. 试举具体作品说明物境、情境、意境。

2. 为什么说重意而轻境是一种偏颇的态度,你对此有怎样的看法?

3. 意和境在创作过程中和在文本中应该有怎样的关系?

注　释

〔1〕　莱因哈德·梅依:《海德格尔与东亚思想》,张志强译,第 7 页,北京:中国社会科学出版社,2003 年。

第九讲

辞达与意在言外

文学家怎样才算做到了辞达

言意之辩与言外之意

　　文学是语言的艺术,语言是文学的第一要素,是作家进行艺术创造的唯一的工具。作家在整个创作过程中要面对的一个最基本也是最困难的课题,就是处理言与意的关系,就是怎么用语言把自己的意思尽可能完满地表达出来。陆机在《文赋》序中说,文学创作者最常见的苦恼,是"恒患意不称物,文不逮意。盖非知之难,能之难也"。陆机认为语言表达意旨是文学创作的能力和技巧问题,不是什么理论问题;他的意见显然不对,这既是创作实践问题,也是一个重要的诗学理论问题。《文心雕龙·神思》则说:"意翻空而易奇,言征实而难巧。"刘勰认为,语言的创新比立意上的创新更加不易。唐代卢廷让《苦吟》诗说:"莫话诗中事,诗中难更无。吟安一个字,拈断数茎须。险觅天应闷,狂搜海亦枯。"越是在艺术上有高远目标的作家,越是会经受"文不逮意"的煎熬。高尔基曾经引用俄罗斯作家纳德松的诗句:"世上没有比语言的痛苦更强烈的痛苦"。既然有这样的重要性,言意关系就成为文学理论中受到重视并且被反复讨论的问题。当然,这个问题不仅仅在文学领域里存在,语言是全民族全社会公用的,各种人都免不了要时时刻刻碰到言意关系,哲学家、语言学家、宗教家以至法学家等等各方面的人,都参加到这个讨论中,他们的意见彼此发生影响;而在不同的领域里,对言意关系的认识是不一样的。

一　文学家怎样才算做到了辞达

《论语·卫灵公》记孔子之言说:"辞,达而已矣。"孔子的这句话,成为中国古代修辞学思想和诗学思想的重要命题之一,它所确立的原则有着极大的影响力和很广泛的适用性。

"辞,达而已矣"这句话,在《论语》里没有上下文,这就使对它的解释具有很大的不确定性。近代以至今天的研究者,屡有新的诠解提出,但也都只能各备一说。我们先来看看孔子的本意。没有上下文,怎么推求他的本意呢?清代学者钱大昕《潜研堂答问》说:"《论语》之文与《礼》经相表里,以经证经,可以知'辞达'之义矣。"用儒家经典的相关论述作旁证来求解孔子话语的含义,这个解释策略比较朴素、平实,可以采用。《仪礼·聘礼记》说,"辞多则史,少则不达。辞,苟足以达,义之至也。"郑玄注曰:"史,言其文胜也;《论语》曰:文胜质则史。辞以达意而已,若辞当少而反多,则文胜而伤于烦;当多而反少,则失於略而不足以达意。辞苟足以达,则不烦不略,为得其宜,故曰:义之至也。""史",在这里是虚饰、浮夸的意思。语言繁复,显得浮夸;语言疏略,则显得没有文化教养、显得粗鄙。两种毛病,孔子批评的主要是前一种。《礼记·曲礼》说,"不辞费",辞费即是啰嗦,它所反对的也是繁琐。《孔丛子·嘉言》说:"宰我问:君子尚辞乎? 孔子曰:君子以礼为尚。博而不要,非所察也;繁辞富说,非所听也。"在古代关于孔子的记述中,在儒家的经典里,类似的言论还有不少。这些言论的共同倾向是十分清楚的:言辞只要把意思表达出来就足够了,不应该再在言辞本身的华美上花费力气。总之,孔子的本意,儒家经典里的意思,辞达而已矣,这句话的要义在于,语言明白晓畅就够了,不要在文辞上作太多的修饰,文辞应该力求简洁。

在日常书面和口头的言语活动中,言和意两者,在一般的情况下,意是主导的、决定的一方,对于绝大多数人来说,言仅仅是用来表意的,除了表意以外,再没有其他的作用。南朝的范晔在《狱中与甥侄书》里说:"常谓情志所托,故当以意为主,以文传意。"语言文字的功用既然在传意,意思传达了,使命也就算完成。既然如此,对于辞的要求,就只限于达意。《论语》权威的注家们,对于孔子论断的指向看法很一致。汉代的孔安国说:"凡事莫过于实,辞达则足矣,不烦文艳之辞。"南朝的皇侃说:"子曰,辞达而已矣,言语之法,使辞足以达其事而已,不须美奇其言以过事实也。"宋代司马光《答孔文仲司户书》阐发孔子的话说:"今之所谓文者,古之辞也。孔子曰,'辞,达而已矣',明其足以通意斯止矣,无事于华藻宏辩也。"朱熹《四书集注》说:"辞取达意而止,不以富丽为工。"他们都反对"文艳"、"美奇"、"华藻"、"富丽"。可以认为,他们主要是针对实用性的言语活动而发,并不能把语言对文学的作用包揽无余。由于孔子和他的上述诠释者在古代学术思想史上的崇高地位,他们的上述见解对文学创作中语言的精致化,是可能发生拘束、限制作用的。

在较早的时候,诗学家也是这样理解的。《文心雕龙·明诗》说,尧舜时期的诗歌《大唐》和《南风》,"观其二文,辞达而已"。这是说传说时代的诗歌,语言很朴素,不过于修饰。后来,有的解释者就给孔子的话添加上它本来未必具有的含义,说"达"就是要表达深刻重大的思想。清代阎若璩《尚书古文疏证》说:"子曰:辞达而已矣;又曰:修辞立其诚。达者,达其所立也。辞欲达诚,诚如何可达?后世文章以清利为达,正是齿牙喋喋不与精神命脉相关。心自心,辞自辞。如近代辞赋,何有半语真实!二十八篇若《康》、《召》等诰,字字肝胆泼放简策上,后儒反病其诘屈不达。未知竟是谁达谁不达也?""二十八篇"指的是《尚书》,连韩愈也认定《尚书》的文字诘屈聱牙,阎若璩却说它是"达";而后世"清利"的文章辞赋,他却认为是"不达"。在他看来,辞达,就是说内容具有真诚性和真理性。明代王世贞说:"夫意有浅言之而不达,深言之而乃达者;详言之而不达,略言之而乃达者;正言之而不达,旁言之而乃达者;俚言之而不达,雅言之而乃达者。故东周、西汉之文最古,而其能道人意中事最透。今以浅陋为达,是乌知达哉。故达之一字，修辞之法尽於此矣。"[1]依照他的说法，"达"是宜深而不宜浅，宜略而不宜详，宜雅而不宜俗；这就与人们日常的阅读经验完全相反，不是十分奇怪吗？原来，王世贞和阎若璩在解释"达"的时候，把表达方式的可接受性问题改变成表达内容的真理性、真诚性问题，并且以儒家经典为真实、真诚和真理性的典范。他们调换了概念，调换了论题。这样的一种"辞达"观，是出自宗经的立场，在古代漫长的时间里，是很有势力的。

前面引用了范晔的一封信，范晔是一位史学家，但懂音乐、懂文学，他说："此中情性旨趣，千条百品，屈曲有成理，自谓颇识其数。尝为人言，多不能赏，意或异故也。"他也不主张文章藻饰太甚，但是，在强调了意的主导地位之后他又说，"然后抽其芬芳，振其金石"，还要音调和谐悦耳，这就涉及文学文本中的语言还另有其独立的价值；范晔是文学声韵之美理论的最早倡导者，他对"辞达"的传统观念有所补充和修正。唐代成伯璵《毛诗指说》，不是从抽象的理论出发，而是从对具体文学文本的理解出发来解释"辞达"。他谈到《诗经》里句子长短不同，每一章的句子数目多少不同，有的句子里还要用没有实义的语助词，这是因为："诗人之才有短长，言之直者取辞达而已矣，事之长者歌之难尽，不思章句之繁，此皆诗之体。"在诗歌、在文学文本里，辞达而已，不再是越简略越好。因为，诗不仅要表达思想，要达"意"，还要表现细腻的情感、细微的情态。"及乎辞余语助者，《诗》《书》同有'之、已、焉、哉'，谓之何哉？——慨之深也。"语气词不表达什么实际的意义，但是缺少了它，却不足以表现诗人感慨之深。例如，《孟子》中述梁惠王的话："寡人之于国也，尽心焉耳矣。""焉、耳、矣"用其中任何一个，也就足够"达"了，连用三个助词，那是不是"辞费"呢？宋代陈骙《文则》说："文有助辞……文无助则不顺"，像《孟子》这样，"一句而三字连助，不嫌其多也"。这属于"恳至之辞"，梁惠王借此要极力表白他已经竭尽心力了。成伯璵的观点与王世贞、阎若璩对"辞达"的观点不同，不是经学家的理解而是诗学家的理解。明代杨慎《丹铅续录·辞达》更进一步，他提出，对孔子的话，不能只看字面的意思；辞，并不应该只是达而已矣，在达之后，还要美，使读者可以反复地玩味："孔子云：辞达而已矣，恐人之溺於修辞而忘躬行也，故云尔。今世浅陋者往往借此以为说，非也。《易传》、

《春秋》孔子之特笔,其言玩之若近,寻之益远;陈之若肆,研之益深,天下之至文也,岂止达而已矣哉!"在这之前,宋代谢良佐《论语解序》已经有类似论述:"圣人盖其辞近而其指远,辞有尽,指无穷,有尽者可以索之於训诂,无穷者要当会之以神。"辞,不止是要去"达"有尽之"意",还要努力去传无穷之"神",后面才是重点,才是精髓。

从以上可以看出,有两种"辞达",就前一种实用性的辞达来说,说话人所要表达的意,具有较大的明晰性、确定性。例如,《论语》记孔子说:"过而不改,是谓过矣。"他教诲学生有错要及时改正,有错不改就会酿成大错。这是非常有益的教导,用最简洁的语言就说明白了,普通人都能够听得懂。但孔子讲深刻的哲理,那一类意思却不能用一两句简单的话语就做到"达"。子贡说:"夫子之文章,可得而闻也;夫子之言性与天道,不可得而闻也。"不可得而闻,并不是孔子不说,而是说了不能把意思完全地表达出来,说了不能"达"到弟子的心里,更不能"达"到普通读者的心里。讲审美的感受,也和讲哲理一样。《述而》篇有:"子在齐闻《韶》,三月不知肉味,曰:不图为乐之至于斯也。"孔子听《韶》乐,得到极大的快感,这种感受怎么表达?他能够说的只是"至于斯","斯"是怎样的? 只能用"三月不知肉味"来比况。从文学的表现来看,这样的辞,不能说是已经"达"了。真要讲得具体、讲得生动,非要"繁辞富说"不可,像白居易的《琵琶行》、韩愈的《听颖师弹琴》和李贺的《李凭箜篌引》那样,用许许多多的词句多角度地形容音乐之美。宋代吕祖谦《左氏传说》分析《左传》季札观乐一段说:"此言其乐无加于此也,正如孔子'在齐闻韶,三月不知肉味'之意相类。能知此意,则知札观乐之意,此殆未易以言语训诂求也。"审美的"意",不容易用语言来表达,也不能只从字面上去领会。

两种不同的"辞达"的原则,分别适用于两种言语活动领域。王夫之《诗广传》说:"有求尽于意而辞不溢,有求尽于辞而意不溢,立言者必有其度,而各从其类。意必尽而俭于辞,用之于《书》;辞必尽而俭于意,用之于《诗》,其定体也……故《诗》者与《书》异垒而不相入者也。"实用的文本,例如作为历史文献的《尚书》,辞只要达意,越简约越好。审美的文本,例如作为文学作品的《诗经》,意思要单纯而词语则可反复。王夫之对诗歌语言的理解,乃针对原始的、早期的诗歌,所以说"意必尽",这是不妥当的;但他区分两种文体对语言的要求,则是很正确的。现代英美新批评派区分科学语言和文学语言两大类,两个领域里对意和辞的关系,自然也是有不同的处理原则。新批评派认为,科学语言是"指称性的"、"单一的",和确定的"意"保持对应关系;文学语言是"情感性的"、"复义的",没有唯一的、确定的含义。

《文心雕龙》对于文学创作中的意和辞,要求兼顾两者,但《情采》篇主要矛头却是批评文辞过于讲究,是"恶文太章"——文辞过分雕琢;在《明诗》篇,对于"辞必穷力而追新"也没有给以肯定。黄侃说,刘勰是针对齐梁"以藻饰相高"之弊,"盖揉曲木者未有不过其直者也"。其实,这还代表了孔子思想影响下中国古代诗学的主流倾向。在古代诗学里,对文学中的语言形式美,深入的理论探讨是不够充分的。没有任何证据表明孔子"辞,达而已矣"是针对文学而说的,但因为孔子是万世宗师,大家都要借助他的权威,诗学家把这句话放到诗学里面,就引出一些问题。苏轼作为有丰富创作经验的大诗人、大散文家,觉察到这里的问题,他对于诗学的辞达和非诗学的辞达作出了区分。他曾经在一般意义上讲到言意关系,其《策总叙》中说:"有意而言,言尽而止者,天下之至言也。""古之言者,尽意而不求于言……"有用之言,是"出其意之所谓诚然者"。自汉以下,文人之言不是为了表达自己,而是力求依从世人,所以就泛滥于辞章,"言有浮于其意,而意有不尽于言"。他给皇帝上策论,建议不要"以空言取天下之士"。[2]显然,这里所说完全符合孔子的原意,符合《礼记》提出的原则,乃针对实用的文体写作,而并非文学创作。而他的《答谢民师书》则说的是另外一种情况:"孔子曰:'言之不文,行而不远。'又曰:'辞,达而已矣。'夫言止于达意,即疑若不文,是大不然。求物之妙,如系风捕影,能使是物了然于心者,盖千万人而不一遇也,而况能了然于口与手者乎?是之谓辞达。辞至于能达,则文不可胜用矣。"这里说的辞达,是文学表现中的辞达,这就已经与孔子的原意有了明显的区别。辞在达意的同时,还可以有"文",还应该有"文"。文,就是文饰藻绘,悦目赏心。用语言来求物之妙,这里的"物",是外于主体的一切物质的和精神的对象,物质现象和精神现象的妙处如同"风"和"影",是很难表达的,文学家用语言去追逐它、"系"住它,清晰流畅地表现出来,这才叫做诗学的辞达。这样的辞达，只有文学的天才才能够做到。明代方孝孺《逊志斋集·与舒君》推衍苏轼的上述意见，说："文者，辞达而已矣。然辞岂易达哉！六经、孔、孟，道明而辞达者也。自汉而来二千年中，作者虽有之，求其辞达盖已少见，况知道乎！夫所谓达者，如决江河而注之海，不劳余力、顺流直趋、终焉万里，势之所触，裂山转石，襄陵荡壑，鼓之如雷霆，蒸之如烟云，登之如太空，攒之如绮縠，回旋曲折、抑扬喷伏而不见艰难辛苦之态，必至于极而后止，此其所以为达也，而岂易哉！汉之司马迁、贾谊，其辞似可谓之达矣，若扬雄则未也；唐之韩愈、柳子厚，宋之欧阳修、苏轼、曾巩，其辞似可谓之达矣，若李观、樊宗师、黄庭坚之徒则未也。于道则又难言也。嗟乎，此岂可与昧者语哉！"在他的眼里，连黄庭坚那样的诗词散文大家，都还没有做到辞达；辞达，是语言艺术的极致、高峰，是诗学对语言表现的最高要求。

仔细体会苏轼的那一段话，他赋予了"达"全新的涵义。辞达，第一，是要有可达之意，就是要有独到的诗思；第二，文学家要具备把独到的诗思表现出来的语言能力；第三，"达"还可以有到达的意思，把独到的诗思传送到读者心里，这就牵涉到文学接受，对读者提出了要求。从创作主体一面而言，"修辞"是语言创造活动；"达"，则略近于今人所言"人的本质力量的对象化"，即文学家将自己的才华和自己对人生、宇宙的体验，物化在作品之中，体现于作品之中，使之成为人的本质力量的一个标本。"辞达"，是以语言创造活动体现人的本质力量。单纯的意，并不难"达"；微妙的、复杂的意，要"达"就很困难。文学家所从事的是精神上的独特创造，文人之意、诗人之意，与辞的关系，自有其特殊性。文学家也是要追求辞达，只是这个"达"比之日常生活中言语运用的"达"，比之于应用文体写作中语言运用的"达"，是极不相同的两种境界。高尔基说："很少有诗人不埋怨语言的'贫乏'"，"这些埋怨的产生，是因为有些感觉和思想是语言不能捉摸和表现的"。

苏轼说文学创作的"达"，要能使"是物了然于心"。苏轼所说的"意"，首先是指文学家对世界观察和体验后的审美感受，这是不难理解的；但还有一层意思，是驱遣文字以造成形式美感的"快意"，这是人们所常常忽略的。他所说的"达"，并不仅仅是指言与意之间的关系，而且含有文学家在创作活动中创造力实现的意思。苏轼《自评文》云："吾文如万斛泉源，不择地而出，在平地滔滔汩汩，虽一日千里无难；及其与山石曲折，随物赋形而不可知也。所可知者，常行于所当行，常止于不可不止，如是而已矣。"他又曾对弟弟和朋友说："某平生无快意事，唯作文章，则笔力曲折，无不尽意，自谓世间乐事无逾此者。"就接受主体的一面而言，从语言之流，从精美的、诗性的文字，接收到这样的意，也是极其快意的事情。

二　言意之辩与言外之意

前面说到，文学家用言辞表达自己的思想，表达构思的意旨，会遇到很大的困难，甚至会因此而产生很强烈的痛苦。《文心雕龙·神思》说："至于思表纤旨，文外曲致，言所不追，笔固知止。至精而后阐其妙，至变而后通其数。伊挚不能言鼎，轮扁不能语斤，其微矣乎！""思表"，是人的心理、思维的最高层，是它的精微之处，是言语不能追踪的，作家的笔在这儿被迫停下来，只能让读者从文字之外去体会。伊挚是一位烹饪大师，他不能把烹饪技艺的奥妙讲明白。轮扁是做车轮的优秀工匠，他不能把运用斧头的技艺的奥妙讲清楚。那么，文学创作思维的奥妙呢？就更不是语言所能表达的了。

是不是存在这样的在思之表、文之外的精微的意旨呢？对于这个问题，不同的学者有不同的观点。在魏晋时代，专门进行过一场大讨论，叫做"言意之辩"。虽然主要是在哲学领域，但也和诗学密切相关。当时的学者有主张言能尽意的，有主张言不尽意的。往上追溯，先秦道家是最早论证言不尽意的，《庄子·知北游》说："道不可言，言而非也。"《庄子·天道》说："世之所贵道者，书也；书不过语，语有贵也。语之所贵者，意也；意有所随。意之所随者，不可以言传也……故视而可见者，形与色也；听而可闻者，名与声也。悲夫，世人以形色名声为足以得彼之情；夫形色名声果不足以得彼之情，则知者不言，言者不知，而世岂识之哉？"道家学派认为，最高本体的"道"，是不可言说的。各种各样精微的"意"，也都是不可言说的。《庄子·秋水》说："可以言论者，物之粗也；可以意致者，物之精也；言之所不能论，意之所不能致者，不期精粗焉。"《淮南子·缪称训》说："道之有篇章形埒者，非至者也。尝之而无味，视之而无形，不可传于人。"后来的佛教思想家阐发了同样的思想,梁代慧皎《高僧传》卷八"义解论"中说:"夫至理无言,玄致幽极。幽极故心行处断,无言故言语路绝。言语路绝,则有言伤其旨;心行处断,则作意失其真。所以净名杜口于方丈,释迦缄默于双树。将知理致渊寂,故为无言。"释迦牟尼是佛教的创始人,净名就是维摩诘,是佛教中的菩萨,说到佛教最深刻的道理,他们都沉默起来,因为"至理"无法宣讲。道家和佛家的这些说法,不能看做是故弄玄虚,其中涉及语言哲学的规律、文学符号学的规律,为中国古代诗学提供了一种理论资源。

现代西方哲学家也有不少类似的论述,维特根斯坦在 1918 年致罗素等人的信中说:"主要问题是关于能够由命题——即由语言——表达的东西(说能够被思想的东西也一样)和不能由命题表达,而只能显现的东西的理论,我认为这是哲学的根本问题。"[3] 无疑,这也是诗学的一个根本问题。他又说:"确实有不能讲述的东西。这是自己表明出来的;这就是神秘的东西。"他的名著《逻辑哲学论》最后一句是:"一个人对于不能谈的事情就应当沉默。"这句话和这本书在西方名气极大,有人说它扭转了西方现代哲学的方向。但是,这句话中国古代的哲学家和诗学家早讲过了。冯友兰指出,维特根斯坦的"沉默",就是禅宗大师的那种沉默;并且指出,在这一点上,形而上哲学与诗有"相同的功用"。[4] 为什么应该沉默呢?是说在那种情况下,宗教教义的传授人,或者哲学的思想者,如果"有言",就会"言伤其旨",语言不但不能打开通向意义之路,反而会屏障两者之间的通路。当然,沉默也不是问题的解决之道,文学家如果沉默,不诉之于文字,他还是文学家吗?用语言文字表现语言文字不能表达的精微的思想、情感,这就是杰出的文学家的事业,这就是诗学要探索的问题。

魏晋士人的言意之辩,上承先秦儒道两家的分歧。"言不尽意"论的代表人物认为:人的有些思想,有些心理活动,是可说的,是能够用语言陈述,以便让他人了解的;有些思想,有些心理活动,是不可说的,是不能够用语言陈述,因而难以让他人了解的。那些不能用语言陈述的思想、心理,其中有的正是最精髓的思想、心理。所谓不可说,不是绝对不能谈及,而是指不能够确切圆满地表达,意和言不是恰好对称。"言尽意"论的代表认为:离开了语言人与人就不能交流,人就无法形成和确定其鉴识,无法畅宣心中的

"志"、"理"。人类语言的优越,在于语词有客观的、指称的、命题的意义,所以,"言尽意"论是有道理的。但是,他们的论辩并没有构成对"言不尽意"论的驳斥,双方的论述不在问题的同一个层面。前者肯定的是语言的符号功能,肯定的是这种符号功能对于人的思维的必不可少。后者是为了哲学以及诗学变革的需要,为了给玄学打开通路,给文学的自觉、审美的自觉打开通路,强调在语言的客观的、指称的、命题的意义的范围之内,语言不能很好地传达玄学家的思维成果,不能很好地传达诗人创造性思维的成果。他们之间的分歧,其实不在语言究竟能尽意还是不能尽意,而在哲学思维、诗性思维的最高目标或最高境界是什么。"言不尽意"是指,哲理之"意"和诗性之"意"不是静止的、固定的、明确的,它是动态的,具有不停地向前伸展的驱力,创造性的思维在不停地向未知世界伸展,作为人类的制度化的符号系统的语言难以即时地追踪它。每一个说者和听者对语言投射的主观色彩,是一个不可穷尽的意义之流,而这正是诗学最为关切的。

慧皎在《高僧传·义解论》中,从佛教教义的领悟和传述的角度,指出了语言的局限性,也提出人们所该持有的应对之方。他在确认"至理无言"之后,紧接着说:"但悠悠梦境,去理殊隔,蠢蠢之徒,非教孰启?是以圣人资灵妙以应物,体冥极以通神,借微言以津道,托形象以传真。故曰,兵者不祥之器,不获已而用之;言者不真之物,不获已而陈之。"语言这个武器虽然有很大的局限性,还是不能不应用它。所以,言不尽意论,就是要哲学去追踪那不可言说的领域。而文学,在有些文学家、文论家看来,其最高境界,也是用语言传达语言所不可传达的东西,用语词创造非语词的境界。

文学创作中的言意矛盾和上面介绍的哲学家所感受的语言表达力的局限还不是完全一样的,具体说来,可能有三类情况:其一,有些意旨,十分幽微玄妙而无法用语言表达,这一点和哲学家相近;其二,有些意旨,由于写作当时的环境中的伦理的、政治的等等禁忌而不能明白地言说;其三,在更多的情况下,文学家为着艺术上的追求,不愿意把自己的意旨直接说出,诗、文学是不适合于直说的。这些不能说出的,恰恰是文学家很想要表达的,甚至是他最想要表达的,也是最有价值的部分,他把这些意旨放在了言辞之外。于是,是否具有言外之意,言外之意的深浅,就成了文学文本的品质的一个重要的指标,受到诗学家的格外重视。古代诗学论著中,这方面的言论很多。《文心雕龙·隐秀》提出"深文曲蔚,余味曲包",钟嵘《诗品》提到"文已尽而意有余",司空图《与李生论诗书》说到咸酸之外的"醇美"、"味外之旨"。皎然《诗式》说:"但见情性,不睹文字,盖诣道之极也。""夫诗人造极之旨,必在神诣,得之者妙无二门,失之者邈若千里,岂名言之所知乎?"司马光在《迂叟诗话》中说:"古人为诗,贵于意在言外,使人思而得之。"欧阳修在《六一诗话》里说:

> 圣俞(梅尧臣)尝语余曰,诗家虽率意而造语亦难,若意新语工,得前人所未道者,斯为善也。必能状难写之景如在目前,含不尽之意见于言外,然后为至……余曰:"语之工者固如是,状难写之景、含不尽之意,何诗为然?"圣俞曰:"作者得于心,览者会以意。若严维'柳塘春水漫,花坞夕阳迟',则天容时态,融和骀荡,岂不在目前乎!又如温庭筠'鸡声茅店月,人迹板桥霜',贾岛'怪禽啼旷野,落日恐行人',则道路辛苦、羁旅愁思岂不见于言外乎!"

意在言外,对于诗歌创作、对于文学创作,主要有两层含义。第一层,是指文学的一种风格。文学有明朗流畅的,有含蓄蕴藉的,所谓含蓄,就是不直说,欲说还休,把意思放在言外。《文心雕龙》讲的隐秀,"情在词外曰隐,状溢目前曰秀",隐秀也是含蓄。《二十四诗品》里有"含蓄"一品,其特征是:"不著一字,尽得风流。"这和另一品"实境"的"取语甚直,计思匪深"恰好相对,两者各有其长,不能说哪种就好、哪种就不好。梅尧臣举的温庭筠、贾岛的诗句,其实不算特别有代表性的,在温、贾所处的中晚唐时期,李商隐是最能代表含蓄风格的诗人,诗论家叶燮在《原诗》里说他"寄托深而措辞婉"。他的多首《无题》以及《锦瑟》,一千多年来注家无数,众说纷纭,很多各不相同的说法,说来似乎都头头是道。宋代刘攽《贡父诗话》说,《锦瑟》诗"人莫晓其意";清代冯班说,对《无题》诸作,"正当以不解解之";明代的王世贞则说:"不解则涉无味,既解则意味都尽,以此知诗之难也。"造成这样的效果,就因为这些诗实在是太含蓄、太深婉。含蓄、深婉不是隐晦,李商隐的诗,有那么多的人喜欢、迷恋,因为各种人都从其中读出了滋味,并且还不断地从其中读出新的滋味。《锦瑟》诗里中间两联："庄生晓梦迷蝴蝶,望帝春心托杜鹃。沧海月明珠有泪,蓝田日暖玉生烟。"有人说这是诗人自述生平际遇和感慨;有人说是形容乐曲音声节奏、旋律情调的转换;有人说是形容对于恋人的追忆;有人说这是作者诗集的序诗,形容自己的诗歌风格和主张。这些理解,都无不可,不必拘泥一说。李商隐写作时肯定是饱含深情的,他具体想的是什么,我们永远不可能了解,又何必去寻根究底? 梁启超说:"义山的《锦瑟》、《碧城》、《圣女祠》等诗,讲的什么事,我理会不着……但我觉得他美,读起来令我精神上得一种新鲜的愉快。须知美是多方面的,美是含有神秘性的,我们若还承认美的价值,对于此种文字,便不容轻轻抹煞。"人们喜欢含蓄的诗,但是,诗歌,乃至文学,并不都是含蓄的。不含蓄也可能是好诗。《国风》里许多倾诉爱情的诗篇,不怎么含蓄,却有强烈的感染力。例如《王风·采葛》"彼采萧兮,一日不见,如三秋兮",《郑风·风雨》"风雨如晦,鸡鸣不已。既见君子,云胡不喜",把不见心上人的挂念和得见心上人的欢喜鲜明热烈地表现出来,读起来精神上同样得一种愉快。比较起来,中国古代诗学对于含蓄的风格更偏爱一些。

意在言外的另一重,也是更重要的一重含义在于,它是文学艺术的普遍的要求,是优秀的文学艺术应该具有的普遍的品格。严羽《沧浪诗话》说:"所谓不涉理路、不落言筌者,上也。诗者,吟咏情性也。盛唐诸人惟在兴趣,羚羊挂角,无迹可求。故其妙处透彻玲珑,不可凑泊,如空中之音,相中之色,水中之月,镜中之相,言有尽而意无穷。"胡仔在《苕溪渔隐丛话》里说杜牧的七绝《宫词》:"此绝句极佳,意在言外而幽怨之情自见,不待明言之也。诗贵如此,若使一览而意尽,何足道哉!"如果说,他们是从正面的典范,来论定好诗必须含有言外之意,那么,叶梦得《石林诗话》则拿杜甫和韩愈作了对比:"七言难于气象雄浑、句中有力而纡徐不失言外之意,自老杜后,韩退之笔力最为杰出,然每苦意与语俱尽。"清代李光地《榕村语录》也认为,意在言外是只有很少数的杰作才能够达到的境界:"故作诗者全要含蓄蕴藉,意在言外。以此意求诗,唐以下便少,宋诗尤少。朱子有几首,道理极透,意思极足,而格调亦下。文意理透足便佳,何必论其格调? 曰:诗不同,格调差诗便差,若止取其意理,何不做一小文,何必诗? 诗说尽,便不是。

夫子未尝说作诗之法,然观于子贡之悟学,子夏之悟礼,皆亟许其可与言诗及所说兴观群怨之等作诗之法,便可想见。朱子诗不到处,即在说事理太尽也。"他说的文可以意尽于言,指的是应用文字;诗不可以意尽于言,诗就是指整个文学。韩愈和朱熹的诗成就不小,依然受到批评,认为他们言外之意有所不足。这是取很高的标准,言外之意特别深长,意味无穷,那样的作品当然不会很多。文学家用艺术形象来表达意旨,别林斯基说,"具体性是真正诗的作品的主要条件",所谓具体性,就是"思想和形式的隐秘的、不可分的、必要的融合"。诗人不需要"说出"自己的意见,文学作品以其整体拥抱并且渗透读者的全部生命。[5]文学家的意见、思想不要直接说出来,他给读者的只是艺术形象。中国古代诗学主张立象以传意,认为象能传言外之意。古诗多用比兴,元代刘玉汝《诗缵绪》说:"故诗有意因兴而显,兴有藏言外之意者,所谓兴兼比者也。"比兴是立象的手法,各种手法的灵活运用,有助于言外之意的表现。关于比兴与言外之意的关系,第十一讲会谈到。

形象是具体的、活跃的,优秀的文学作品的形象里蕴含的意蕴是十分丰富的,是超出语词直接所指以外的。以前面所举的《郑风·风雨》为例,它不像李商隐的诗那么曲折深隐,却仍然有自己的言外之意。方玉润《诗经原始》说,"《序》(毛诗小序)以为'风雨'喻乱世,遂使诗味索然",他的感受是:"故友良朋一朝聚会,则尤可以促膝谈心,虽有无限愁怀郁结莫解,亦皆化尽,如险初夷,如病初瘳,何乐如之!""故此诗不必定指为忽突世作(忽突世,即乱世),凡属怀友皆可以咏,则意味无穷矣!"汉代经师把"风雨"解释为隐喻乱世,破坏了诗的意象之美。古今诗文中,每有咏唱"最难风雨故人来"的欣悦之情。明代蓝智《蓝涧集·喜南邻携酒》有两句是:"四壁蓬蒿贫士宅,孤村风雨故人杯";朱熹的七律《梦山中故人》:"风雨潇潇已送愁,不堪怀抱更离忧。故人只在千岩里,桂树无端一夜秋。把袖追欢劳梦寐,举杯相属暂绸缪。觉来却是天涯客,簷响潺潺泻未休。"写的是风雨之夜的孤独中,梦里与友人欢会。不妨设想,朱熹这首诗的构思受到了《风雨》启发。但另外有理解为写男女之情的,朱熹就说是女孩子"当此之时,见其所期之人而心悦也……积思之病至此而愈也"。两种理解都有一定的合理性,都是"意味无穷"。

古代的和现代的,中国的和外国的,哲学上的和诗学上的"言不尽意"论者,并不是否定语言的表意功能,相反,他们往往比常人更为重视语言的表意功能。在通常情况下,人们在实用性的口头或书面的言语活动中,注意发挥的是语言的置换、替代作用,就是用语音或者字形的符号置换对应的客体。这种时候,语言能指的对应物——所指是确定的。科学语言较之日常语言要求能指与所指对应的更高的精确性,排斥歧义、模糊。而歧义性、多义性恰恰是文学语言的重要特征。英国的燕卜荪讲的复义或朦胧,俄罗斯的巴赫金讲的复调,都是要求文学更好地发挥这一特点。中国古人说文学创造的极境是"不睹文字",绝不是轻视语言的淘炼,相反,正是对作家语言功力的高度重视。元好问《陶然诗集序》说:"诗家圣处不离文字,不在文字,唐贤所为情性之外不知有文字云尔。"不在文字,是说文学作品的意旨远远超出它的字面意义之外,作家对语言的运用不拘于社会通常的轨式;不离文字,是说作家还是只能凭借语言来进行艺术创造,作家要运用表达力有限的语言文字创造无限丰富的艺术境界。文学家期望语言对接受者产生的,主要不限于置换作用、替代作用,而是更看重激发、诱导、启迪作用。在诗歌里,能指往往没有确切的、唯一的对应物,而只是指示方向的符号,它的所指是一片开放的空间。这样的能指,不是固定的、僵硬的,而是充满弹性和活力,它能够打开读者的联想、想象的闸门,而且在每一次新的阅读中调动起新的联想和想象。文学作品里的词语、句子,当然有一个基本的、稳定的意义,但是,读者领会的所指,与作者写作时想到的所指,未必完全一样,各个读者领会的所指,又会千差万别。文学家的本领在于,以有限的能指,激发起、诱导出无限多的彼此接近而又各各不同的所指。

　　从文学接受的角度说,能否品出言外之意,可以见出接受者鉴赏力高低之别。《诗人玉屑》有"晦庵论诗有两重意"一条,记录的是朱熹对别人的委婉的批评:"陈文蔚说诗,先生曰,谓公不晓文义则不得,只是不见那好处。如昔人赋梅云,'疏影横斜水清浅,暗香浮动月黄昏',这十四字谁人不晓得? 然而前辈直恁地称叹,说他形容得好,是如何? 这个便是难说,须要自得他言外之意,须是看得他物事有精神方好。若看得有精神,自是活动,有意思跳掷叫唤,自然不知手之舞之、足之蹈之,这个有两重,晓得文义是一重,识得意思好处是一重。"《朱子读书法》说:"看文字须要得言外之意。"宋代杨万里《诚斋集·习斋论语讲义序》说:"读书必知味外之味,不知味外之味而曰我能读书者,否也。《国风》之诗曰:'谁谓荼苦,其甘如荠。'吾取以为读书之法焉。夫食天下之至苦而得天下之至甘,其食者同乎人,其得者不同乎人矣。同乎人者,味也;不同乎人者,非味也。"所以说,言不尽意论,其要义和价值,在于对哲学的、文学的微妙玄远境界的追求。

思考题

1. 文学作品的辞达与实用文章的辞达有哪些区别?

2. 为什么说主张"言不尽意"的诗学家正是特别重视文学语言功能的?

注　释

〔1〕　陆陇其:《四书讲义困勉录》卷十八引。

〔2〕　《苏轼文集》第一册,第225页,北京:中华书局,1986年。

〔3〕　转引自穆尼茨:《当代分析哲学》,吴牟人等译,第239—240页,上海:复旦大学出版社,1986年。

〔4〕　参看冯友兰《新知言》第五章"维也纳学派对于形上学的看法",第九章"禅宗的方法",第十章"论诗",见《三松堂全集》第五卷,郑州:河南人民出版社,1986年。

〔5〕　参见别列金娜选辑:《别林斯基论文学》,第1—20页,北京:新文艺出版社,1958年。

第十讲

兴、观、群、怨

历来对兴、观、群、怨的不同阐释

兴、观、群、怨作为诗学概念的内涵

兴、观、群、怨,是孔子对于诗歌、对于所有文学艺术的社会功用的几个基本的、主要方面的描述,也是他对文学艺术的社会功用的性质和发挥社会功用方式提出的要求,以后,成为中国诗学思想的一项极为重要的内容。《论语·阳货》篇记述:

> 子曰:小子何莫学夫诗——诗,可以兴,可以观,可以群,可以怨,迩之事父,远之事君,多识于鸟兽草木之名。

孔子在这里所作的,是比较完整的表述,涉及彼此相关的两点:首先,他认为,学习——诵读和欣赏——诗歌,根本的目的是促进对宗法制度下的伦理秩序和政治秩序的维护,使人们更顺从地接受君父的统治;同时,孔子又认为,诗歌,乃至文学艺术,不一定都是直接进行忠于君、孝于父的教育,它们还可以给读者以丰富的知识,尤其是,它们应该用审美的方式对读者进行情感的熏陶,来达到政治和道德教化的目标。这样,孔子对文学社会功用的认识,就有两个方面:第一,是强调文学的伦理作用、教化作用,而且明确,就是要为巩固宗法制度服务;第二,是强调文学艺术应该通过影响人的审美心理、影响人的情感的途径来实现教化。第一点明显地打上了深深的时代的、阶级的烙印,在漫长的历史年代,一直是主要对文学艺术起到负面的、消极的作用;第二点表明了孔子对文学艺术特性的敏锐的、深入的认识,到今天依然可以给我们很好的启示。

一 历来对兴、观、群、怨的不同阐释

两千年来,学者们对孔子这个思想的阐述,也就主要是在上述两个方面,有的人单单抓住第一点,有的人则是更看重第二点。第一种阐述,举例来说,明代孙慎行《选诗序》是这样讲的:

> 诗所谓兴、观、群、怨者,要以事父、事君而余,乃及多识;若后世人言诗,专以多识为先,而君父则缺矣。即于兴、观、群、怨茫无归著。竹林诸贤,不可兴者也;其兴者,清言寄傲、逃祸之薮也。建安才人,不可群者也;其群者,飞文驰议、私门之植也。《胡笳》独造,不可哀者也;其哀者,偷生忘义、胡妇之音也。六朝绮富,不可观者也;其观者,哇靡沿习、优曲之觞也。是于君父大义,直毁垣揖盗(自毁城垣,迎纳盗匪)不已,而又何赞流教化之为是道也。

按照孙慎行的看法,曹植、曹丕、嵇康、阮籍、蔡文姬等人的诗,六朝的诗文词赋,都不能起到兴、观、群、怨的作用,因为它们表现的是作家个人的哀怨、私人之间的友谊,追求的是文词之美。从魏晋到明代有一千多年,孙慎行不满意的这些作品被长久地传诵,被许许多多的人所喜爱,而孙慎行却说它们不好,理由就是它们没有突出事君、事父的主题。不要以为这只是孙慎行一个人的偏见,孙慎行在明朝万历年间也算是一位有些名气的文人,还是一位很不错的书法家,不能说他是一个外行。他不过是赞成并复述了两千年间占据主导地位的一种意见。大诗人白居易在他的诗学名篇《与元九书》里,指责南朝诗文"绮縠纷披,宫徵靡曼","率不过嘲风雪,弄花草而已……丽则丽矣,吾不知其所讽焉",也认为六朝诗文是不足以兴观群怨的。这些,是接受了孔子的诗学思想的保守的方面,是白居易等人的诗学思想的落后的部分、过时的部分。

第二种阐述,举例来说,明代诗人皇甫汸在《禅栖集序》中是这样讲的:

> 诗本缘情,情悒郁则其辞婉以柔;歌以言志,志愤懑则其音慷以激。是故嵇生揆景,犹想繁弦;雍周抚膺,遂流哀响。诗可以兴、可以怨,不在兹乎!

皇甫汸用音乐史上两个有名的艺术家为例来说明他的见解。晋代诗人和音乐家嵇康被司马氏判了死刑,临刑之前,"顾视日影(也就是所谓"揆景"),索琴弹之曰:'昔袁孝尼尝从吾学《广陵散》,吾每靳固(严守着不愿告诉)之。《广陵散》于今绝矣!'"《广陵散》和嵇康的诗文,非常动人,因为体现了作者在司马氏专权高压之下的愤激情感。战国时齐国器乐家雍门周,孟尝君问他:"先生鼓琴,亦能令人悲乎?"他引琴而鼓之,"徐动宫徵,微挥羽角",终而成曲,孟尝君"潸然涕泣"说:"先生之鼓琴,令文(孟尝君名叫田文)立若破国亡邑之人也。"雍门周的乐曲体现了怀才不遇的抑郁之情,强烈地感了孟尝君。建安七子、竹林七贤、蔡文姬的诗文,也正是类似这样的一些作品,它们用精美的语言形式表现了深挚的情感,这样的作品才是可以兴、可以怨的。明代极富个性的诗人和画家徐渭在《答许北口书》中更有一个非常生动形象的说法:

> 公之选诗可谓一归于正,复得其大矣。此事更无他端,即公所谓可兴、可观、可群、可怨一诀尽之矣。试取所选者读之,果能如冷水浇背,陡然一惊,便是兴、观、群、怨之品;如其不然,复不是矣。

徐渭的说法与和他同一时代的孙慎行恰好相反,他认为,文学作品发生社会作用,要做到兴、观、群、怨,第一位的就是要能打动人的感情,使人震惊,使人振奋,没有这一条,其他一切都谈不上;空洞的说教,只是使人厌恶,怎么可能产生兴、观、群、怨的效果呢! 皇甫汸特别是徐渭显然是针对着前一种阐释而提出的辩驳,两种阐释意见一直在相互抗争。

《四库全书》编纂者在《御选唐宋诗醇》"提要"里试图提出调和折衷的

意见,其中说到,兴、观、群、怨是与温柔敦厚并列的孔子的两项诗学观念,两者相互补充,需要联系起来理解。"国初多以宋诗为宗,宋诗又弊,士祯乃持严羽余论,倡神韵之说以救之。故其推为极轨者,惟王、孟、韦、柳诸家。然诗三百篇尼山所定,其论诗一则谓归于温柔敦厚,一则谓可以兴、观、群、怨,原非以品题泉石、摹绘烟霞。洎乎畸士逸人,各标幽赏,乃别为山水清音,实诗之一体,不足以尽诗之全也。宋人惟不解温柔敦厚之义,故意言并尽,流而为钝根。士祯又不究兴、观、群、怨之原,故光景流连变而为虚响,各明一义,遂各倚一偏。""提要"批评宋诗不讲温柔敦厚,所以缺少余韵,缺乏艺术吸引力;又批评王士祯追随严羽,只是推许王维、孟浩然清幽高远的诗风,不讲兴、观、群、怨,所以缺乏他所要求的思想性。"提要"的说法是有些道理的,王士祯的神韵说确实有片面性。但是,"提要"承认"泉石烟霞"是诗之一体,却又认为离开了兴、观、群、怨之本源,这在诗学理论上是不周严的。兴、观、群、怨与温柔敦厚是从不同角度提问题,前者并不排斥而可以包容后者的内容,"山水清音"、"泉石烟霞"之类的作品,也能够发生兴、观、群、怨的作用。就拿"可以怨"来说,不但是柳宗元的山水诗,就是孟浩然的诗里,在山水闲适中也隐藏了深沉的不平之气。至于说这类诗可以兴、可以群,可以使读者多识于鸟兽草木,更是很明显的。清代初年,陆世仪也尽量避免理论的偏颇,但在实际衡量作家作品时,还是推许直接宣示作者思想的,而贬抑思想倾向不鲜明的,他在《思辨录辑要》中说:"做诗须脱今诗人气,得古诗人意。花鸟竹石、风云月露,今诗人气也;温厚和平,兴、观、群、怨,古诗人意也。……作诗之家,能合兴、观、群、怨者,虽人有几首,然求其全部大旨俱合者,《离骚》而后,惟陶渊明、杜子美,在明则刘文成、陈白沙,其他如李太白、白乐天、陆放翁亦合格者,多皆由其立心正也,作诗者不可不读。"刘文成就是刘伯温,主要是一位政治家,陈白沙是一位理学家,他们不是第一流的大文学家,作品有很浓重的道学气息,怎么能放在李白之上? 这就是看重教化作用而轻视文学的情感性、审美性造成的偏见。我们今天来讨论兴、观、群、怨,自然是把重点放在孔子思想的第二个方面,对它作力求全面的而不是单一的、狭隘的理解。文学艺术要有思想深度,要有伦理倾向,但它必须有情感性,能在情感上激发读者。文艺作品的内容和风格是多种多样的,有些不表现明确政治倾向的作品,在陶冶人的性情上,也可能发生有益的作用;放在长远的历史时空里看,这类作品的社会作用不见得比某些政治倾向鲜明的作品的价值低。

二 兴、观、群、怨作为诗学概念的内涵

作了以上的交代之后,我们就从以上所说孔子思想的第二个方面,对兴、观、群、怨作为诗学概念的内涵,分别来加以讨论。

先说兴。秦汉以前的诗学用语中,有两个"兴",一个是兴、观、群、怨的兴,一个是赋、比、兴的兴,两者读音有别,含义更有不同,古今注家却常把两者混淆了。赋、比、兴第一次出现,是在《周礼·春官·大师》,其中把赋、比、兴和风、雅、颂同归于"六诗";到了汉代,《毛诗序》把"六诗"改为"六艺"。与赋、比并列的兴,讲的不是诗歌的社会作用,而是诗歌写作的手法。郑玄注《周礼》说"兴"是"取善事以喻劝之",又引郑众注说兴是"托事于物"。这是可以说得通的。何晏《论语集解》解释兴、观、群、怨的"兴",引孔安国的话说,"兴,引譬连类",当代注家以及《汉语大词典》等辞书也沿袭这一说法;这就把兴看成诗歌的修辞手法,这样理解,混淆了作为"诗教"之一而与"观、群、怨"并列的"兴",同作为"诗法"之一而和"赋、比"并列的"兴"。现代一些学者,把"兴"的功用说成是培育联想力、想象力,我觉得是很不圆满的。孔子本人没有讲过诗歌写作手法,没有讲过赋、比、兴。《论语》全书中"兴"字出现九次,全部都是兴起、成立一类意思。兴、观、群、怨的"兴"读平声,赋、比、兴的"兴"读去声,表达的是两个概念。关于"赋、比、兴"之兴,我将在下一讲里讨论。兴、观、群、怨的兴,是起的意思。《说文·舁部》:"兴,起也。"兴,是动词,有兴起、发动、生成、升起、建立、兴盛等等义项。在先秦儒家典籍中,兴的基本含义就是这些。《论语·泰伯》:"子曰,'兴于诗,立于礼,成于乐。'""兴"也是用的"起"的义项,讲的是人格培育过程:诵习诗歌,使人奋起,产生向上的志向;熟悉和遵循礼制,使人在社会上能够安身立命;最后,在诗歌、舞蹈、音乐的结合中,在艺术与伦理、与礼仪的结合中,使人格达到成熟和完善。"兴于诗"的"兴"和"诗可以兴"的

"兴",虽有细微的区别,但基本指向一致;显然,与"引譬连类"则毫无关系。所以,何晏《论语集解》把"兴于诗"的"兴"也解释为起,并引用包咸的话说:"兴,起也,言修身当学诗。"朱熹《四书集注》说:"所以兴起其好善恶恶之心而不能自者"。朱熹在解释兴、观、群、怨时,说"兴"是"感发志意",两处解说前后就能一致。《礼记·乐记》说:"地气上齐,天气下降,阴阳相摩,天地相荡,鼓之以雷霆,奋之以风雨,动之以四时,煖之以日月,而百化兴焉。如此,则乐者天地之和也。"讲的是气兴起物、物兴起人的情感,而音乐则与这样的兴起过程相应和。可见,《乐记》里讲的"兴",也是兴起的意思。

诗歌和音乐的作用,文学艺术的作用,与哲学、伦理学不同,最突出的特点就是,它首先要打动人的情感。《毛诗序》说:"故正得失,动天地,感鬼神,莫近于诗。""感"和"动"是"正"的前提和必要条件。很明显,这里所复述的,正是孔子"诗可以兴"的思想。钟嵘《诗品序》说,"气之动物,物之感人,故摇荡性情,形诸舞咏。欲以照烛三才,晖丽万有。灵祇待之以致飨,幽微藉之以昭告。动天地,感鬼神,莫近于诗。"钟嵘把孔子的以及《毛诗序》的论述再加以发挥,而且对"兴"作为艺术的情绪感染作用的意思阐述得更为具体。"摇荡性情",是对诗不同于礼、文学艺术不同于学术,发挥独特社会作用的恰当描述,也可以当做对"兴"的一个解释。后来,明代绿天馆主人在《古今小说序》中说:"试令说话人当场描写,可喜可愕,可悲可涕,可歌可舞;再欲捉刀,再欲下拜,再欲决脰(刎颈,砍头),再欲捐金;怯者勇,淫者贞,薄者敦,顽钝者汗下。虽小诵《孝经》、《论语》,其感人未必如是之捷且深也。"时代条件变化了,文学艺术格局变化了,小说、戏曲繁荣,而文学艺术所发生的社会作用,也带上了新的特色,是用人物形象感染人,但还是"兴"。在欧洲的文艺理论中,"情感说"是重要的一派,列夫·托尔斯泰《造型艺术论》说:"在自己心里唤起曾经一度体验过的感情,并且在唤起这种感情之后,用动作、线条、色彩,以及言词所表达的形象来传达这种感情,使别人也能体验到这同样的感情——这就是造型艺术活动。"这些话不仅适合造型艺术,而且也适合语言艺术。把艺术仅仅归结为情感表现是不准确的,高度重视艺术对接受者情感的作用则是十分正确的,中国古代诗学很早就强调了这一点。

文学艺术发生"兴"的作用，是对接受者的情感和情绪起到激活、保持、维护、调整和组织等作用。首先，文学艺术作品和学术著作不一样，其中常常饱含着创作者的情感、情绪，这些情感会引起接受者的反应，引起共鸣；其次，作品在叙述描写生活内容、描述人物的情感的同时，传达着作者对这些内容的评价，也引起接受者的情绪反应和评价，或者勾起接受者的情绪记忆。《二刻拍案惊奇序》说："刘越石清啸吹笳，尚能使群胡流涕解围而去，今举物态人情，恣其点染，而不能使人欲歌欲泣于其间，此其奇与非奇，固不待智者而后知也。"晋代刘琨字越石，他在做并州刺史的时候，在晋阳曾经被敌人重兵包围在城里，窘迫无计，于是，"乘月登楼清啸"，敌军听了，"皆凄然长叹"，半夜里和拂晓时他再吹奏胡笳，敌人听了撤围而退。后来李白在《宣城送刘副使入秦》诗里用到这个典故："君即刘越石，雄豪冠当时。凄清横吹曲，慷慨扶风词。虎啸俟腾跃，鸡鸣遭乱离。"这一类故事传说古代颇多，"四面楚歌"就是大家非常熟悉的，这些故事显然和真实的事件有很大距离，是人们出于对文学艺术的作用的推崇和期望加工创作的。正因为如此，它们的产生和流传，更足以表征古人对文学艺术社会作用特性的认识。文学艺术作品激起接受者积极的或者消极的情感，对接受者本来具有的情感起着巩固、增强的作用或者瓦解、削弱的作用。

　　先秦两汉儒家所说的"兴"，多半指对道德情感的激活，较少包括审美形式情感。后来的学者对此有所补充，明代陆时雍在他的诗学论著《古诗镜·诗镜总论》中说到诗歌兴的作用，除了内容的情感性之外，还在于声韵的情感效果："三百篇每章无多言，每有一章而三四叠用者。诗人之妙，在一叹三咏，其意已传，不必言之繁而绪之纷也。故曰诗可以兴，诗之可以兴人者，以其情也，以其言之韵也。夫献笑而悦，献涕而悲者，情也。闻金鼓而壮，闻丝竹而幽者，声之韵也。是故情欲其真而韵欲其长也。"其实，在古代，《诗经》、楚辞以及后来许多诗歌，在很大程度上是以其声韵音调来引发读者相应的情感。各种艺术种类的形式因素，都可能发生情感作用。书法几乎可以说是一种纯形式的艺术，它打动接受者的情感，凭借的不是所书写的内容，而是笔法、结体、布局等等形式因素。例如唐代颜真卿的《祭侄文稿》，历来为人们所激赏，大书法家鲜于枢、文徵明等都有很精到的评析。

有人说它"忠义愤发,顿挫郁屈"。清代吴德旋《初月楼论书随笔》说,有人比较颜真卿的两件代表作,认为"《祭侄稿》更胜《座位帖》,论亦有理。《座位帖》尚带矜怒之气,《祭侄稿》有柔思焉,藏愤激于悲痛之中,所谓言哀已叹者也"。须知,他在这里说的,并不是文章的内容,而是只说书法艺术。那么,鉴赏者怎样从书法作品受到情感的激发呢?元代陈绎曾有很具体的说明,他指出,《祭侄稿》这幅字"前十二行甚遒婉,行末'循尔既事'字右转,至'言'字左转,而上复侵'恐'字,'有'旁绕'我'字,左出至行端,若有裂文,适与褙纸缝合。自'尔既至泽'逾五行,殊郁怒,真屋漏迹矣,自'移牧'乃改。'吾承'至'尚飨'五行,沉痛切骨,天真烂然,使人动心骇目,有不可形容之妙,与《禊叙稿》哀乐虽异,其致一也。'承'字掠策啄磔之间,'嗟'字左足上抢处隐然见转折势,'摧'字如泰山压底柱郭,末'哉'字如轻云之卷日,'飨'字蹙衄如惊龙之入蛰,吁,神矣!"从这里可以看出,诗可以兴,其中包含了艺术的形式因素可以兴,可以对人的思想感情发生强烈的影响,而这需要接受者主动地去细致、深入玩索。当代学者资中筠也有一个类似的、很特别的体会,她说:

> 曾听一位长者说过,他端详弘一法师的书法,有时会感动得落泪。我不懂书法,看弘一法师的字时只觉得端庄清癯,与时下已经用滥了的"龙飞凤舞"、"遒劲"、"潇洒"之类的词不相干,在扑面而来的书卷气之中是淡泊、宁静、安详,用心看去可以消除杂念,但是如何能让人感动落泪呢?及至有一天,我在弹莫扎特的降 B 大调钢琴与小提琴奏鸣曲时,忽有所悟……当然莫扎特与弘一法师没有可比性,我所悟到的是这种恬淡到极致的激情有时确有催人泪下的力量。[1]

这种感受并不是接受者的主观幻觉,而是对书法家注入作品形式中的情感的正当的领会,李叔同本人说:"朽人之字所示者,平淡、恬静、冲逸之致也。"从资中筠的例子,还可以引出一个认识,那就是,诗可以兴,不只是振起,不只是使接受者的心情由平静到感奋,还可以是反方向,即使接受者的心理由烦快、躁戾转为宁静、安详。黄宾虹 1930 年代在《国画非无益》一文中说:"士夫之画,华滋浑厚,秀润天成,一是为正宗,得胸中千卷之书,泛览古今名迹，镕锤（构思、熔裁）在手，矩矱（尺度）从心，展观之余，自有一种静穆之致扑人眉宇，能令睹者矜平躁释，意气全消。"现代社会竞争激烈，尤其需要重视发挥文学艺术的使人"矜平躁释"的作用。现代音乐心理学在这方面有了理论和实践成果，利用音乐的旋律与节奏降低患者的血压，减轻人在生活和工作中受到的压力。

再来说观，它的词义是观察、审视，这个词可以有施动和受动两种用法。《说文·见部》："观，谛视也"，指的是主体自己观看；《尔雅·释言上》："观，指示也"，指的是指点别人观看。孔子那个时代，观诗和观乐是一种礼制风俗，具有后代所没有的特别的含义。在外交礼仪中，主人为客人演示诗乐，客人由此"观"到诵诗奏乐者个人的思想、素养和品格，或者"观"到所在国社会的风气乃至国家精神上的盛衰。《左传·襄公二十七年》记郑伯享（用酒宴款待）赵孟于垂陇，有七位臣子陪同，赵孟请这七个人赋诗好让他"亦以观七子之志"。在交际的场合里，从某人所选择吟诵的诗章，来"观"他想要表达的思想。除了从作品来"观"社会"风俗之盛衰"之外，还有从诵诗者的选择来"观"他的意图、想法的。子展赋《草虫》，赵孟听后说："善哉，民之主也！抑武（赵武即赵孟）也，不足以当之。"《草虫》是《诗·召南》中的一篇，其中有"未见君子，忧心忡忡。亦既见止，亦既觏止，我心则降"等句；子展用来表示忧国之心和对赵孟的尊敬与仰托，赵孟也"观"出了这些。这些，属于那一时期人们交往中特别的表达方式，属于修辞研究的范围，与文学发生社会作用的一般规律不是一回事。

更为重要和更具理论价值的，是从诗歌、音乐"观"出民风、国运之邪正、盛衰。孔子所说的"诗"，大都是短篇抒情诗，并且与音乐、舞蹈交错在一起，怎么能够由以观察社会的盛衰、国家的兴亡呢？原来，这里说的观，不是一般的看，不是看一般的事物；主要不是用眼观而是用心去"观"，主要不是观外在事物而是观个体和群体心理。《春秋谷梁传·隐公四年》说："常事曰视，非常曰观。"看寻常的对象叫视，看特别的对象叫观。诗歌以及音乐、舞蹈，帮助我们看到肉眼不能直接看到的东西。孔子说"诗可以观"，他指的是诗歌和一切艺术作品，能够展示人的心理、人的感情，作者的心理、作者的感情，群体的心理、群体的感情，社会的心理、社会的感情。这些，都是寻常难以直接从"视"、"看"了解到的。儒家高度重视心理因素对于政治过程的影响和作用,甚至认为社会的心理可以决定某个政治制度的兴衰存亡。怎样及时地把握社会心理动向呢?早期儒家的理论主张和当时及其后统治者的实践,不像现代社会学那样求之于数学的统计,而是求之于敏锐深刻的感受;不求之于问卷,而求之于文学艺术作品。这方面最典型、最为人称道的例子是《左传》记载的季札观乐。此事发生于鲁襄公二十九年,《左传》对此有细致描述:

> 请观于周乐,使工为之歌《周南》、《召南》,曰:"美哉!始基之矣,犹未也(周公和召公为王业奠定基础,但还未有成功),勤而不怨矣。"为之歌《邶》、《鄘》、《卫》,曰:"美哉,渊乎(渊深)!忧而不困者也。吾闻卫康叔、武公之德如是,是其《卫风》乎!"为之歌《王》,曰:"美哉,思而不惧,其周之东乎(周室东迁)!"为之歌《郑》,曰:"美哉!其细已甚,民弗堪也。是其先亡乎!"为之歌《齐》,曰:"美哉,泱泱乎,大风也哉!表东海者,其大公乎(姜太公之国)!国未可量也。"为之歌《豳》,曰:"美哉,荡乎!乐而不淫,其周公之东乎(周公东征)!"为之歌《秦》,曰:"此之谓夏声(西方的音乐风格,秦在西方)。夫能夏则大,大之至也,其周之旧乎!"为之歌《魏》,曰:"美哉,泱泱乎!大而婉,险而易行,以德辅此,则明主也。"为之歌《唐》,曰:"思深哉!其有陶唐氏之遗民乎!不然,何其忧之远也?非令德之后,谁能若是?"为之歌《陈》,曰:"国无主,其能久乎?"自《郐》以下无讥焉。为之歌《小雅》,曰:"美哉!思而不贰(没有二心),怨而不言,其周德之衰乎?犹有先王之遗民焉。"为之歌《大雅》,曰:"广哉,熙熙乎!曲而有直体,其文王之德乎!"为之歌《颂》,曰:"至矣哉!直而不倨(不倨傲),曲而不屈,迩而不偪(不冒犯陵逼),远而不携,迁而不淫,复而不厌,哀而不愁,乐而不荒,用而不匮,广而不宣,施而不费,取而不贪,处而不底,行而不流。五声和,八风平。节有度,守有序,盛德之所同也。"见舞《象箾》、《南籥》者,曰:"美哉!犹有憾。"见舞《大舞》者,曰"美哉!周之盛也,其若此乎!"见舞《韶濩》者,曰:"圣人之弘也,而犹有惭德,圣人之难也。"见舞《大夏》者,

曰:"美哉！勤而不德(不自以为有德),非禹,其谁能修之?"见舞《韶箾》者,曰:"德至矣哉,大矣！如天之无不帱(覆盖)也,如地之无不载也。虽甚盛德,其蔑以加于此矣,观止矣。若有他乐,吾不敢请已。"

这一大段话,前面一半谈乐,后面一半谈舞。我们看他从乐曲中所听到的是:"不怨"、"忧"、"思"、"不惧"、"乐"、"哀"、"愁"……总而言之,不是事件,不是意见,而是各种不同的情感。季札观乐,他观的不是社会生活事件、生活现象,观的是心理、是情感。赵孟观诗是断章取义,即对个别诗句用修辞学结合符号学方式寻求言外之意。这虽然脱离了文本的整体,背离了文本的原意,但因为当时社会交际认可和通行这种方式,诵诗者并不是要传达诗的本意,而正是借个别诗句表达自己的意向,所以,这种观诗方法曾经是有效的。到后来,断章取义的方法过时失效了,从文学文本观作者之志作为一种方法论,却是不过时的。

季札观乐运用的是社会心理学的方式。所谓观乐,第一步,是从诗乐中感受它的风格情调,从对风格情调的细微感受里,体会出诗乐所表现的作者的心理趋向。第二步,是对所体察出的情感作分析,看它是肯定情感还是否定情感,是积极情感还是消极情感,是昂扬的、自信的还是悲观的、沮丧的,其强弱、深浅程度如何。清代姜宸英《湛园札记》说:"季札观乐,使工歌之,初不知其所歌者何国之诗也。闻声而后别之,故皆为想象之辞。"他是凭借自己对于音乐、舞蹈、诗歌的感受,凭借自己的体验,凭借自己的社会阅历和知识,来作推想、作判断。当时的观乐者不把乐曲的情感仅仅看成作曲者、吟唱者个人的情感,而看做一个群体、一个社会的普遍情感。"诗三百"及其乐曲和相应的舞蹈,不是一人一时之作,它们是在各自的文化圈里,在群体文化活动中生成的。它们在较长的时间里被某个群体的成员喜闻乐诵,其群体性特征远远大于个体性特征。所以,观乐的第三步,也是关键的和困难的一步就是,从诗乐所体现的群体情感的性质和强度,进而推断社会各阶层的关系是和谐还是紧张,社会现存秩序是稳定还是衰颓,再从这种心理趋向推知社会、国家的当前状况和发展趋向。孔子前后,乐在上层社会生活中有非常重要位置,与政治有直接而密切的关联,在这种情形下,季札观乐的方式是有根据、有效用的。它们本来就是某个社会环境的产物,反推过去,从这些作品自然可以推知它们的产生地、流传地的社会心理氛围。19世纪法国历史学家兼文艺学家丹纳在《艺术哲学》中说:"自然界有它的气候,气候的变化决定这种那种植物的出现;精神方面也有它的气候,它的变化决定这种那种艺术的出现……精神文明的产物和动植物界的产物一样,只能用各自的环境来解释。"[2]用环境解释产物,从产物追索环境,这是19世纪欧洲的生物学、历史学、文化学和文艺学的理论与方法。中国战国时代"观乐"的理论与方法有类似之处。

到后来,诗歌、音乐的创作与欣赏,美术以及其他各种艺术的创作与欣赏,大大丰富和普及,一首乐曲、一件作品,不一定与政治直接联系;专门的文学家、艺术家成为创作的主要力量,文本的个人性特征突出,一件作品所包含的情绪不一定有普泛的代表性。凭一首乐曲、一首诗歌断定国之兴衰,几乎不可能。但是,文艺作品总还是多少会映射社会心理,从大量的文学艺术现象更可以了解普遍的社会心理。

诗可以观,是给谁来观呢? 第一,是给当政者观。中国古代有关于采诗制度的传说,《春秋公羊传》何休注说:"男年六十、女年五十无子者,官衣食之,使之民间求诗,乡移于邑,邑移于国,国以闻于天子。故王者不出牖户,尽知天下。"其他如:《礼记·王制》曰:天子"命大师陈诗以观民风"。《国语·周语》记周厉王时邵公语:"天子听政,使公卿至于列士赋诗。"《周易》中有谓"先王以省方(巡视四方)观民设教","王者所以观风俗,知得失,自考正"。《汉书·艺文志》说"古有采诗之官,王者所以观风俗"。《国语·周语》说:"为民者,宣之使言,故天子听政,使公卿至于列士献诗。"这些大同小异的说法,大约总有一点史实依据吧。中国古人采集民意的方式与现代人不同,采集的内容也不一样。不是用数据分析,儒家要求的是情绪感应。古人"采诗"所要了解的是民众对国家、对统治当局的基本情感态度。

"观",可以说是音乐社会学方法的滥觞。近些年,随着传播技术的发展变化,大众艺术、大众文学地位日益突出,流行作品作为社会心理标志或样品的作用也日益受到重视,社会学家、心理学家、文艺学家从一件流行作品分析社会心理变化的趋向,是很正常的事。有人把现代流行音乐比作古代的民歌,民歌就是古代的流行音乐。这自然是一种简单化的说法,但两者也不是毫无相同的性质。现代流行音乐与古代民歌都传达着若干社会文化和政治信息。比如说,我们回顾 20 世纪二三十年代,40 年代,五六十年代,80 年代,各自流行的歌曲,不是可以窥见当时中国社会的精神状态吗?古代民歌或现代音乐之所以能够在某一时期广泛流行,是社会大众选择的结果,这样,它就传达了大众的价值取向与意志、兴趣。

除了给当政者观以外,也要给普通人观,要以观诗、观乐作为教育方式。《汉书》注里说:"孟康曰,'观,犹显也。'师古曰,显示之,使其慕欲也。"朱熹的裔孙朱鉴编的《诗传遗说》,记有朱熹的答学生问:"问,诗可以观,集注云'考见得失',是自已得失否?曰:是考见事迹之得失,因以警自已之得失。""今《鄘》、《郑》、《卫》之诗多道淫乱之事,故曰'郑声淫',圣人存之,欲以知其风俗,且以示戒,所谓'诗可以观'者也。"诗歌可以作为教材,用来向青年展示社会生活现象并揭示它的规律;还能使受教育者增长知识,开阔眼界。《吕氏家塾读诗记》说:"《汉书·地理志》载,齐之风俗,曰'俟我於著乎而',此亦其舒缓之体也。虽非此篇意之所主,然广谷大川异制,民生其间异俗,刚柔轻重迟速异齐,五味异和,器械异制,衣服异宜,皆学者所当观也。诗可以观,其此类欤。"这段话是用《齐风·著》为例来说明诗的认识作用,这首诗写的是女子喜悦地等待新郎前来迎亲,可以见出齐地的风俗。全诗三章九句,全都用"乎而"作句尾,可使人体验到所谓"齐气",即齐地歌谣多舒缓之音。

下面再来说群。群,作为动词,是合的意思。《荀子·非十二子》"群天下之英杰",杨倞注:"群,会合也。"群,又有和谐、协调的意思。《诗·秦风·小戎》:"馻驷孔群",郑玄笺注:"甚群者,言调也。"这句诗说的是,不披甲的四匹战马在一起和谐默契,"群"就是协调。《论语·卫灵公》说君子"群而不党",其中的"群"也是和谐的意思。孔子说"诗可以群",讲的是,文学艺术欣赏使个体产生在群体内向心的力量,在礼的原则下彼此更紧密、更和谐地凝聚。

上古时期,诗、乐、舞紧密结合在一起,也与祭祀、礼仪、劳作或娱乐结合在一起,是一项集体活动。在这个活动里,个体之间必须相互配合、相互应和、相互协调,个体要融进群体。艺术活动,按照一定的规则把众多个体组织为群体。罗素在《西方哲学史》里说,原始部族在祭祀仪式中发挥"交感的魔力",鼓励"伟大的集体的热情",个人在其中消失了孤立感而觉得与整个部族合为一体。这个时代,诗和音乐、舞蹈、祭祀结合在一起,是群体凝聚的极为重要的方式。进入文明时代之后,许多的艺术活动也是多人参与,表演者之间(例如一个乐队内部)、欣赏者之间、表演者与欣赏者之间,较为常见地会产生融为一体的感觉。这也就是"群"的心理。到了孔子的时代,《诗》是上层阶级必须学习和掌握的典籍,不学《诗》,在上层社会就无法与人自如地交流。至于诗歌的唱和则一直是文人交往中的雅事。《论语·述而》说:"与人歌而善,必使反之,而后和之。"钟嵘《诗品》说:"嘉会寄诗以亲,离群托诗以怨……故曰,诗可以群,可以怨。"文学既可以表达聚会的喜悦,增进这种喜悦,又可以表达睽隔的哀伤,寄托再聚的期望。总之,不管是骚人墨客还是村妇野夫,都常用文学艺术来维护他们对各自群体的归属感。不同的群体——不同的村落、部落、族群,在自身的历史中创造了各自特有的诗、乐、舞,这是他们群体的文化标志、文化徽章。个体即使暂时离开了群体,一见到这些诗、乐、舞,马上就有了亲切感。就是在现代社会里,远离祖国的人,听见本民族的歌曲,也会生起浓浓的乡情。一个民族的心理凝聚力,在颇大程度上来自这个民族广泛流传的文学艺术作品;不同民族文学艺术的交流,有利于其成员间感情的亲近。

　　文学作品的创作和接受过程,都需要主体的同感力。所谓同感力,就是感受、体贴他人心理的能力。在现代社会,尤其在互联网日益普及的时代,人们,特别是青少年中的部分人,易于与人群隔绝,艾斯伯格综合症(少年孤独症)就是近十几年才受到重视的一种心理疾病。它表现为人际互动交流的障碍,缺乏与他人建立亲情关系的愿望。文学艺术的活动可以帮助他们增强进入别人心理世界的兴趣,发展进入别人心理世界的能力。文学艺术的"可以群"的作用,在当代有很现实的意义。中国古代文人,非常看重志同道合者的相互理解和由情投意合带来的愉悦。《论语》开头说:"有朋自远方来,不亦乐乎!""有",旧本或作"友","方",是"并"的意思,在这里是指结伴而来。朋友们从远处联翩来到,这是何等快心惬意的事!友朋,就是同声相应、同气相求的人。推而广之，不仅要有友朋之间的交流，儒家更要求关怀、爱护一切人。唯有仁，唯有能爱人，能爱他人，能爱大众，才能享有深沉的、长久的快乐。反过来说，快乐的情绪和心境，是人际关系协调的重要条件。在儒家看来，高尚的快乐不停留于独自快乐，而应该与人同乐，与很多的人、与广大的人群同乐。儒家主张"泛爱众"，主张"民胞物与"——"民我同胞，物我与也"，所有的人都如同我的同胞兄弟，所有的生命体都是我的同类。人和人之间感情的交流、快乐的共享、忧怨的化解，常见的渠道之一是艺术活动。人的社会交往，第一是语言交际，第二是以体态、动作、表情作出的情绪表达。文学艺术，常常兼及两者。孔子对艺术的社会作用，最重视的是它对个体与个体之间、群体与群体之间的心理交流的作用。

当然，群和群之间常常有差异，并且还可能会有对立。文学艺术的创作和接受既是有着群体的区别，也可能会反过来加深群体间的区分。朱熹《四书集注》解释"思无邪"说："凡《诗》言善者，可以感发人之善心；恶者，可以惩创人之逸志，其用归于使人得其情性之正而已"；所以，读"君子之诗"，知何以为君子，读"小人之诗"，知何以规避小人，故曰："诗可以群"。文学艺术在阶级斗争中，维护一些阶级，促进阶级内部的聚合，呼唤阶级意识的觉醒，号召与敌对阶级划清界限。在发生民族冲突的时候，也有类似的作用。这是人类历史、文学历史中，诗可以群的互相矛盾又互相补充的两个侧面。

最后，来说诗可以怨。怨，包括怨恨、哀怨、忧烦等等消极的心理；"诗可以怨"，是说诗歌、所有的文学艺术，可以用来抒发、舒散这一类的心情。汉代学者何休在《春秋公羊传·宣公十五年》"解诂"里说："男女有所怨恨，相从而歌，饥者歌其食，劳者歌其事。"社会的不公平，使得有人遭受贫穷、饥饿、劳困；只要不公平存在，冲突就必然会发生。正如"解诂"的同一段里所说的："饥寒并至，虽尧舜躬化，不能使野无寇盗；贫富兼并，虽皋陶制法，不能使强不陵弱。"消极情感的广泛的、大量的、长期持续的存在，是社会上的客观事实。消极情绪的存在与传播是社会不稳定因素，导致和加深人与人之间、不同群体之间的隔阂和冲突，导致和加速统治秩序的动摇乃至瓦解。对于统治者，明智的办法是，尽量不使社会上的消极情绪积蓄与发展。冲突威胁着既存的秩序，儒家认为，饥者、寒者，贫者、弱者，满腔怨愤之情，可以通过音乐、通过诗歌、通过各种文学艺术方式抒发出来。提出诗可以怨,是要给当政者一种统治策略:与其让民众的怨恨转化为反抗的行动,不如让这种情绪在文学艺术中释放,从而得以弱化、消解。《诗经》作为儒家经典,收有大量释放怨恨之情的作品,可以看做是诗可以怨理论的示范。郑玄《诗谱序》说:"《十月之交》、《民劳》、《板》《荡》,勃尔俱作,刺、怨相寻。"他提到的诗歌,都是作者用来抒发怨愤的,刺也是怨。《国语·周语》里邵公谏厉王弥谤的话,也是统治经验的总结:"防民之口,甚于防川。川壅而溃,伤人必多,民亦如之。是故为川者决之使导,为民者宣之使言……夫民虑之于心而宣之于口,成而行之,胡可壅也?若壅其口,其于能几何!"社会上的消极情绪如果形成"川",那是很可怕的;最好是设法稳妥可靠地慢慢引流,如果堵塞,一旦溃决,造成灾祸,就会危及社会政治秩序的稳定了。

怨刺之诗最终是不是都能帮助统治者消解敌对情绪呢?当然不是。诗可以怨,是一把双刃剑,它常常可能引起对统治秩序合法性、合理性的怀疑。白居易真诚地想要用他的怨刺之诗,用新乐府和秦中吟帮助唐王朝改善统治,他遭到嫉恨打击,也不抱怨。他在浔阳江畔听到昔日长安倡女的琵琶曲,倾诉天涯沦落、漂沦憔悴之感,立刻动摇了"恬然自安"的心态,"是夕始觉有迁谪意"。"迁谪意"是什么?不就是对朝廷、对皇帝的不满、怨恨吗?

对于文人来说,诗可以怨是心理调适,保持心理的平和宁静也是养生处世之道、在逆境中求其自安之道。这也是符合心理规律,并且有很广的适用性的。现代精神分析心理学高度重视宣泄,认为其效果就像"扫烟囱"一样解除了许多症状。古代上层文人要求诗可以怨只是怨而不怒的怨,不要发而为对统治者的怨恨。钟嵘《诗品序》说:"至于楚臣去境,汉妾辞宫,或骨横朔野,或魂逐飞蓬;或负戈外戍,杀气雄边;塞客衣单,孀闺泪尽;又士有解佩出朝,一去忘返;女有扬娥入宠,再盼倾国:凡斯种种,感荡心灵,非陈诗何以展其义,非长歌何以骋其情?故曰:'诗可以群,可以怨。'使穷贱易安、幽居弥闷,莫尚于诗矣!"这里说的陈诗展义、长歌骋情、托诗以怨,都是解释"诗可以怨",明确指出,其目的是使穷贱者由不安而安、由闷而不闷。朱鉴《文公诗传遗说》载:"又问'可以怨',《集注》云'怨而不怒',怒是如何?曰:'诗人怨词,委曲柔顺,不恁地疾怨。'"明代李攀龙《送宗子相序》说:

"诗可以怨,有嗟叹即有咏歌,言危则性情峻洁,语深则意气激烈,能使人有孤臣孽子摈弃而不容之感,遁世绝俗之悲,泥而不滓,蝉蜕滋垢之外者,诗也。"大多数文人把诗可以怨当做一种宣泄途径,作为恢复个体心理健康的一种重要手段。只有如李贽这样的少数叛逆精神很强的人,才对诗可以怨作出与社会反抗心理有关的诠释。

思考题

1. 兴、观、群、怨的作用与文学艺术的特性有怎样的关系?
2. 孔子说"诗可以观"原意是什么?历代诗学家怎样解释,有什么现实意义?
3. 用实例说明文学艺术怎样发挥"可以群"的作用。

注　释

〔1〕　资中筠:《留得天籁在人间》,见《学海岸边》,第 200 页,沈阳:辽宁教育出版社,1995 年。
〔2〕　丹纳:《艺术哲学》,傅雷译,第 9 页,北京:人民文学出版社,1963 年。

第十一讲

赋、比、兴

作为诗歌写作手法的赋与作为文体的赋

比的特色及其分类

兴的产生及其特色

汉代学者在研究《诗经》的过程中,提出了一个重要的诗学术语:六义。《毛诗序》说:"故诗有六义焉,一曰风,二曰赋,三曰比,四曰兴,五曰雅,六曰颂。"在中国诗学史上,关于"六义"的讨论一直是热门的话题,学者们把它作为学诗的纲领;同时,这也是诗歌教育的六项内容,《周礼·春官·大师》说:"教以六诗:曰风、曰赋、曰比、曰兴、曰雅、曰颂。"《周礼》和《毛诗序》把六项平行地并列,唐代孔颖达《毛诗正义》则将"六义"区分为两类,认为:"风、雅、颂者,诗篇之异体;赋、比、兴者,诗文之异辞";"赋、比、兴是诗之所用,风、雅、颂是诗之成形";"风之所用,以赋、比、兴为之辞","雅、颂亦以赋、比、兴为之"。孔颖达的解释是正确的,风、雅、颂是《诗经》中作品的不同体式,这些体式只是在《诗经》中存在;赋、比、兴则是作诗时的艺术表现方法,适用于风、雅、颂,也适用于所有的诗歌创作,它们作为古典诗学的概念,更具有理论的意义和价值。

赋、比、兴是从古代诗歌创作实践中概括出来的,后来的无数诗人学习这些表现方法,在应用中有了许多的创造和发展。汉代郑玄注《周礼》时,对赋、比、兴作了初步阐释,他说:"赋之言铺,直铺陈今之政教善恶。比,见今之失,不敢斥言,取比类以言之。兴,见今之美,嫌于媚谀,取善事以喻劝之,以为后世法。"他以诗歌作品对政治教化的不同态度——批评或颂扬——作为划分的依据,赋是兼及朝廷、官员为政的善恶,有褒也有贬,比是委婉地讽示为政的错失,兴是含蓄地歌颂善政。郑玄这种阐释的出发点是建立在对多为民歌的《诗经》的误读上,他从每首诗里寻找本来不一定存在的政治寓意,认为赋、比、兴分别用来表达不同的政治判断。他的由"误读"引出的理解为后来的许多诗人和诗论家所认同。杜甫在《同元使君春陵行》诗序中称赞元结的诗歌时说,"不意复见比兴体制,微婉顿挫之词"。《春陵行》是中唐讽喻诗的开拓之作,杜甫把用"微婉顿挫之词"进行讽喻看做是"比兴体制",沿用了对"比兴"传统的理解,不过也像他之前之后的很多人一样,没有区分比和兴,而是混在了一起。郑玄也触及文学表现方法,他说比、兴是作者不愿直接表露自己的情感倾向和伦理评价,于是婉转、含蓄地表现。一般地说,诗人的观点本来就不宜太过外露,隐藏得深一些,审美效果更好。他在注中又引郑众之说——"兴者,托事于物","比者,比方于物",那是从艺术手法上理解,而且说得简单明白,但是却没有能够展开。

到了梁代,钟嵘的《诗品》说"诗有三义",钟嵘所说的"诗",不再只是指《诗经》,而主要是指他所评论的五言诗,也可以说是指广义的诗歌,因此,他说"三义"而不是说"六义",不再涉及风、雅、颂。对于赋、比、兴,钟嵘也完全是从文学创作的性质和手法上来阐释,不限于"诗经学"的阐释,而是诗学的阐释。这是从文本个案研究到诗歌创作一般规律研究的提升。他说:

> 故诗有三义焉,一曰兴,二曰比,三曰赋。文已尽而意有余,兴也;因物喻志,比也;直书其事,寓言写物,赋也。弘斯三义,酌而用之,干之以风力,润之以丹彩,使咏之者无极,闻之者动心,是诗之至也。若专用比兴,则患在意深,意深则词踬;若但用赋体,患在意浮,意浮则文散,嬉成流移,文无止泊,有芜漫之累矣。

《诗品》对兴的解释,太过宽泛,接近于诗歌的总体特征,甚至是所有各体文学共同的审美特征,和比、赋不是同等级的概念,不相匹配。"文已尽而意有余"是诗的效果,常常是文学文本的整体效果。一首诗,读完之后,在读者心中留下无穷的余韵,所谓"曲终人不见,江上数峰青",所谓"篇终接混茫",是诗人们所向往的。任何一首好诗,都会给读者留下悠长的回味。当然,一段、一句,也可能产生这样的效果。运用比和赋写出的句子可能、也应该有这种效果。比、兴和赋,是诗的修辞技巧,适用于一个或一组句子,多数不是就整篇而言。钟嵘认为,赋、比、兴最好配合使用,这是很切合创作实际的。赋是直陈其事,人们在阅读中较容易理解;比和兴把作家的意思借"他物"暗示,对读者的领悟力、想象力有更高要求。所以钟嵘说,一首诗如果只是用比、兴,可能显得不够明朗;如果只是用赋,则可能显得太过直白。

对赋、比、兴解说得比较清楚而深入的是刘勰。《文心雕龙》的上篇有《诠赋》,下篇有《比兴》。《诠赋》排列在《辨骚》、《明诗》、《乐府》之后,《颂赞》、《祝盟》之前,它所说的赋,是和"骚"、"诗"、"乐府"、"颂"、"赞"、"祝"、"盟"等等平列的文学体类,刘勰在谈赋这种体类的产生、发展的源流时,连带谈到作为手法的赋。而"比兴"与"镕裁"、"声律"、"夸饰"等等平列,都是文学创作的技巧、手法。《比兴》篇说:"《诗》文弘奥,包韫六义,毛公述传,独标兴体,岂不以风通而赋同,比显而兴隐哉!""风通赋同",历来解释不一,郭绍虞先生曾有辨析。[1] "赋同"含有赋的手法运用范围最广、既可用于赞扬也能用于讽刺的意思。

宋代文论家对赋、比、兴提出了新的更细致精审的诠解,理学家胡寅在《致李叔易》的信中说:

> 大人尝言,学诗者必分其义,如赋、比、兴,古今论者多矣,惟河南李仲蒙之说最善。其言曰:叙物以言情,谓之赋,情尽物者也;索物以托情,谓之比,情附物者也;触物以起情,谓之兴,物动情者也。故物有刚柔缓急、荣悴得失之不齐,则诗人之情性亦各有所寓。非先辨乎物则不足以考情性,情性可考然后可以明礼义而观乎诗矣。

他从诗人所欲言之情与诗文中之物的关系来分别,赋是言而尽、比是托而附、兴是起而动，很能抓住要领。古人对赋、比、兴的解说很多，愈到后来，理论色彩愈浓，有价值的论述更多，给今天诗学研究提供了思想资料。

一　作为诗歌写作手法的赋与作为文体的赋

不论是在《诗经》中，还是在所有古代诗歌中，赋都是最基本的写作手法。谢榛《四溟诗话》谈到，宋代的洪兴祖说过，《诗经》里"比、赋少而兴多，《离骚》兴少而比、赋多"，谢榛认为这个说法不合实际情况。他统计的结果是，在《诗经》里，用赋七百二十次，兴三百七十次，比一百一十次。这种统计难以精确，但可以肯定，不论是在《诗经》中，还是在古代各种诗歌中，赋都是使用最频繁的写作手法。许多诗，全篇没有用一次兴，但完全不用赋的就很难见到了。孔颖达早就说过："言事之道，直陈为正，故《诗经》多赋。"赋，又是一种文体形式的名称，在汉代和六朝成为非常流行的文体。赋的两种含义彼此有些关联，作为文学体式的赋，极大地彰显、发挥了赋的手法，历来论者也常把两者夹缠在一起阐释，以至今天我们很难把它们彻底地分解开。孔颖达说："诗文直陈其事不譬喻者，皆赋辞也。"《文心雕龙·诠赋》说："赋自《诗》出，分歧异派，写物图貌，蔚似雕画。"又说："《诗》有六义，其二曰赋，赋者铺也，铺采摛文，体物写志也。"赋作为手法，主要方式是"言"或者"陈"，约略相当于现代人所说的叙述和描写。"体物"是叙写外在事物，"写志"是叙写内在心理。汉代刘熙的《释名》说："赋布其义谓之赋。"朱熹说："赋者，敷陈其事而直言之也。"赋是正面地、直接地描写事物、叙述事件，是客观地描写人的情感和思想的状态。同时，在许多的情况下，赋又有注重文词之美，极力排比铺陈的意思。像《文选》卷四十五皇甫士安《三都赋序》所说，"文必极美"、"辞必极丽"。清代的李重华《贞一斋诗说》发挥这层意思，他说：

> 赋为"敷陈其事而直言之"——尚是浅解。须知化工之妙处，全在随物赋形。故自屈宋以来，体物作文，名之曰赋，即随物赋形之义。

随物赋形，就是生动地、真切地描绘出对象——客观事物或人的心理——的面貌。要做到笔下随物赋形,作者就要有很强的知觉复现能力,更要有很强的想象能力。比如说,写山川草木,就要能够想象它们在阴晴明晦各种条件下不同的意态。刘熙载说:"赋以象物,按实肖象易,凭虚构象难。能构象,象乃生生不穷矣。"能以想象构造形象,并能用文字表现这种形象,才能实现赋的特长。司马相如《答盛擥问作赋》说:"合綦组(杂色的丝带)以成文,列锦绣而为质,一经一纬,一宫一商,此作赋之迹也;赋家之心,苞括宇宙,总览人物,斯乃得之于内,不可得其传也。"赋的外在表现形式是美丽铿锵的文字,赋的表现对象包括了自然景物和社会生活、人的思想感情。

在赋这种文体的写作中,有不少作者对赋的手法的运用上,铺陈太过。刘熙载《艺概·赋概》说:"赋起于情事杂沓,诗不能驭,故为赋以铺陈之。斯于千态万状、层见迭出者,吐无不畅,畅无或竭。《楚辞·招魂》云:'结撰至思,兰芳假些;人有所极,同心赋些。'曰'至'、曰'极',此皇甫士安《三都赋序》所谓'欲人不能加'也。""欲人不能加"就是让别人无法再增添文字,自然就走向极端:辞藻华丽,不免至于堆砌;形容夸张,不免至于虚浮。刘勰批评这类作品是"繁华损枝,膏腴害骨"。晋代挚虞《文章流别论》论赋说:"夫假象过大则与类相远,逸辞过壮则与事相违,辨言过理则与义相失,丽靡过美则与情相悖。"文学家的叙述、描写,既要生动细致,文辞美丽,又要精炼恰当,过头了是不好的。但是,反对离开主旨一味追求繁华膏腴,却不应该因此而忽视对赋的手法的精心研究。在中国古代很长的时期,抒情文学占有绝大的优势,叙事文学被文人所轻视,于是,比兴的运用被认为是写作才能的体现,赋的技巧则相对地较少被行家所赏识。陈寅恪先生晚年著《论再生缘》,他回顾说,从小喜读小说而不喜欢弹词,"盖厌恶其繁复冗长也";后来在国外留学,读到印度和希腊的史诗名著,"其摛章遣词繁复冗长,实与弹词七字唱无甚差异",他的欣赏习惯也逐渐变化。他认为《再生缘》"铺陈终始","大或千言,次犹数百",与外国史诗为同一文体。这可以看做是在新的文学思想的熏染下,对于古老的赋的手法的重新认识。在这一讲,我准备多费点篇幅来讨论赋。我觉得,在古代诗学中,以至在现代的研究中,对于赋,无论是作为一种文体,还是作为一种手法,贬责都太多,对其优长和必要的论述都不够。西方人对古代史诗中的赋是很尊崇的,我们今天也可以比照古希腊、古印度文学，重新认识我国古代文学中的赋。

在文学史、美术史的最早时期，没有专门的、职业的文艺家，创作者技巧稚拙，对客观事物的描写比较简约，经过长时间的积累，才逐步细密起来。西方诗学很早就比较重视文学艺术的再现能力，荷马史诗中最为文学史家称道的，是《伊利亚特》中铁匠神赫菲斯托斯给阿基琉斯锻造盾牌的那一长段，这样精细繁复的赋，在中国古代是没有的，如果有，恐怕也很难得到鼓励和肯定。我们且来认真读读这一大段：

> 于是他先造庞大的、硬邦的盾牌，
> 许许多多富丽花样在上面辉煌；
> 三层的圈圈儿绕住她的边缘；
> 一根银链裹住厚厚的圆饼，
> 这阔大的盾牌用五块钢板合成，
> 神仙的劳动的结晶在平面上升降。
> 一位艺术大师头脑里的意象
> 在那儿照耀。他设计天地和海洋；
> 当新的太阳和一轮明月，天空的
> 冠冕，苍穹里面的星儿的光；
> 毕星团，昴星团还有那北天的队伍；
> 宏大的猎户星座更烁亮的豪光；
> 天狼星，绕住了那个天空的轴心，
> 转去转来，黄金的眼睛看准了
> 那猎户，在天空的中原上光耀四射，
> 没有把他的额角海洋里洗拭。
> 盾牌上出现了两个耀炫的城市，
> 一个代表了和平，另一个，战争。
> 这里面，圣洁的荣华，快乐的婚宴，
> 有端庄的跳舞还有着结婚的仪式；
> 沿街，迎来了一对新婚的男女，

火炬高举,送他们到新婚的床上;
年轻的舞蹈者随着柔和的笛子,
琴弦的银色的音调,舞成了圆形:
美妙的街路上,已婚的女人们排了队
各自在墙门堂欣赏这一派美景。

……

其次的一座城(景象就差得太远了)
闪耀的武器照亮凶恶的战争。
两支雄厚的军队拥包一个城,
这个要抢劫,那个要烧毁这地方。
同时市民们,肃静谨慎地准备,
武装好,暗中埋伏要对付敌人;
他们的妻子,孩子,和一群倚望着
战争,发抖的父老,站在楼窗上。
军队行进,派拉斯神和战争神守护
他们,金镶的神,金装的袍子,
金碧的武器,浩浩荡荡的队伍,
带队的领头,庄严地,神圣地,超人地。

……

然后,成熟得金黄的葡萄园多光亮,
沉甸甸葡萄的收成。桠枝上挂来,
玎珰的累累的一球球,颜色深厚些,
攀绕了银的棚棚,整齐地辉映;
一种黑黝黝的金属夹进了树叶里
做底子,淡淡的锡是院子里的光彩。
通院子的一条路柔软地弯来弯去,
上面走着一队人,头顶着篮子,
(美丽的少女,青春的男子)微笑
说明了这年秋天的紫色丰收。

一少年朝他们拨动了觉醒的琴弦，
柔和的歌声唱了林诺斯的命运；
他后面一队人用舞蹈的步子走来，
抑柔了歌喉来答复这一个曲调儿。
这里一对牛在走，雄壮地翘起
它们的角，它们的呜呜叫带着
金色，走向一片草地那里有
一道急流在咆哮，两岸是水声；
四个金子做的牧牛郎，它们的看守，
再加上九条酸溜溜的狗在这田园的
一群就全了。森林里两头雄狮
跳出来，抓住领头的那一条头牛；
牛嘶叫；狗和人虽然抵抗了没有效；
它们撕裂了它又喝下了热血。
群狗（吠叫没有用）束手无策，
给这幅景象吓怕了，还躲开。
然后呢，火神的艺术带领了眼睛
穿过美丽的森林深处，大草原，
家畜的棚棚，羊栏，散开的村屋，
绵羊的毛发使全部风景洁白。
跟着一群人在跳舞；仿佛那一次，
在格诺索斯，台达利安的艺术
为克里底的皇后木刻的一种舞；
手牵手，一群喜剧式的少男少女
跳跃着，少女穿了宽弛的麻纱衣，
男人穿外表漂亮的坎肩更英俊
这几个头发上装饰一圈圈花环；
那几个腰肢上装饰金色的宝剑，
宝剑在银色的腰带上快乐地闪耀。

> 一忽儿他们升高了,一忽儿低下来,
>
> 有训练的舞步,现在,倾斜了阵形,
>
> 乱七八糟的图案,移动的迷宫,
>
> 现在,一下子快得看都来不及,
>
> 他们跳起来成了飞行的圆环,
>
> 这样旋转的轮子,眼睛都看花,
>
> 滚得快,轮子里的杠杆都看不见,
>
> 一大堆看客四周喝彩鼓掌;
>
> 圈子里两个翻筋斗的活泼地跳;
>
> 忽高忽低,柔软地,穿梭来去;
>
> 全体大合唱结束了这快乐的舞会。
>
> 便这样,艺术家用他最后的手法
>
> 将盾牌完成,浇下海洋在四周;
>
> 鲜龙活跳的银波雪浪打滚,
>
> 撞击盾牌的边缘,又包罗了万象。[2]

史诗有对盾牌本身工艺精细描画,还通过对盾牌上的浮刻的描画,再现当时希腊社会生活的许多方面。现代的考古发掘,发现了那个时代的盾牌,发现了当时的多种遗迹,证明这种描述是有现实依据的。这段铺排式的描写,被希腊的修辞学家概括为"铺陈"(ekphrasis),据《葛洛夫艺术百科全书》(*The Grove Dictionary of Art*),这个诗学概念的意思是:"为将物体呈现在听众或观众面前而作的生动描述"。这和中国的赋,很是接近。铺陈,开始是被广泛用于对绘画、雕塑、建筑等作品的评论,文艺复兴后又被西欧学者们采用,对欧洲文学的创作和文艺理论产生了颇大的影响。在上面引用的荷马史诗里,铺陈,就是把一件物品和它的制作过程,作极其精细的描绘。西方学者称,凭着这样的描写,荷马不仅应该被尊为诗人之父,还应该被尊为绘画之父。荷马描绘的是与画家之作不同的文字的"绘画"。莱辛在《拉奥孔》中说,荷马描绘的"极其详细的绘画",画家如果想要搬到画布上,他就得画出五六幅画才行。荷马"把这幅图画拆散成为所绘对象的历史,使在自然中本是并列的各部分,在他的描绘中同样自然地一个接着一个,仿佛要和语言的波澜采取同一步伐"。中国古代文学当然也还是有铺陈的杰作,《诗经》、《左传》里也有不少状物细腻的范例,而在楚辞汉赋中则更为突出。刘勰说,荀子和宋玉"极声貌以成文",这也就是古希腊学者说的"铺陈"吧。汉魏六朝的一些赋,不仅提供静态的画面,还生动地摄写动作过程,例如傅毅的《舞赋》:

> 其始兴也,若俯若仰,若来若往,雍容惆怅,不可为象。(李善注:"象,形象也……不可尽述其形象也。")其少进也,若翱若行,若竦若倾,兀动赴度,指顾应声(舞蹈动作合于音乐节拍)。罗衣从风,长袖交横。骆驿飞散,飒沓合并。(这两句是说队列变化,舞者一个跟随一个散开,又在曲折中合成整齐的队形。)翾鹢燕举,拉搭(飞貌)鹄惊。绰约闲靡,机迅体轻。(动作有时闲缓,有时疾速。)姿绝伦之妙态,怀悫素之洁清。修仪操以显志兮,独持思乎杳冥。在山峨峨,在水汤汤,与志迁化,容不虚生。(舞蹈表现舞者之心志,好像伯牙鼓琴一会儿志在高山,一会儿志在流水。)明诗表指,喟息激昂。气若浮云,志若秋霜。(伴唱的歌曲与舞蹈配合。)观者增叹,诸工莫当。于是合场递进,按次而俟。埒材角妙,夸容乃理。轶态横出,瑰姿谲起。眄般鼓则腾清眸,吐哇咬则发皓齿。(各位舞者、歌者竞相发挥各自的才华。)摘齐行列,经营切拟。(行列在整齐中变化,模拟自然的或人事的场景。)仿佛神动,回翔竦峙,击不致笑,蹈不顿趾。翼而悠往,暗复辄已。乃至回身还入,迫于急节,浮腾累跪,趺蹋摩跌。(举手投足、跳跃和跪伏,各种动作彼此不相妨碍、不相钳制。)纤形赴远,漼似摧折。纤縠蛾飞,纷猋若绝。超逾鸟集,纵驰殟殁(舒缓)。蜲蛇姌嫋(柔弱纤细),云转飘曶。体如游龙,袖如素蜺。黎收而拜,曲度究毕。迁延微笑,退复次列。观者称丽,莫不怡悦。

像《舞赋》这样,把一种对象——在这里是被誉为"材人之穷观,天下之至妙"的变幻万端的舞蹈——写得如此之细腻逼真的,在赋里不是罕见而是常见的。两汉魏晋南北朝很多的赋,一篇集中写一种对象,有写都城的,有写宫殿的,写江、写海、写雪、写月,写洞箫、写长笛,都是务必穷形尽相,把对象的各个方面呈现在读者面前。东汉王文考在他的《鲁殿灵光赋》序里说:"物以赋显,事以颂宣,匪赋匪颂,将何述焉!"赋的写作,它的使命是要"显"物,必然最重视对于"容"、"象"、"境"、"景"的纤毫毕现的描画。明人陈第的《屈宋古音义》评宋玉的《高唐赋》道:"始叙云气之婀娜,以至山水之嵚岩激薄,猛兽、鳞虫、林木……形容迫似,宛肖丹青。""形容迫似",就是逼真,就是铺陈,就是要像绘画、像照片一样让读者如亲眼看见。但是,这种做法在中国古代往往不是得到多数诗学家们的称赞,而是每每受到批评、责备。张彦远《历代名画记》说:"今之画,纵得形似而气韵不生,以气韵求其画,则形在其间矣。"倒是唐代诗人元稹,大力肯定过杜甫诗歌中的铺陈,说他在这一点上比李白强很多:"至若铺陈终始,排比声韵,大或千言,次犹数百,辞气豪迈而风调清深,属对律切而脱弃凡近,则李尚不能历其藩翰,况堂奥乎!"而金代的元好问却大不以为然,反驳道:"排比铺张特一途,藩篱如此亦区区。少陵自有连城璧,争奈微之识碔砆(像玉的石头)。"他说排比铺张是杜甫诗的瑕疵、缺点,这在诗学史上引起长久的争议。

刘勰代表了古人力求精练简约的趋向,他赞赏的是"一言穷理"、"两字穷形"。现代许多研究者对刘勰的话加以肯定和发挥,有的说"客观事物的景象全部反映既不可能也无必要",有的说"对细节作详尽刻画可能损害整体的神情"。我以为,这类看法多少有些片面。细节和全体,外貌和神情,不是对立的,而是相互依存的。《文心雕龙·物色》说:"及《离骚》代兴,触类而长,物貌难尽,故重沓舒状,于是嵯峨之类聚,葳蕤之群积矣。及长卿之徒,诡势瑰声,模山范水,字必鱼贯。所谓诗人丽则而约言,辞人丽淫而繁句也。"现在看来,中国古人轻视"触类而长",贬低"重沓舒状",把"要约写真"与"淫丽烦滥"绝对对立起来,因此而轻视和贬低辞赋,对其后的文学和绘画是有所损害的,导致我们的文学艺术与欧洲文学艺术相比的某些弱点,我们对此要加以冷静的分析。钟嵘《诗品》说,五言诗"指事造形,穷情写物,最为详切"。本来,文学艺术的发展进步,应该是增强详切描写的本领。另外,单就形式方面说,比如所谓"字必鱼贯",也未必应该完全地否定。赋家利用汉字的特点,运用双声叠韵,造成听觉上的气势;运用半字同文,也就是排列同偏旁的字,造成视觉上的气势,那也是一种形式之美。郭璞《江赋》在"圆渊九回以悬腾,溢流雷响而电激,骇浪暴洒,惊波飞薄"之后,连用三十多个以"水"作偏旁的字,司马相如《上林赋》精心排列四十来个"水"旁的字以写水势:

> 荡荡乎八川分流,相背而异态。东西南北,驰骛往来,出乎椒丘之阙,行乎洲淤之浦,经乎桂林之中,过乎泱漭之野。汩乎混流,顺阿而下,赴隘狭之口,触穹石,激堆埼,沸乎暴怒,汹涌彭湃,滭弗宓汩,偪侧泌瀄,横流逆折,转腾潎洌,滂濞沆溉;穹隆云桡,宛潬胶戾,逾波趋浥,莅莅下濑,批岩冲拥,奔扬滞沛;临坻注壑,瀺灂陨坠,沈沈隐隐,砰磅訇礚;潏潏淈淈,湁潗鼎沸,驰波跳沫,汩㵗漂疾,悠远长怀,寂漻无声,肆乎永归。然后灝溔潢漾,安翔徐回。翯乎滈滈,东注大湖,衍溢陂池。

这种充分发挥汉字形体、声韵特色,造成视觉和听觉冲击力的写作技法,虽然不值得刻意模仿,但也不是毫无可资借鉴之处。唐代律诗注意到双声叠韵的作用,杜甫的名句"无边落木萧萧下,不尽长江滚滚来",连用草字头(落、萧、萧)和水旁(江、滚、滚)的字,就受到古今诗人和诗论家的称赞。总之,对写境、写象,对铺陈,对善于铺陈的辞赋,不应简单地一概否定。现代散文作家徐迟对古赋情有独钟,他用很大的热情称赞郭璞的《江赋》,用现代白话翻译了谢惠连的《雪赋》,说是要"宣扬它的独特的文采",并在自传体长篇小说《江南小镇》中,一口气用了六十五个"水晶晶":"水晶晶的太空,水晶晶的日月,水晶晶的星辰,水晶晶的朝云,水晶晶的暮雨,水晶晶的田野,水晶晶的寺院……水晶晶的少女,水晶晶的老者,水晶晶的婴儿,水晶晶的心,水晶晶的梦,水晶晶的爱"。这显然是对古赋铺陈手法的化用,这也证明,赋的若干技巧,它的排比铺陈,也还是有生命力的。今天的写作者知道古人有此一法,说不一定在什么时候可以有所择取。

《诗经》中赋的运用有许多成功的范例。一是作为叙述的赋,例如《豳风·七月》,全诗八章,朱熹都说是"赋也",它叙述农夫的生活和农事随着气候的变化而变更。《汉书·地理志》说,"《豳》诗言农桑衣食之本甚备"。清代方玉润《诗经原始》说:"《七月》一篇所言皆农桑稼穑之事,非躬亲陇亩、久于其道者,不能言之亲切有味也如此。"这首诗用简洁清晰的文字,讲述了那时农村的生产生活,有高度的概括性,又有民谣的亲切感。其中"一之日"、"二之日"、"三之日"、"四之日"和"五月"、"六月"、"七月"、"八月"、"九月"、"十月"连续排列,是为汉赋铺排叙述的最早先导。其中也有细致的描写,比如"春日载阳,有鸣仓庚。女执懿筐,遵彼微行,爰求柔桑。春日迟迟,采蘩祁祁",俨然是有声有韵、有光有色的动态画卷。方玉润说,"描摹此女尽态极妍";他又说第六章到第八章写"老壮食物,凡菜豆瓜果以及酿酒取薪,靡不琐细详述",全诗有正笔、闲笔、补笔,"章法浑然"。

二是作为描写的赋,这在《诗经》中就更多了,例如《邶风·静女》:

> 静女其姝,俟我于城隅。爱而不见,搔首踟蹰。
> 静女其娈,贻我彤管。彤管有炜,说怿女美。
> 自牧归荑,洵美且异。匪女之为美,美人之贻。

这是一个小伙子叙述他爱情的甜蜜,和心爱的姑娘约会的情景。经学家把它政治化、伦理化,《毛传》说:"静女,刺时也,卫君无道,夫人无德。"郑玄把"俟我于城隅"当做比:"城隅,以言高而不可逾。"孔颖达《毛诗正义》也说:"待礼而动,自防如城隅。"城隅是约会的地点,"隅"明明说的是角落,没有什么高不可逾的意思。如果"城隅"是比喻女子庄重不可侵犯,"俟"字怎么落实befor?当然也有把"俟"理解为使动词,说是叫小伙子在那里等候,那也太过曲折了。这里不是比,是赋,这首诗的出色全在赋的手法用得好。朱熹批评经学家的牵强附会说,"此'序'(指毛传的解释)全然不是诗意",他确认全诗三章都是赋,然后得出结论:"此淫奔期会之诗也。""淫奔期会"是理学夫子的贬语,其实他是把这首诗当做爱情约会的描写看。如实地看做对一次约会的描写,它真是写得神态毕现。少女与情人逗着玩,少男着急地"搔首踟蹰"。《诗经》中类似的赋,是很多的。

诗歌中赋的运用,在唐代有一个飞跃。首先是杜甫的诗歌大量用到赋,成为他的诗歌艺术的主要特色。其次是元稹的《连昌宫词》、白居易的《长恨歌》等长篇叙事诗的出现,把诗歌和小说沟通起来。宋人称赞白居易的叙述、描写才能说:"诗之所以能尽人情物态者,非笔端有口,未易到也。"这

理解，乃针对原始的诗歌，所以说"意必尽"，这是不妥当的；但他区

分两种文体对语言的要求，则是很正确的。现代英美新批评派的处理原

言和文学语言两大类，两个领域对意和辞的关系，自然也是有不同的处理原

则。新批评派认为，科学语言是"指称性的"、"单一的"，有确定的"意"，保持对

应关系；文学语言是"情感性的"、"复义性的"，没有确定的含义。

《文心雕龙》对于文学辞过于讲究，是"恶文太章"——文辞过于雕琢；在《情采》篇主

要才头却是针对文辞过于讲究而追新，也没有给以肯定。黄侃说，刘勰是针对齐梁

"以藻饰相高"之弊，盖揉曲木者也。其实，这还代表了

孔子思想影响下中国古代诗学的主流倾向。在古代的诗学里，对诗学中的诗

言形式美，深入的理论探讨是不够充分的。没有任何证据表明孔子

威，诗学家把这些话放到诗里面，就引出一些问题。苏轼作为有丰富诗学的创作

经验的大诗人，大散文家，觉察到这里面的问题，他对于诗学的辞达和非诗学的语

意而言，言尽而止者，天下之至言也。"古之言者，尽意而不为言，"有用

之言，是"出其意之所谓诚然者"。自汉以下，文人之言者有浮于其意，

而是力求文辞之美，所以就泛滥于辞章，"言有浮于其意，而意有不尽于

言"。他依从上策论，建立就泛滥于辞章，

完全符合孔子的原意，符合孔子之谓辞者乎？是之谓辞达。

他给孔子的《礼记》提出的原则，说引出了孔子曰："辞，达而已矣。

并非文学创作。而他的《答谢民师书》则说的是另外一种情况："孔子曰：

'言之不文，行而不远。'又曰：'辞，达而已矣。'夫言止于达意，即疑若不

是大不然。求物之妙，如系风捕影，能使了然于心者，盖千万人而不

遇也，而况能了然于口与手者乎？是之谓辞达。辞至于能达意，则文辞有了明

显的区别。"这里说的能了然于心时，还可以有"文"，还应该有"文"，文，就是文饰

藻绘，悦目赏心。用语言来求得物之妙，物质现象的妙处如同"风"和"影"，是很难表

的和精神现象的对象，物质现象的妙处如同"风"和"影"，是很难表

达的，文学家用语言去追逐它，"系"住它，清晰而流畅地表现出来，这才叫做

末尾说："质夫举酒于乐天前曰：'夫希代之事，

时消没，不闻于世。乐天深于诗、多于情者也，试

恨歌》。"白居易不是一般地"深于诗"，他尤其

谈到"示现"这一修辞格："示现是把实际上不见

的辞格。示现可以分为追述的、预言的、悬想的

的事迹说得仿佛还在眼前一样；预言的示现同

的事情说得好像已经摆在眼前一样；至于悬想的

导真在眼前一般，同时间的过去未来全然没有关

佛教所谓示现者，是说佛菩萨示彼一切诸来会

诸人天、诸余佛土，及于其中诸佛菩萨，乃至诸

随其所欲，乃至所欲皆令现见"。古代画论用

画家周昉，"于诸像精意，至於感通梦寐，示现相

与铺陈的含义是交叉的。陈俊英《诗经注析》

，颇有新意。赋或铺陈或示现在古代文学艺术

进一步去体会、分析和继承、借鉴。

比的特色及其分类

于抒情，相比而言，民歌中则是叙事多一些，汉

当重。与此相关，正统的诗论家不把《诗经》的

间文学常常轻视，所以，诗论中对赋的论述较

重视，论述很多也更深入，并且有一种喜爱之

》说："所谓比兴者，皆托物寓情而为之者也。

盖正言直述则易于穷尽而难于感发，惟有所寄托，形容摹写，反复讽咏，以俟
人之自得，言有尽而意无穷，则神爽飞动，手舞足蹈而不自觉，此诗之所以贵
情思而轻事实也。"清人吴乔《围炉诗话》说："比兴是虚句、活句，赋是实句。
有比兴则实句变为活句，无比兴则实句变成死句。""大抵文章实做则有尽，

虚做则无穷。雅、颂多赋,是实做;风、骚多比兴,是虚做。唐诗多宗风、骚,所以灵妙。""宋诗率直,失比兴而赋犹存。"[6]意思是与赋相比较,比、兴能给诗歌带来更隽永、丰厚的意味。这些说法有片面性,却显示了中国古代诗论的特色。

比、兴,首先是两种修辞方法。现代人们学习修辞,开始学的是语文学中的修辞,属于安排、设计、调整语言文字形式以更好地表意的方法,研究这种方法的修辞学是语言学科的分支。比、兴,同时又是形象构造的艺术手法。毛泽东说:"诗要用形象思维,不能如散文那样直说,所以比、兴两法是不能不用的。"[7]他讲的就是形象构造方法而不是文辞安排。这个意义上的比、兴,属于诗学范围。作为语文学修辞手法和作为形象构造手法的比、兴,其间范围有广狭之分,古代诗学对两者的相关论述有深浅之分。这一点有时候容易被忽略。本讲的重点是后者,也不能不涉及前者。我们先来讨论比。陈望道先生把比喻分为明喻、隐喻(暗喻)、借喻三大类,是从语文学考察。刘勰说:"且何谓为比?盖写物以附意,飏言以切事者也。"他研究了比喻的种类:"或喻于声,或方于貌,或拟于心,或譬于事。"他列举了《诗经》中一系列的例子证明,比在诗歌写作中运用的频率极高,诗歌离不开比。他讲的是诗学的修辞。后来的诗人和诗论家对于比的手法作了细致的研究。朱熹说:"比者,以彼物比此物也。"现代诗歌研究者,借鉴英国新批评派的瑞恰兹的说法,把"彼物"称为喻体,把"此物"称为喻指(也有人叫做喻体和本体,或者喻体和所喻),两者之间的关系决定了比喻中各个细类的性质。

宋代陈骙《文则》[8]把比喻分为十类,即:直喻、隐喻、类喻、诘喻、对喻、博喻、简喻、详喻、引喻、虚喻。他的分类琐碎,对各类的界说多数显得颇为简单而未得要领。其中,关于博喻,他讲得最好。在他之前,《文心雕龙》的《诸子》说"韩非著博喻之富",《体性》说"博喻酿采",都是说作品中多用比喻的意思。陈骙说的博喻,则是比喻之一种,是用多个喻体来比方同一个喻指。他举的例子有《尚书·说命上》里武丁对傅说讲的话:"朝夕纳诲,以辅台德。若金,用汝作砺;若济巨川,用汝作舟楫;若岁大旱,用汝作霖雨。"这是武丁为了振兴殷朝,任命傅说为相时的讲辞,他要傅说经常地直言进谏,辅佐行善政:如同磨刀石,保证金属制品不锈;如同桨和船,载人过大河;如

流首焉,终焉万里,势之所触,裂山转石,襄陵汤壑,蒸之如烟云,登之如太空,攒之如绮毫,回旋曲折,抑扬喷伏而不见艰难之态,必至于极而后止,此其所以为达也,而岂易哉!汉之司马迁,贾谊,其辞似可谓之达矣,若扬雄则未也;唐之韩愈,柳子厚,其辞似可谓之达矣,苏轼,曾巩,此当可与昧者语哉!"在他的眼里,连黄庭坚那样的诗词词散文大家,都还没有做到辞达;辞达,是语言艺术的极致,高峰,是诗学对话言表现的最高要求。

仔细体会苏轼的那一段话,他赋予了"达"全新的涵义。辞达,第一,是要有可达之意,这是要有独到的诗思;第二,文学家要具备把独到的诗思传送到读者心里,这就牵涉到文学接受,对读者提出了要求。从创作主体一面而言,"修辞"是语言创造活动;"达",则略近于今人所言"人的本质力量的对象化",即语言之中,体现作品之中,使之成为人的本质力量的一个标本。"辞达",是以语言创造活动体现人的本质力量。单纯的是精神上的独特创造,文人之意,诗人之要"达",是极其困难。文学家所从事的是精神上的独特创造,自有其特殊性。文学家所运用的"达",与辞的关系,自有其特殊性。比之于语言运用的"达",是极日常生活中言语运用的"达",只是这个"达",比之不相同的两种境界。高尔基说:"很少有诗人不埋怨语言不能捕想和表现的"。高尔基说有些理怨语言是指语言不能感觉捕摸和表现的。埋怨的产生,是因为有些视觉和感觉想是语言不能捕摸和表现的。

苏轼说文学创作的"达",要能使"是物了然于心"。苏轼所说的"意",这是不难理解的;但还有一层意思,是驱遣文字以造成形式美感的"快意",这是人们所常常忽略的。他所说的"达",并不仅仅是指语言与意之间的关系,而且含有文学家在创作活动中创造力实现的意思。苏轼《自评文》云:"吾文如万斛泉源,不择地而

首先是指文学家对世界观察和体验后的审美感受,这是不难理解的;但还有

同甘霖,解除大旱。又举《荀子·劝学》中的话:"不道礼宪,以《诗》、《书》为之,譬之犹以指测河也,以戈舂黍也,以锥飧壶也,不可以得之矣。"他认为不用礼来规范就不能有效治理社会,依靠书本来治理,好比是用手指测量河水深浅,用戈矛作杵舂黍谷,用锥代替箸(筷子)夹食品。博喻在《诗经》的《邶风·柏舟》和《小雅·斯干》等篇用得很好。洪迈《容斋随笔》说:"韩苏两公为文章,用譬喻处,重复连贯至有七八转者。"韩愈和苏轼的诗和散文,有对博喻的出色运用。[9]

陈骙讲的详喻,"须假多辞,然后义显"。他以《荀子·致士》的一段话为例:"夫耀蝉者务在明其火、振其树而已,火不明虽振其树,无益也。今人主有能明其德,则天下归之,若蝉之归明火也。"捕蝉的人,摇动树身迫使蝉离开,又用火光引诱,这两者,火光引诱是主要的因素。统治者要百姓归附,可以用强力也可以利用自身道德的感召力,后者应该是主要的。简单说来,百姓之归善政如蝉之归明火;详细说来,就是《荀子》里那段话,这就是详喻。比喻中的喻体,本来只是取其一点,有的作家却将它展开,极力渲染。苏洵的《仲兄字文甫说》要说明天下的好文章不是刻意经营的,而是"无意乎相求,不期而相遭",好比是风与水之相遇。对于作为喻体的"风与水之相遇"的描写洋洋洒洒、穷形尽相,占了全文一半的篇幅,远远超过关于文章写作的文字。详喻最早在《庄子》中有突出的表现,例如《逍遥游》以树之大而无用比言之大而无用,对于喻体详说,对于本体却只是点到:

> 惠子谓庄子曰:"吾有大树,人谓之樗。其大本臃肿而不中绳墨,其小枝卷曲而不中规矩。立之涂,匠者不顾。今子之言,大而无用,众所同去也。"庄子曰:"子独不见狸狌乎?卑身而伏,以候敖者(等着捕食游走的小动物);东西跳梁,不避高下;中于机辟,死于网罟。今夫斄牛,其大若垂天之云。此能为大矣,而不能执鼠。今子有大树,患其无用,何不树之于无何有之乡,广莫之野,彷徨乎无为其侧,逍遥乎寝卧其下。不夭斤斧,物无害者,无所可用,安所困苦哉!

关于"有用"和"无用"之辨,是庄子哲学的核心内容,他不去正面论证,不是用推论说服对方,却把喻体淋漓尽致地铺开描叙,用这种描叙启悟对方,用详喻的气势使对方折服,形成《庄子》文章的风格特点。

刘勰说"比显而兴隐",这个"显"和"隐"指什么而言呢?可以理解为,是指文句的字面意义与作家想要寄寓其中的意义、读者所能获取的意义之间的关联;后面两项有时凸现出来,有时却深深隐藏。事实上,赋、比、兴三者,在"显"或"隐"的程度上依序有着级差。赋叙物言情,是直接陈述,作者要说的是什么,所叙的物和情,都很明白清晰。比索物托情,没有赋那样明确,文句说的是"物",至于作者要表达的"情"是什么,就含在喻体之中。而不同的比,喻体与喻指的距离不一样,清晰的程度也就不同。兴里的"他物"和"所咏之词"的关系似有若无,就更迷离惝恍。作家选择比和兴,就是为了拉开距离,不把自己的意思直接说出来。在文学中,作者的观点、态度隐蔽一些要比和盘托出更富韵味,而且,通过间接手法传达的,可能比直接说出来的有更加丰富的内容。所以,在比喻中,最被诗人珍爱的往往是隐喻,最能表现诗人独创的也是隐喻。泰伦斯·霍克斯在他的《隐喻》一书里说:"隐喻传统上被看成最基本的形象化的语言形式。"他又引用美国诗人瓦雷斯·斯莱文斯的话:"只有在隐喻的国度里,人才是诗人。"[10]

陈骙说,隐喻"其文虽晦,义则可寻"。"晦",是说隐喻不像明喻那样明白易晓。他举的例子有《礼记·坊记》中"诸侯不下渔色",说诸侯不在自己的国中纳取后妃。渔色,意为像打鱼一样网罗、寻求可以做配偶的女子。不说寻求、选择配偶像打渔,没有用"像"、"如"、"若",直接说渔色,这就是隐喻。郑玄注释说:"国君而内取,象捕鱼然,中网取之,是无所择。"诗句中不把要描述的事物直白地说出,隐在比喻之外。宋代惠洪的《冷斋诗话》把这叫做"象外句":"其琢句法比物以意,而不指言一物,谓之象外句。"他举的例子是唐代诗僧无可的"听雨寒更近,开门落叶深"和"微阳下乔木,远烧入秋山"。诗人用意是说下雨的声音听来像是落叶飒飒,西下的夕阳看来像是远处的山火,"妙在言其用而不言其名耳"。这也可以归在隐喻一类。

西方诗学说的隐喻,有人根据韩愈《月蚀诗效玉川子作》中有"虽无明言,潜喻厥旨"之语而译为潜喻[11]。修辞学认为,隐喻是把某物的若干方面转移到另一物之上,使另一物被说成仿佛就是某物。在文学创作中,隐喻是用某个意象来表达意义,却只突出意象的某一个因素、某一个方面,意义与意象混融在一起而不分开。黑格尔说:"在纯粹的显喻里,真正的意义和意象是划分得明确的,而在隐喻里这种划分却只是隐含的而不是明白说出的。"〔12〕《诗经·卫风·氓》:"桑之未落,其叶沃若。于嗟鸠兮,无食桑葚。于嗟女兮,无与士耽。""桑之落矣,其黄而陨。自我徂尔,三岁食贫。"沃若,是光泽柔润。春夏之时,桑叶浆液饱满,色泽鲜艳。秋天里桑叶飘落,枯黄干瘪。诗中并没有说热恋中的女子像春天的桑叶,失恋、失宠的女子像秋天的桑叶。桑叶的意象和诗人要表达的意义之间的联系是隐含的。《郑风·野有蔓草》写情人在郊野"邂逅相遇":"野有蔓草,零露漙兮。有美一人,清扬婉兮。邂逅相遇,适我愿兮。"叶子上挂着露珠的野草和妩媚清秀的姑娘两个意象并列。朱熹说:"男女相遇于田野草露之间,故赋其所在以起兴。"他这么说也自有道理,诗句之妙就在于,像是叙写实景,像是触物起兴,又隐含着比喻。那散发着清香的野草和洋溢青春活力的少女,不是彼此映衬着吗!《诗经》中有不少这样"比而赋"、"比而兴"的篇章句段,其实就是很好的隐喻。在很多隐喻中,喻体形象本身具有艺术上的独立性、完整性,喻体形象与本体形象若即若离,含义具有多种指向性。《小雅·鹤鸣》全诗写一处园林,那里有鹤鸣九皋、鱼潜在渊。它究竟表现的是什么呢?《荀子·儒效》说:"君子隐而显,微而明,辞让而胜。《诗》云:'鹤鸣于九皋,声闻于天',此之谓也。"认为是歌咏隐士。但是,仅仅看做对一座山庄的描写,也很优美。朱熹说:"《鹤鸣》做得巧,含蓄意思,全不发露。"王夫之说:"《小雅·鹤鸣》之诗全用比体,不道破一句。"方玉润说:"其词义在若隐若现、不即不离之间,并非有意安排,所以为佳。若如姚氏云(姚际恒《诗经通论》)通篇作譬喻看,章法虽奇,诗味反索然也。"后代如李商隐的"无题"诗,当做实写和当做比喻,都有很高的欣赏价值,实写而又兼为比喻,给接受者弹性的领会提供施展的空间。钱锺书分析李商隐《锦瑟》里"庄生晓梦迷蝴蝶,望帝春心托杜鹃",以为:此一联"言作诗之法也。心之所思,情之所感,寓言假物,譬喻拟象;如庄生逸兴之见形于飞蝶,望帝沉哀之结体为啼鹃,均词出比方,无取质言。举事寄意,故曰'托';深文隐旨,故曰'迷'。李仲蒙谓'索物以托情',西方旧说谓'以迹显本','以形示神'(das sinnliche Scheinen der Idee;das Geistige ais versinnlicht),近说谓'情思须事物当对'(objective correlative)"。[13]诗中写的是蝴蝶,读者怎么就可以理解为庄周的逸兴,理解为形象思维的心理状态呢?正说明了隐喻的多义性、多种指向性。

隐喻的作用是把难以确切描画的表象或心绪用生动具体的形象呈现出来,把朦胧的东西用鲜活的艺术描写传达出来,把飘渺的或抽象的东西用具体的意象暗示出来,用确定的语词指引读者追踪难以定形的微妙意绪。喻体既要是新鲜的,又不能是任意的,它应当具有把读者带向喻指的能力。隐喻能被读诗的人群所接受,隐喻的喻体和喻指之间的关联,必定是依据着某个语言共同体、某个审美共同体所公认的原则或惯例。作者之意要能够传达到读者那里,他们两方就要至少是暂时地和部分地共处于一个语言共同体、审美共同体,对上述原则或惯例要有相近的把握。没有这类原则或惯例,作者难以通过隐喻向读者传送他的意旨;这类原则和惯例在使用中被凝固了,也有一种可能,会给诗歌隐喻的审美特性带来威胁,使之变为僵化的套语。汉代王逸《离骚经序》说:"《离骚》之文,依诗取兴,引类譬喻。故善鸟香草,以配忠贞;恶禽臭物,以比谗佞;灵脩美人,以媲于君;宓妃佚女,以譬贤臣;虬龙鸾凤,以托君子;飘风云霓,以为小人。"以男女之情隐喻君臣之义,在中国古诗词中颇为多见。这种喻体和喻指的关系格式化了,便逐渐失去开初的魅力,喻体成了单调的符号。而且,不是所有写男女之情的都隐喻君臣关系。后代一些解诗人考证诗人身世、仕途进退来疏解爱情诗里的一词一句,并且你争我驳,累牍连篇,其源未必不是对于隐喻的误解。李商隐的"无题"诸篇就是聚讼纷纭,清代胡以梅《唐诗贯珠串释》说:

> 义山无题、借题诸篇,说者谓其托美人以喻君子、思遇合之所由作也……如《离骚》之用有娥、高丘二姚,不过一二见,其他山川草木、鸟兽云物皆可寄托,何必沾沾缠绵于侧艳而后立言?其中真真假假、假假真真,易迷俗眼……当日癖有嗜痂,今必曲为之解,翻空作者笑人,更亦到处皆成疑团混沌,血脉梗塞,茫无条贯,诗神面目竟无洗发之日,又岂爱义山之才之谓欤!

过度的阐释与对隐喻的解读方式有关。陈骙说,隐喻"义则可寻",张惠言在《词选》的《序》里讲,"义有幽隐,并为指发"。作者的原意隐蔽,评论者可加以指明。其实，"寻"或"指"是不容易的。诗歌中好的隐喻，作者之意并非"隐"在一套密码里面，而是"隐"在鲜活的艺术形象里面。用破译密码的方式解释隐喻，往往会破坏艺术形象。王世贞《艺苑卮言》说，对李商隐的《锦瑟》，"不解则涉无谓，既解则意味都尽，以此知诗之难也"。清代屈复《玉谿生诗意》谈到这首诗说："凡诗无自序，后之读者就诗论诗而已，其寄托或在君臣、朋友、夫妇、昆弟间，或实有其事，均不可知。自三百篇、汉、魏、三唐，男女慕悦之词，皆寄托也。若必强牵其人其事以解之，作者固未尝语人，解者其谁曾起九原而问之哉！"即使作者自己有说明，读者也不一定要理会，更不必奉为唯一的解释。一首优秀的诗歌，作为隐喻的形象同时也是一个出色的赋，是出色的叙述或描写，具有独立的欣赏价值。苏东坡以为，《锦瑟》暗示了瑟曲的四种境界，这也未为不可。清代有几位论者认为，此诗是李商隐诗集的序诗，"作诗之旨趣尽在于此"；钱锺书"采其旨而疏通之"。更多的人以为是自道生平，以古瑟自况。以上的几类读者，都从诗里寻绎到乐趣。更多的人是综合地理解，并且有意无意地加进了自身的人生体验，历史学家岑仲勉觉得"此诗乃伤唐室之残破"，纪晓岚以为是感旧怀人之作，并引某人诗句"光景旋消惆怅在，一生赢得是凄凉"，谓"即是此意"。所有这些接受方式，都具有审美性，都具有合理性。隐喻的妙用，正在于它启发出读者生生不已的想象，使人常读常新。

三　兴的产生及其特色

下面我们来讨论兴。兴和比两者既有区别，又有联系，"比兴"常常被作为一个整体概念运用。早在《诗经》中，比和兴两者有时就浑融在一起，颇难区分。《小雅·小宛》："螟蛉有子，蜾蠃负之"，刘勰认为是比，说是"螟蛉以类教诲"，清代姚际恒《诗经通论》却认为这里是兴不是比。从汉代的经师到清代的学者，以至现代的研究者，对比和兴的异同、关联作了许许多多解说。其中难点是对兴的理解。对于兴，需要从发生学上探溯它的根源，也要从创作论上总结它的运用。兴，又称起兴，是诗歌中发端之词，一般是在诗的开头：或是一首诗的开头，或是诗中一章一段的开头。为什么兴总是在诗篇的开头呢？这可是大有讲究、值得深究细考的，关系到兴的根本性质。思考这个问题，应该注意到，不但兴的手法的运用是在一首诗歌作品的开头，而且，兴的频繁运用更多地见之于诗歌历史的源头，见之于远古诗歌；在后代，则较多地保存于民歌中。这个现象启示我们，兴，和原始时代文化以及文学的形态，和原始思维的特性有关。钱锺书《管锥编》用专门篇幅讨论兴，指出，"兴之义最难定"，又引宋人之语说，"大抵说《诗》者皆经生，作诗者乃词人，彼初未尝作诗，故多不能得作诗者之意也"。[14] 其实，问题不只是在于论诗者之中有些人缺乏创作经验，就是当时具有丰富文学创作经验的人，论兴也不见得能恰切允当。更根本的原因是论诗者由于当时理论视野的制约，缺乏原始文化与进入文明时代以后的文化两者性质区别的发展观念，而以一种亘古不变的文学观和自然观看待一切诗歌作品，看待一切诗歌创作手法和各种诗歌创作心理。他们不了解文学观和自然观都是发展变化的，不认为《诗经》中许多作品是民歌，更不了解原始诗歌与后世诗歌的区别，以为原始时代的人们，民间歌谣的作者的文学观、自然观与后世、与自己完全一样。用他们自己的单一观念，解释着有着巨大差别的古今不同的实际，当然就产生许多抵牾。在不同的文化发展阶段和文学发展阶段，兴具有不同的性质与特色；原始诗歌中的兴是后世诗歌中兴的渊源所自，但兴又随着文化的演变、文学的演变而发生了巨大的变化。《诗经》中的作品，并不是原始诗歌，却保存了原始诗歌、原始文化的遗痕，保存了原始思维和原始艺术心理的遗痕。研究兴，特别是研究早期的兴，离不开《诗经》（和西周及西周以前的佚诗残简）提供的材料。我们今天研究汉人关于《诗经》中的兴的论述，既涉及兴的起源，也涉及兴的演变。从发生学、发展论的角度看，兴是诗歌史上的"化石"，它是文学从原始人的综合性的、混融多种成分与性质（如生产劳动、宗教巫术、仪式、娱乐等等）的活动向逐步分离出来的、自觉的艺术活动过渡，从诗、乐、舞一体的、混合的、整体的原始艺术向分门别类、各自独立的文学艺术形态过渡中形成并留存下来的。原始人的艺术活动，与后代民间的（主要是农业社会的）艺术活动，还有若干相通相近之处；与文人的专门化的艺术活动相比，即使只是就创作心理这一点而言，差异也是极大的。原始歌谣和后代民歌的创作方式、传播方式是，以吟诵咏歌诉之于听者之耳,闻其声而感其情、会其意;文人诗歌的创作方式和传播方式主要是,以文字诉之于览者之目,睹其字而思其义,再体会其思想感情。越到后来,诗歌中音节和韵律的表情达意作用在写作中、在传播中、在接受时,越容易被忽略。两千年中对兴的研究,常常忽视了两者的这种差别,忽视了以文字为中心的创作与接受,同以口头咏唱为中心的创作与接受的差别。还有,在现代人眼中,鱼就是鱼,鸟就是鸟,树就是树;对于原始人,却并非如此简单。汉代儒生可以想象关雎"雌雄情意至,然而有别";原始时代的人,上古时代的人,乃至后代的村姑农夫,却不会有这样的联想。许多人总要用后世的心理去设想远古歌谣创作心理及接受心理,用文人的心理去设想山野百姓的心理,其结论当然就不符合艺术史的实际,也不可能对兴作出科学的解释了。[15]

原始诗歌,一般是即兴冲口而出,往往从身边、眼前的物事开头,这些物事又多为鸟兽草木。后代的民歌仍然如此。可能是眼前景物激发了他的诗情,也可能是他有了作诗的兴致,一时不知从何说起,便以眼前景物发端。孔颖达说:"兴,起也,起发己心,诗文诸草木鸟兽以见意者,皆兴辞也。"这是由其创作方式决定的。钱锺书发挥前面引述过的李仲蒙的话说:"'触物'似无心凑合,信手拈起,复随手放下,与后文附丽而不衔接,非同'索物'之着意经营,理路顺而词脉贯。"[16]这都是符合原始诗歌和后代民歌创作的实际情况的通达之言。

《文心雕龙·比兴》说:"兴者,起也……起情者,依微以拟议。起情,故兴体以立。"刘勰认为,兴就是起,兴的作用是起情,启动情感。起动什么情感?当然应该是诗的情感,是作诗的情致,是文学创作的审美情绪。比,是主体先已经有了情感,再来表现它、传达它,是主体在创作过程中间对艺术手法的运用;兴,则是起动艺术情感,是主体从非诗的心理走入诗的心理、从非审美的心理走入审美心理、从非艺术心理走入艺术心理的第一步。用什么来起动,怎样起动?这正是需要着重研究的问题的关键所在。孔颖达看出,诗人(他说的是《诗经》里那些作品的作者们)是以草木鸟兽来起动诗的情感。朱熹说,"兴,起也,引物以起吾意";在《诗·周南·桃夭》的传注中,解释首句"桃之夭夭,灼灼其华"时,朱熹又说,"诗人因所见以起兴"。他们的意思与刘勰相同。总而言之,兴的作用是起,是引起、发起、起动。

为了探讨兴怎样起动诗的情感,我们不能不提到,兴的众多定义中被引用频率最高的朱熹的定义:"先言他物以引起所咏之词"。这个定义比较明白显豁,具体而便于应用。应该注意的是,他还说过:"《诗》之兴,全无巴鼻。"同样意思由另一弟子记录为:"多是假他物举起,全不取其义。"同时,他又特别地强调:"《诗》之兴,最不紧要;然兴起人意处,正在兴。"最后这句话很关键,从直接的意思看,他物最无关紧要;从诗歌打动人的效果看,他物却十分重要。为什么不直接进入所咏之词,为什么要先言他物,要先言与所咏之词毫无关系的他物,而且完全不取其义呢?在诗歌创作活动的最早时期,原始时代的人,不可能是有意识地从事文学艺术创作,不可能先有了构思,再一字一句吟出诗来;他们往往是从对身边的熟悉的事物发出吟叹,由此开头,而唱出他们的诗。后代文人是先有了审美内容,即有了诗情、诗思、诗意,再去寻找适于表达的审美形式,寻找诗句、诗语,其诗句、诗语即是所咏之词,前面没有必要再先言他物。钱锺书先生有一句话,非常精要,抓住了问题的核心,他说,兴"功同跳板"[17]。兴,是一块跳板,是一座桥梁,它把主体从劳作、从实务引向艺术、引向审美,并从而由心理状态的转换使主体得到休息、得到愉悦。

兴怎样起到引发、过渡作用,其中可分两大类型,一是以声音、节奏、韵律为跳板,一是以自然物事蕴含的意义、意味、情调为跳板。前者主要见之于原始歌谣,见之于民歌;民歌中有不少兼有两种类型的,文人诗歌用兴则主要是后一种。关于前者,明代徐渭《奉师季先生书》说:

> 诗之兴体,起句绝无意味,自古乐府亦已然。乐府盖取民俗之谣,正与古国风一类。今之南北东西虽殊方,而妇女、儿童、耕夫、舟子、塞曲、征吟、市歌、巷引,若所谓竹枝词,无不皆然。此真天机自动,触物发声,以启其下段欲写之情,默会亦自有妙处,决不可以意义说者。[18]

"绝无意味"、"不可以意义说",指起兴的诗句其语义与作者后文要表达的感情毫无关系,有关系的只是语音上的,是节奏和韵律方面的关系。这正是原始歌谣的突出特点。格罗塞早就讲到:"原始民族用以咏叹他们的悲伤和喜悦的歌谣,通常也不过是用节奏的规律和重复等等最简单的审美的形式作这种简单的表现而已。"[19]原始人最先只是用声调的变化表达感情,直到现代,各个民族都仍然拥有大量用声音直接表达感情的词汇和短语,这类词汇和短语反复地、有节奏地吟诵,便是歌谣。为婴儿唱催眠曲,不一定需要完整的句子,不一定需要有意义的句子。恋人间表达炽烈情感,也不一定需要有意义的词语,无意义的喃喃之声反而更为传情。格罗塞还说:"每一个原始的抒情诗人,同时也是一个曲调的作者。每一首原始的诗,不仅是诗的作品,也是音乐的作品。"他又引用别的学者的话说,澳洲土人"对于歌的节拍和音段比歌的意义还看得重要些"。"为了要变更和维持节奏,他们甚至将辞句重复转变到毫无意义。"美国学者米尔曼·帕里为解开"荷马史诗之谜",曾去前南斯拉夫许多省份作大量田野调查,研究民间歌手的口头史诗演唱。他提出"有翼的词汇"的片语(the winged-words phrase)、"固定的特性形容词"(fixed epithet)。前者只有句子结构上的功能作用,"运用该片语仅仅是因为它在韵律上合适,并没有考虑它的涵义";关于后者,"固定特性形容词的使用,基于它们的韵律音长的和谐一致,而不是基于配合表达他们的涵义"。[20]中国古代诗歌的兴,早先原本就是属于这一类,它们没有意义,但在节奏上、韵律上非常重要,从而在表达情感上非常有效。我们可以设想,只要将"关关雎鸠,在河之洲"或"桃之夭夭,灼灼其华"反复咏唱,就足以构成一首完整的原始歌谣。至于接上"君子好逑"或"之子于归"等属于赋的内容则应是诗歌的文学性进一步发展以后的事。《诗经·小雅》有两首诗,有着共同的兴句,而其后的赋句的情调却是相反。《鸳鸯》的次章说:"鸳鸯在梁,戢其左翼。君子万年,宜其遐福。"《白华》的第七章说:"鸳鸯在梁,戢其左翼。之子无良,二三其德。"古今注家分别就此作了许多文章,大都不得要领,甚至不能自圆其说。而如果确认兴句可以只在韵律上起作用,无意义可言,注者就不必自寻烦恼去钻牛角尖了。远古诗乐合一,兴句的作用在吟唱中自然显现;尔后某一人群熟悉的曲调失传了,辞句则经由文字记载得以流传,而语音也发生了或大或小的变化,兴句的作用随之变得隐晦起来。《诗经·小雅·鹿鸣》:"呦呦鹿鸣,食野之苹。"毛传说:"鹿得苹,呦呦然鸣而相呼,恳诚发乎中,以兴嘉乐宾客,当有恳诚相招呼以成礼也。"陈奂《〈诗毛氏传〉疏》说:"《鹿鸣》食野草以兴君燕群臣。"这类解释穿凿牵强,因为诠释者弃音乐性关系而讲意义上的关系,在明明不可以意义说的地方偏要以意义说。《鹿鸣》全诗三章,第一章"呦呦鹿鸣,食野之苹。我有嘉宾,鼓瑟吹笙……"第二章"食野之蒿","德音孔昭";第三章"食野之芩","鼓瑟鼓琴"。《鹿鸣》曾是流行很广、流行很久的乐曲,在投壶或宴饮时用之,据说在三国时期尚有杜夔能悉其曲[21],后来曲调虽失传,但直到今天,吟诵起来仍觉声韵回环。把鹿群食草同人群宴会扯在一起,说它是比而不是兴,不伦不类,使人觉得索然无味。王夫之《古诗评选》论陶渊明《停云》时说:"用兴处只颠倒上章而愈切愈苦者,在音响感人,不以文句求也。如是,此等处令经生家更无讨线索地。"总之,在这类情况下,兴句与赋句的关系,就只在韵律上,不能以意义说。

马雅可夫斯基曾经写过一首他自己称为"民间快板"的作品,他解释说,为了民间快板的效果,"必须有出人意外的押韵,头两行诗和下面两行毫无关系。而且头两行可以叫做辅助句(陪衬句)"[22]。他也是说起句与后面"毫无关系"。我们完全有理由说,头两句就是兴,它们不可以意义说,与后面的句子"全无巴鼻",意味只在韵律上。柴可夫斯基以音乐家的身份谈到了同一问题,他说:"话语在诗的形式中已经不再是简单的说话:它们已经变成了音乐。说这一类的诗不是说话而是音乐,最好的例证就是:当你细心的把它当做说话而不当做音乐来诵读时,那些诗句就差不多没有意义。然而实际上它们不仅有意义,还包含着深思——不仅文字上的,而且纯粹音乐上的。"[23]这里说的又是,话语在语义上"没有意义"!从听觉心理效果考察那些"全无巴鼻"的兴的作用,很容易理解,很容易讲清楚;离开听觉心理效果谈这种兴的作用,越讲越糊涂。《古诗为焦仲卿妻作》的开头"孔雀东南飞,五里一徘徊",就属于这样的兴,就不能以意义说。当做说话,它差不多毫无意义;在音乐性上,它具有幽远的意味。

原始歌谣和民歌中的兴的运用很普遍,因为它们多是即兴而作,随口而唱,需要以音乐的美感触动文学的、诗歌的美感。文人之诗较少用兴,则因为它们多是精思久虑而得,作者心力专注于诗情、诗意上,他们更多地是抒写情感形态与叙述情感过程,更多地用得上赋和比。但是,在文学中,在诗歌中,以声传情毕竟是远远不够的。从单纯的以声传情即依赖语言的音乐性传情,向依靠语义,依靠语词的多义性,依靠句式的多变,依靠对于语言的各种微妙感情色彩的利用、发挥来传情发展,后面各项的成分越来越重;随着这些变化,兴,诗歌中的"他物"与"所咏之词",就从"全无巴鼻","全不取其义",变为有若即若离的关系,变为于其义有所取。汉儒指出《诗经》中有兴而兼比、兴而兼赋的,这也是诗艺发展的必然结果。朱自清《诗比兴笺》说:"《毛传》'兴也'的'兴'有两个意义,一是发端,一是譬喻:这两个意义合在一块儿才是'兴'。"梁启超《中国韵文里头所表现的情感》说:"有一种起兴是和下文有情调上的联系,大多是触景生情,就眼前所见所闻的景物,引起情感的波动。例如《饮马长城窟行》:'青青河畔草,绵绵思远道。远道不可思,夙昔梦见之。'看到了河畔的春草绵绵不断,延向远方,引起他对远方爱人的相思。""关关雎鸠,在河之洲",是兴而兼比,从鸟儿在河边欢鸣而联系到男女爱悦,也在情理之中。《牡丹亭》里杜丽娘说:"天呵,春色恼人,信有之乎! 常观诗词乐府,古之女子,因春感情,遇秋成恨,诚不谬矣。"唐诗有"忽见陌头杨柳色,悔教夫婿觅封侯","杨柳之色"使人珍惜琴瑟之爱,从自然之春联想人生青春年华,这些都是常人可以体验,易于引起广泛共鸣的。至于《桃夭》诗中,由鲜艳的桃花到青春焕发的新娘,其联想更是自然。清人姚际恒《诗经通论》说:"桃花色最艳,故以取喻女子,开千古词赋咏美人之祖。"这也可能是原始诗歌的兴向脱离音乐性而独立的后世诗歌的兴转变的一个标志吧。

民歌由单纯音乐性的兴向音乐性与文学性相结合的兴而兼比的转化,是在艺术文学的发展中自然而然地发生的,而且常常是不自觉的,是隐隐约约、若有若无的。单纯音乐性的兴和兴而兼比的兴在民歌中长期并存,在某一次创作中用哪一种兴,对于民间歌手而言往往是不经意的。文人的诗歌甚少单纯音乐性的兴,文人用兴每每在音乐效果之外兼取文字的涵义;并且,更重要的是,后世文人创作思维在心理运作中采用的符号系统是文字而不是旋律,他们写作冲动的发生大多不是由声入情而是见物生情,是由某一片景、一种境突然得到一个妙句。他们如果也用到兴,一般不会是仅仅发挥兴句的声调上的作用。一个是有意经营,一个是无心凑合,在创作心理上区别甚大,这是用比与用兴之分别。

　　进入文明社会,自然景物有时被赋予了人类社会的涵义。闻一多认为,《诗经》中以鱼为兴象,与生殖、与爱情有关[24];还有研究者认为,兴的物象与原始部落图腾有关[25]。这些,在文化学和文化心理学研究中,都是很有意思的话题。但就艺术心理学而言,文人诗歌运用兴获得很高艺术效果的,不是那些取其文化象征、宗教隐喻意义的,而是巧妙利用物象诱导的多重审美联想的作用,以及它与诗句音调韵律作用的配合。历代读李贺诗者,为其魅力所吸引,又常以其少理为憾。明人李清《听雨堂刻本余光辑解〈昌谷集〉序》说:"然而之数家者识其幻矣,未免因幻而骛,而为比为兴之理,将无未尽。"历代注家对李贺诗中的兴缺乏理解,把兴或者兴而兼比作为赋或者作为单纯的比喻去解释,觉得无理、少理,其实这恰是李贺诗的妙处所在。李贺诗最突出的个人艺术特征是其跳跃性:一首诗似由若干片构成,一片和一片之间,岭断云连,各自独立,而又相互辉耀。作为起兴的诗句尤其显得突兀峭拔、孤峰卓立,却能从韵味上领起全篇。如《浩歌》开头几句:"南风吹山作平地,帝遣天吴移海水。王母桃花千遍红,彭祖巫咸几回死?"与五、六两句不相衔接,那两句是:"青毛骢马参差钱,娇春杨柳含细烟。"前四句犹《庄子》之文,仿佛来自无何有之乡,扶摇直上九万里,用极度夸张的意象起兴。清人乔亿说:"昌谷歌行,不必可解,而幽新奇涩,妙处难言。"妙处之一就是兴的运用。即如《苏小小墓》:"幽兰露,如啼眼。无物结同心,烟花不堪剪。"首句是一个比喻,对于全诗,又是一个起兴。此诗郭茂倩《乐府诗集》收入,置之古辞《苏小小歌》之后,李贺的朋友沈亚之说他"善择南北朝乐府故词",明代诗论家胡震亨说他"深于南北朝乐府古词",宋代刘辰翁评《苏小小墓》是"本于乐章,而以近体变化之",显然李贺是受到乐府民歌善用起兴的影响,而其似比、似赋、似兴,使人玩味不尽。明代赵宧光说:"予谓贺诗妙在兴,其次是韵逸。"其兴味之兴,部分地来源于起兴之兴。李贺"未始先立题然后为诗",而是每天外出游览,有所得即书,这种写作方式也与一般文人有别;而且李贺的乐府诗很注意诗的音乐性。创作过程、创作心理的特色,导致对古乐府兴的手法的吸取。欣赏者在默诵低吟中,在无意识中体会到原始思维的人与物的"互渗",还有音与义的若即若离,因而产生神妙的快感。

思考题

1. 怎样客观地认识赋作为创作手法的作用？怎样评价汉魏六朝赋这种文体的艺术价值？

2. 举例说明隐喻和博喻的性质与特色。

3. 诗歌中运用起兴，"他物"和"所咏之词"的连接有哪几种？

注　释

〔1〕 参看郭绍虞：《六义说考辨》、《文论札记三则·六义说与六诗说》，见《照隅室古典文学论集》下编，上海：上海古籍出版社，1986 年。

〔2〕 译文用徐迟《〈伊利阿德〉选译》，此书原由重庆美学出版社 1943 年出版，此处依据邹荻帆编《诗人译诗选集》，广州：花城出版社，1985 年第 1 版。徐迟是从蒲伯的英译本转译，诗人的译作与史诗的希腊原文有出入。可参看罗念生、王焕生译：《荷马史诗·伊利亚特》，第 437—442 页，北京：人民文学出版社，1994 年第 1 版。

〔3〕 参见陈友琴编：《白居易诗评述汇编》，第 60 页，北京：中华书局，1962 年。

〔4〕 陈望道：《修辞学发凡》，第 124—125 页，上海：上海教育出版社，1979 年。

〔5〕 程俊英、蒋见元：《诗经注析》，第 618 页，北京：中华书局，1991 年。

〔6〕 《清诗话续编》，第 481—482 页，上海：上海古籍出版社，1983 年。

〔7〕 毛泽东：《给陈毅同志谈诗的一封信》，见《毛泽东诗词选》，第 167 页，北京：人民文学出版社，1986 年。

〔8〕 陈骙：《文则》，刘明晖校点，北京：人民文学出版社，1962 年。

〔9〕 参看钱锺书《宋诗选注》第 72—73 页关于博喻的介绍，北京：人民文学出版社，1982 年。

〔10〕 特伦斯·霍克斯：《隐喻》，高丙中译，北京：昆仑出版社，1992 年。

〔11〕 赵毅衡：《文学符号学》，第 169 页，北京：中国文联出版公司，1990 年。

〔12〕 黑格尔：《美学》第二卷，朱光潜译，第 127 页，北京：商务印书馆，1979 年。

〔13〕 钱锺书：《谈艺录》，第 436—437 页，北京：中华书局，1984 年。

〔14〕 钱锺书：《管锥编》第一册，第 63—64 页，北京：中华书局，1979 年。

〔15〕 约翰·迈尔斯·弗里《口头诗学：帕里—洛德理论》："我们在研究口头史诗的时候，就应当时刻牢记，口头诗歌是与文人诗歌有着极大差异的作品形

式,不可以简单套用研究文人书面作品的方法来研究这些口头创作、口头传播的作品。忽视了它的特殊性,所得出的结论就难免是隔靴搔痒,似是而非。"见该书第 19 页,北京:社会科学文献出版社,2000 年。

〔16〕 钱锺书:《管锥编》第一册,第 63 页,北京:中华书局,1979 年。又参见《谈艺录》,第 433—438 页,其中提到"参观《管锥编》","此即十八世纪以还,法国德国心理学常语所谓'形象思维';以'蝶'与'鹃'等外物形象体示'梦'与'心'之衷曲情思"。

〔17〕 同上书,第 63—64 页。

〔18〕 参见陈子展:《诗经直解》,第 516—518 页,上海:复旦大学出版社,1983 年;程俊英:《诗经注析》,第 437 页,北京:中华书局,1991 年。

〔19〕 格罗塞:《艺术的起源》第九章"诗歌",第 176 页,北京:商务印书馆,1984 年。

〔20〕 约翰·迈尔斯·弗里:《口头诗学:帕里—洛德理论》,第 47 页、第 79 页注 2、第 60 页,北京:社会科学文献出版社,2000 年。

〔21〕 参见陈子展:《诗经直解》,第 516—518 页,上海:复旦大学出版社,1983 年;程俊英:《诗经注析》,第 437 页,北京:中华书局,1991 年。

〔22〕 《怎样做诗》,《世界文学》1958 年第 4—6 期。

〔23〕 C. 波纹、B. 冯·梅克编:《我的音乐生活》,第 110—111 页,北京:人民音乐出版社,1982 年。

〔24〕 闻一多:《说鱼》,见《闻一多全集》第 3 卷,第 231—252 页,武汉:湖北人民出版社,1993 年。

〔25〕 参见赵沛霖:《兴的源起》,北京:中国社会科学出版社,1987 年。

才性与风骨

文学进入了自觉的时代之后,作家和诗学家日渐清醒地把文学创作与实用写作、与学术论著写作等非审美的领域区分开,文学的整体由以民间创作为主体发展到以文人创作为主导,这个时候,文学风格问题就凸现出来。实用写作讲究格式,尽量掩饰执笔者的个人因素;民间文学创作,个人的特色融合、淹没在群体共性之中。文学创作一旦成为个体独立的精神劳动,有志向的作家必定要追求与众不同的艺术个性,诗学家既要注意到不同文学体式要求不同的风格,更要注意到不同作者的艺术上的差异、艺术上的创新。歌德说:"风格,这是艺术所能企及的最高境界。"马克思曾经引用过法国18世纪文学家布封的名言:"风格就是人",他自己则用"构成我的精神个体性的形式"来强调风格的独特性质和重要意义。相应地,我们可以说,对作家风格的专门研究,是诗学理论走向成熟的标志。在中国古代,这种情况出现在魏晋六朝,那个时代开始有了自觉的文学风格论。

说到风格,有群体的风格和个体的风格之分、主观的因素和客观的因素之分。民族的、地域的风格,时代的风格,这是在许多作家的作品中共同体现的。至于作家个人的风格,那"是当我们从作家身上剥去所有那些不属于他本人的东西,所有那些为他和别人所共有的东西之后所获得的剩余或内核"[1]。不同的文学艺术种类、体裁、样式,要求不同的风格,需要所有的写作者参照遵循,这属于客观的因素,文体风格问题本讲第三节会涉及。这里将要讲的,着重于主观因素,着重于作家个人风格。

刘勰是六朝时期风格论的最重要的代表,他在《文心雕龙》的《定势》篇讲的是文体风格,《体性》篇讲的是作家风格。体,有区分的含义,《说文》:"盖并众体则为兼,分之则为体。"体,作为名词有形体的含义,作为动词有表现、体现和构成形体的含义。孔颖达解释《周易》中"神无方而易无体"一句时说,"体是形质之称"。郑玄在解释《诗·大雅·行苇》时说:"体,成形也。"体性作为一个词,指人的禀性。如《商君书·错法》曰:"夫圣人之存体性,不可以易人。"把它用到诗学里,体性,是指文学风格,包括文体风格和个人风格。而刘勰同时使用的术语是"才性",在《体性》篇"赞"语说到"才性异区,文体繁诡"。才性,是六朝通用的术语,并为此后诗学家所接受。《风骨》篇紧接《体性》篇之后,风骨既可泛指一切风格,又可单指刘勰最为赞赏的一种风格,即刚健、壮伟的风格。古代诗学提倡风格的多样,而论家和读者则可以有自己的偏爱。

一　才性的含义及其理论基础

文学风格论的提出和精细化,以哲学上对人的个性和才华的审视和认识为基础,才性问题在魏晋受到哲学家们特别的关注,提供了这样的基础。魏晋时代对这个问题的研究、讨论,被称为"才性论",这是哲学上的才性论。什么是才,什么是性?晋人袁准的《才性论》(见《艺文类聚》卷二十一)说:"性言其质,才名其用。"大体说来,才是指人的能力、才华,性是指人的道德、品行。

才与性的关系是一个永恒的话题，两者既有相互依存的一面；又有相互分离的一面；而在不同的时期，往往偏重其中的一个方面。对于这个问题，魏晋之际，人们总括有四种见解，即才性同，才性异，才性合，才性离。[2]其实，我们可以说，古今中外，也都存在类似的这几种看法。在魏晋时期，随着对个体独立性、能动性的重视，才能以及才能的个体独特性问题进入学者研究的范围，注入了一些全新的观念，这四种见解的冲突就凸显出来。主张才性"同"与"合"，是儒家传统的观点；主张才性"异"与"离"则是新思潮对传统的悖反。魏晋时期的新变表现在：第一，把才与性区分开，从一味地强调两者的统一，变为强调两者在一个人身上的可能的分离。《论语·宪问》说，"有德者必有言"。南宋理学家陆象山《与吴子嗣》解释："有德者必有言——诚有其实，必有其文。实者，本也；文者，末也。"魏晋时不少有识者反对先秦儒家这类武断的说法，而指出有德未必就有才。第二，把智和才、智和能分开，智是认识、领悟能力或分析、判断能力，能是操作实践能力。至于才，它与智是不完全相等的，而与能词义交错，称为才力或才能。朱熹在解释《诗·鲁颂·駉》中"思马斯才"一句的时候说："才，材力也。"才既可以指思维能力，也可以指实践能力，而主要指后者。《诗经》里说马的才力，指的当然是马奔走、载重等等能力。《荀子·正名》说："所以知之在人者谓之知，知有所合谓之智。所以能之在人者谓之能，能有所合谓之能。"中国古代长期存在某种重认知而轻实践的倾向，因此，区分才与智，客观上有利于突出才的重要。就文艺创作而言，才是指创作的才华，才华要体现为能力，写得出优秀作品方可以算得有才。第三，把各种能力分开，各行各业各有专门之才，人的天生禀赋就可能倾向其中某一方面，后天各有专攻，在不同的范围里强化、发展不同的才能。文学艺术创作是一种特殊的劳动，需要特殊的能力，不同的文学体式对才能也有各自的选择和要求。这些观点，是魏晋时期社会思潮的产物，是在"独尊儒术"的文化一统的体制被严重削弱的背景下出现的，也是审美意识的自觉，文学艺术从伦理、哲学中独立的一种表现。

以上各点中，尤其值得我们注意的是，魏晋六朝时期，人们把才与德分开来，强调两者各自的独立性，甚至强调两者不可兼得。这和先秦两汉的儒家大不相同,也和宋以后的正统思想大不相同。大抵,在思想转换变更时期,人们不赞成把人固定在体制的某个层级、位置,期望给有才华的人脱颖而出的机会,更注重才与德的分离;而在社会稳固渐进并被一种主流思想控制的时期,人们则更注重才与德的统一。显然,前者较有利于艺术上个性的张扬和杰出人才的涌现。汉魏易代,天下纷争,从才性合到才性离转变的标志人物,是曹操,他把才与德、才与性分开来衡量,以他显赫的政治地位,提出"唯才是举"的口号,开了魏晋以后的风气,给研究作家、艺术家的才能和个性提供了宽松的环境。曹操本人具有多方面的才能,更为重要的是,他作为政治家,在天下合久而分的局面下,深知网罗人才是决定成败的关键,所以下《求贤令》说:"夫有行(操行、品行)之士未必能进取,进取之士未必能有行也……士有偏短,庸可废乎?(有才能而道德有偏失,也不应排斥。)""今天下尚未定,此特求贤之急时也……若必廉士而后可用,则齐桓其何以霸世? 今天下得无有被褐怀玉而钓于渭滨者乎? 又得无盗嫂受金而未遇无知者乎? 二三子其佐我明扬仄陋,唯才是举,吾得而用之。"《令》中所说的"齐桓"之事,指齐桓公用管仲,管仲曾有贪财之名,被视为不廉;"被褐怀玉"是说穿粗布衣裳而怀抱美玉,指周文王发现并重用隐于渭水之滨的姜尚之事;"盗嫂受金"指陈平,他从项羽处投奔刘邦,为刘邦所赏识,周勃、灌婴等因为忌恨而进谗言,说他在家曾"盗嫂"(与嫂有私),治军而受诸将之金。刘邦询问原先介绍陈平的魏无知,无知回答说:"臣所言者,能也;陛下所问者,行(操行)也。今有尾生(坚守信约之人,见《庄子·盗跖》)孝己(殷高宗之子,以孝行称,见《庄子·外物》),而无益于胜负之数,陛下何暇用之乎?"儒家一向提倡德才兼备,《论语·述而》曰:"子以四教——文、行、忠、信。"后来晋代葛洪《抱朴子·尚博》仍提到:"文章之与德行,犹十尺之与一丈;谓之余事,未之前闻也。"而曹操把才作为主要的甚至是唯一的用人标准,这无异于思想上的一个革命。其后,徐干的《中论·智行》说到,士或明哲穷理,或志行纯笃,不可得兼。葛洪《抱朴子·博喻》说:"树塞不可以弃夷吾(管仲),夺田不可以薄萧何,窃妻不可以废相如,受金不可以斥陈平。"树塞,树立塞门,按当时礼制,只有天子能立塞门;管仲立塞门,受孔子指责,见《论语·八佾》。萧何多买田地以"自污",使刘邦不疑心;司马相如与卓文君私奔。他们有各自的污点,但在各自的领域都有过人的才华。不过,我们今天来看,以上的所谓"污点",很多只是不为当时社会主流规范所容,未必都真的是污点。司马相如和卓文君私奔,就得到历代文人和民间的同情。才和德不一定完全统一,却更不会注定彼此对抗;如有对抗,很可能是由于新旧道德的对抗所致。徐干立论的角度同曹操并不完全一样,但却是受了曹操的影响,他们是针对僵化的传统而发出矫枉之论。

就文学创作而言,陆机《文赋》指出"非知之难,能之难也",刘勰则说"意翻空而易奇,言征实而难巧",不但反驳了"有德者必有言",也否定了"能知者必能言"。认识文艺创作的规律和技巧是一回事,运用技巧创作出成功的作品则又是一回事。文艺创作成就高低的最后决定因素,是实际的表现能力。心里想到了还不行,必须笔下写得出来。苏轼《答谢民师书》说:"能使是物了然于心者,盖千万人而不一遇也,而况能使了然于口与手者乎?"文学家在运思过程中对于对象有了认识,却不一定能用符号、材料(文字、线条、旋律等)表现出来。唐代张怀瓘《书断序》说,"心不能授之于手,手不能受之于心",也是这个意思。

古人不但思考才与性、才与能的关系,同时也留心人与人之间性格、资质、能力的差别。孔子评论他的学生说:"柴(高柴)也愚(愚笨),参(曾参)也鲁(迟钝),师(颛孙师)也辟(偏激),由(仲由)也喭(鲁莽)。""回(颜回)也其庶乎(接近最好的),屡空(贫穷)。赐(端木赐)不受命(不安分),而货殖焉,亿则屡中(善于分析和把握商机)。"孔子客观地指出这几个学生各自的长处和弱点,人间难得有全才,长于这一领域的,可能拙于别的领域。社会越是发展,文化越是进步,分工必然细致化,明智者需要学会尊重不同领域里的不同才能。人类活动有多少个领域,人的才能就有多少种类。王充《论衡·效力》讲的正是才力的多种区分:"壮士力多者,扛鼎揭旗;儒生力多者,博达疏通。""垦殖草谷,农夫之力也;勇猛攻战,士卒之力也;构架斫削,工匠之力也;治书定簿,佐史之力也;论道议政,贤儒之力也——人生莫不有力。"一个人,长于这一方面,在这方面有才,可能短于那一方面,在那一方面无才。文学艺术的领域很辽阔,诗歌、音乐、绘画、舞蹈,各自要求与之适应的才能。即使只是在文学的范围,也还是有许多类别。文艺创作才能也不是笼统的、单一的，而是有多种类型，在每个杰出作者身上也会有不同的表现，不同的作家有驾驭不同文体的才能。《典论·论文》说："文非一体，鲜能备善。"王粲、徐干长于辞赋，陈琳、阮瑀长于章表、书记，其他文体则不见佳。《文心雕龙·才略》说桓谭作论，可比司马相如，而作赋则"偏浅无才，故知长于讽谕，不及丽文也"。作家们还各有其擅长的题材，《诗品》说刘琨"善叙丧乱，多感恨之词"。除了在作品的内容和体式上各有优势之外，刘勰还指出，作家的心理特点决定作品的情调，这是文学风格论更加重要的内容。《体性》说："是以贾生（贾谊）俊发，故文洁而体清；长卿（司马相如）傲诞，故理侈而辞溢；子云（扬雄）沉寂，故志隐而味深；子政（刘向）简易，故趣昭而事博；孟坚（班固）雅懿，故裁密而思靡；平子（张衡）淹通，故虑周而藻密。"不同的才性有不同的表现，产生出不同的风格，评论者不必扬此而抑彼。如曹植敏捷、曹丕周密，各有所长。硬要擅长于和适合于这种风格的作家追求与之相悖的风格，就违背了文学的规律。

二 文气说与才性论

怎样理解人与人在以上几个方面的差别呢？为什么有的人德正而才疏，有的人德薄而才高，有的人知而不能，有的人巧于此而拙于彼？以后的学者用承受"气"的不同，来解释人与人的这些差异。王充《论衡》的《自然》篇说："天地为炉，造化为工，禀气不一，安能皆贤？"《率性》篇说，小人与君子"禀气有厚泊（薄），故性有善恶也。残则受仁之气泊，而怒则禀勇渥（浓厚）也。仁泊则戾而少慈，勇渥则猛而无义，而又和气不足，喜怒失时，计虑轻愚"。袁准《才性论》说："凡万物生於天地之间，有美有恶，物何故美？清气之所生也；物何故恶？浊气之所施也。夫金石丝竹，中天地之气；黼黻玄黄，应五方之色。君子以此得曲直者，木之性也。曲者中钩，直者中绳，轮桷之材也。贤不肖者，人之性也。贤者为师，不肖者为资，师资之材也。然则性言其质，才名其用，明矣。"他们把人的善与恶、智与愚、巧与拙、勇与怯，都归之为禀受了不同的气。《文心雕龙·体性》说："才力居中，肇自血气，气以实志，志以定言，吐纳英华，莫非情性。"直到曹雪芹的《红楼梦》，还是以这个理论作为塑造人物的基本依据，在第二回借贾雨村之口，说天地"所余之秀气"，"误而泄出"的"邪气"，搏击掀发，男女偶秉此气而生者，聪明灵秀又乖僻邪谬，成为情痴情种，他举出的历代这类人物，如陶潜、阮籍、嵇康、顾恺之、温庭筠、米芾、唐寅、祝枝山、李龟年、黄幡绰、敬新磨……大半是文学家、艺术家，而贾宝玉正"亦是这一派人物"。由此可见，人性格之异由秉气不同所致这一观点，在文艺思想史上有着多么深远的影响。

曹操的儿子曹丕，他的《典论·论文》是中国第一篇严格意义上的文学论文，而其中心是论作家，是论作家的才能、个性。《典论·论文》的最主要贡献是提出了文气说，提出了"文以气为主"的论断，其中说：

> 文以气为主，气之清浊有体，不可力强而致。譬诸音乐，曲度虽均，节奏同检，至于引气不齐，巧拙有素，虽在父兄，不能以移子弟。

后代对"文以气为主"有不同的诠解和发挥。按照曹丕的本意，"气"应该是指人的气质，所以才说"不可力强而致"，这也符合古人对气的通行的理解。但气之清浊怎样造就世上千万人不同的秉性，古人并没有讲得清楚。后来朱熹与学生对话：

> 子晦问人物清明昏浊之殊，德辅因问："尧舜之气常清明冲和，何以生丹朱（尧的儿子，不肖）、商均（舜的儿子，不肖）？"曰："气偶然如此，如瞽叟（舜的父亲，为人昏顽）生舜是也。"某曰："瞽叟之气有时而清明，尧舜之气无时而昏浊。"先生答之不详。次日廖再问："恐是天地之气一时如此？"曰："天地之气与物相通，只借从人躯壳里过来。"[3]

朱熹答之不详，是因为他的前提就有问题，把气之清浊模式化、简单化了，解释不了学生的质疑。天地之气，有多种成分，清浊只是大致的区分。不同的成分如《红楼梦》所说，彼此"搏击掀发"，按不同的方式组合搭配，就造成人的不同气质。父母的气质遗传给子女，因为组合方式的微小差异，就有可能发生完全不同的结果。文学创作的能力和作品的风格由作家的心理素质、性格特征决定；而心理素质、性格特征是由多方面因素（包括先天的因素和后天的因素）在很长的时间里交互作用逐渐形成的，形成之后不能够随意改变,不会由于作家本人的主观愿望而相授受,不因血统关系而原样传承。

气,是中国古代哲学中的重要范畴,指的是天地宇宙最基本的元素,它以不同的组织结构和不同的方式构成万事万物。在实际使用中,在许许多多论者那里,"气"这个范畴被赋予不尽相同的涵义。例如,孟子所讲的,是作为主体精神属性的气。孟子说,"夫志,气之帅也;气,体之充也。"气由意志所统率,与主体的生理状况有关,并且支配人的感觉和行动。孟子所说的浩然之气,主要指伦理性的情感、情绪。唐宋以后的人,讲文以气为主,讲的是孟子所说的气,不是曹丕的原意,这点我在后面再来探讨。

"气"是中国哲学独有的概念,不容易在西方哲学和西方诗学的体系中说明。英国艺术教育家米歇尔·康佩·奥利雷在《非西方艺术》一书中说,对于某些专用词语,在别一种文化中、在别一种语言中,"是永远也找不到一个完全对等的翻译的,来自某种文化的人也是难以理解另一种文化的艺术之全部含义的。中文里有一个字'气',在这里可以译作 character 或 disposition,但在不同的上下文环境中,不同的历史时代还会有不同的意思"[4]。但如果不懂得"气",就很难理解中国哲学的一些重要内容;不懂得"文气",就很难理解中国古代诗学的一些重要内容。大致说来,可以在五个层次上理解"气"。

第一,是作为万物构成因素之气。《白虎通义·天地》说:"天地者,元气所生,万物之祖。"《论衡·自然》说:"天地合气,万物自生。"《易·系辞》也早讲到,"精气为物"。《文子·十守》说:"精气为人,粗气为虫。"气,被认为是构成宇宙万物,包括有生命的和无生命的,包括动物和植物,包括物质的活动或者精神的活动,是构成所有事物的基本因子。

第二,是地域之气和四时之气。各个地区有不同的风土或风水,形成不同的气。自然条件的不同,造成社会心理和人们性格的差异。《白虎通·天地》说:"地者,元气之所生,万物之祖也。地者,易也,万物怀任,交易变化。"作为万物本原的气,在运动中产生多种形态,有阴阳二气,有五行之气。《内经·素问》说:东方生风,风生木;南方生热,热生火;西方生燥,燥生金;北方生寒,寒生水;中央生湿,湿生土。曹魏时的任嘏的《道论》则说:"木气人勇,金气人刚,火气人强而燥,土气人智而宽,水气人急而贼。"曹植

《梁甫行》诗里有："八方各异气，千里殊风雨。"。曹丕《典论·论文》中所说的"徐干时有齐气"，"齐气"是齐地特有的，属于在地域之气之上生成的地区人群性格和地域艺术的风格。《论衡·率性》说："楚越之人处庄岳（齐地街里之名）之间，经历岁月，变为舒缓，风俗移也，故曰齐舒缓。"《汉书·地理志》说："凡民函五常之性，而其刚柔缓急，音声不同，系水土之风气。"《北史·文苑传序》说到地域之气对文学艺术的作用："江右宫商发越，贵于清绮；河朔词义贞刚，重乎气质。"东汉李巡的《尔雅注》，对地域之气论述甚为具体，其中说："河南其气著密，厥性安舒，故曰豫；豫，舒也。河西曰雍州，李氏云，其气蔽雍，受性急凶，故曰雍；雍，壅塞也。汉南曰荆州，其气惨刚，禀性强梁，故曰荆；荆，强也。江南曰扬州，李氏云，江南其气惨劲，厥性轻扬，故曰扬州也。"在地名里发掘地域文化特色或许有点牵强，但是，探究地理条件对居民群体心理的影响，是很有意义的。李巡的这番话被《史记正义》、《公羊传疏》等反复引用，是相当长时期人们的通识。由地域的自然之气，影响到某一地区人群形成或急凶或舒缓的性格。

地域之气的学说，用自然条件的差异解释人群之间的性格、心理共性的差异，对于破除才能、风格形成问题上的神秘论是有益的；只是强调太过，便难以与实际符合。事实上，不论古今，南方人和北方人，沿海地区的人和深山居民，其性格确有明显差别。只不过，古代交通不便，人群的流动性较低，地区差别明显。现代交往便利，人群流动性大，地区差别逐渐模糊，但也毕竟存在差别。法国的丹纳认为文艺作品必然与所诞生的环境相符，西欧的尼德兰，它的名字意思是低地，地理特征是冲积土，是河流把淤泥带到出口的地方，积聚为潮湿而肥沃的平原，富足的生活与饱含水汽的自然环境构成了物质上的和精神上的性质特征，那里人们的性格：冷静，稳健，知足，喜欢安乐。鲁本斯的绘画，那些强健的女人、结实的胸脯、精壮的醉汉，就是这片土地的产物，可以说，在他的画里，流荡的是尼德兰之"气"。丹纳的论证与李巡的论证十分类似。不过丹纳讲得清晰、细致得多，他说，与自然的气候一起，还有精神的气候，它在各种才能中作选择，"只允许某几类才干发展而多多少少排斥别的。由于这个作用，你们才看到某些时代某些国家的艺术宗派，忽而发展理想的精神，忽而发展写实的精神，有时以素描为主，有时以色彩为主"[5]。丹纳把地域因素和时代因素综合考虑,这是很正确的。

中国古代的"气"论中,与地域之气相关的是四时之气。《周易》、《内经》等多次讲到"四时之气",《灵枢经》曰:"黄帝曰,愿闻四时之气。岐伯曰:春生,夏长,秋收,冬藏,是气之常也,人亦应之。"春、夏、秋、冬、阴、晴、雨、雪,各有不同之气,并且对人的身体、对人的心理、对文艺家的创作产生影响。中医诊断和施药,都有四时之别。古代乐论说乐声要顺四时之气,画论说用笔用墨要顺四时之气。其间有不少神秘色彩,但也不是毫无道理。在俄国文学批评家的文章里,有个用语叫做"波罗金诺的秋天",因为普希金秋天到他父亲的领地波罗金诺,就会灵感迸发。可见,时和地的因素在文学创作中的作用确实存在。

第三,人体之气,即人体内部流动的精微物质。气既是万物构成的基本因子,当然也是人体构成的基本因子。《庄子·知北游》说:"人之生,气之聚也,聚则为生,散则为死。"《管子·枢言》也说:"有气则生,无气则死,生者以其气。"《吕氏春秋》说:"精气之集也,集于羽鸟,与为飞扬;集于走兽,与为流行;集于珠玉,与为精朗;集于圣人,与为敻明。"人体之气和鸟兽之气,既是同一的气,又是不同的气。作为万物之源是相同的,而"集"的方式是不同的,构成方式是不同的。关于气在人体的作用,《内经·灵枢·决气》记黄帝之言:"余闻人有精、气、津、液、血、脉,余意以为一气耳。"岐伯进一步解释,"上焦开发,宣五谷味,熏肤、充身、泽毛,若雾露之溉,是谓气。"五谷食物所化生的,充满全身、润泽肤发、给人营养的精微物质,就是气。气分布于人的全身,成为宗气(管呼吸)、营气(营养、润泽)、卫气(管皮肤腠理)、脏腑之气(管五脏六腑)、经络之气(通血脉)。这种气,在各个人身上也是不同的。《论衡·气寿》说:"人之禀气,或充实而坚强,或虚劣而缓弱。"以上所说是人的生理之气,它是精神之气的物质基础。

第四,作为人的精神之气,指的是人的精神状态,有时指的是人的积极的、肯定的、奋发的精神状态。一个人,在不同的处境中,有不同的精神面貌,有时气盛,有时气衰、气馁,成语所谓"一鼓作气"、"垂头丧气"中的"气",就是这类意思。推而广之,则指人的各种精神特色。不同的人,更有不同的精神面貌、不同的精神特性。《易·乾》卦说"同声相应,同气相求";

陆机的《辨亡论》说"故同方者以类附,等契者以气集",《抱朴子·清鉴》说"或外候同而用意异,或气性殊而所务合",总之,气性即是个人的性格特点。嵇康《明胆论》说:"夫元气陶铄,众生禀焉。赋受有多少,故才性有昏明。"后来,宋代哲学家讲的"气质",则明确地指个人的稳定的性格特征。

第五,文气或辞气,这就是文学作品的风格特征,它以前述四个层次的气,特别是以作家个人的气质、气性为根底。作家的气质、气性怎样体现在创作过程之中、体现在创作成果之中,是诗学、艺术心理学研究的课题。

曹丕所讲的气,既包含地域环境和文化传统特色在作家身上的表现,也是指作家的个人性格特征及其在文学创作上的体现。文论家们用"气"这个范畴,把以上五个方面连接起来,认为,由于先天和后天条件的不同,个人形成了自己的生理特性和心理特性,作家自觉或不自觉地将自己的心理特性渗透在创作过程,体现在作品中间。刘勰理解"文以气为主",开始与曹丕有了微妙的差别,《风骨》篇说:"故魏文称文以气为主,气之清浊有体,不可力强而致。故其论孔融则云'体气高妙',论徐干则云'时有齐气',论刘桢则云'时有逸气';公干亦云'孔氏卓卓,信含异气,笔墨之性,殆不可胜。'——并重气之旨也。"在曹丕那里有清有浊、有优有劣的中性的气,到刘勰这里变成值得作家追求的带有褒扬意味的气。不过,刘勰着重讨论的,还是每位优秀作家的气的不同,由气的不同带来的作品风格的不同。

曹丕、刘勰和中国古代其他研究作家个性风格的论者所说的气,在一定意义上相当于现代心理学所说的气质。气质(temperament),是人的稳定的心理特征;它表现在人的各种心理活动上,如意志力的强弱,情绪体验的敏锐或迟钝,注意集中时间的长短,心理活动的指向是内倾还是外倾,以及心理活动转换的灵活性等等。在古代,人们通过观察、接触,发现了人在上述各个方面的区别,于是提出了气质问题,把人划分为若干类型。至于人为什么有这些不同,开始只能是猜测和推论。古希腊人设想,人在出生时具有不同的体液,若干体液元素在人体内的不同比例,造成个人特有的气质。公元前5世纪的希波克拉底提出四种类型,即多血质、粘液质、胆汁质、抑郁质。曹丕区分清浊二气,希波克拉底区分四种类型,在各自的文化空间里,都被长期沿袭、继承,他们的不同分法,体现了东西方民族的心理学思想的不同特色。

三　才性与风格类型

　　世界上没有两个人长得完全一样,也没有两个人的个性完全一样,更不会有两个作家的风格完全相同。《左传·襄公三十一年》记子产的话说:"人心之不同如其面焉,吾岂敢谓子面如吾面乎!"《文心雕龙·体性》篇说,作家们"各师成心,其异如面"。刘勰在公元 6 世纪,就抓住了风格问题的核心和关键。越是艺术造诣高的作家,风格的独特性越强。性格、才能既然是因人而异,政治家、学者和文学家、艺术家就从各自的目的出发,去了解不同人的性格和才能。怎样细致、准确地了解人的性格和才能,也就成了一个课题、一门学问。曹魏时的刘劭作《人物志》,在第一篇《九徵》中开宗明义指出:"盖人物之本,出乎情性;情性之理,甚微而玄,非圣人之察,其孰能究之哉!"他的这本书就是要究察人的情性的奥秘,而且确实推进了中国人对这个问题的思考,是中国最早的对个性和能力作系统研究的著作。宋人阮逸刊刻这本书的时候作序说:"其述品性之上下,材质之兼偏,研幽摘微,一贯于道。"《人物志》适应当时察举选士的需要,汤用彤先生说它"集当世识鉴之术",足见它也是一个时代的产物。在谈到人的内在心理特质与外在表现的关系的时候,《人物志》说:"故其刚柔、明畅、贞固之徵,著乎形容,见乎声色,发乎情味,各如其象。"人性格的刚柔等等不同就像他们外表之不同,但外表容易分辨,性格却非一眼即可看出,要从人物的行为中反复验证,"必待居止然后识之。故居视其所安,达视其所奉,富视其所与,穷视其所为,贫视其所取,然后乃能知贤否。此又已试,非始相也"。对人物反复、细致观察并加以分析的结论,已经不是最初刹那的第一印象。这些论述对于画家和文学家通过观察把握描写对象的性格特征,很有指导作用。这部书把人的才性分为十二大类,各自适合于不同的职分、行当,"能出于材,材不同量,才能既殊,任政亦异"。"有器能,冢宰之任也";"有文章,国史之任也"。在文学创作的范围,有人适于作论,有人适于作赋。适性而行,较易于取得成功;违性而行,会遇到更多更大的障碍。我们在刘勰的《文心雕龙》中,不难看到这些论述的影响的痕迹。

文艺家不同的性格,最终表现为作品不同的风格。文学艺术风格的鉴别,比对人的性格特征的区别更难,理论家们也是把它们划分为若干种类。关于文学风格的划分,曹丕《典论·论文》中的"应玚和而不壮,刘桢壮而不密",说的是作家的风格,他又讲到四类八种文体的风格:"奏议宜雅,书论宜理,铭诔尚实,诗赋欲丽"。陆机《文赋》也涉及这两个方面,先说到"夸目者尚奢,惬心者贵当,言穷者无隘,论达者唯旷"。意思是说,有的在意形式的耀眼,追求词藻丰赡华丽;有的注重自己思想情感的传达,追求简洁精当;语言贫乏的作品就显得局促(无隘的"无"是语助词,和"唯"的用法相同),叙述畅达的作品则显得明朗开阔。后面再说:"诗缘情而绮靡,赋体物而浏亮,碑披文以相质,诔缠绵而凄怆,铭博约而温润,箴顿挫而清壮,颂优游以彬蔚,论精微而朗畅,奏平彻以闲雅,说炜烨而谲诳。"对文体风格讲得更细致一些。《文心雕龙·定势》说:"是以括囊杂体,功在铨别,宫商朱紫,随势各配。章、表、奏、议,则准的乎典雅;赋、颂、歌、诗,则羽仪乎清丽;符、檄、书、移,则楷式于明断;史、论、序、注,则师范于核要;箴、铭、碑、诔,则体制于宏深;连珠、七辞,则从事于巧艳:此循体而成势,随变而立功者也。"古人细说文体风格,因为掌握文体风格对学习写作的人很有用。像奏议、碑诔等应用文体,必须遵循公认的风格,固然没有疑义;就是文学文体,古代在一个时期也有其稳定风格。宋代以后,适应人们学习的需要,先后有《文章正宗》、《文章辨体》《文体明辨》等专论文体的书。万历年间,顾尔行在《文体明辨序》里说:"陶者尚型,冶者尚范,方者尚矩,圆者尚规。文章之有体也,此陶冶之型范而方圆之规矩也。"我们欣赏古代文学作品,对各个时期主导的文体风格有所了解,对作品的艺术上的得失,会有更细腻的体会。这个问题,在第十三讲还会再谈到。

《文心雕龙·体性》谈的是作家的个人风格,在对大量文学现象归纳的基础上,提出八体:

> 若总其归塗,则数穷八体——一曰典雅,二曰远奥,三曰精约,四曰显附,五曰繁缛,六曰壮丽,七曰新奇,八曰轻靡。

八体分四组两两对应:"雅与奇反,奥与显殊,繁与约舛,壮与轻乖。"应该强调指出的是,八体并不是如一些研究者所说是八种风格,而只能说是八种风格类型。文学风格最突出的特点,是它的不可重复性。每个杰出作家风格都不相同,不能把古往今来作家的风格归为几种,只能归为若干类型。比如说,幽默是一种风格类型,每个成熟作家的幽默又各有其个人色调。茅盾指出,老舍的幽默锋利多于蕴藉,有时近于辛辣;沙汀的幽默谨严而含蓄,多弦外之音,耐人寻味,但含蓄过甚,读者猝难理会。对刘勰说的八体,也要这样理解,陆游诗的壮丽不同于曹操诗的壮丽。个人风格虽然千差万别,刘勰认为,大概不出这八种类型的范围。在对不同风格类型的说明中,刘勰的价值判断取向明显不一样。如说"轻靡者,浮文弱植,缥缈附俗者也",这当然绝不是肯定和赞扬。但是,刘勰也没有否认八体中任何一种的存在价值。他说:"八体虽殊,会通合数,得其环中,则辐辏相成。"八种类型都不宜走向极端。划分风格类型对于文学批评、文学理论和文学史的研究,提供了便利。

刘勰论风格,多是从理论上归纳和概括;钟嵘则在对具体作家的评论中,体现他的风格观。他盛赞曹植"骨气奇高",批评张华"务为妍冶","儿女情多、风云气少",并引谢灵运的话:"张公虽复千篇,犹一体耳。"他和刘勰一样不喜欢"轻靡"的风格,也不满于风格的单调。

到了唐代,诗坛群星闪耀,诗人们各自表现其独特的艺术个性,诗学家对诗歌风格的研究也随之深入,对不同风格的细微差别的分辨也更加细致。皎然《诗式》提出"辨体有一十九字",那十九字就是十九种风格类型:高、逸、贞、忠、节、志、气、情、思、德、诫、闲、达、悲、怨、意、力、静、远。司空图《诗品》提出诗歌风格有二十四品,二十四品是:雄浑、冲淡、纤秾、沈著、高古、典雅、洗炼、劲健、绮丽、自然、含蓄、豪放、精神、缜密、疏野、清奇、委曲、实境、悲慨、形容、超诣、飘逸、旷达、流动。《诗品》对所列二十四品,每种用一首四言诗来加以描述,例如,对雄浑的描述是:

> 大用(道的本体)外腓(庇护),真体(主体精神)内充。
>
> 返虚入浑(浑厚),积健为雄。
>
> 具备万物,横绝太空。
>
> 荒荒油云,寥寥长风。

超以象外,得其环中。

持之非强,来之无穷。

对纤秾的描述是：

采采流水,蓬蓬远春。

窈窕深谷,时见美人。

碧桃满树,风日水滨。

柳荫路曲,流莺比邻。

乘之愈往,识之愈真。

如将不尽,与古为新。

对沈著的描述是：

绿林野屋,落日气清。

脱巾独步,时闻鸟声。

鸿雁不来,之子远行。

所思不远,若为平生。

海风碧云,夜渚月明。

如有佳语,大河前横。

对含蓄的描述是：

不著一字,尽得风流。

语不涉己(字面上看很平淡),若不堪忧(内里很深沉)。

是有真宰,与之沉浮。

如渌满酒,花时返秋(像酒力慢慢发散、像秋色缓缓沁入人心)。

悠悠空尘,忽忽海沤(水泡)。

浅深聚散,万取一收。

对悲慨的描述是：

大风卷水,林木为摧。

适苦欲死,招憩不来。

百岁如流,富贵冷灰。

大道日丧,若为雄才。

壮士拂剑,浩然弥哀。

萧萧落叶,漏雨苍苔。

二十四品写成二十四首诗,每一首诗描述一种风格类型,而主要采取的是比喻和象征的方法;诗本身就很优美,它的文字既是对一种风格的说明、比喻,又是这种风格的示范。用比喻和象征引导读者体会艺术风格的韵味,正符合中国古代诗学感性化的特征。《二十四诗品》的广泛流传,在于它适应了中国文人的审美习性。《二十四诗品》是否为司空图所作,学界存在争议,这里不去详说。司空图在《题柳柳州集后序》中品评唐代诸家诗文,说韩愈的歌诗"驱驾气势,若掀雷揭电,奔腾于天地之间",说杜甫、李白的文章"宏拔清丽",张九龄的五言诗"沈郁"。他在《与王驾评诗书》中说王维和韦应物的作品"趣味澄复,若清风之出岫",元稹和白居易"乃都市豪估"。可见,司空图确实惯于和善于以比喻象征形容艺术风格。司空图在《与李生论诗书》中说,"愚以为辨于味而后可以言诗也",要求能够辨识各种风格,认为这是谈论诗学的前提。辨味,只从文本,就能够体会到各种艺术风格的微妙之处,从各种风格的文本得到不同的审美快感,这是文学欣赏的高境界,也是文学欣赏中最有乐趣的地方。

风格类型的划分依据,既有作品内容方面的,也有作品形式方面的。刘勰说典雅是"镕式经诰,方轨儒门",这是就思想方面而言;说精约是"覈字省句"、繁缛是"博喻酿采",是就文字和修辞方面而言。但他对内容和形式两者并未完全分割,《体性》篇中说"文辞根叶,苑囿其中",每种风格类型,都牵涉"根"和"叶"。德国19世纪文艺理论家威克纳格说,风格论的研究对象主要是语言表现的外表,是外在形式,如词汇的选择、句法的构造,"可是,老实说,风格并不仅仅是机械的技法,与风格艺术有关的语言形式大多必须被内容和意义所决定。风格并非安装在思想实质上面的没有生命的面具,它是面貌的生动表现,活的姿态的表现,它是由含蓄着无穷意蕴的内在灵魂产生出来的"。"因而,在风格论的探讨中,我们必然既不容许也不期待超越诗学或修辞学所处理的范围。同样,风格论的目的也只能是对已有的文学材料加以理论上的阐释,而理论家所能做的则不过是在学生中间唤起理性的自觉的欣赏力并培养他们的批评力而已。"[6]西方的风格论、风格学,多是从细节的剖析中引出最后的结论。瑞士的沃尔夫林在他的名著《艺术风格学》中说,通过绘画里的一段树枝,可以鉴别出是由雷斯达尔(17世纪荷兰画家)画的,还是由霍贝玛(17世纪荷兰另一位画家)画的,"因为形式感的全部要素都体现于甚至是最小的一段树枝中",即使画的是同一种树,霍贝玛的显得明快轻盈,线条跳跃,叶簇扩散开来;雷斯达尔的则是庄重沉稳,线条充满力量,轮廓起伏缓慢,树叶簇聚在一起。[7]中国古代书画的鉴定以及诗歌评论中,也有这类细致精密的分析。茅盾曾经说过,把赵树理作品的片断"混在别人的作品之中",也可以分辨出来。这一方面是由于赵树理风格独特,另一方面是由于茅盾的审美感觉敏锐。不过,中国古代的风格论,更多的是强调对作品总体韵味的感受,而相对忽略细节的分析。前面提到的辨体十九字和二十四诗品,都只能说是接受者的主观感受。不同接受者的感受有粗糙的、有精细的,每个人的审美感觉可以在欣赏实践中训练,多读、细读、熟读优秀作品,鉴赏能力就会逐渐提高。我们今天最好把技术性的分析和整体感受结合,从两种途径来唤起欣赏力和培养批评力。

中国古代风格论多像二十四诗品这样,用生动的文学语言,用比喻和象征描述作品的风格效果,描述鉴赏者对作品风格的感受。这是中国古代诗学的特色之一,很值得我们用心了解,有所择取。六朝时期,品人品诗,就喜欢作这类描述。钟嵘《诗品》里有:

> 范云诗宛转清便,如流风回雪。邱迟诗点缀映媚,如落花在草。

宋代叶梦得《石林诗话》说:

> 古今论诗者多矣,吾独爱汤惠休称谢灵运为"初日芙蕖"、沈约称王筠为"弹丸脱手"两语,最当人意。"初日芙蕖",非人力所能为,而精采体妙之意,自然见于造化之妙,灵运诸诗,可以当此者亦无几。"弹丸出手",虽输写便利,动无留碍,然其精圆快速,发之在手,筠亦未能尽也。

叶梦得从两个比喻中引申出理论内涵,后人还可作更详细、丰富的发挥。足见,这类比喻并不是苍白空洞,而是含义深厚。在唐宋之后,这种描述日渐盛行。韩愈的《醉赠张秘书》写道:"君诗多态度(这里的"态度"是优美风姿的意思),蔼蔼春空云。东野动惊俗,天葩吐奇氛。张籍学古淡,轩鹤避鸡群。"敖陶孙《臞翁诗评》说:"魏武帝如幽燕老将,气韵沈雄;曹子建如三河少年,风流自赏;鲍明远如饥鹰独出,奇矫无前;谢康乐如东海扬帆,风日流丽;陶彭泽如绛云在霄,舒卷自如;王右丞如秋水芙蕖,倚风自笑;韦苏州如园客独茧(一个特别大的蚕茧缫成的丝品,质地均匀,形容诗歌条理细密),暗合音徽;孟浩然如洞庭始波,木叶微脱;杜牧之如铜丸走坂,骏马注坡;白乐天如山东父老,课农桑言,言皆实……"在音乐、绘画、书法评论中,这类描述也很多。宋人论书法的《宾退录》记载:梁武命袁昂作《书评》……其略云:"蔡邕书骨气洞达,爽爽如有神力。程旷平书如鸿鹄弄翅,颉颃布置,初云之见白日。萧思话书如舞女低腰,仙人啸树。李镇东书如芙蓉之出水,文彩如镂。金桓元书如快马八陈,随人屈曲,岂须文谱。"《唐书·王勃传》记述,张说与徐坚论近世文章说:"李峤、崔融、薛稷、宋之问之文,如良金美玉,无施不可。富嘉谟如孤峰绝岸,壁立万仞,浓云郁兴,震雷俱发,诚可畏也。若施于廊庙,骇矣。阎朝隐如丽服靓妆,燕赵歌舞,观者忘疲。"现代一些批评文章继承古代笔法,鲁迅在逝世前不久,为白莽《孩儿塔》作的序中说:"这是东方的微光,是林中的响箭,是冬末的萌芽。"茅盾评述当代小说的风格的语言:"有时细针密缕,有时大刀阔斧,五分之四是疾风迅雷,五分之一却是晓雾涟漪"[8];他论述风格的多样性说,作家应"既能以金钲羯鼓写风云变色的壮丽,也能用锦瑟银筝传花前月下的清雅","文气既要能像横槊据鞍,千人辟易,也要能像岁时伏腊,欢腾田野"[9]。这样的文学评点对读者很有感染力、吸引力,也有其局限,就是模糊笼统。《石林诗话》提到:"司空图记戴叔伦诗云:'诗人之词如蓝田日暖,良玉生烟',亦是形似之微妙者,但学者不能味其言耳。""学者不能味",不仅是因为学诗者素养的欠缺,也因为描述方式造成过大的不确定性。

四　风骨与阳刚之气

艺术风格的形成有先天和后天两方面的因素，《体性》篇开头说："夫情动而言形，理发而文见，盖沿隐以至显，因内而符外者也。然才有庸俊，气有刚柔，学有浅深，习有雅郑——并情性所铄，陶染所凝。是以笔区云谲，文苑波诡者矣。"刘勰在同一篇中还说："若夫八体屡迁，功以学成"；"才有天资，学慎始习，斫梓染丝，功在初化"，砍削木材制作器具，染练丝绢以制衣饰，作成之后，难以改变。"故宜摹体以定习，因性以练才"。这里所说的作家素质的四个方面，"才"和"气"是先天的，"学"和"习"是后天的，后天因素对先天因素可以有补充以至修正的作用，只是早期的熏染更具有决定性的作用。既然这样，作家就有自觉追求和养成某种他所喜爱的、理想的风格的可能。每一个作家根据自己先天的资质和后天的环境，来有意识地锤炼某种风格。

刘勰列举"八体"，曹丕则只说两大类，即：气之清浊有体，体，在这里是区分的意思，就是说，气有清和浊的区别。上面说过，后代对曹丕这段话有不同的阐释。清气与浊气，有人以为是指阴阳二气。左思《魏都赋》说："夫泰极剖判，造化权舆，体兼昼夜，理包清浊。"昼夜也是阴阳，李善注《文选》对此解释说："清轻者上为天，浊重者下为地。"天在上，是清，是阳；地在下，是浊，是阴。庾信《燕射歌辞·周五声调曲·宫调曲》之一有"气离清浊割，元开天地分"之句，也以清气属天、浊气属地。所有这些作者和注释者，都沿用两分法，肯定气有清浊、阴阳的区别。天地的清浊之气或阴阳之气赋之于人，人禀受了不同的气，有人受了清气、阳气，有人受了浊气、阴气，他们的禀性就有了两大类别。文学家禀受了不同的气，形成了文学艺术风格的两大部类。在曹丕那里，在中国古代哲学思想中，清气和浊气、阴气和阳气，只是两种不同的部类，并没有作高下、贵贱的等级区分。后来的诗学家在讲"气"的时候越来越明显地偏于一个方向。刘勰《文心雕龙·风骨》说："是以缀虑裁篇，务盈守气，刚健既实，辉光乃新。"钟嵘《诗品》说："仗气爱奇，动多振绝，真骨凌霜，高风跨俗，但气过其文，雕润恨少。"谢灵运《拟魏太子邺中集刘桢诗序》说："卓荦偏人，而文最有气，所得颇经奇。"他们都把气特指刚健之气,虽然气盈、气盛会使作品刚健而有辉光,但气压倒了文采也还是不好。在这样的基础上,古代诗学提出了风骨论,风骨论赞成阴阳协调,但倡导的主要是阳刚之气。陈子昂被认为是从齐梁到唐代转变风气的人物,他的《与东方左史虬修竹篇》说:"文章道弊五百年矣,汉魏风骨,晋宋莫传……齐梁间诗,采丽竞繁,而兴寄都绝。"汉魏风骨,是梗概多气的阳刚之气;齐梁之文,则多阴柔之气。稍后,孟郊《读张碧集》回顾唐代文学演进写道:"天宝太白殁,六义已消歇……先生今复生,斯文信难缺。下笔证兴亡,陈词备风骨。"表示对李杜为代表的盛唐豪迈风格的尊崇。唐人论诗,多有提倡风骨之语,如殷璠《河岳英灵集》说:"颢年少为诗,名陷轻薄,晚节忽变常体,风骨凛然……可与鲍照并驱也。""高常侍(高适)性拓落不拘小节,其诗多胸臆语,兼有风骨,故朝野通赏其文。""陶翰既多兴象,复备风骨。"这里提到的诗人,作品多刚健壮伟之声。明代胡震亨说,唐人选唐诗,殷璠"独取风骨",是因为由于萧统《文选》的影响,使得"艳藻日富",如果不提倡风骨,不足以纠正偏向而开创一代新风;但矫枉太过,不得不回过头来"移风骨之赏于情致"。明代诗学家仍然多承袭风骨论,徐献忠说:"岑嘉州(岑参)以风骨为主,故体裁峻整,语多造奇。"高棅说:"昌黎(韩愈)博大而文,其诗横骛别驱,崭绝崛强,汪洋大肆而莫能止。《秋怀》数首及《暮行河堤上》等篇风骨颇逮建安,但新声不类,盖正中之变也。"胡应麟说:"仲默云,右丞他诗甚长,独古作不逮,读其集大篇,句语俊拔,殊乏完章;小言结构清新,所少风骨。"风骨这个词,有中性的和褒义的两种用法:中性的指人的风度或文的格调;用于褒义指人的刚正气概,或文艺作品刚健、雄迈、遒劲的格调。《风骨》篇说,"情与气偕",风骨归根结底来源于气,是气的表现。讨论风骨,不能离开气。

在古代诗学中,从孟子的养气说开始,气被界定为伦理之气,把"道德"和"文章"紧密地联系在一起,先有道德而后有文章,有道德之气而后有文章之气。养气说建立了历代文人律己和衡文的标准,孟子要求浩然之气,韩愈《答李翊书》提出"气盛言宜"。苏辙《上枢密韩太尉书》说:"文不可以学而能,气可以养而致";孟子的文章"宽厚宏博",司马迁"其文疏荡,颇有奇气","此二子者,岂尝执笔学如此之文哉?其气充乎中,而溢乎其貌,动乎其言，而见乎其文，不自知也"。陆游《次韵和杨伯子主簿见赠》说："谁能养气塞天地，吐出自足成虹霓。"孟子、韩愈、苏辙、陆游讲气，是阳刚之气，他们不提倡阴柔之气。清代散文家管同《与友人论文书》更断然提出："舍刚大而言养气，不可以为养气也。"强调阳刚之气的人，重视作家人格力量在创作中的重大作用，这成为中国文学创作与文学理论传统的主流，起到积极作用；但以为道德好文章必定好，则失之偏颇。宋代王十朋为蔡襄《端明集》写的序里说："文以气为主，非天下之刚者莫能之，古今能文之士非不多，而能杰然自名于世者亡几，非文不足也，无刚气以主之也。孟子以浩然充塞天地之气而发为七篇仁义之书，韩子以忠犯逆鳞、勇叱三军之气而发为日光玉洁、表里六经之文。故孟子辟杨墨之功不在禹下，而韩子觝排异端攘斥佛老之功又不在孟子下，皆气使之然也。"至于宋代，也有一批这样的作家，譬如欧阳修，"其刚气所激，尤见于《责高司谏书》"。这确是一个很典型的例子。宋仁宗时，范仲淹上书言事，触犯宰相，被贬官，一些正直的官员向皇帝进言，为范仲淹辩解，并因此而受牵连，身为左司谏的高若讷不但不主持正义，反而诋毁范仲淹。欧阳修便写了这封信。其中说："夫人之性，刚果懦软，禀之于天，不可勉强。"你要是"惧饥寒而顾利禄"，不敢说话，"此乃庸人之常情"，还可以怜悯。"今乃不然，反昂然自得，了无愧畏"，"是足下不复知人间有羞耻事尔！"末尾说，你可以把这封信报告朝廷，"使正予罪而诛之"。这封信大义凛然、理直气壮，作家的人格力量构成文章的"刚气"，感动着近千年来无数读者。

文以气为主，被解释成了文以阳刚之气为主，阴柔者不成其为气了。刘克庄《刘圻父诗序》说："文以气为主，少锐老惰，人莫不然。世谓鲍照、江淹晚节才尽，余独以为气有惰而才无尽，子美夔州、介甫钟山以后，所作岂以老而惰哉？"杜甫和王安石老年之作，依然有风骨。杜甫去世前夕，贫病交加，飘泊湘江上，念念不忘的还是苍生社稷，作长诗《风疾舟中伏枕书怀》，有"战血流依旧，军声动至今"之句。这充分说明，气主要不是生理的，而是伦理的、道德的。文以气为主，又被解释为锐气、创新的意志和能力。明代皇甫汸《杨忠愍公集序》说："昔人有云，文以气为主，而才以昌之。王充著养气之篇，刘勰广程才之论，柳冕谓才多而养之可以鼓天下之气，天下之气生则君子之风盛,斯又世道关焉,而文之时义大矣。"总之,许多论者把气解释为由道德、人格而产生的精神力量。按照这样的理解,对于杜甫、陆游、辛弃疾一类作家,评价就高;对于李商隐、柳永、李清照一类作家,评价就要低一些。

五 阳刚阴柔与中和之美

不过,中国古代诗学又是主张阴阳协调的。按照中国人的思维方式,清浊之分或阴阳之分,不仅概括了人的气质的两大类别,而且表示了对于每一种气质的构成要素及其相互关系的理解,以及对于两类气质之间关系的理解。用这个根本的原则来考察人的气质,不同的人所禀受的气虽有阴阳之分,但这只是说总的倾向。事实上,每个人的气质中,都有阴阳两种成分,不会是绝对的、完全的阴,或绝对的、完全的阳。在每个人身上,阴阳两气都在不停地相互作用,所以,人的气质既有稳定性,又有变动性。也因为如此,人和人千差万别,偏于阴的人们之间,偏于阳的人们之间,没有两个人是一模一样的。人的身体和精神,都需要阴阳协调。文学艺术也需要阴阳协调,在优秀的文学艺术家身上,阴阳刚柔总是不同程度地结合着。例如陶渊明,他既有"采菊东篱下,悠然见南山"这类平和恬适的诗句,又有"刑天舞干戚,猛志固常在"那样"金刚怒目"式的诗句。例如李清照,她既有"帘卷西风,人比黄花瘦"这类婉约凄清的诗句,又有"生当作人杰,死亦为鬼雄"那样慷慨雄豪的诗句。更深一层说,在陶渊明的平和中,就含有不向世俗低头的奇崛;在李清照的凄清中,就含有对爱情的坚贞执著。总而言之,阴阳二气既是相生相克,又在变化中调和。这一观念,是中国的气质论的精华,也是中国古代诗学文气论的精华。

阴阳,是中国哲学的最基本的范畴;刚柔,也是中国哲学的常用概念。在中国古代哲学里,阴阳,指的是世界万物的两种基本的相互对立和对应的属性。凡属向上的、向外的、动的、明的、热的、强的为阳,向下的、向内的、静的、冷的、暗的、弱的为阴。阴阳的彼此作用,作成和推动万物的孳生、发育和发展。《周易》本身正是用阴阳二爻的错综变化,来解释说明一切自然的、社会的现象,预测它们将会发生的变动。刚柔,指的是事物的两种性质或者状态,刚柔同阴阳往往有对称的关系,在有的论者那里,刚柔可以和阴阳等同。《易·系辞上》说,"一阴一阳之谓道",万事万物,都由阴阳两个方面构成,都包含阴和阳的相互对立、相互渗透、相互协调、相互融合。《易·系辞》一再讲到"刚柔相推,而生变化","刚柔相摩,八卦相荡"。唐代孔颖达解释《周易》的思想说:"论其气即谓之阴阳,语其体即谓之刚柔。""乾,阳物也;坤,阴物也,'阴阳合德而刚柔有体'者,若阴阳不合,则刚柔之体无从而生,以阴阳相合乃生万物,或刚或柔,各有其体,阳多为刚,阴多为柔也。""是故刚柔相摩者,以变化形见,即阳极变为阴,阴极变为阳,阳刚而阴柔;故刚柔共相切摩,更递变化也。"中国医学用阴阳来说明人的生理状况和变化,探讨各种疾病的根源,求得治疗的依据。阴阳刚柔也可以用来说明人的心理、人的情感及其在艺术中的表现。《礼记·乐记》说,先王制乐,"合生气(郑玄注:"生气,阴阳气也。")之和,道五常之行,使之阳而不散,阴而不密,刚气不怒,柔气不慑;四畅交于中而发作于外,皆安其位而不相夺也"。无论在哪个范围,古人都是主张阴阳刚柔的调和。刘劭的《人物志》说,人的性格气质,最好是对立因素的调和:"凡人之质量,中和最贵矣。""是故直而不柔则木,劲而不精则力,固而不端则愚,气而不清则越,畅而不平则荡。"把这种思想用到文学艺术,沈约《宋书·谢灵运传论》开头说:"民禀天地之灵,含五常之德,刚柔迭用,喜愠分情。夫情动于中,则歌咏外发。"天地的阴阳刚柔,社会的阴阳刚柔,人心的阴阳刚柔,音乐和诗歌的阴阳刚柔,一层层按相应模式构成,彼此有着同构而相和的关系。

从刘勰以后,阴阳刚柔多用于描述作家作品的风格。唐人所作《晋书·文苑传》说:"赏好生于情,刚柔本于性。情之所适,发于咏歌,而感召无象,风律殊制。"作者的性情的刚柔,决定了作品风格的刚柔。阴阳这对范畴是由对立的两面组成,每一事物其阴与阳的量度有多少之别,其发展变化有两种因素各自增减、升降、消长之别,阴与阳的组合方式也千差万别;在每一事物中阴与阳的比重不一,或阳胜阴,或阴胜阳,因而才各有个性,生出亿万的品类。但无论何时何地,都不应该一有一无。文学作品也是这样,雄健、豪放、壮伟的属阳刚,秀雅、婉约、冲淡的属阴柔,这都是就其总体倾向而言,细细体味、分析,则好的作品兼具两种成分,有阳无阴或有阴无阳,都不成其为文章。两千多年来,除了《老子》谈到"柔弱胜刚强"之外,一般多尊阳刚而抑阴柔。从纯审美的角度说,两者不应有高下之分;区分高下,是加入了社会价值判断的结果。中国古代诗学论气质,论气质与风格的关系,有三点值得留意:第一,不是专门注重气或气质的具体组成成分,而是更注重它的结构形态,组成成分有基本的类别,结构形态则是无穷无尽;第二,不是专门注重气或气质的稳定的一面,而是更注重它的运动形态,注重个体的气质的形成和变化过程,注重主体以自我修炼对于气质的改善;第三,不是赞赏气或气质的偏胜,而是更赞赏它的善于转化和协调,以中和为最美。清代姚鼐和许多前人一样,不是平均地、平等地对待阳刚和阴柔两大风格类型,他在《海愚诗抄序》中说:"其在天地之用也,尚阳而下阴,伸刚而绌柔,故人得之亦然。文之雄伟而劲直者,必贵于温深而徐婉。温深徐婉之才,不易得也,然其尤难者,必在乎天下之雄才也。"但他更反对走到极端,说:"刚者至于偾强而拂戾,柔者至于颓废而阘幽,则必无与于文者矣。"他在《复鲁絜非书》对此更有总结性论述:

> 鼐闻天地之道,阴阳刚柔而已。文者,天地之精英,而阴阳刚柔之发也。惟圣人之言,统二气之会而弗偏,然而《易》、《诗》、《书》、《论语》所载,亦间有可以刚柔分矣。值其时其人,告语之体各有宜也。自诸子而降,其为文无弗有偏者。其得于阳与刚之美者,则其文如霆,如电,如长风之出谷,如崇山峻崖,如决大川,如奔骐骥;其光也,如杲日,如火,如金镠铁;其于人也,如凭高视远,如君而朝万众,如鼓万勇士而战之。其得于阴与柔之美者,则其文如升初日,如清风,如云,如霞,如烟,如幽林曲涧,如沦,如漾,如珠玉之辉,如鸿鹄之鸣而入寥廓;其于人也,漻乎其如叹,邈乎其如有思,暖乎其如喜,愀乎其如悲。观其文,讽其音,则为文者之性情形状举以殊焉。且夫阴阳刚柔,其本二端,造物者糅而气有多寡进绌,则品次亿万,以至于不可穷,万物生焉。故曰:一阴一阳之为道。夫文之多变,亦若是已。糅而偏胜可也,偏胜之极,一有一绝无,与夫刚不足为刚,柔不足为柔者,皆不可以言文。

姚鼐的思想来源于先秦儒家,特别是来源于孔子本人的中和的观念。孔子和先秦儒家处于西周礼制动摇、旧的秩序崩坏、社会矛盾复杂激烈的变革环境之中，从调和矛盾、维护旧制的社会政治目标出发，他们对于文学艺术的品格，对于文艺作品在接受者那里发生的心理效果，提出的一条根本要求，就是中和，开创了以中和为美的思想原则。

中和，首要的是情感的中和。孔子说："《关雎》乐而不淫，哀而不伤。"这是孔子本人从艺术上、审美上，对中和最典范的解释。乐和哀，是处于相对两极的情感；《关雎》，这里指的是《诗经》第一篇的乐曲。《关雎》的成功在于，作者的情感、作品所表现的情感、作品所激发的情感，既有乐又有哀，两者都恰到好处。全句讲的是艺术作品所表现的、所引发的情感，是讲这种情感的度的把握与控制。汉代孔安国说："乐不至淫，哀不至伤，言其和也。"音乐按照艺术审美的原则，把声音秩序化，进而在人的内心建立起情感的秩序。《礼记·乐记》说："乐行而伦清，耳聪目明，血气和平，移风易俗，天下皆宁。"《灵枢·邪客》篇说："天有五音，人有五脏；天有六律，人有六腑……此人之与天地相应也。"五音六律与五脏六腑，不要让其中之一偏胜，都要"补其不足，写（泻）其有余，调其虚实，以通其道"。孔子和儒家其他学者，突出一个"和"字，乐和导致心和、气和、体和、人际关系和。

孔子认为，"过犹不及"，无论欢乐、愉悦等积极情感或悲哀、愤懑等消极情感都有个度的问题，越过了度，积极情感也变得有害；反过来，适度的消极情感，有时对主体可能有益。艺术创作和艺术欣赏，是保持情绪平衡的良好方式。朱熹《四书集注》阐发孔子的话说："淫者，乐之过而失其正者也；伤者，哀之过而害其和者也。《关雎》之诗……盖其忧虽深而不害于和，其乐虽盛而不失其正，故夫子称之如此。欲学者玩其词，审其音，而有以识其性情之正也。"文学艺术，使人的情感有秩序有节奏地表露，从而达到中和，有益身心，利己利人。

除了量的把握即适度这层意思，中和另一个重要含义是反对单一化——乐的高级境界就不仅仅是快乐，而应包含它的反面，包含悲哀；悲的高级境界就不仅仅是悲哀而应包含它的反面，包含快乐。《关雎》不就兼有乐与哀吗！《论语·子路》："子曰，君子和而不同，小人同而不和。"这里讲的是处理人际关系的原则，同时也是调节心理、调节艺术创作心理和艺术欣赏心理的原则。在孔子之前,晏婴(见《左传·昭公二十年》)和史伯(见《国语·郑语》)分别阐述过"和"与"同"的性质区别以及和而不同的必要。史伯说:"和实生物,同则不继","和五味以调口","和六律以聪耳";"声一无听,物一无文,味一无果,物一无讲"。晏婴的意图虽然也还是讲君臣关系,在阐述中却更多、更细致地涉及音乐,他说:"先王之济五味、和五声也,以平其心,成其政也。声亦如味,一气,二体,三类,四物,五声,六律,七音,八风,九歌,以相成也。清浊、大小、短长、疾徐、哀乐、刚柔、迟速、高下、出入、周疏,以相济也。君子听之,以平其心,心平德和。"讲的是艺术作品的构成要素,一个作品中的诸要素应该包括差异、对立方面。有乐无哀,有哀无乐,刚而无柔,柔而无刚,都不符合和的要求。哀乐相济,刚柔相济,即是有意识造成对立情感的调和。

　　人在现实中,随时都可能产生喜、怒和哀、乐等等情感。无论是喜和乐或者是怒和哀,若不能控制,任其持续,任其膨胀,都必定给主体造成负担,造成痛苦。为了避免或减少负担和痛苦,主体应有一种适当方法,进行心理的自我调节,让相反的情感彼此调和。上世纪 50 年代,一位深受佛学影响的德裔美籍社会心理学家 F. 海德(Fritz Heider),提出了平衡理论。海德讲认知平衡,特别重视情感因素,重视情感因素与评价因素的一致性。人们的情绪与情感,决定于对象的状况同主体的需要和愿望的关系;要改变、调节、控制情绪和情感,可以是改变对象,也可以是改变主体。海德认为,心理的不平衡会产生一种动力,使主体努力趋向平衡状态。处在现代竞争性很强的社会之中,人很需要心理的自我调节能力,可以借助于文艺作品调节心理,不让极端的情绪控制自己而导致行为失范。所以说,古代诗学里的中和的思想,是有现实意义的。

　　儒家的中和思想,基本上不是指点人们去改变客体的现状,也不是改变主体对客体的分析、估量和评价。中和思想的一个突出的弱点,就是淡化与忽视矛盾、冲突和斗争,这是由儒家在社会政治上的保守立场所决定的。从艺术心理的角度说,儒家更多地把中和作为努力要造成的结果、努力要进入的状态,而不是作为经历了剧烈变化的情感过程之后的产物来论述。这样的思想必然反对艺术淋漓尽致地表现大悲大喜,不赞成引发接受者的恐惧或狂欢，使得悲剧与喜剧缺乏产生的土壤。这就与古希腊的思想有明显的不同。亚里士多德的净化说，其含义之一是宣泄，由激情宣泄使心灵得到净化。他在《政治学》中说道："因为某些人的灵魂之中有着强烈的激情，诸如怜悯和恐惧，还有热情，其实所有人都有这些激情，只是强弱程度不等。有一些人很容易产生狂热的冲动，在演奏神圣庄严的乐曲之际，只要这些乐曲使用了亢奋灵魂的旋律，我们将会看到他们如疯似狂，不能自制，仿佛得到了医治和净化——那些易受恐惧和怜悯情绪影响，以及一切富于激情的人必定会有相同的感受，其他每个情感变化显著的人都能在某种程度上感到舒畅和松快。"〔10〕今天我们追求的中和，是主体善于判断自己与客体之间的关联，善于从这种关联引出积极评价，从而诱导出积极情感的心理活动过程，是善于进入这种心理过程从而达到平衡状态的能力。

思考题

1. 六朝时期，才性问题为什么引起特别的关注？文艺家的才和性应该是怎样的关系？

2. 怎样理解气和文气？

3. 风骨在诗学上有哪些含义？

4. 试以具体作家作品为例，说明对阳刚阴柔和中和之美的理解。

注　释

〔1〕　英国库柏语，转引自王元化译《文学风格论·跋》，见该书第 82 页，上海：上海译文出版社，1982 年。

〔2〕　见《世说新语·文学》刘孝标注引《魏志》："（钟）会论才性同异传于世。'四本'（钟会著有《四本论》）者，言才性同、才性异、才性合、才性离也。尚书傅嘏论同，中书令李丰论异，侍郎钟会论合，屯骑校尉王广论离。"

〔3〕　《朱子语类》，第 59—60 页，北京：中华书局，1986 年。

〔4〕　米歇尔·康佩·奥利雷：《非西方艺术》，彭海姣等译，第 12 页，桂林：广西师范大学出版社，2004 年。可以参看日本小野泽精一等人所著《气的思想》（上海：上海人民出版社，1990 年），论述"气"的含义在中国历代的变迁，附录《西

洋文献中"气"的译语》介绍各国学者对"气"的理解,德国侧重于生命力,法国侧重于能量,英美侧重于内在力。

〔5〕 丹纳:《艺术哲学》,傅雷译,第 23—25、34—35 页,北京:人民文学出版社,1963 年。

〔6〕 威克纳格:《诗学·修辞学·风格论》,见歌德等著《文学风格论》,王元化译,第 15—16 页,上海:上海译文出版社,1982 年。

〔7〕 沃尔夫林:《艺术风格学》,潘耀昌译,第 4—5 页,北京:中国人民大学出版社,2004 年。

〔8〕 茅盾:《一九六〇年短篇小说漫评》,见《茅盾全集》第 26 卷,第 128 页,北京:人民文学出版社,1996 年。

〔9〕 茅盾:《反映社会主义跃进的时代,推动社会主义时代的跃进》,见《茅盾全集》第 26 卷,第 72 页,北京:人民文学出版社,1996 年。

〔10〕 转引自范明生:《古希腊罗马美学》,第 573—574 页,上海:上海文艺出版社,1999 年。

第十三讲

本色当行

以文为诗和以诗为词的是非功过

对叙事文学风格的认识

戏曲文学的本色与藻丽之争

小说和戏剧的结构技巧

在第十二讲里我已经提到过,至少从曹丕开始,古代的一些诗学家就一再论述了不同体裁的作品所应具有的不同风格。他们所论述的对象,有相当一部分是实用性的文体,比如奏议,是臣子向皇帝的报告,与等级尊卑之分密切相关,有严格的行文格式;又比如碑铭和哀吊,与习俗、礼仪有关,也必须遵守通行的格式。奏议要庄重高雅,碑铭要简约温润,哀吊要缠绵低回。这些文章注重的是惯例而不是个性,其体裁风格往往会约制了、掩盖了作者个人的风格。至于狭义的文学作品,则是相反,给创作主体提供广阔的天地去表现各自的个性。但是,即使是狭义的文学体裁,它们的风格表现也不是没有限制,其中一些重要的、广泛流行的体裁,在某些或长或短的时期,也会形成各不相同的风格传统。诗学家们在批评实践中,把合于这种风格传统的作品,称为本色当行,给予赞扬;不合于这种风格传统的作品,叫做非本色当行,要责备它们违背了体裁要求的规范。这些风格传统的形成,其中一部分属于约定俗成的群体习惯,对于它的突破,不会对作品质量造成损害,反而可能是一种创新;另一部分则是由体裁的构成规律造成,与形式美的要素相关,稳定性比较高。体裁风格传统哪些方面确实应该遵守、尊重,哪些可以突破、应该突破,需要根据不同时期的情况,根据每个作家、每件作品的具体情况来衡量、判断。古代诗学中关于本色当行的理论,一方面有很具体的针对性,针对着一定时期某些文体写作的通例,另一方面也有超出具体语境的普遍性。就是说,通例会发生变化,但是,总会有新的通例产生,在不同的时代,在过去和今天,体裁风格的"本色",都是需要注意的问题。比如说,在现时代,报纸的言论与随笔的风格不同,前者一般是群体意见的公示,后者是个人感兴的宣示;网络文学、手机文学与纸质文学出版物的风格更有显著区别,如若错位,便非本色。体裁风格的本色与当行,涉及写作中从题材的选择到词语和句式的选择,以及艺术形象的构成方式,对这个问题的探讨有很强的实践性。

一 以文为诗和以诗为词的是非功过

诗歌和散文是古代最主要的两大文体,诗歌的文学属性自来是比较鲜明的,散文则是实用性与审美性混杂并存,实用性在很长时期还占有主导地位,因此,诗和文两者的文体风格有着颇为明显的差别。诗歌最早是即兴吟唱,慢慢地在发展演变中,成了诗人在书斋精心制作的产品,后来又成为上流社会交往的一种工具,于是,也有一部分诗歌在功能上向实用转化,在风格上向散文靠拢。例如,从南朝到唐宋乃至明清,颇为盛行的应制诗、应诏诗、应试诗,既是一种文学写作,也是一种实用写作。应制诗奉皇帝之命而作,既要歌功颂德,也要表现学问和技巧。应制诗、应试诗的文体风格要求很严格,在声韵上特别讲究,对仗也多工整。晋惠帝时,平定一次叛乱之后,下诏命令诸臣作关中诗,潘岳上表说,"辄奉诏竭愚作诗一篇",那就是他的《关中诗》,全诗十六章,一开头说,"于皇时晋,受命既固。三祖在天,圣皇绍祚",然后讲"蠢尔戎狄,狁焉思肆。虞我国眚(乘着国家治理上的过失),

窥我利器",然后叙述平叛过程,最后说,受到战争创伤的百姓,"如熙春阳"。这样的作品,没有一点诗味,除了句式整齐和押韵之外,它不符合诗的文体风格传统。那么,它是按照什么样的文体风格写作的呢?明代许学夷《诗源辨体》评论说:"子建(曹植)、仲宣(王粲)四言,虽是词人手笔,实雅体也;至二陆(陆机、陆云)、安仁(潘岳),则多以碑铭为诗矣。"潘岳这首诗是按照碑的文体风格写作,它实际上就是一篇庆功的碑文,不过用了四言诗的外在形式。这里且不去说它阿谀的媚态,只说它以碑为诗,完全脱离了诗的体裁本色,是一首平庸的作品。写诗就要符合诗的文体要求,以碑铭为诗、以文为诗,对于诗的艺术会有损害。

　　以文为诗是不是一概不好,诗和文各自的体裁本色究竟是怎样的,两者的关系应该如何?对此,诗学家又有不同的理解。宋代陈师道《后山诗话》说:"退之(韩愈)以文为诗,子瞻(苏轼)以诗为词,如教坊雷大使之舞,虽极天下之工,要非本色。"又说:"杜之诗法,韩之文法也。诗文各有体,韩以文为诗,杜以诗为文,故不工耳。""苏子瞻词如诗,秦少游诗如词。"雷中庆(一作雷万庆),是宋朝宣和年间的舞蹈家,"大使"是管理具体事务的低级官职,雷氏应该是"教坊大使"。他既是官员又是舞蹈演员,所以,《东京梦华录》记载,他在舞台上着装、舞姿,与其他演员不一样。雷大使的舞究竟如何背离了舞的本色,今天已经不清楚。郭绍虞《宋诗话考》认为,《后山诗话》系由他人托陈师道之名而作,雷大使年代在陈师道之后,陈师道不可能预知其人,不可能以他的舞蹈作譬喻来说韩愈、杜甫的诗歌风格,这里引用的一段不会出于陈师道笔下。但此书宋代即已流行,为宋人所作则无疑。[1]这一段话里提出的见解,它对杜甫、韩愈、苏轼的批评,产生了很广泛的影响。惠洪《冷斋夜话》记述宋代四个文人的辩论,沈存中说:"退之诗,押韵之文耳,虽健美富赡,然终不是诗。"明代李东阳《麓堂诗话》谈到同一问题,意见与此则不尽相同:"诗与文不同体,昔人谓杜子美以诗为文,韩退之以文为诗,固未然。然其所得所就,亦各有偏长独到之处。"杜甫、韩愈、苏轼独到之处在哪里呢?李东阳说,"汉魏以前,诗格简古",不能反映社会生活的广阔复杂,"赖杜诗一出,乃稍为开扩,庶几可尽天下之情事。韩一衍之(推演,演化,发展),苏再衍之,于是情与事无不可尽;而其为格,亦渐粗矣"。他又说:"六朝宋元诗,就其佳者,亦各有兴致,但非本色,只是禅家所谓小乘,道家所谓尸解仙耳。"[2]"尸解仙"是道教的名词,相对于天仙而言,形神合为天仙,形神离为尸解仙。道教的尸解仙比天仙,佛教的小乘比大乘,都只是次一等。李东阳说六朝宋元诗,是相对于汉魏唐诗来说,也是相对于杜、韩、苏的诗来说,它们纤细有兴致,却落到二流,并非本色。杜、苏、韩把诗歌的叙事能力大大增强,而那些叙事性强的诗歌,在细腻委婉上不免有所失。以上不同观点,提出了两个问题:第一,杜甫是不是以诗为文,韩愈是不是以文为诗,苏轼是不是以诗为词? 第二,更重要的,诗的本色、文的本色是什么,以文为诗或以诗为词,是不是降低了作品的审美品格,是不是违背了艺术的规律?

先来说说文与诗两者文体风格的关系。杜甫在诗歌艺术上有多方面的创新,其中与所谓以诗为文有关的有几点,在这几点上,韩愈继承和光大了杜甫的创新。第一,诗歌篇幅扩大,容量增加,叙事功能强化;第二,诗歌里议论成分有时很重,直接表露对国事、对世态的看法;第三,有些诗句,打破长期形成的习惯的结构模式,采用散文化的句式。这些,都是被人认为他们以诗为文或以文为诗的重要原因。对这三点,需要给以分析。关于第一点,宋代叶梦得《石林诗话》说:

> 长篇最难,晋魏以前,诗无过十韵者。盖尝使人以意逆志,初不以叙事倾尽为工。至老杜《述怀》、《北征》诸篇,穷极笔力,如太史公纪传,此固古今绝唱。

杜甫的《自京赴奉先咏怀》是一百句,《北征》一百二十句;韩愈的《南山诗》两百多句,《赴江陵途中寄赠王二十补阙、李十一拾遗、李二十六员外翰林三学士》和《此日足可惜赠张籍》都是一百二十句。篇幅长了,很像一篇大文章,写作的难度大大增加,而表现力也就极大地增强。杜甫的《述怀》、《北征》那两首,描绘了安史之乱前后社会生活的广阔画面,抒写本人以黎元、社稷为忧的情怀;韩愈的《赠张籍》写自己和全家遭逢丧乱以及脱险之后的奔波。前人评论说这类诗是"书一代之事","韵记为诗",这些诗确实有些像史书的纪传。这里所说的叙事,不仅仅是叙述事件,也包括叙写感情,不像以前的短篇抒情诗多写瞬间情愫,而是把情感作为"事件"来叙述,叙写感情的发生和变化过程以及它的方方面面。散文可以叙事,诗歌也可以叙事,认定"诗以抒情、文以记事"是很狭隘的。以长篇诗歌记事,是杜甫、韩愈对诗歌艺术的贡献,不应该因此而指责他们。

　　古代抒情的诗歌篇幅短,要求诗歌语言尽可能地简练和含蓄;杜甫、韩愈记事的诗歌篇幅长,就可以铺陈排比,以详细的直接描述代替简约的形象暗示,有时还以议论入诗。古诗以言志和缘情为己任,叙事成分较少,每到叙事,都尽量简略。诗论也因之重简而轻繁,清代潘德舆《养一斋诗话》说元稹的五言绝句《行宫》:"寥落古行宫,宫花寂寞红。白头宫女在,闲坐说玄宗","一十个字,足赅《连昌宫词》六百字,尤为妙境"。清代沈德潜《唐诗别裁》说它:"只四语已抵一篇《长恨歌》矣。"这类比较很不恰当,长诗短诗,各有其妙。杜诗、韩诗的叙事,有头有尾,有起有伏,腾挪变化,开拓了诗歌艺术的新境界。重简轻繁,重比兴轻赋,是一种片面性,关于这一点,我在第十一讲说到诗歌中赋的手法时,已经说过一些,下面也还会再提到。

　　宋代严羽针对江西诗派说:近代诸公"遂以文为诗,以才学为诗,以议论为诗;夫岂不工,终非古人之诗也"。明代屠龙的《文论》说:"宋人多好以诗议论,夫以诗议论,即奚不为文而为诗哉!"他们的批评是有些道理的,但也不能绝对化,要看议论是有独创性的真知灼见还是一些陈腐的教条,是从诗人饱含的真挚感情发出还是苍白的说教。杜甫《自京赴奉先咏怀》中的议论很多,例如,"彤庭(皇宫)所分帛,本自寒女出。鞭挞其夫家,聚敛贡城阙。圣人筐篚(皇帝的恩赐)恩,实欲邦国活。臣如忽至理,君岂弃此物?"韩愈的《泷吏》记小吏对作者的嘲讽,也是议论:"工农虽小人,事业各有守。不知官在朝,有益国家不。得无虱(像虱子一样寄生)其间,不武亦不文。仁义饰其躬,巧奸败群伦。"都是他们在生死忧患中写出的对社会不合理现象的议论和抨击,具有强烈的感染力、震撼力。钱锺书《谈艺录》讲到议论为诗时指出:"诗情诗体,本非一事。"是不是一首好诗,主要看他的诗情,而不是看诗体,不在于议论的有无和多寡。议论若与深挚情感配合,不能说它背离了诗歌的本色。

　　对"以文为诗"的责备,还有一条理由是语言直白。明代杨慎《升庵诗话》说,"六经各有体",史这种文体的职能是记事记言,诗这种文体的职能是"道性情";而诗的文体风格"皆意在言外,使人自悟"。用这个标准衡量,他将杜甫的有些诗句与《诗经》的相应诗句一一比较,提出批评:

> 如刺淫乱,则曰"雝雝鸣雁,旭日始旦"(《卫风·匏有苦叶》),不必曰"慎莫近前丞相嗔"(《丽人行》)也;悯流民,则曰"鸿雁于飞,哀鸣嗷嗷"(《小雅·鸿雁于飞》),不必曰"千家今有百家存"(《白帝》)也;伤暴敛,则曰"维南有箕,载翕其舌"(《小雅·大东》),不必曰"哀哀寡妇诛求尽"(《白帝》)也;叙饥荒,则曰"牂羊羵首,三星在罶"(《小雅·苕之华》),不必曰"但有牙齿存,所堪骨髓干"(《垂老别》原文是"幸有牙齿存,所悲骨髓干")也。[3]

杨慎的意思,就是说诗要用比兴,要含蓄,不应该直说。其实,《诗经》里更多的是用赋,不过,《诗经》的赋大多比较简要,而杜甫诗的赋挥洒铺排,气势磅礴。《诗经》也有直说,像王世贞在《艺苑卮言》中批驳杨慎时所说的:"《诗》固有赋,以述情切事为快,不尽含蓄也,语荒而曰'周馀黎民,靡有孑遗',劝乐而曰'宛其死矣,他人入室',讥失仪而曰'人而无礼,胡不遄死',怨谗而曰'豺虎不受,投畀有昊',若使出少陵口,不知用修(杨慎字用修)何如贬剥也。"[4]这里所举《诗经》的句子,都不含蓄。《大雅·云汉》描写周宣王时期大旱,周地的老百姓,没有人能够幸存。《唐风·山有枢》讥讽吝啬守财不知享乐的人,说是等你死了,别人会据有你的华屋。《鄘风·相鼠》咒骂卫国统治者道德沦丧,应该尽快地去死。《小雅·巷伯》的作者为了表示对进谗言的小人极度憎恶,说把这样的坏蛋丢给豺狼老虎,豺狼老虎也不愿意吃;丢到极北的荒漠,荒漠也不接受;最后只有交给老天爷去处理。我们还可以补充,《诗经》的《邶风·柏舟》里"我心匪石,不可转也;我心匪席,不可卷也",《鄘风·柏舟》里的"之死矢靡它。母也天只!不谅人只!"都是直说,直说是它们的长处而不是缺点,在这种地方,如果含蓄,诗就没有力量。所以,议论为诗,不见得就失去诗歌的本色。当然,诗歌里的议论不宜过多,更不能太滥,议论要与诗歌形象自然融洽。东晋时的玄言诗,英国16、17世纪的玄言诗,充斥了议论,让人觉得淡乎寡味,是不足为训的。

杜甫和韩愈对诗歌的用词造句的看法和做法也与前人有颇大的不同。杜甫说"语不惊人死不休",韩愈说"险语破鬼胆,高词媲皇坟",他们在语言形式上大胆地求新求异。清代田雯《枫香集序》说:"诗变而日新,则造语命意必奇……昌黎所云:'巧匠斫山骨,险语破鬼胆',庶几近之。若夫诗中奇字,亦前人所不废。"这里包括以散文语言入诗,"媲皇坟"是与古代经典比美,甚至直接运用长短错落的散文句法。古代五言诗的句子多为二三结构,七言诗多为四三结构,而杜甫、韩愈则试验用一二二或三四结构。韩愈的《符读书城南》在散文化上走得很远:"木之就规矩,在梓匠轮舆。人之能为人,由腹有诗书。"特别是"乃一龙一猪"一句,和《泷吏》中的"固罪人所徙",《谢自然诗》中的"在纺织耕耘",《南山诗》中的"时天晦大雪",《咏雪赠张籍》中的"唯子能谙耳,诸人得语哉",七言诗如《送区弘南归》里的"嗟我不道能自肥"、"子去吴时若发机",《陆浑山火》中的"溺厥邑囚之昆仑"、"虽欲悔舌不可扪",放在散文中会很协调,而完全不合历来诗人用语的习惯。这种刻意使语言陌生化的做法,可以与20世纪现代派诗歌相通。从现代诗歌观念出发,我们就不难理解杜甫、韩愈的探索。宋代强幼安《唐子西文录》谈到:"古之作者,初无意于造语,所谓因事以陈词。如杜子美《北征》一篇,直纪行役尔,忽云'或红如丹砂,或黑如点漆,雨露之所濡,甘苦齐结实。'此类是也。文章只如人作家书乃是。""或红如丹砂"是散文的句法,但并非"如人作家书",恰恰相反,韩愈写诗不但要与家书不同,而且要与以前的诗人不同,要以险语、奇语惊人胆,在奇险的诗句中凸现诗意。俄国形式主义理论家什克洛夫斯基说:"艺术的手法就是使对象陌生化,使形式变得困难,增加感觉的难度和时间长度。因为感觉过程本身就是审美目的,必须设法延长。"托马舍夫斯基说,"要把司空见惯的东西当做反常的东西来谈"。在韩愈的某些诗句里,反常的是句子,是句子的结构形式。后来韩愈的《南山诗》用五十多个带"或"字的诗句形容终南山的山势:"或错若绘画,或缭若篆籀。""或浮若波涛,或碎若锄耨。""或蜿若藏龙,或翼若搏鹫。"陈寅恪称赞韩愈的这类诗"既有诗之优美,复具文之流畅,韵散同体,诗文合一,不仅空前,恐亦绝后,绝非效颦之辈所能企及者矣。后来苏东坡、辛稼轩之词亦是以文为之,此则效法退之而能成功者也"[5]。所以,在句法上以作文之法为诗,不能一概反对,其中蕴含的创作思想很有前瞻性,到现在还很有启发性。

韩愈的诗中还有一些调侃、滑稽的篇章,比如《嘲鼾睡》:"吾尝闻其声,深虑五脏损。黄河弄濆瀑,梗涩连拙鯀。"这也与历来端庄素雅、温柔敦厚的诗风不一样。刘熙载说"昌黎诗往往以丑为美","以丑为美"也是法国象征派诗人所追求的,那已经是一千多年之后的事情了。韩愈以文为戏、以诗为戏,与他同时的裴度在《寄李翱书》中很不满地说:"不以文立制,而以文为戏,可矣乎,可矣乎!"诗歌中有那么一点谐谑,有什么值得大惊小怪的呢?钱锺书《谈艺录》说:"文章之革故鼎新,道无它,曰以不文为文,以文为诗而已。向所谓不入文之事物,今则取为文料;向所谓不雅之字句,今则组织而斐然成章。谓为诗文境域之扩充,可也;谓为不入诗文名物之侵入,亦可也。"又说:"西方近人论以文为诗,亦有可与表圣(司空图)、闲闲(元代赵秉文)、须溪(宋代刘辰翁)之说,相发明者。"[6]总之,杜甫、韩愈以文为诗,打开了诗歌创作的新路,丰富了诗歌写作手法和技巧。他们并非否定诗文两者风格的差异,杜甫写出了许多含蓄蕴藉的优美诗章,韩愈也有流畅委婉的诗作。至于某些试验,"险语层出","求奇至怪",可备一格,不必模仿,也不必大加挞伐。西方现代和中国当代的许多诗人,用日常语言写诗,故意弃雅返俗,以不文为文,成为一种新的潮流,诗歌史正是这样螺旋地前进。

下面再来说说苏轼以及辛弃疾"以诗为词"的问题,这主要针对着三点:第一,是说他们有些作品不合词律;第二,是说他们词的题材越出词的习惯范围,气派与词的传统相左;第三,是说他们词的句法近于文、近于诗,而与词的格调迥异。

关于第一点,诗歌原来是与音乐密切配合,清代学者焦循在《与欧阳制美论诗书》中说:"不能弦诵者,即非诗。"但是,只能说原始诗歌全都是可以歌唱的,后来文艺史的事实却不再那么单纯。古典诗歌和音乐的关系,屡屡经历合而分离、离而复合的曲折过程,合与离的过程也是新的诗体不断诞生的过程。音乐声调的变化,往往带动了诗歌体式的变化,"一种声调之变革,恒足以影响歌诗之全部"[7]。《诗经》里的诗,在春秋战国时代,原都是歌唱的,到了汉代,风雅颂的乐曲失传,或者受到人们厌弃,《诗经》变成了读本,新作的诗歌所依托的音乐,被从民间采集的和从外族引进的新声代替,于是有了乐府诗。唐诗原来也是可以歌唱的,薛用弱《集异记》里有旗亭画壁故事,说的是伶官妙妓十数人"奏乐拊节",唱王昌龄、高适、王之涣的五言、七言绝句。但唐代大多数诗人的诗,是独立于音乐之外的。词是依托隋唐燕乐产生,是在筵席游乐时歌唱的。据陈师道《后山谈丛》记载,欧阳修出使归来路过北都晋阳,当地官员宴请,有歌伎演唱,欧阳修"把盏侧听",所唱都是他所作的词。南宋代词人姜夔写过:"自琢新词韵最娇,小红低唱我吹箫",他作词是依照曲谱。正因为这样,词人李之仪《跋吴思道小词》说:"长短句于遣词中最为难工,自有一种风格。稍不如格,便觉龃龉。"人们说苏轼以诗为词,就是指他"不如格",即没有很顾及词的乐谱。胡仔《苕溪渔隐丛话》引李清照的话:"至晏元献、欧阳永叔、苏子瞻,学际天人,作为小歌词,直如酌蠡水于大海。然皆句读不葺之诗尔,又往往不协音律。"李清照对词的音律要求苛严,她在《词论》中说:"诗文分平侧,而歌词分五音,又分五声,又分六律,又分清浊轻重。"那是南宋以后的风气,在苏轼创作的时期,没有这么严格。宋代吴曾《能改斋漫录》卷十六引"苏门四学士"之一的晁无咎的话说:"居士(苏轼)词,人谓多不协音律。"可见,对苏轼这方面的批评,是宋代很多内行人的共识,而他本人也不否认。宋代彭乘在《墨客挥犀》中说:"子瞻尝自言平生有三不如人,谓著棋、吃酒、唱曲也……子瞻之词虽工,而不入腔,正以不能唱曲耳。"不入腔,是苏轼一部分词的弱点,使他的某些词弱化了词的本色,而像是句子字数不整齐的诗。宋末元初的张炎在《词源》中说:"词以协音为先,音者何,谱是也。"写词要按照词的规矩,到今天还也是如此。毛泽东曾对陈毅说:"如同你会写自由诗一样,我则对于长短句的词学稍懂一点。剑英善七律,董老善五律……"不同的诗歌体式,有不同的写法,抹煞它们之间的差别就不是本色当行。

不过,也有人为苏轼辩解,陆游在《老学庵笔记》中说:"公(苏轼)非不能歌,但豪放,不喜剪裁以就声律耳。试取东坡诸词歌之,曲终,觉天风海雨逼人。"宋代吴曾《能改斋漫录》引晁补之说苏词"不协律"之后,接着马上说:"然横放杰出,自是曲子中缚不住者。"就是说,苏轼的某些词,不符合词牌原来曲谱的要求,却不是不讲求音韵,他只是不以文辞去迁就词牌固有的韵律,而是离开原有的韵律格式,让音律迁就文辞,最后仍然做到了音调铿锵。他在《与鲜于子骏》中说:"近作小词,虽无柳七郎(柳永)风味,亦自是一家,呵呵!数日前猎於郊外,所获颇多,作得一阕,令东州壮士抵掌顿足而歌之,吹笛击鼓以为节,颇壮观也。""小词"指的是《江城子·密州出猎》("老夫聊发少年狂"),可见,他对"横放杰出"的新的音律的追求是自觉的。词的写作,一般是按谱填词,但谱给作家太多限制,于是,有精通音律的作家就"自度曲",也就是自己制定新的词曲,而且有时是先作词后谱曲。姜夔说:"余颇喜自制曲,初率意为长短句,然后协以律,故前后阕多不同。"不过,苏轼倒不属于这种,他只是不是很拘泥于曲律而已。

词在苏轼以前的原有韵律,多是柔靡的,而苏轼词的韵律,却"横放"、"豪壮"。以他的代表作《念奴娇》为例,宋代俞文豹《吹剑录》说:"东坡在玉堂(翰林院)日,有幕士善歌,因问:'我词何如柳七?'对曰:'柳郎中词只合十七八女郎,执红牙拍板,歌杨柳岸,晓风残月;学士词须关西大汉铜琵琶、铁绰板唱大江东去。'"词这种文体从诞生之日到苏轼的写作时期,都不是准备给关西大汉唱的,都是预先设定让歌伎去唱的,苏轼大量作品是用词来抒写豪放的情感,前人说,"歌赤壁之词,使人抵掌激昂,而有击楫中流之心"[8],而这,在同时代的人感觉里,就会在韵律上显得不协调了。看来,豪气词与原有的词谱注定要发生抵牾,也就注定要受到拘守词谱的诗学家的指责。

由此也可见出,人们指责苏轼以诗为词,更主要的原因是他的词作的风格与他以前的传统不一样。明代李东琪说:"诗庄词媚,其体元别。"[9]诗是庄重的,词是轻媚的,这总结了几百年来文人的普遍看法。词又称为"诗余",诗以言经邦济国之志,词以道花前月下之情。何元朗《草堂诗余序》说:"乐府以骟逯扬厉为工,诗余以婉丽流畅为美。即《草堂诗余》所载,如周清真(周邦彦)、张子野(张先)、秦少游(秦观)、晁原叔(晁补之)诸人之作,柔情曼声,摹写殆尽,正词家所谓当行、所谓本色者也。"王世贞《艺苑卮言》说:"词者乐府之变也……盖六朝诸君臣,颂酒赓色,务裁艳语,默启词端,实为滥觞之始。故词须宛转绵丽,浅至儇俏,挟春月烟花于闺幨内奏之,一语之艳,令人魂绝;一字之工,令人色飞,乃为贵耳。"徐师曾《文体明辨》说:"词贵感人,要当以婉约为正,否则虽极精工,终乖本色,非有识之所取

也。"这也导致词与诗题材的划分,导致词的题材范围的狭小,今人钱锺书《宋诗选注·序》里说:

> 宋人在恋爱生活里的悲欢离合不反映在他们的诗里,而常常出现在他们的词里……据唐宋两代的诗词看来,爱情,尤其是在封建礼教眼开眼闭的监视之下的那种公然走私的爱情,从古体诗里差不多全部撤退到近体诗里,又从近体诗里大部分迁移到词里。[10]

钱锺书举范仲淹为例,说他的诗一字都不涉及儿女私情,可是却写了《御街行》那样的词。这一点明代学者杨慎《词品》也指出过,他说:"韩魏公(韩琦)《点绛唇》词云:'病起恹恹,庭前花树添憔悴。乱红飘砌,滴尽真珠泪。惆怅前春,谁向花前醉。愁无际,武陵凝睇,人远波空翠。'范文正公《御街行》云:'纷纷坠叶飘香砌。夜寂静,寒声碎。真珠帘卷玉楼空,天澹银河垂地。年年今夜,月华如练,长是人千里。愁肠已断无由醉。酒未到,先成泪。残灯明灭枕头欹,谙尽孤滋味。都来此事,眉间心上,无计相回避。'二公一时勋德重望,而词亦情致如此。"范韩两人文韬武略,名重天下,写词则是含情脉脉。欧阳修诗、文、词都很出色,他的诗文创作主张是"道胜文至"、"言以载事",而他的词大部分却是表现男欢女爱,词与诗文反差很大,以至于后来许多人怀疑:"有鄙亵之语厕其中,当是仇人无名子所为也。"魏泰《东轩笔录》记述:"荆公(王安石)初为参政知事,闲日因阅晏元献(晏殊)公小词而笑曰:'为宰相而作小词,可乎?'平甫(王安石的弟弟王安国)曰:'彼亦偶然自喜而为耳,顾其事业岂止如是耶?'时吕惠卿为馆职(在史馆等机构担任官职),亦在座,遽曰:'为政必先放郑声,况自为之乎!'"这一切,都要归因于词人对于体裁风格的认识和态度——词必定是浮艳轻佻的。

正是在这样的背景下,苏轼给词的写作打开了新的局面,他的词的风格多种多样,王世贞《弇州山人词评》说:

> 昔人谓铜将军铁绰板唱苏学士"大江东去",十八九岁好女子唱柳屯田"杨柳外、晓风残月",为词家三昧。然学士此词,亦自雄壮,感慨千古,果令铜将军于大江奏之,必能使江波鼎沸。至咏杨花《水龙吟慢》,又进柳妙处一尘矣。

这里说苏词柳词,并不是一个讲声韵一个不讲声韵,而是各有其声韵上的风格。风格的不同,与题材的改变有关。继续苏轼词风的是辛弃疾,明代毛子晋说:"词家争斗秾纤,而稼轩率多抚时感事之作,磊落英多(峥嵘有棱角,才智过人),绝不作妮子态。宋人以东坡为词诗,稼轩为词论,善评也。"而且,苏轼、辛弃疾都不是只有铜琵琶铁绰板一种声韵风格。辛派词人刘克庄说:"公(辛弃疾)所作大声镗鞳,小声铿鍧,横绝六合,扫空万古。其秾丽绵密者,又不在小晏(晏几道)秦郎(秦观)之下。"苏轼的《水龙吟·杨花词》也是可以由少女吟唱的,这一首词,人们评论是"声韵谐婉",是"幽怨缠绵",是"如毛嫱西子,净洗却面,与天下妇人斗好"。可见,苏轼、辛弃疾都不是不能写得合于词的传统风格,而是他们要扩大词的表现力,打开新的局面。宋代胡仔《苕溪渔隐丛话》从苏轼词的创作的整体出发,纠正《后山诗话》对苏轼的偏颇的批评:

> 余谓后山之言过矣。子瞻佳词最多,其间杰出者如:大江东去,浪淘尽千古风流人物,《赤壁》词;明月几时有,把酒问青天,《中秋》词;落日绣帘卷,庭下水连空,《快哉亭》词;乳燕飞华屋,悄无人,桐阴转午,《初夏》词;明月如霜,好风如水,清景无限,《夜登燕子楼》词;楚山修竹,如云异材,秀出千林表,《咏笛》词;玉骨那愁瘴雾,冰肌自有仙风,《咏梅》词;东武南城新堤固,涟漪初溢,《宴流杯亭》词;冰肌玉骨,自清凉无汗,《夏夜》词;有情风,万里卷潮来,无情送潮归,《别参寥》词;缺月挂疏桐,漏断人初静,《秋夜》词;霜降水痕收浅碧,鳞鳞露远洲,《九日》词。凡此十余词,皆绝去笔墨畦径间,直造古人不到处,真可使人一唱而三叹。若谓以诗为词,是大不然。子瞻自言平生不善唱曲,故间有不入腔处,非尽如此。后山乃比之教坊雷大使舞,是何比况愈下?盖其谬也。

总起来说,在词的兴起和发展过程中,它的文体风格与诗开始截然划分开,后来则逐渐淡化了界限,这也是文体风格演变的常见现象。

在造句用词上,辛弃疾比苏轼更进一步,不受拘束。张炎《词源》说:"辛稼轩、刘改之(刘过)作豪气词,非雅词也,于文章余暇,戏弄笔墨,为长短句之诗耳。"其实,不仅是长短句之诗,有时候几乎可以说是按照词牌的长短句格式填写的文章,句子中间夹杂了虚词,比如《汉宫春·会稽蓬莱阁怀古》中:"秦望山头,看乱云急雨,倒立江湖。不知云者为雨,雨者云乎?"《贺新郎》中:"不恨古人吾不见,恨古人不见吾狂耳。"这句话现成地用了唐代李延寿《南史·张融传》的文字,"融常叹云:'不恨我不见古人,所恨古人不见我。'"《蝶恋花》开头"何物能令公喜?"用的是《世说新语·宠礼》里现成的句子。他还拿俗语俚语入词,比如《鹧鸪天》里"些底事,误人那,不成真个不思家"。不管是俗语还是典故,到他笔下都与其他句子融合无间。苏辛词不再是标准的"雅词",它们更灵活、更生动。

文、诗、词三种体裁既相异又相通,它们的手法以及风格可以相互为用。宋代陈善的《扪虱新话》说:"韩以文为诗,杜以诗为文,世传以为戏。然文中要自有诗,诗中要自有文,亦相生法也。文中有诗,则句语精确;诗中有文,则词调流畅。谢玄晖(谢朓)曰,好诗圆美流转如弹丸,此所谓诗中有文也。唐子西曰,古文虽不用偶俪,而散句之中暗有声调,步骤驰骋,亦有节奏,此所谓文中有诗也。"这是从审美品格和审美效果上来解释以文为诗,是一种很通达的观点。

二 对叙事文学风格的认识

中国古代小说和戏剧文学兴起比较迟,这两大类文学体裁在古代上层文人心目中的地位一直很低,许多重要的文论著作,从梁代的《文心雕龙》到明代的《文体明辨》,都只是谈诗论文,而不介绍、不论述小说、戏剧。一些颇有造诣的学者,甚至对这两大类文学体裁的基本特点缺乏起码的认识,对其中的优秀作品提出很不恰当的指责。但是,毕竟有逐渐增多的作者有志于此,在创作方面,经验在不断地积累。晋代的志人和志怪小说短小精练,唐代的传奇小说更是精妙。这些小说的作者多是上流社会文人,其作品流传颇广,得到许多人的喜爱。宋代洪迈的《容斋随笔》说:"唐人小说,不可不熟,小小情事,凄婉欲绝,洵有神遇而不自知者,与诗律可称一代之奇。"开初,欣赏这些作品的人,还大都用诗文的规范来衡量小说。小说和诗歌有不同的文体风格,把小说当做诗歌来评论,会发生错位,白居易的

《长恨歌》遭到许多评论者的非难、抨击,就是因为它不尽符合历来对诗歌文体的习惯看法。宋代魏泰《临汉隐居诗话》,拿《长恨歌》与唐代其他写马嵬坡事件的诗歌比较,说杜甫的《北征》和刘禹锡《马嵬行》写得好,白居易则是"不晓文章体裁,而造语蠢拙","词句凡下,比说无状"。宋代张戒《岁寒堂诗话》说白居易的诗,"专以道得人心中事为工,本不应格卑,但其词伤于太烦,其意伤于太尽,遂成冗长卑陋尔"。"元白数十百言(指《长恨歌》、《连昌宫词》),竭力摹写,不若子美一句。"又说:"侍儿扶起娇无力""此下云云,殆可掩耳";"孤灯挑尽未成眠","此尤可笑,南内虽凄凉,何至挑孤灯耶?"他们说白居易不晓文章体裁,依据的是什么样的文章轨范呢?那就是古诗,杜甫等人的诗歌体裁。可是,《长恨歌》已经不是一篇抒情诗,也不仅是一篇有较多叙事成分的诗歌,它与杜甫的《北征》、刘禹锡的《马嵬行》属于不同的体裁。它与陈鸿《长恨歌传》同时分工写作,陈鸿写的是一篇传奇小说,白居易写的是一篇诗体小说。清代汪立名在《白香山集》中《长恨歌》篇后评语中反驳魏泰等人说:"此论为推尊少陵则可,若以此贬乐天,则诗须相题。《长恨歌》本与陈鸿、王质夫话杨妃始终而作,犹虑诗有未详,陈鸿又作《长恨歌传》。所谓不特感其事,亦欲惩尤物、窒乱阶、垂于将来也,自与《北征》诗不同。若讳马嵬事实,则'长恨'二字便无著落矣。读书全不理会作诗本末,而执片词肆议古人,已属大过……"汪立名好心辩护,却并没有小说文体意识,他说白居易详写杨贵妃是为了"惩戒",也不符合作品实际,作品充满了对李杨爱情的同情,而不是谴责。《长恨歌》不同于《马嵬坡》,原因在它是一篇小说,正如陈寅恪所说,"详悉叙写燕昵之私,正是言情小说文体所应尔,而为元白所擅长者"[11]。诗体小说由白居易《长恨歌》、《琵琶行》开其端绪,晚唐韦庄有《秦妇吟》、清代吴伟业有《圆圆曲》、樊增祥有前后《彩云曲》。诗体小说只是小说的一个小的分支。元明以下,中国小说逐渐成熟,《水浒传》、《红楼梦》等白话小说,《聊斋志异》等文言小说,把古代小说创作推向高峰,也带动了小说理论的发展进步,诗学中对于小说文体风格的论述渐趋细致。我们还需注意到,古代诗学对于小说文体风格以及小说艺术其他方面的研究,虽然远不如对诗歌散文研究的系统深入,但是,小说属于叙事作品,而历史也是叙事作品,古代史论中却有不少对叙事风格和技巧的论述,这些论述对小说创作发生过很好的指导作用。例如,唐代刘知几的《史通》,其中就有很多精彩的叙事理论。

小说与传统的诗文文体风格的不同,首先在所谓"详悉叙写燕昵之私",也就是小说写到人物秘密的、不可能为外人所知的言行和心理。《长恨歌》写杨玉环入宫后,"春寒赐浴华清池,温泉水滑洗凝脂,侍儿扶起娇无力,始是新承恩泽时";从小说写作理论上,就提出了一个问题——作者为什么有权利写宫闱之内一般人无法闻知的场景?作家用什么人的眼光,从什么角度,来写这一类的内容?清代祝德麟有《读白诗偶有所触因韵成篇》说:"白傅《长恨歌》,实开传奇门。一笑百媚生,七字无穷春。侍儿扶出浴,形容更温存……谁曾亲见来,写此婵娟真?"他肯定《长恨歌》是唐人传奇的开创性作品,是小说,但是认为,小说写"燕昵之私"不合情理。和祝德麟大致同时而名气大得多的纪晓岚,对《聊斋志异》提出同样的质疑,他的学生盛时彦在《〈姑妄言之〉跋》中记述他的话说:

> 《聊斋志异》盛行一时,然才子之笔,非著书者之笔也。刘敬叔《异苑》、陶潜《续搜神记》,小说类也;《飞燕外传》、《会真记》,传记类也。今一书而兼二体,所未解也。小说既述见闻,即属叙事,不比戏场关目,随意装点。伶元之《传》,得诸樊嬺,故猥琐具详;元稹之《记》,出于自述,故约略梗概……今燕昵之词,媟狎之态,细微曲折,摹绘如生,使出自言,似无此理,使出作者代言,则何从而闻见之?又所未解也。留仙之才,余诚莫逮其万一,唯此二事,则夏虫不免疑冰。

《赵飞燕外传》托名是汉代伶玄所作,书中的"自叙"说,伶玄的妾樊通德,是赵飞燕姑妹樊嬺的侄子不周的女儿,樊嬺一直在宫里陪伴赵飞燕,《外传》里的细节,是樊通德从樊嬺那里听来,告诉伶玄的。书的作者用这一番话,回答"何从而闻见之"的问题。元稹的《会真记》讲的是自己的经历,对于隐私部分就尽可能简略。《聊斋志异》里男女亲密的动作和亲热的对话,并没有类似樊通德的角色告诉蒲松龄,他是从哪里得来的呢?纪晓岚认为,《聊斋志异》把需要建立在本人自述或知情者转述基础上的传记与由第三者叙述的小说混淆了。盛时彦引述老师的话之后,还接着说:"因先生之言,以读先生之书,如叠矩重规毫厘不失。""先生之书"指的是纪晓岚的《阅微草堂笔记》,作者预先防止别人的指责,每到需要描写燕昵之私,就点到为止,不去详写了。但是,连纪晓岚本人也承认,他的作品的艺术魅力比起蒲松龄差远了。

祝德麟和纪晓岚所提出的,是小说的叙述角度问题。小说家描写景物或人物的外貌、动作、心理,都必须确定所取的角度;而为了描写多种场面、多方面的内容,往往需要转换几个角度。对于这一点,金圣叹早已经明确地提出来了。他分析《水浒传》中,描写武松打了孔亮,醉饱走出酒店,土墙里走出一只黄狗,"武行者看时,一只大黄狗赶着吠"。"上句从作者笔端写出,此句从武松眼中写出。"一个是叙述者的角度,一个是人物的角度。杨志丢了生辰纲,小说写杨志喝加了蒙汗药的酒少,最先清醒过来,"回身看同行的十四个人,十四个人只是眼睁睁地看着他"。"本是杨志看十四个人也,却反看出十四个人看杨志来。"里面有叙述者角度,有不同人物的不同角度。这就是叙述角度的转换。小说,可以"一书而兼二体",从不同的叙述角度写景写人。小说家有权用"全知叙述角",叙述世上一切有可能发生的事情,不必回答"何从而闻见之"的问题。这在现在已经是普通文学常识了,但古代文人经过很长时间才认识到。而且,在中国外国、古代现代各色各样小说中,"叙述越界"现象经常出现。所谓叙述越界,就是在这种叙述角度中间,掺杂了另一种叙述角度。因为每一种叙述角度都有其长处和局限,小说家就用越界的办法,用其长而避其短。"全知叙述角"自由度大,第一或第三人称叙述角度,某个人物的角度,叙述范围受到限制,但可以传达特殊的情感。《长恨歌》是诗体小说,句子的字数一定,作为"七言古风"一般四句一韵,这都是它所受到的限制,叙述角度的转换比散文体的小说困难,所以,它的叙述越界更多。从第一句开始,一直是单纯叙述者的视角,就是讲故事的人讲说他亲历或者听来的故事,这是古代评论者也可以理解和接受的。到了"侍儿扶起娇无力",叙述就越界了,暗暗地转到了人物的视角,也就是唐玄宗李隆基的目光。如果是一位立意要"惩尤物、窒乱阶"的作者的眼光来叙述,不会写得这么可爱,而会形容她忸怩作态以邀宠。李隆基看到杨玉环这样的神态,深深地受到吸引,所以说"新承恩泽"。"新承恩泽"是客观的陈述,"娇无力"是人物视角,两种视角融混在一起。李隆基可以"亲见来",白居易可以想象李隆基亲见并且被打动。至于"孤灯挑尽"也是暗转到李隆基的视角,没有了杨玉环,不管有多少灯烛,他都觉得是孤灯。"芙蓉如面柳如眉",也是李隆基的幻觉。后来,《红楼梦》里,宝玉、黛玉出场,采取类似的写法,从黛玉眼中写宝玉、宝玉眼中写黛玉,不用叙述者的客观描写,而用人物的主观的眼光,那是白话长篇小说,清楚地交待了叙述角度的转换。

除了叙述越界——从一种叙述角度兼跨到另一种叙述角度——之外,古代叙事文学作品话语主体的转换,有时也是隐形的。诗文是作者直接对读者说话,戏剧是作者代人物立言而由人物对观众(或读者)直接说出。在叙事文学里,人物的语言通常则是由作家向读者转述。这种转述有好些个不同的方式,相应地也就有了许多种技巧。

中外古典小说诗学,最重视的是人物语言的个性化,语言要符合人物的身份、时代、地域。刘知几《史通·言语》说,"时人出言,史官入记。虽有讨论润色,终不失其梗概",不应该"妄益文采","华而失实"。王劭《齐志》和宋孝王《关东风俗传》,忠实于人物语言的实际风格,被唐代学者批评为"言多淬秽,语伤浅俗"。刘知几说,这好比是"鉴者见嫫母多媸,而归罪于明镜也"。小说是一面镜子,人物语言本来该雅就雅,该俗就俗,怎么能把所有人物的语言都写成诗人那样优美温丽、华藻缤纷? 这也是小说文体与抒情诗歌文体风格不同的一个重要方面。中国古代诗学把有个性特征的人物语言称之为"声口",也就是人物说话的声情口吻。关于这一点,小说诗学和戏曲诗学有共同性,我在后面再谈。

现代叙事学更感兴趣的是,小说中表达人物语言的方式。叙述学是当代西方一个热门学科,它的论述中技术化的成分很重,有人把人物语言表达方式细分为八种之多。[12]这些现代西方人提出的技巧,在中国古代小说诗学中有没有呢? 也还是有的,它们有中国作家独有的特色,有时候其精致性在古今中外作品中都属罕见。我来举一两个例子,金圣叹提出的"不完句法"、"夹叙法",就是针对着人物说话方式的表现。所谓"不完句法"是一句话没有说完,被截住;所谓"夹叙",是两个以上人物的话语交错。这都是用来表现人物对话的特别的气氛、特别的状况。中国古代没有完备的标点符号,古代的作者表现人物语言交错自然就十分困难,他们在这方面的用心,要后人仔细去捉摸。例如,《左传·襄公四年》有魏绛向晋悼公进谏,阻止他讨伐戎狄,那一段文字,如果读没有点断的白文,不太容易明白,用《十三经注疏》已经点断的文字是:

> 戎。禽兽也。获戎失华。无乃不可乎。夏训有之曰。有穷后羿。公曰。后羿如何。对曰。昔夏后之方衰也。

虽然读来可以知道是两个人在对话,他们的神情、心理还是不很清晰。杨伯峻《春秋左传注》说,历来对这一段的注释,只有日本学者中井积德的《左传雕题略》讲得最精确,那是魏绛一句话没有说完,晋悼公突然插问,用现代标点,就成为:

> (魏绛曰:)"……戎,禽兽也。获戎、失华,无乃不可乎?《夏训》有之曰,'有穷后羿'——"(晋悼)公曰:"后羿如何?"对曰:"昔夏后之方衰也……"

杨树达《古书疑义举例续补》具体解释说:"古人对谈之顷,往往有意欲宣,情势急迫,不能自制。此在言者为不得已;而古人叙述其事者,亦据其急迫之状而述之,此古人文字所以为质而信也。"此处说的"信",是指准确地表现对话的情状,晋悼公不等魏绛一句话说完,打断他,这样的表达很生动地描绘出当时的现场氛围。与此类似的还有《战国策·楚策》,苏秦到楚国,等了三天才见到楚王,心里很不满意。见面时交谈了不久,苏秦就要辞别,楚王挽留他:

> 楚王曰:"寡人闻先生若闻古人,今先生乃不远千里而临寡人,曾不肯留,愿闻其说。"对曰:"楚国之食贵于玉,薪贵于桂,谒者(替国君作传达的官员)难得见如鬼,王者难得见如天帝。今令臣食玉薪桂,因鬼见帝——"王曰:"先生就舍,寡人闻命矣!"

楚王听懂了苏秦的讽喻,认识到不该怠慢客人,让他不必再说下去,自己主动赔礼、改正。我们今天甚至可以推想出,当时两个人的神态前后的变化以至各自的动作,这就是"夹叙法"的妙用。古代历史叙事的这些技巧影响到小说,例如《水浒》第五回"鲁智深火烧瓦官寺"里,鲁智深听了几个老和尚

诉说崔道成霸占寺庙,就到后院查问:

> 智深提着禅杖道,"你这两个如何把寺来废了?"那和尚便道:"师兄请坐,听小僧……"智深睁着眼道:"你说,你说!""……说:在先敝寺十分好个去处……"

金圣叹评论说:"急切里两个人一起说话,须不是一个说完了又一个说,必要一笔夹写出来。"生铁佛崔道成此时手里没有兵器,怕打起来吃亏,临时想编些话应付,吞吞吐吐;鲁智深性急,命他少扯闲话,正面回答问题,不容崔道成的一句话说完。两个人有些话是同时说的,小说要表现这种同时性,不是一前一后,就用了不完句法、夹叙法。

西方叙事学把人物话语表达方式分为直接引语和间接引语、自由直接引语和自由间接引语,等等。中国古代没有明确的划分,但小说家意识到用人物不同的话语方式,来表达他们不同的关系、不同的语境。《红楼梦》第二十七回,写王熙凤找丫头小红替她向平儿传话,小红随后向王熙凤报告平儿的回话。这一段,我认为是曹雪芹的一次"语言实验",是曹雪芹对小说人物话语方式的一次实验。小红不是《红楼梦》中很重要的人物,这一段在全书中并没有特别显著的作用。作家有意地把一件很复杂的事,交给一个对这些事情陌生的小丫头来转述,其目的主要不是表现小红的机灵。要是挑剔的话,小红在很短的时间,将这段涉及到许多她不可能清楚的主子们之间关系的话说得不差分毫,有点超乎情理。我们只好理解为,作家是以此显示出小说人物语言可以怎样转述多重曲折的事体和关系,间接引语可以玩出多少花样来,这是小说作品中隐藏的中国古代小说诗学,值得很好地揣摩:

> 红玉上来回道:"平姐姐说,奶奶刚出来了,他就把银子收了起来,才张材家的来讨,当面称了给他拿去了。"(小红转述平儿的话。)说着将荷包递了上去,又道:"平姐姐教我回奶奶:才旺儿进来讨奶奶的示下,好往那家子去。(小红转述平儿对旺儿的转述。)平姐姐就把那话按着奶奶的主意打发他去了。"凤姐笑道:"他怎么按我的主意打发去了?"红玉道(以下是平儿对旺儿说的话,平儿重述给小红,小红转述给凤姐):"平姐姐说:'我们奶奶问这里奶奶好。我们二爷没在家。虽然

迟了两天，只管请奶奶放心。等五奶奶好些，我们奶奶还会了五奶奶来瞧奶奶呢。（以下是平儿给旺儿转述五奶奶打发人来说的话，那人转述舅奶奶的信，平儿再转述给小红，小红转述给凤姐。）五奶奶前儿打发了人来说：舅奶奶带了信来了，问奶奶好，还要和这里的姑奶奶寻几丸延年神验万金丹。（以下是平儿对五奶奶处来人说的话，她重述给小红，小红再转述给凤姐。）若有了，奶奶打发人来，只管送在我们奶奶这里。明儿有人去，就顺路给那边舅奶奶带了去。'"小红还未说完，李氏笑道："嗳哟！这话我就不懂了，什么'奶奶''爷爷'的一大堆。"凤姐笑道："怨不得你不懂，这是四五门子的话呢。"说着，又向小红笑道："好孩子，难为你说的齐全，不像他们扭扭捏捏蚊子似的。嫂子不知道，如今除了我随手使的这几个丫头老婆之外，我就怕和别人说话：他们必定把一句话拉长了，作两三截儿，咬文嚼字，拿着腔儿，哼哼唧唧的。急的我冒火，他们那里知道？我们平儿先也是这么着，我就问着他：难道必定装蚊子哼哼就算美人儿了？说了几遭儿才好些儿了。"李宫裁笑道："都象你泼皮破落户才好。"凤姐又道："这一个丫头就好。方才两遭，说话虽不多，听那口声就简断。"

我说这是曹雪芹有意识的实验，是有根据的。他在第一回，就鄙薄历来的佳人才子等书里，"鬟婢开口即者也之乎，非文即理"。那个意思很明显，就是强调：小说语言不同于诗歌和散文的语言，小说的叙述语言不同于小说的人物语言。小红的那一大段话，不但要符合一个聪明伶俐的小丫头的身份，还要清晰地转述"四五门子的话"，这个难度很大。小红本人的话，是现代叙述学所谓"直接引语"，就是小说家尽可能逼真地模仿人物，好像是现场实录。小红的话里转述的平儿的话，以及转述平儿给小红复述和转述的话，小红再转述给凤姐；它们只是接近平儿的原话，而同时又带上转述者的色彩。既要讲清楚事情，还要显出几个人不同的角色身份，比如"我们奶奶"、"我们二爷"，就是平儿的口气，小红不能这么叫。曹雪芹如果没有认真思考人物语言表达方式问题，怎么可能写出这一段话来！西方学者评论巴尔扎克小说中人物语言表达的技巧时说："巴尔扎克一面天真地卖弄自己对历史，对艺术等等的见解，一面藏起最隐秘的意图，让人物的语言自行描绘真相，手法如此巧妙，以致可能不被人注意，他也决不设法指出它来。"[13]曹雪芹手法的巧妙，丝毫不比巴尔扎克逊色，而他的手法确实被众多研究者忽视了。这类技巧乃小说家所专有，诗歌和散文作者是不会去琢磨的。

三 戏曲文学的本色与藻丽之争

中国古代诗学中关于本色当行这一论题讨论得最热烈、最深入的，是在戏剧诗学的领域。明清戏剧理论家们说的本色当行，涉及的内容很丰富，可以大致归纳为三点：一是指戏剧文学总体的文体特色，包括明代戏剧理论家臧懋循所说的"情辞稳称"、"关目紧凑"和"音律谐叶"，即语言、情节和声律三个方面；二是与藻丽相对，专就语言的通俗、平易而言；三是具体指人物语言要适合于人物的性格、身份。下面我们主要讨论后两点。

说起本色当行，首先就要辨明，戏剧文学为何而写？明代理论家把戏曲文学分为"案头之书"和"筵上之曲"，同时，还有"花部"与"雅部"、"相色"与"本色"、"藻丽"与"本色"、"文人之词"与"词人之词"等等划分，大抵，前一类是给读者在书房里慢慢品赏，后一类是通过演员的演出给观众在剧场里欣赏，只有适合后者的剧本才被认为是本色当行。臧懋循《元曲选二序》中说："曲有名家，有行家。名家者，出入乐府，文采灿然，在淹通闳博之士，皆优为之；行家者，随所妆演，无不摹拟曲尽，宛若身当其处，而几忘其事之乌有，能使人快者掀髯，愤者扼腕，悲者掩泣，羡者色飞，是惟优孟衣冠，然后可与于此。故称曲上乘，首曰当行。"王骥德《曲律》说："词藻工，句意妙，如不谐里耳，为案头之书，已落第二义。"大多数古代戏剧理论家和现代戏剧理论史研究者都是持这种见解，但"案头之书"的剧本是否一定都属于第二等？我觉得，这是一个需要重新认识的问题。

中国戏剧的起源虽然可以追溯到很早，成形的戏剧文学则是起于宋代，而到元代这种文学体裁才臻于成熟。大约从南宋开始，适应着人们娱乐的需要，在勾栏瓦舍里普遍有了戏曲表演，我们在古代小说以及野史笔记里可以看到对这类表演的描述。演出需要底本，初期的底本只给演员使用，并不刻印流传,不以文本形式独立存在。底本的作者也就是最早的剧作家,那是些什么人呢?是书会才人,是一些下层文人,而演员更是被鄙视的倡优,文字阅读能力不高。明代王骥德《曲律》说:"庸下优人,遇文人之作,不唯不晓,亦不易入口。村俗戏本,正与其识见不相上下,又鄙猥之曲可令不识字人口授而得,故争相演习,以适从其便。以是知过施文采,以供案头之积,亦非计也。"在演员和观众的文化水平都很低的情况下,剧本讲究文采,是有害而无利。即使演员、观众文化水平提高了,在剧场里听戏文,耳朵对文字的接受和眼睛对文字的接受不同,也需要尽可能明白晓畅。这些道理前人讲得很多、很对。但是,随着戏剧艺术的发展,作者、演员、接受者和接受方式发生了一些变化。戏剧文学不见得只是在剧场里被人欣赏,有的剧作家,不见得只是为了演出而创作。例如,汤显祖的戏曲文体风格观,就和别人颇不一样。他是一位上层文人,中过进士,做过大官,以很严谨的态度从事戏剧创作。他告诫戏曲艺人:"一汝神,端而虚,择良师妙侣,博解其词而通领其意。"这是何等矜肃的敬业精神!他的作品非常重视文采,有些段落,文辞非常典雅优美。这样也就理所当然地受到本色派的戏剧家的批评。清代的戏剧家李渔说:

> 汤若士《还魂》一剧,世以配飨元人,宜也。问其精华所在,则以《惊梦》、《寻梦》二折对。予谓二折虽佳,犹是今曲,非元曲也。《惊梦》首句云:"袅晴丝吹来闲庭院,摇漾春如线。"以游丝一缕,逗起情丝。发端一语,即费如许深心,可谓惨淡经营矣。然听歌《牡丹亭》者,百人之中有一二人解此意否?若谓制曲初心并不在此,不过因所见以起兴,则瞥见游丝,不妨直说,何须曲而又曲,由晴丝而说及春,由春与晴丝而悟其如线也?若云作此原有深心,则恐索解人不易得矣。索解人既不易得,又何必奏之歌筵,俾雅人俗子同闻而共见乎?

这类批评在汤显祖生前早就有了,著名的戏曲家吕天成还修改汤显祖的剧本以适应演出需要。汤显祖不接受这一类批评,而是坚持自己的立场,他在《与宜伶罗章二书》中说:"《牡丹亭记》要依我原本,其吕家改的,切不可从!虽是增减一二字以便俗唱,却与我原做的意趣大不同了。"他还很带情绪地说:"彼恶知曲意哉！余意所至,不妨拗折天下人嗓子。"当然这是一句气话,但汤显祖把"意趣"放在第一位,而不在乎是否便于"俗唱",是否便于"俗听"。他的剧本虽然确实有些地方不适合剧场演出的要求,而它们的价值,随着时间的流逝,却越来越被后人所认识、所倾倒。《红楼梦》有"《牡丹亭》艳曲警芳心"一回,写的是林黛玉为汤显祖剧本文字而沉醉:

> 只听墙内笛韵悠扬,歌声婉转,林黛玉便知是那十二个女孩子演习戏文呢。只是林黛玉素习不大喜看戏文,便不留心,只管往前走。偶然两句吹到耳内,明明白白,一字不落,唱道是:"原来姹紫嫣红开遍,似这般都付与断井颓垣。"林黛玉听了,倒也十分感慨缠绵,便止住步侧耳细听,又听唱道是:"良辰美景奈何天,赏心乐事谁家院。"听了这两句,不觉点头自叹,心下自思道:"原来戏上也有好文章,可惜世人只知看戏,未必能领略这其中的趣味。"想毕,又后悔不该胡想,耽误了听曲子。又侧耳时,只听唱道:"则为你如花美眷,似水流年……"林黛玉听了这两句,不觉心动神摇。又听道:"你在幽闺自怜"等句,亦发如醉如痴,站立不住……

在这一段里,曹雪芹参加到近三百年前明代汤显祖与沈璟以及吕天成的那场辩论之中,也是对上面引述的李渔的说法的纠正,认为戏剧文学可以而且应该是"好文章",看来曹雪芹赞成汤显祖戏剧文学"以意趣神色为主"的主张。戏剧文学紧密联系着戏剧的演出,但也可以有它的独立性,案头之书的戏剧文学,也自有其可贵之处,未可一概否定。歌德甚至认为,能够被人们放在案头的剧本,要高于完全依附于剧场的剧本,他曾经说:"莎士比亚的名字和功绩是属于诗的创作史的领域;要是我们把他的功绩全部放在舞台史中去的话,这是对过去和未来时代的一切诗人的一种不公平的办法。"他的理论根据是,眼睛直接看到的东西,是外在的;通过语言而传达给内在感官的却是最完善的,"莎士比亚完全是诉诸我们内在感官的","莎士比亚用活的字句影响我们,而字句最好通过诵读来传达;既不被恰当的表演也不被拙劣的表演所分散"。[14]所以,戏剧文学可以作为案头之书而存在,案头之书的戏剧文学有一些不是本色当行,却是传世的精品。

当然，我们也必须承认，在大多数情况下，戏剧文学总还是诉诸接受者的听觉，所以，本色当行的要求有很大的适应范围。要做到本色当行，剧本的文字就要通俗明畅。李渔在他的《闲情偶寄·词曲部·词采》中说：

> 曲文之词采与诗文之词采非但不同，且要判然相反。何也？诗文之词采贵典雅而贱粗俗，宜蕴藉而忌分明。词曲不然，话则本之街谈巷议，事则取其直说明言。凡读传奇而有令人费解，或初阅不见其佳，深思而后得其意之所在者，便非绝妙好词，不问而知为今曲，非元曲也。元人非不读书，而所制之曲绝无一毫书本气，以其有书而不用，非当用而无书也，后人之曲则满纸皆书矣。元人非不深心，而所填之词皆觉过于浅近，以其深而出之以浅，非借浅以文其不深也，后人之词则心口皆深矣。

他说汤显祖剧本中许多被人们认为是精彩之句，"字字俱费经营，字字皆欠明爽。此等妙语，止可作文字观，不得作传奇观"。元代人称杂剧为传奇，李渔认为，戏剧文学的语言和诗文的语言不同，是因为传播和接受方式的不同。他也肯定，《牡丹亭》里有不少地方，是符合戏剧文学的文体风格要求的，比如《惊梦》里花神的唱词"似虫儿般蠢动把风情扇"，柳梦梅的唱词"恨不得肉儿般团成片"。李渔既是剧作家，又多年经营一个剧团，他是将戏剧作为综合艺术来考虑问题。他和汤显祖的处境、写作目的不同，立论也就不同。汤显祖有能力写得很"明爽"，但他另有自己的美学追求。像王实甫的《西厢记》、汤显祖的《牡丹亭》、洪昇的《长生殿》里的有些段落，放在古代优秀的诗词中也毫不逊色。

在李渔之前，明代许多学者早就反复论证过本色当行的必要性，凌濛初《谭曲杂札》说："曲始于胡元，大略贵当行不贵藻丽。其当行者曰本色，盖自有一番材料，与修饰词章、填塞学问，了无干涉也。"何良俊《四友斋丛说》对一些名作提出批评："盖《西厢》全带脂粉，《琵琶》专弄学问，其本色语少。盖填词需用本色语，方是作家。"他们批评的矛头更多地指向所谓骈俪派，指向以时文（科举应试之文）风格作剧本，邵灿的《香囊记》是这种趋向的较早代表。徐渭《南词叙录》指出，这部作品"以二书（《诗经》和《杜诗》）语句勾入曲中，宾白亦是文语，又好用故事（故事在这里是指典故）、作对子，最为害事。夫曲本取于感发人心，歌之使奴童妇女皆喻，乃为得体。经、子（经书和子书）之谈，以之为诗且不可，况此等耶？直以才情欠少，未免凑补成篇。吾意与其文而晦，曷若俗而鄙之易晓也"。徐复祚《曲论》也指出：《香囊记》"丽语藻句，刺眼夺魄，然愈藻丽愈远本色"。另一位著名文人屠隆的《彩毫记》，徐麟在《长生殿序》中说："其词涂金缋碧，求一真语、隽语、快语、本色语，终卷不可得也。"这些被批评者与汤显祖不可同日而语，他们不是因为才气太高，恰恰是因为缺乏才气，才用华丽的文字来掩饰。

从正面说，元代戏曲中许多作品做到了本色，王国维说："元曲之佳处何在？一言以蔽之，曰：自然而已矣。古今之大文学，无不以自然胜，而莫著于元曲。"他举出马致远《汉宫秋》第三折汉元帝的唱词"梅花酒"，作为范例：

> 俺向着这迥野悲凉。草已添黄，兔早迎霜。犬褪得毛苍，人掇起缨枪，马负着行装，车运着糇粮，打猎起围场。他、他、他，伤心辞汉主；我、我、我，携手上河梁。他部从入穷荒，我銮舆返咸阳。返咸阳，过宫墙；过宫墙，绕回廊；绕回廊，近椒房；近椒房，月昏黄；月昏黄，夜生凉；夜生凉，泣寒螀；泣寒螀，绿纱窗；绿纱窗，不思量！

这一段得到很多人的赞美，确实是写得好，它不只是平易、本色，更是把语言的日常的通俗性和文学语言的诗意性、雅致性恰当地融合。句式反复回环，表现元帝送别昭君时依依不舍、肝肠寸断的心情，草色、霜色、月色和犬毛色、窗纱色，都浸润着主人公感情的色调。这种对生活语言的加工，切合汉元帝的口吻。李渔说："极粗极俗之语未尝不入填词，但宜从角色起见。如在花面中，则唯恐不粗不俗；一涉生旦之曲，便宜斟酌其词。""宜从角色起见"，也是戏剧文学和小说的人物语言的共同要求。金圣叹在《读第五才子书法》中说过："《水浒传》并无止乎者也等字，一样人便还他一样说话，真是绝奇本事。"他在评论"智取生辰纲"那一回的时候又说："军汉是个军汉的话，都管是个都管的话，句句有声情，妙甚。"李逵就属于"花面"、"粗俗"之人。李渔认为，人物语言的个性特色，要做到闻其语而知其人，各人的话语彼此不可移换，"如前云《琵琶》'赏月'四曲，同一月也，牛氏有牛氏之月，伯喈有伯喈之月，所言者月，所寓者心，牛氏所说之月可移一句于伯喈，伯喈所说之月可挪一字于牛氏乎？夫妻二人之语犹不可挪移混用,况他人乎!"例如,康进之的《李逵负荆》里李逵的两段唱词,与汉元帝的唱词情调很不一样。下面两段中,前一段是李逵下山时所唱,后一段是他误以为宋江强占民女之后唱的:

> 你与我便熟油般造下春醅酒,你与我花羔般煮下肥羊肉。一壁厢肉又熟,一壁厢酒正笆(用器具滤酒)。抵多少锦封未拆香先透,我则待乘兴饮两三瓯。

> 抖擞着黑精神,扎煞开黄髭髯,则今番不许收拾。俺可也摩拳擦掌,行行里,按不住莽撞心头气。宋江来,这是甚所为,甚道理? 不知他主着何意,激的我怒气如雷。可不道他是谁,我是谁,俺两个半生来岂有些嫌隙? 到今日却做了日月交食。不争几句闲言语,我则怕恶识多年旧面皮,展转猜疑。

这当然也是经过文学加工的,然而却与汉元帝之类人物的语言迥然有别,是一位粗豪的草莽英雄口里说出来的。写出这样的唱词、道白,才算达到了本色当行。

四　小说和戏剧的结构技巧

一切文学创作,包括诗歌和散文的创作,结构都是其中很重要的一项;而小说和戏剧的结构技巧与诗歌散文的结构技巧,有很大的不同,结构技巧论是中国古代戏剧诗学和小说诗学中的重要部分。李渔谈戏剧创作,把结构摆在第一位。他说,老天之造人,是先制定全形,而不是由头顶到脚踵"逐段滋生",否则,人之一身就会有无数断续之痕;作家写戏,和这也类似,首先要谋虑的是"结构全部规模"。金圣叹在《水浒传》第十三回回前总评中说:"有有全书在胸而始下笔著书者,有无全书在胸而姑涉笔成书者……夫欲有全书在胸而后下笔著书,此其以一部七十回一百有八人轮回揽叠于眉间心上,夫岂一朝一夕而成哉!"结构就是处理各个部分之间的关系,必然要求全局在胸。对于小说和戏剧，结构最主要的是对情节的安排，中国古代理论家们最看重的是情节进展的节奏感，有快有慢、有冷有热、有紧有松。宋元之际的罗烨在《醉翁谈录·舌耕叙引》中说，小说"靠敷演令看官清耳"，"讲论处不滞搭、不絮烦，敷演处有规模、有收拾；冷淡处提掇得有家数，热闹处敷演得越久长"。这里已经显示出，中国古代叙事技巧理论的着眼点，是稳稳地吸引欣赏者，让他们始终保持浓厚的兴趣；而它的注意力，则集中在情节的编织、情节进展节奏的掌握上。提掇，是提起、振作的意思；敷演，是陈述和发挥的意思。

金圣叹在《水浒传》"读法"中说："《水浒》七十回，只用一目俱下，便知其二千余纸只是一篇文字。中间许多事体，便是文字起承转合之法。"起承转合是文章作法，提掇敷演是小说作法，两者都要数十回只是一篇文字，整个作品一气贯通。金圣叹认为，《西游记》的作者缺乏结构上的整体观，"只是逐段捏捏撮撮，譬如大年夜放烟火，一阵一阵过，中间全没贯串，便使人读之，处处可住"。我国古代小说，特别是长篇小说，有结构严密完整的，有结构松散零碎的。后者多是在几十几百年流传过程中，经许许多多人加工连缀而成；前者则是后来由一位作家重新整理改写；至于像《红楼梦》那样个人独力创作的，事先有相当周密的构思，更是小说艺术成熟的标志。

为了使小说成为有机整体，在技巧上，就要设法贯串各种人物和情节。比如《水浒传》写一百零八人，这些人原本散处全国各地、各个行业、各个阶层，"譬如大珠小珠，不得玉盘，迸走散落，无可罗拾"。作者要设法用索子把他们拴在一起，用金锁锁上。用什么来贯串呢？金圣叹举例说："盖杨志、鲁达，各自千里怒龙，遥遥奔赴，却被曹正轻闪出林冲，锁住一处，固已。乃今作者胸中，已预欲为武松作地。夫武松之于鲁达，亦复千里二龙，遥遥奔赴，今欲锁之，则仗何人锁之，复用何法锁之乎？预藏下张青夫妇，以为贯索之蛮奴，而反以禅杖、戒刀为金锁。呜呼，作者胸中之才调，为何如也！"用配角、用道具贯串情节，是元明戏曲创作和小说创作常用的技法，以后，《红楼梦》等更纯熟地运用。《红楼梦》第二回有一段议论说："此回亦非正文，本旨只在冷子兴一人，即俗谓冷中出热、无中生有也。其演说荣府一篇者，盖因族大人多，若从作者笔下一一叙出，尽一二回不能明，则成何文字？

故借用冷子兴一人略出其文,使阅者心中已有一荣府隐隐在心;然后用黛玉、宝钗等两三次皴染,则必耀然于心中眼中矣——此即画家三染法也。"作者在写第一回之时,心中已经有了小说的全局,对于起承转合、提掇敷演,已经有了总体安排。

在从散文结构技巧、诗歌结构技巧向戏曲、小说技巧的转变过程中,作家和文论家保持了对结构的形式美的追求。金圣叹在《水浒传》第二十三回评点中说:"上篇写武二遇虎,真乃山摇地撼,使人毛发倒卓;忽然接入此篇,下武二遇嫂,真又柳丝花朵,使人心魂荡漾也。吾尝见舞槊之后便欲搦管临文,则殊苦手颤;饶吹之后便欲洞箫清啭,则殊苦耳鸣;驰骑之后便欲入班拜舞,则殊苦喘急;骂座之后便欲举唱梵呗,则殊苦喉燥。何耐庵偏能接笔而出,吓时便吓杀人,憨时便憨杀人,并无上四者之苦也?"这里说的正是热后有冷、冷后有热,热中有冷、冷中有热。后来毛宗岗评点《三国演义》时说的"笙箫夹鼓、琴瑟间钟","寒冰破热、凉风扫尘",以及"文章之妙,妙在极热时写一冷人,极忙中写一闲景",都是讲情节的疏密、缓急,场面的动静、大小的交替转换。

与提掇敷演相关,金圣叹还论及"犯中求避"。《水浒传》第十一回总评说:"吾观今之文章之家,每云'我有避之一诀',固也。然而吾知其必非才子之文也。夫才子之文,则岂惟不避而已,又必于本不相犯之处,特特故自犯之,而后从而避之。此无他,亦以文章家之有避之一诀,非以教人避也,正以教人犯也。犯之而后避之,故避有所避。若不能犯之而但欲避之,然则避何所避乎哉?""此书于林冲买刀后,紧接杨志卖刀,是正所谓才子之文必先犯之者,而吾于是始乐得而徐观其避也。"写作者要避免与前人重复,要避免与自己以前的作品重复,要避免同一部作品中段落重复。避免的最佳途径不是摆脱表面的相似,而是找出相似中的差别。

现代小说和戏剧风格发生了极大的变化,不过,古人的结构技巧,还是有一定的借鉴作用。

思考题

1. 以文为诗和以诗为词,在什么情况下成为一个作家的缺点,在什么情况下成为一个作家的优点？

2. 魏泰为什么会说白居易写《长恨歌》是不晓文章体裁，陈寅恪为什么说魏泰才是不晓文章体裁？

3. 古代戏剧文学的本色体现在哪些方面？

注 释

〔1〕 郭绍虞：《宋诗话考》，第 15—20 页，北京：中华书局，1979 年。

〔2〕 李东阳：《麓堂诗话》，见丁福保辑《历代诗话续编》，第 1373、1383 页，北京：中华书局，1982 年。

〔3〕 杨慎：《升庵诗话》，见丁福保辑《历代诗话续编》，第 868 页，北京：中华书局，1982 年。

〔4〕 王世贞：《艺苑卮言》，见丁福保辑《历代诗话续编》，第 1010 页，北京：中华书局，1982 年。

〔5〕 陈寅恪：《论韩愈》，见《金明馆丛稿初编》，第 331 页，北京：三联书店，2001 年。

〔6〕 钱锺书：《谈艺录》，第 29—30、35 页，北京：中华书局，1984 年。

〔7〕 萧涤非：《汉魏六朝乐府文学史》，第 27 页，北京：人民文学出版社，1984 年。

〔8〕 宋代曹冠《燕喜词》陈鬓序。

〔9〕 王又华：《古今词论》，见唐圭璋《词话丛编》，第 606 页，北京：中华书局，1986 年。

〔10〕 钱锺书：《宋诗选注》，第 10 页，北京：人民文学出版社，1982 年。

〔11〕 陈寅恪：《元白诗笺证稿》，第 11—13 页，上海：上海古籍出版社，1978 年。

〔12〕 参见申丹：《叙述学与小说文体学研究》第十章"人物话语的不同表达形式及其功能"，第 287—330 页，北京：北京大学出版社，2004 年。

〔13〕 热拉尔·热奈特：《叙事话语》"语式"，见《叙事话语·新叙事语》，第 123 页，北京：中国社会科学出版社，1990 年。

〔14〕 歌德：《说不尽的莎士比亚》，见《古典文艺理论译丛》第三册，第 78、72 页，北京：人民文学出版社，1962 年。

第十四讲

写儿女之真情

对民歌的阐释与"儿女真情"说

小说戏剧创作与"儿女真情"说

对于淫秽小说的辩护和批判

　　文学艺术与科学之不同,很重要的一点,是前者把表现人的情感世界放在非常突出的位置。陆机《文赋》里有一句是"诗缘情而绮靡","缘情"就是抒发、表现情感。唐代独孤及的《送开封李少府勉自江南还赴京序》说:"缘情者莫近于诗"。这两个人所说的"诗",可以理解为广义的文学艺术;最擅长于描写、表现人的情感的,是文学艺术。"绮靡",就是说,文学艺术对情感的表现能够做到十分细腻委婉。人的情感世界是极其丰富复杂的,对于文艺应该表现人的哪些情感和怎样表现,历来的诗学家各自持有不同的看法。围绕陆机那句看来似乎很平常的话,后来发生了许多不同的反应,作出过许多不同的阐释,其中有不少还是否定性的意见。清代诗人和词学家朱彝尊在《与高念祖论诗书》中说:"魏晋而下,指诗为缘情之作,专以绮靡为事,一出乎闺房儿女子之思,而无恭俭好礼、廉静疏达之遗(遗,这里是指传统),恶在其为诗也?"朱彝尊以及很多的诗学家,都以为陆机的"缘情"

就只是表现闺房儿女之情,"绮靡"就是浮艳、轻佻。纪晓岚在《云林诗钞序》中认为,陆机这句话把诗学"引入歧途",他说,《诗大序》提出的"发乎情,止乎礼义"才是正宗。如果不发乎情,便成为理学的枯燥的说教;而陆机则属于"不知止乎礼义","其究乃至于绘画横陈"。所谓"绘画横陈",是指生动逼真地表现男女私情。梁代沈约《梦见美人》诗里有"立望复横陈,忽觉非在侧",唐代李商隐《北齐》诗里有"小怜玉体横陈夜,已报周师入晋阳"。纪晓岚把梁陈宫体诗,看做是陆机理论的实践。对陆机的这些指责,都曲解了他的本意。周汝昌先生的《陆机〈文赋〉"缘情绮靡"说的意义》一文指出,按陆机的本意,缘情的"情",是指感情,也就是人们常说的七情;"绮靡",是形容织品细好,这里是指细密地表现人的情感。但是,且不说陆机的原意如何,一般地说,文学艺术能不能、该不该表现男女之情呢? 退一步说,即使陆机,或者别一个诗学家认为,文学艺术要"缘"男女之"情",是否就错了呢? 在古代很长的时期里,这成为一个问题。这一讲要介绍的是,在古代诗学中,与礼教针锋相对,提倡写男女之真情的一部分勇敢的诗学家,一方面艰难而执着地与礼教、风化论者斗争,把恋爱、婚姻以至性的心理作为文艺的描写对象,另一方面坚决抵制媚俗的书商以性描写牟利的诱惑,主张表现和赞颂男女的真情,从而开辟出古代诗学的一个独特方面。

一　对民歌的阐释与"儿女真情"说

最古老的歌谣,有两大主题,那就是劳动和爱情。无论中国外国,几千年来,我们从民歌里听到的,大都是描写和歌颂男女情爱。《诗经》里的国风,是一些民歌,当然也是这样。但是,经过孔子整理,《诗三百》被尊奉为经典之后,自汉代以下,经学家力图曲解、掩盖其中一些作品的情歌性质,掩盖不了的,又加以严厉的斥责。《诗经》里的郑风、卫风里情歌最多,孔子早就说过,"郑声淫"、"放郑声",要人们远离这些作品。汉代讲《诗经》的有齐、鲁、韩、毛四大家,《齐说》曾讲到:"郑男女亟聚会,声色生焉,故其俗淫。"《鲁说》讲到:"郑国淫僻,男女私会于溱、洧之上。"那个时候离战国时代不远,这种说法应该是有事实作根据的,只不过作了错误的评价。国风里的不少作品,是民间聚会中男女传情之作。青年们在平原旷野聚会,男女对唱情歌,这类风俗几千年来不断,直到今天还可以在不少地方看到。

在中国古代,有一股强大的势力,禁止文学去表现男女之情。《毛诗序》说诗歌写情要"止乎礼义",而孔子提倡的礼义,尤其是汉代以后历代统治者对礼义的诠释,是很排斥男女之情的。其后不少人甚至认为,这类诗不应该在《诗经》里存在。明代季本的《诗说解颐》说:"郑卫之音,淫哇之语,皆得列於国风,使诵之者感动邪心,则与孔子所谓'放郑声'、'思无邪'者自相戾(相冲突、相违背)矣。宋程文简公有言,淫诗之传,盖出于里巷狎邪诵习之口,秦火之后,圣经不全,汉儒取其里巷之传者补缀其间,以足三百篇之数,盖皆夫子之所已删而未有能辨之者耳。"朱熹虽是一位理学家,他倒是承认《诗经》这部分民歌的真实内容,他说:"如郑诗虽淫乱,然《出其东门》一诗,却如此好;《女曰鸡鸣》一诗,意思亦好,读之,真个有不知手之舞、足之蹈者。"有学生问:"'《摽有梅》之诗固出于正,只是如此急迫,何耶?'曰:'此亦是人之情,尝见晋宋间有怨父母之诗。读《诗》者于此,亦欲达男女之情。'"[1]《摽有梅》写的是一位待嫁的少女,希望心上人尽快地来娶她:"求我庶士,迨其吉兮","求我庶士,迨其今兮"。后世的文人不能想象,女孩子怎么可以主动地向男人表白?怎么可以那样迫不及待?方玉润《诗经原始》就说:"女嫁纵欲及时,亦何至迫不能待乎?"其实,书斋里的老学究和乡村里天真的少女想法相差太远,在历代民歌中,这样的歌谣多得很!南北朝乐府民歌里就有不少,如"驱羊入谷,白羊在前。老女不嫁,蹋地唤天","门前一株枣,岁岁不知老。阿婆不嫁女,那得孙儿抱?"朱熹将"郑风"和"卫风"称为"淫诗",好像是贬责,但毕竟是承认了它们写的是人欲,是人间情爱。朱熹还说:"郑、卫诗多是淫奔之诗,郑诗如《将仲子》以下,皆鄙俚之言,只是一时男女淫奔相诱之语。"对于《郑风·叔于田》,"或疑此亦民间男女相悦之词也"。对于《邶风·静女》、《郑风·将仲子》、《郑风·溱洧》,朱熹都指出"此淫奔期会之诗"。清人黄中松《诗疑辨证》说,朱熹把《狡童》"定为淫女戏其所私之词,不意大贤而明于狎邪之情如此耶?""明于狎邪之情",实际上是承认异性相互吸引属于自然人性,这本是很普通的事,只要不被偏见蒙蔽了眼睛,都可以从国风中读出这样的内容。《静女》的第一章:"静女其姝,俟我于城隅。爱而不见,搔首踟蹰。"多么天真可爱!欧阳修的《诗本义》说:"《静女》一诗,本是情诗。"《溱洧》每一章的最后都是:"维士与女,伊其相谑,赠之以芍药。"这又是多么真率自然!清代方玉润《诗经原始》说:"每值风日融和,良辰美景,竞相出游,以至兰芍互赠,恬不知羞……开后世冶游艳诗之祖。"青年男女,对歌、赠物互表爱慕,有何可羞呢!上述古代学者有的已经认识了这些作品的情诗性质,却不敢肯定它们的正面价值。现代学者闻一多作有《诗经的性欲观》一文,从20世纪人类学的观念,正面肯定《诗经》的言情性质,其中说:"现在我们用完全赤裸的眼光来查验《诗经》,结果简直可以说'好色而淫',淫得厉害!""讲《诗经》淫,并不是骂《诗经》。尤其从我们眼睛里看着《诗经》淫,应当一点也不奇怪……让我们一般平淡无奇的二十世纪的人(特别是中国人)来读这一部原始的文学,应该处处觉得那些劳人思妇的情绪之粗犷,表现之赤裸!处处觉得他们想的,我们决不敢想,他们讲的,我们决不敢讲。我们要读出这样一部《诗经》来,才不失那原始文学的真面目。""用研究性欲的方法来研究《诗经》,自然最能了解《诗经》的真相。其实也用不着十分的研究,你打开《诗经》来,只要你肯开诚布公读去,他就在那里。自古以来苦的是开诚布公的人太少,所以总不能读到那真正的《诗经》。"[2]这些话也适合汉魏六朝的乐府民歌。可是,在相当长的时间里,古代诗学家对这类作品,对它们表现的男女之情,反对的多,赞扬的少。

　　文人对民间情歌的态度,到了明代,在新的时代环境中有了变化。有学者收集民间情歌,编成集子,给予很高评价。冯梦龙先后编集了《挂枝儿》、《山歌》、《夹竹桃》,其中收集的民歌比之《诗经》里的那些,要泼辣开放得多了!不但写情,并且大量写到性。例如《花开》:"约情哥,约定在花开时分。他情真,他义重,决不作失信人。手携着水罐儿,日日把花根来滋润,盼得花开了,情哥还不动身。一般样的春光也,难道他那里的花开偏迟得紧?"又如《泥人》:"泥人儿,好一似咱两个,捻一个你,塑一个我,看两下里如何。将他来揉和了重新做,重捻一个你,重塑一个我。我身上有你也,你身上有了我。"晚明词曲家卓珂月说:"我明诗让唐,词让宋,曲让元,庶几吴歌、挂枝儿、罗江怨、打枣竿、银绞丝之类,为我明一绝耳。"以前各个朝代应该也有这样的民歌,只是缺少人去收集整理,更不敢公开赞扬。明代后期是一个思想开放的时期,文坛上,诗学中,新的思潮涌起。冯梦龙在《叙山歌》里说:"若夫借男女之真情,发名教之伪药,其功于《挂枝儿》等,故录《挂枝词》,而次及《山歌》。"他在这里鲜明地把民歌里的真情与士大夫所讲的名教对比,一真一伪。他向社会介绍大胆放声歌唱的男女真情的民歌,就是要向虚伪的名教挑战。当时赞成他的观点的文人颇不少,贺贻孙《诗筏》说:"近日吴中《山歌》、《挂枝儿》,语近风谣,无理有情,为近日真诗一线所存。"这些民歌的新颖可喜在哪里呢? 有的人认为,主要在于表现人的健康的情欲。袁宏道说,这类民歌远胜于当时文人的作品:"故吾谓今之诗文不传矣,其万一传者,或今闾阎妇人孺子所唱《劈破玉》、《打草竿》之类,犹是无闻无识真人所作,故多真声,不效颦于汉魏,不学步于盛唐,任性而发,尚能通于人之喜怒哀乐、嗜好情欲,是可喜也。"在冯梦龙之前,李开先写过一篇《市井艳词序》,他说:《山坡羊》、《锁南枝》等市井艳词,"淫艳亵狎,不堪入耳,其声则然矣,语意则直出肺肝,不加雕刻,具男女相与之情……故风出谣口,真诗只在民间"。对于民歌的喜爱、赞赏,和对于宣扬礼教的读物的厌恶同时产生并且相互促成,其原因主要不在形式而在内容,在于对待男女之情的态度。明代这一股新的文学思潮,是在新的经济因素出现的背景下,代表了新阶层的观念,是古代诗学的新发展。

二 小说戏剧创作与"儿女真情"说

文人对于文学艺术写男女之情的态度和观念的变化,在明代有一定的普遍性,这种变化在小说、戏剧的创作和评论中,比在诗歌研究和评论中,表现得更为突出;而文学观念变化的前提是哲学和道德观念的变化,以及社会风气的变化。自诩为"异端"的学者李贽,在《藏书·司马相如传》中赞扬卓文君与司马相如私奔,"正获身,非失身",嘲笑那些指责卓文君的人,"斗筲小人,何足计事,徒失佳偶,空负良缘,不如早自抉择,忍小耻而就大计"。李贽和袁宏道都称赞张凤翼的剧本《红拂传》,那也是写男女之情的。袁中道《游居柿录》说《金瓶梅》"模写儿女情态具备","琐碎中有无限烟波"。

类似的言论在当时并不罕见。

《诗经》、汉乐府以至明代民歌中对于情爱的咏诵,因体裁所限,毕竟难以充分展开。真正细腻的描叙,是在小说、戏剧里。中国文学中成熟的小说始见于唐代,中国文学中正面细致的情欲描写也始见于唐代。唐代最高统治集团的李氏家族,有着少数民族的血缘,伦理观念相对开放,给文学艺术写儿女之情以较为宽松的环境。唐人传奇中叙写情欲的,可以分为两大类:第一类是正面铺排开来写性的,其中最典型的就是张鷟的《游仙窟》;另一类则是主要写情而较少甚至完全不涉及性欲。后者代表唐传奇的思想与艺术上的成就,并对后世发生重大影响,其中有白行简的《李娃传》、蒋防的《霍小玉传》、元稹的《莺莺传》、陈鸿的《长恨歌传》和白居易的《长恨歌》、李朝威的《柳毅》等等。这些作家们用传奇小说的形式,提出了对于文学写男女之情的看法,那是很不同于前人的新鲜的看法,还提出了在作品中处理男女之情的若干种方式,总之,提出了很重要的新的文学观念。文学批评史对这些作品中的文学观念的研究,还很不充分。

《游仙窟》是一篇奇特的作品,它不只是详细地叙写情欲心理,而且有大段的性行为的描写。这篇作品可以引起理论思考的,主要是文学创作中在性的问题上的大胆和坦率与社会环境的关系。虽然东汉蔡邕曾写过一篇《青衣赋》,描写作者与一青衣少女相遇,并且欢度一宵的故事,但写得朦胧隐约,含而不露。而《游仙窟》用第一人称,主人公用的是真名实姓,甚至自叙家世,作品中毫不掩饰自己对性的欲望和追求,没有羞涩感,把性看做是自然的、正当的事情,这在中国古代文学中极为罕见,而和欧洲从薄伽丘的《十日谈》到劳伦斯的《查太莱夫人的情人》有相近之处。这篇小说在中国和外国命运不一样,在国内它早就失传,近代才从日本寻访到并带回本土。作者张鷟,《旧唐书》本传说,"新罗、日本、东夷诸蕃尤重其文,每遣使入朝,必重出金贝以购其文,其才名远播如此"。而在本国,因为"性褊躁,不持士行,尤为端士所恶"。《新唐书》本传说他"儇荡无检",为文"浮艳少理致"。"端士"厌恶,并不是说本国人全都不喜欢,《旧唐书》本传同时还说,"无贤不肖,皆记诵其文"。当时外国使节就感叹:"国有此人而不用,汉无能为也。"下层读者、外国人和"端士"的分歧,显然不在艺术方面,而在小说所表达的文学观念和伦理观念。它长期在本土失传，原因应该是在与中国的主流伦理观不相容。它的产生和失传，或许还反映了宋代与唐代文化风气的区别，反映了宋代理学对于文学观念的扼制作用。这篇小说汲取了民间俗文学的资源，接受了民间的性观念、民间的情欲观。小说中张文成与十娘调笑，所吟的咏物词和敦煌石室诗集的某些民间曲子很是相似。可以设想，张鷟模仿甚至借用了通俗文学中类似的曲词，他的这篇作品也可以看做民间俗文学与文人雅文学嫁接的果实。

《游仙窟》艺术水准不很高，在情节的组织和人物的刻画上，都较为粗疏。唐传奇中另外一类，着力写情而较少写欲。陈玄祐的《离魂记》，写王宙与倩娘表兄妹二人，"长私感想于寤寐"，但被迫分离，倩娘魂追王宙，结为恩爱夫妻，多年后回家探亲，离魂与原身"翕然而合为一体"。同样的故事被《太平广记》采入的，还有《幽明记·庞阿》、《灵怪录·郑生》和《独异记·韦隐》，看来是唐代文人所津津乐道的。到了元代，郑德辉又把它改编成《倩女离魂》剧本。唐人小说所咏歌的情爱，大都与礼教乖违，而且屡屡写到爱情与功名、钱财的冲突。《李娃传》里，荥阳公子把男女之情看得比登科上第、比聚敛资财更重要。篇中借老女人之口说："男女之际，大欲存焉，情苟相得，虽父母之命，不能制也。"两位年轻的男女主人公正是这样去做的。《任氏传》赞美一只修炼成精的狐狸："嗟乎，异物之情也，有人焉，遇暴不失节，徇人以至死，虽今妇人，有不如者矣。惜郑生非精人，徒悦其色而不征其情性。向使渊识之士，必能揉变化之理，察神人之际，著文章之美，传要妙之情，不止于赏玩风态而已。"作者理想的男女之情，不停留在赏玩风态，更在思想情意之相投合，并且要用文学来传要眇之情，这就是在小说中提出一种文学主张了。

唐代传奇小说写的多是文人偶或为之的风流韵事，表现他们的游戏人生的理念。明代白话小说中写男女之情，又大大跨进了一步，它们表现普通老百姓的情与欲，更多地表达了对于人性，特别是对于女性的人格和权利的尊重。《古今小说》第一篇《蒋兴哥重会珍珠衫》，写那位在丈夫离家期间与人偷情的女子，被发现之后，愧悔难当，悬梁自尽，她的母亲劝她说："你好短见，二十多岁的人，一朵花还没有开足，怎做这没下梢的事！莫说你丈夫还有回心转意的日子,便真个休了,恁般容貌,怕没人要你? 少不得别选良姻,图个下半世受用。"把这段话与《十日谈》里面的若干处议论对照,可以确定,它们典型地表达了市民阶级的道德观、人性观。甚至那位被欺骗的丈夫,赶回家乡,"望见了自家门首,不觉堕下泪来。想起当初,夫妻何等恩爱,只为我贪着蝇头微利,撇他少年守寡,弄出这场丑来,如今悔之何及!"这种与正统的节烈观针锋相对的言论,在几百年前,真是振聋发聩之声!《初刻拍案惊奇》第六卷的"入话",写贵妇人狄氏受浪荡子滕生诱骗,却是头一次获得性的享受,"欢喜不尽",说是"若非今日,几虚做了世人"。这段入话情节又见于冯梦龙所编《情史》卷三"狄氏",依据的蓝本是《说郛》中的《清尊录》,那里不但有相同的描写,而且还写到在滕生卑劣地索回珍珠之时,狄氏"终不能忘生,夫出,辄召与通"。这里隐含的对于缺乏性爱的婚姻的批判,同样是标志了与欧洲文艺复兴到启蒙时期相近的新的社会阶层的思想的兴起。文学写男女之情,在欧洲是与中世纪教会的虚伪的禁欲主义对抗,在中国是与礼教道学的虚伪的禁欲主义对抗。

在戏曲剧本和白话长篇小说之中,对男女之情有了更深入的理解和更细腻的表现。所以如此,一方面是因为这两种体式比之短篇小说篇幅大得多,有足够的容量;另一方面更因为这两类作品的作者有更深厚的修养,有能力把社会结构的变化、时代思潮的奔涌,艺术地反映到文学之中,有能力更有独创性地处理写情和写欲的关系,把两者在更深的层次上结合起来。《牡丹亭》与唐人传奇《柳毅》等篇不同,它不铺叙男女双方情感萌生、发展的渐进过程,不强调双方思想品德或才学上的相互倾慕,而是直截了当地突出青春期性的觉醒:春光流转中春情难遣,游春感伤致使从未见过面的秀才入了小姐的梦境,梦酣春透,一番欢会。这些描写,用绮丽华美的文字构成,芬芳馥郁,沁人心脾。作品以冬烘学究陈最良为陪衬,他信奉孟子"收其放心"之说,一辈子"从不晓得伤个春,从不曾游个花园"。这里把自然伸展的人性与桎梏人性的礼教的对立揭示出来,"书要埋头,那景致则抬头望"。这类文学作品正要读者抬起头来,挣脱束缚,享受人的权利。

情与欲的关系,是一个古老的课题,更是宋明理学的热门话题。钱穆先生说:"依照中国人观念,奔向未来者是欲,恋念过去者是情,不惜牺牲过去来满足未来者是欲,宁愿牺牲未来来迁就过去者是情。中国人观念,重情不重欲。男女之间往往欲胜情,夫妇之间便成情胜欲,中国文学里的男女,很少向未来的热恋,却多对过去之深情,中国观念称此为人道之厚,因此说温柔敦厚诗教也。"[3]这话虽然也有道理,但却不能概括整个中国社会的和文学的传统。《牡丹亭》既重情也重欲,把男女之欲写得炽烈而清纯,"热恋"而又"深情",体现一种富有生命力的健康的情欲观。

写儿女之情的文学观念,在《红楼梦》中得到最好的实现。曹雪芹自觉地对抗礼教的桎梏,在《红楼梦》第一回,很明确地、很有现实针对性地声明要"写儿女之真情"。曹雪芹切身体验到统治的意识形态的压力,小说里通过贾政和薛宝钗的许多言论,把反对写儿女之情的文化的禁锢艺术地体现出来。在第四十二回"蘅芜君兰言解疑癖"里写到,薛宝钗听林黛玉行酒令时,用了《牡丹亭》、《西厢记》的句子,特地把黛玉叫到蘅芜院,郑重地给她劝诫:

> "你当我是谁,我也是个淘气的.从小七八岁上也够个人缠的。我们家也算是个读书人家,祖父手里也爱藏书。先时人口多,姊妹弟兄都在一处,都怕看正经书。弟兄们也有爱诗的,也有爱词的,诸如这些《西厢》、《琵琶》以及'元人百种',无所不有。他们是偷背着我们看,我们却也偷背着他们看。后来大人知道了,打的打,骂的骂,烧的烧,才丢开了。所以咱们女孩儿家不认得字的倒好……你我只该做些针黹纺织的事才是,偏又认得了字,既认得了字,不过拣那正经的看也罢了,最怕见了些杂书,移了性情,就不可救了。"一席话,说的黛玉垂头吃茶,心下暗伏,只有答应"是"的一字。

到了第五十一回,薛宝琴编了十首怀古诗,第九首和第十首分别是"浦东寺怀古"和"梅花观怀古",薛宝钗又出来说"要不得",她明明知道这是用了《西厢记》和《牡丹亭》的故事,却要说"后二首却无考,我们也不大懂得"。林黛玉禁不住反驳:"这宝姐姐也忒胶柱鼓瑟、矫揉造作了";李纨则掩耳盗铃地解释,这两件事是说书唱戏、俗语口头里都有,"并不是看《西厢》、《牡丹》的词曲,怕看了邪书"。薛宝钗这一番议论,是以文学形象反映了古代占据主流地位的诗学观念,认为《西厢记》不是正经书,属于"杂书",会移了读者的性情,诱使他们背离三纲五常之道,看《牡丹亭》和《西厢记》乃是不可对人言的丑事。

　　大约与《红楼梦》同时,还有一部以大户人家家庭生活为题材的长篇小说《歧路灯》,作者李绿园在自序里说,《西厢记》是桑间濮上之音,人们的眼光不值得在那上面停留,而他的这部小说,"于纲常彝伦间,煞有发明"。小说的第十九回,写到主人公谭绍闻"听过《西厢》《金瓶》的话头,所以增长了奇思异想、邪狎之心"。第二十四回里,作者插进一首诗,表达自己的艺术主张:"每怪稗官例,丑言曲拟之。既存劝惩意,何事导淫辞?《周易》'金夫'象,《郑风·蔓草》诗。尽堪传戒矣,漫惹教猱噬。""教猱"是指教人为恶。李绿园认为,写男女之情就会教人为恶;文学只应讲男女之防,以给人鉴戒。《周易·蒙卦》有"勿用取女,见金夫,不有躬,无攸利",意思是说,一心追求美貌郎君的女子,不适宜娶为妻子。《诗经·郑风·野有蔓草》,欧阳修说是"男女婚聚失时,邂逅相遇于田野间",李绿园认为那都是警戒人们不要逾越纲常之教。薛宝钗所说的,也正是李绿园的意见;林黛玉和贾宝玉代表的,则是曹雪芹本人的意见。曹雪芹把薛林两个人作了对比,在《红楼梦》里,林黛玉和贾宝玉认为,《西厢记》、《牡丹亭》、《会真记》,还有"古今小说、飞燕、合德、武则天、杨贵妃的外传","真真这是好书!你要看了,连饭也不想吃呢!"他们看了心动神摇、心痛神痴。曹雪芹是继承和大大发展了上述作品写男女真情的文学观念。

　　《红楼梦》写男女之情,比《西厢记》和《牡丹亭》要丰富、深刻很多。林黛玉、贾宝玉两个人追求的,是男女择偶的自主,是思想的共鸣和思想的自由,而这才是礼教道德维护者最嫉恨、最惧怕的。小说中作为高潮的,与前面提到的唐传奇和明代戏剧不同,不是男女身体的接触和生理的满足,而是心灵的碰撞、投合;林黛玉、贾宝玉所追求的,又不是一般的郎才女貌,而是个性的自由。这些地方是《红楼梦》最打动历来读者的。比如,第三十二回"诉肺腑心迷活宝玉",贾宝玉对林黛玉说:"你放心!"并且说,你若"果然不明白这话,不但我素日之心白用了,且连你素日待我之意也都辜负了"——

　　　黛玉听了这话,如轰雷掣电,细细思之,竟比自己肺腑中掏出来的还觉恳切，竟有万句言语，满心要说，只是半个字也不能吐出，只管怔怔的瞅着他。此时宝玉心中也有万句言词，不知一时从那一句说起，却也怔怔的瞅着黛玉。两个人怔了半天，黛玉只咳了一声，眼中泪直流下来。

宝玉挨打、黛玉探视之后，宝玉派晴雯送去两方旧手帕，林黛玉先是不解，为什么突然送来旧手帕？后来悟出了其中的心意：

> 这里林黛玉体贴出手帕子的意思来，不觉神魂驰荡：宝玉这番苦心，能领会我这番苦意，又令我可喜；我这番苦意，不知将来如何，又令我可悲；忽然好好的送两块旧帕子来，若不是领我深意，单看了这帕子，又令我可笑；再想令人私相传递与我，又可惧；我自己每每好哭，想来也无味，又令我可愧。如此左思右想，一时五内沸然炙起。黛玉由不得余意绵缠……

蒙府本脂砚斋在此处有批语说，小说写的两个人是"真疼、真爱、真怜、真惜"；又说："何等神佛，开慧眼照见众生孽障，为现此锦绣文章，说此上乘功德法"。批语的意思是说，小说写出了男女之情的最高境界。在回末总批里还指出："袭人、湘云、黛玉、宝钗等之爱、之哭，各具一心，各具一见。而宝玉黛玉之痴情痴性，行文如绘，真是现身说法，岂三家村老学究之可能实现者！"《红楼梦》的深刻，就是写出了对待男女之情的两种对立的观念。

在第三十二回，贾宝玉错把袭人当成林黛玉，诉说衷情，袭人听了觉得"令人可惊可畏，却是如何处治，方能免此丑祸？"后来向王夫人禀告："如今二爷也大了，里头姑娘们也大了，况且林姑娘、宝姑娘又是两姨姑表姊妹，虽说是姊妹们，到底是男女之分，日夜一处起坐不方便，由不得叫人悬心……倘或不防，前后错了一点半点，不论真假，二爷一生的声名品行岂不完了。"宝玉说的是什么话，让袭人如此担心害怕？不过是说了"睡里梦里也忘不了你！"在贾府，贾琏、贾珍做的各种无耻之事，长辈们都觉得没有什么大不了，而宝黛之间的纯真感情却让他们惊吓不已。王夫人对袭人万分感激，说"难为你成全我娘儿两个声名体面……我就把他交给你，好歹留心，保全了他，就是保全了我"。说到底，就是"保全"簪缨之家的家规礼法，就是不能让男女之真情突破了统治阶级的意识形态。

写男女之情的小说,被视为洪水猛兽。那些反对文学艺术写男女之情的人,为什么觉得小说、戏剧比之写男女之情的诗歌和散文更为可怕呢?因为,诗歌、散文写情,一般是抒写一段情绪,小说和戏剧属于所谓"摹仿的艺术",它们可以全方位地展示人们五光十色的外在生活和细腻微妙的内心世界,也就是李绿园说的"曲拟"。作为模仿的艺术,总体上说,小说和戏剧很难把人的情爱婚恋这种最常见、最重要的内容,排除在自己的描写对象之外。这就使它们遭到不但想要控制老百姓的外在行为,还想要控制老百姓的精神世界的教化论者的疑忌。在古希腊,柏拉图很不信任、很不喜欢"从头到尾"都用摹仿的艺术,特别警告不能够模仿他所谓低劣的行为,他说:"卑鄙丑恶的事就不能做,也不能摹仿,恐怕摹仿惯了,就弄假成真。"[4]他提出,在文学艺术中摹仿"任何人",特别是摹仿恋爱,摹仿"低劣的性格",对社会的道德会起到坏的作用,因而是必须禁止的。

柏拉图没有能够阻止古希腊和其后古罗马以及整个欧洲摹仿艺术的发展,没有能够阻止欧洲文学艺术对人的情欲的"摹仿":阿里斯托芬的喜剧以及希腊的许多戏剧,荷马的两大史诗,都广泛涉及两性关系;表现男女人体美更是希腊雕塑的主要题材。而在古代中国,直接排斥模仿艺术的,是"温柔敦厚"、"思无邪"的美学传统,是美学传统背后极端强调男女之大防的伦理传统的强大力量。中国可能从西周开始,对于男女之别就有很严格的规定。小说、戏曲,却打破这些界限,让读者、观众清楚看到对男女交往各种场景的生动描画。宋元以后,随着城市经济的繁荣,因市民阶层的娱乐需要,白话小说获得较大的发展空间。虽然如此,小说、戏曲依然要受到压制、排挤和禁毁。文人著述和官方文告对小说、戏曲不停地讨伐。清代李绂《穆堂别稿》卷四十四"古文辞禁八条"中有:"小说始于唐人,凿空撰为新奇可喜之事,描摹刻酷,鄙琐秽亵,无所不至,若《太平广记》是也。"王夫之《姜斋诗话》指斥《长恨歌》、《连昌宫词》说:"迨元白起,而后将身化作妖冶女子,备述衾裯中丑态。"清代石成金《家训钞》里说:"家中无令童仆演学唱戏,盖戏乃妖冶之态,淫滥之音,习见习闻,令人渐渐惑乱,男子必放荡务外,妇女或邪心暗动,以至出乖露丑,败坏门风。"清代汤来贺《内省斋文集》七说:"自元人王实甫、关汉卿作俑为《西厢》,其字句音节,足以动人,而后世淫词,纷纷继作……尝思人之行淫,犹畏人知者,谓此事猥鄙,不敢令人知耳。是所行虽恶,而羞恶之良心犹未尽泯也。今乃谱为传奇,播诸声容,使人昭然共见之、共闻之,则是淫奔大恶,不为可羞可罪之秽行,反为可歌可舞之美谈矣,是劝世以行淫,莫大于此矣。"发出以上言论的人,都看到小说、戏曲强大的摹仿功能和这种功能所产生的巨大魅力,特别是激发人们的情爱心理的魅力,担心这种魅力"惑乱人心"。而一些诗学家,正是在小说戏曲中,看出对抗扼杀人性的礼教禁欲主义的新颖思想,从中总结出新的理论观念。我们在重视中国古代诗学中提倡写男女之真情的思想的同时,还要指出这些论述对于矫正轻视、蔑视小说和戏剧的错误言论,促进小说和戏剧创作繁荣上的开路作用。

三 对于淫秽小说的辩护和批判

在明清两代,提倡写男女之真情的文学观念,还有另一个批判指向,就是针对着那些鼓吹、诱导纵欲的淫秽小说。纵欲主义和禁欲主义看似两个极端,实际上它们往往是共生和互补的。明清白话小说中有不少淫秽作品,是书商为了牟利而怂恿文人写作,它们可以满足家庭和社会控制下处于苦闷中的人们的性幻想,在城市经济繁荣、书业迅速发展的条件下,淫秽小说被不断大量地制造。《肉蒲团》是一部流传很广的淫秽小说,文字水平颇高,作者执笔时对预想的受众心理也有较多考虑。荷兰汉学家高罗佩的《中国古代房内考》说,《肉蒲团》中许多描写显示出,作者"对心理现象的洞察力";这里还可以补充说,它还显示了作者对社会的文学接受心理的了解和迎合。这类作品要公开地走进市场来赚钱,作者就需要给作品找一个存在的理由,于是我们可以看到,小说里常常要声明,所以详尽描写性事,不是为了诲淫,恰是为了警世。这当然是一种饰辞。不过,他们也要寻找一些理论根据,而且要从长期在中国社会发生广泛影响的伦理观和文学观中寻找依据。这类作品常见的做法是,给故事加一个报应的框架或着尾巴,然后说,"福善祸淫,果报不爽",贪色的后果是误国亡身。例如《警世通言》第三十三卷《乔彦杰一妾破家》末尾的诗所说,"从来好色亡家国";也如《古今小说》第三卷开头所说，"且如说这几个官家（指周幽王、陈灵公、陈后主、隋炀帝、唐明皇）都只为贪爱女色，致于亡国捐躯。如今愚民小子，怎生不把色欲警戒！"这类议论，和李绿园以及《红楼梦》里的薛宝钗等人，反对读小说、戏曲的议论，其实并无二致。《肉蒲团》的作者在第一回里说，人们喜读稗官野史，而厌读讲述忠孝节义的书，若是著道学之书来劝人为善，往往会被用来盖家里的腌菜坛子，或者被撕开来卷烟。那么，应该怎样做呢？小说写道，齐宣王对孟子说"寡人好色"，孟子认为他仍然可以行王政。照这样推论，读《肉蒲团》，在欣赏男女之情的同时，不也可以得到点化、针砭吗！《肉蒲团》第一回的回目叫做"止淫风借淫事说法，谈色事就色欲开端"，说让读者"看到扬明善处而做坏事的所受到的报应之时，只须轻轻地点化他一二之言，便可使他恍然大悟，明了奸淫的报应必如此"。"这是所谓的就事论事，以人治人之法，此法不但为做稗官野史之人当用它，就是经书上的圣贤之人，亦可行之。"这些作品果真能让读者生畏惧心吗？如果对照这些作品里津津有味地对男女性事的铺排、渲染，很有些反讽意味。清代李仲麟认为，即使作者之心在使人警戒，读者也未必当做警戒，这就是所谓"讽一劝百"。他在《增订愿体集》中说："若作淫词艳曲，原以儆戒人为恶，人乃略视其戒，或竟痴心想慕，将效为恶，纵恶事未必即行，而作者之心血造孽实多。即如《翠屏山》之潘巧云，前有入寺行淫，后即有杀身之祸，作者正所以戒奸淫也；人乃思效其淫，而忘杀身之祸。如《浣纱记》之吴王夫差，前有采莲行乐，后即亡国杀身，正以戒极乐也。人唯善慕其乐，而略亡国之惨。此非独看者之过，抑亦作者之过也。"[5]文学作品是以艺术形象影响读者的，如果形象的描叙是淫秽的内容，尔后不论加上多少道德的说教，显然也是不会有多少实际效用的。何况，说教的尾巴是生硬地连缀上去的，与全书形象的整体是分离而格格不入的。

如何区分淫秽的作品与较多涉及性的内容的正当的文学艺术作品，是一件非常困难的事。高罗佩认为，《金瓶梅》是色情小说，《肉蒲团》是淫秽小说。他说："在《金瓶梅》中没有当时淫秽小说中特有的那种对淫秽描写的津津乐道，即使是在大段渲染的段落里，也是用一种平心静气的语气来描写……故事情节设计精心，人物和场景的描写简洁明快而分毫不爽，对话运用的娴熟自然,全书角色无不惟妙惟肖。总而言之,这是一部可以列入世界最佳同类作品的伟大小说。"[6]他说的是问题的两个方面,一是艺术上的精致和粗糙,一是对于性的认识和态度。

淫秽小说写作为着商业目的,不愿意费时费力精心加工,在艺术上没有创新性,因而没有审美的价值。就对于性的态度来说,淫秽小说一个共同特点是,写到性事时,一面在渲染,一面却总带着强烈的掩藏不住的原罪感,认为性是丑恶的、可耻的、见不得人的。明末沃焦山人《春梦琐言序》称,《游仙窟》"极淫亵",房中书如《求嗣篇》"但说方技",讲性技巧,都不可取;而《春梦琐言》"妙随手而生,情循辞而兴,宛然如从房栊间窥观者",这正道出了这部小说和中国古代大多数淫秽小说的痼疾,那就是始终带着强烈的窥淫癖,从门缝里、从窗纸的小孔里窥视,是窥视性的想象,是不净观和眩惑术的绞合所生的怪胎,不过用故事情节来重新组织房中书的内容罢了。这种写法在中国的思想渊源之一是佛家的不净观,所谓"不净观",就是将世人肉眼看到的俊男、美女,观想为白骨、浓血,于是,所有的人都为不净。佛家认为,这样想象以后,人对于异性的身体,对于性,就只会厌恶而不会追求了。中国古代的"不净观",更多地是针对女子而言,包含了对女性的轻蔑。清代康熙年间周安士的《欲海回狂》说:"纵有天仙女,还同癞乞形。何况凡间妇,本是革囊成";"此观得成就,拔去爱淫根。作此观想后,欲念顿然轻"。把性视为污秽,是中国主流文化传统中一大弊端,这种观念影响了许多古代涉及情欲、性爱的小说、戏曲作品,而在淫秽小说中更是居于支配地位。淫秽小说要细写性的活动过程,以此招徕读者;又要把性归之于淫,归之于丑,归之于恶。对不净观的分析批判,是区分色情文学、春宫画与正当地表现性爱的文艺作品的一个关键。在五四时期,外国新思潮被引进,对不净观的批判才逐渐受到关注。周作人《读〈欲海回狂〉》说得对:"性的不净思想是两性关系最大的敌";"净观的性教育则是认人生,是认生之一切欲求,使人关于两性的事实有正确的知识,再加以高尚的趣味之修养,庶几可以有效"。[7]薄伽丘和拉伯雷的作品,表现的正是净观的性观念,五四新思潮给中国文学带来的,也是净观的性观念。社会开放了、进步了,用健康的、真实自然的态度对待性,淫秽作品的市场就很狭小了。

古代小说戏曲中所谓"惩戒淫欲"，力图造成接受者对性的畏惧、对性的憎嫌，用消极的办法来扼制人们性的欲望，这违背人性的自然规律。李仲麟《增订愿体集》中说："故凡淫词小说，在作者能度看者之心，则落笔自然不苟；在看者能揣作者之旨，则淫书亦可论道。"他所要求的，是一种当时难以实现的理想。美国学者莫达尔在《爱与文学》中谈到，对于真正不正经、不道德的文学，也需要作深入的、细致的科学分析。他说，人们习惯于从道德的观点对待那些文学作品，心理学则提供了新的视角。"这种文学应该加以解析，其来源也应详加追究。"[8]从心理学角度研究这类作品的创作和接受心理，配合整个社会的精神的、文化的建设，方有可能找到对淫秽作品正确、有效的对症之道。对于明清白话小说中真正的淫秽作品，也需要从艺术心理学给以科学的剖析。但我们很难要求古代文学理论家做到这一点。对于文艺社会学的研究来说，好的小说，可以把读者生理上的性的欲望，提升到审美的境界；理性的读者，可以从小说中性的描写，体悟出哲学道理。劳伦斯的《查泰莱夫人的情人》日译者伊藤整说，这部小说对于性采用了"宗教式的写法"，远离人的身体感觉的具体性而成为心理的象征，将被现代资本主义工业畸形发展所封闭的人带回真正的生命之中，从性的愉悦把握人的思想。[9]郁达夫评论《查泰莱夫人的情人》说，假如我们用一种纯洁的心去读这本书，我们便会发觉那些骚动不安的场面背后，是蕴蓄着无限的贞洁的理想的，他说的是接受心理从生理欲望到审美理想的提升。这些，都是进入现代社会以后，才可能提出的新观念。在当代文化中，文学艺术与商业运作密切连接，淫秽作品的防治是各个国家遇到的问题。作为读者，如何确立正当的审美观念，是一个尖锐的现实问题。

人的正常欲望不应该压抑，人需要的是在对自然的和社会的规律的认识基础上的清醒选择。卢梭早就指出："服从自己制定的法律就是自由。"在性的问题上，在性的心理中，自律与自由也是相互依存的。康德在《实践理性批判》中论述，道德的律令来源于主体心中的信念："假定有人为自己的淫欲的爱好找借口说，如果所爱的对象和这方面的机会都出现在他面前，这种爱好就将是他完全不能抗拒的；那么，如果在他碰到这种机会的那座房子跟前树立一个绞架，以便把他在享受过淫乐之后马上吊在那上面，这时他是否还会不克制自己的爱好呢？我们可以很快猜出他将怎样回答。但如果问他，如果他的君王以同一种不可拖延的死刑相威胁，无理要求他对于一个君王想要以莫须有的罪名来坑害的清白人提供伪证，那么这时尽管他如此留恋他的生命，他是否仍会认为克服这种留恋是有可能的呢？他将会这样做还是不会这样做，这也许是他不敢作出肯定的；但这样做对他来说是可能的，这一点必定是他毫不犹豫地承认的。所以他肯定，他能够做某事是因为他意识到他应当做某事，他在自身中认识到了平时没有道德律就会始终不为他所知的自由。"[10]僧侣禁欲主义包含对人性的不尊重和不信任，把美德歪曲为令人厌恶的苦行；禁欲主义、不净观支配下的文艺作品，不能带来优美或崇高的情感。人们自觉自愿地遵守道德律令，不是由于害怕地狱里的惩罚，不是为了服从神的诫命，而是内在的、通过理性概念自发产生，这样对道德律的服从才不是被迫无奈，而是自由自主的决定。文学艺术作品，可以描写正当的情欲，更应该表现理性的道德观。研究明清小说、戏曲中不同性质的作品，可以帮助我们把对这个问题的认识深化。当然，理性概念及其产生的道德律令，因时代和民族的不同而有不同。歌德在与爱克曼的谈话中，称赞中国的一部小说：描叙一对钟情的男女在长期相识中贞节自持，有一次他们不得不在一间房里过夜，就谈了一夜话，谁也不惹谁。正是这种在一切方面保持严格的节制，使得中国维持到几千年之久。歌德说，贝朗瑞的诗歌和这部中国传奇形成了极可注意的对比。贝朗瑞的诗歌几乎每一首都根据一种不道德的淫荡题材……中国诗人那样彻底地遵守道德，而现代法国第一流的诗人却正相反，这不是极可注意吗？歌德说的这两个例子，恐怕要重新作历史的分析。他所指的中国小说，是平庸的作品。贝朗瑞的诗歌，自有其文学史的价值。但是，自觉的道德自律，绝不是痛苦的事，这一点歌德说的无疑是很正确的。明代徐渭认为，《三国演义》之类小说里写的曹操把关羽和刘备的夫人关在一间房里，关羽明烛达旦，传为佳话，其实，"盖到此田地，虽庸人亦做得，不足为羽奇"。这是因为，不可乱伦，不可与朋友之妻有染，成为中国大多数人自愿遵守的道德律令。他们这样做，不以为苦，不以为难，而是得到一种高尚的快乐。

古人对于上述问题的认识，在《红楼梦》里达到一个高峰，这部小说继承了《诗经》、汉乐府、唐人传奇以及元明戏曲小说"写男女真情"的理论和创作实践的许多有益成分，并实现了一个飞跃，它用生动的艺术形象，回答了情与欲的不可分割和情与欲的不可混同这样一个难题。《红楼梦》反对禁欲和纵欲，反对不净观。在第二回写到，贾宝玉说"女儿是水作的骨肉"，"这'女儿'两个字，极尊贵，极清净的，比那阿弥陀佛、元始天尊的两个宝号还更尊荣无对的呢！"贾政对宝玉以"淫魔色鬼待之"，贾雨村"罕然厉色"地辩驳，说贾宝玉才是"情痴情种"。《红楼梦》把出于真情的性，看做是美好的事情。第一回从小说史的背景上指出：

> 有一种风月笔墨，其淫秽污臭、茶毒笔墨、坏人子弟，又不可胜数。至若才子佳人等书，则又千部共出一套，且其中终不能不涉淫滥……大半风月故事，不过偷香窃玉、暗约私奔而已，并不曾将儿女之真情发泄一二。想这一干人入世，其情痴色鬼、贤愚不肖者，悉与前人传述不同矣。

真情和淫滥，是截然相反的两种对待爱情和性的态度。第五回警幻仙姑对贾宝玉说："吾所爱汝者，乃天下古今第一淫人也。"甲戌本脂砚斋批语说："多大胆量敢作如此之文！"那一回里的议论，也是曹雪芹"写儿女之真情"论的一个变体。警幻道："尘世中多少富贵之家，那些绿窗风月，绣阁烟霞，皆被淫污纨绔与那些流荡女子悉皆玷辱。更可恨者，自古来多少轻薄浪子，皆以'好色不淫'为饰，又以'情而不淫'作案，此皆饰非掩丑之语也。好色即淫，知情更淫。是以巫山之会，云雨之欢，皆由既悦其色，复恋其情所致也。""淫虽一理。意则有别。如世之好淫者，不过悦容貌，喜歌舞，调笑无厌，云雨无时，恨不能尽天下之美女供我片时之趣兴，此皆皮肤淫滥之蠢物耳。如尔则天分中生成一段痴情，吾辈推之为'意淫'。'意淫'二字，惟心会而不可口传，可神通而不可语达。汝今独得此二字，在闺阁中，固可为良友，然于世道中未免迂阔怪诡，百口嘲谤，万目睚眦。"甲戌本脂砚斋批语说："按宝玉一生心性，只不过是体贴二字，故曰'意淫'。""意淫"是把性的欲望提升到彼此人格上的相互爱慕和人格上的尊重，是用审美的心理欣赏异性。这里，区分了仅仅停留于生理欲望和精神境界的追求、自我的片面满足与双方的情投意合。霭理士说:"欲和爱的分别,是不容易用言辞来得到一个圆满的界说的。"他又说:"……我们也可以响应哲学家康德的说法,认为性冲动是有周期性的一种东西,所谓恋爱,就是我们借了想象的力量,把它从周期性里解放出来,而成为一种有绵续性的东西。"[11]男女之真情、爱情,是性的吸引与思想情感之契合的叠加,是自己的满足和对对方的体贴的融合。迎合读者的生理刺激的要求属于低级层次,文艺家应该做的是帮助读者提升。王国维《红楼梦评论》说:"故美术之为物,欲者不观,观者不欲;而艺术之美所以优于自然之美者,全存于世人易忘物我之关系也。""夫优美与壮美,皆使吾人离生活之欲,而入于纯粹之知识者。若美术中而有眩惑之原质乎,则又使吾人自纯粹知识出,而复归于生活之欲。如粔籹(古代一种点心)蜜饵,《招魂》、《七发》之所陈;玉体横陈,周昉、仇英之所绘;《西厢记》之《酬简》,《牡丹亭》之《惊梦》;伶元之传《飞燕》,杨慎之赝《秘辛》:徒讽一而劝百,欲止沸而益薪。""故眩惑之于美,如甘之于辛,火之于水,不相并立者也。"[12]王国维把《牡丹亭》、《西厢记》都归入眩惑,是不正确的;但区分眩惑与优美、壮美,是正确的、很有意义的,在今天仍有现实的意义。

思考题

1. 对《诗经·国风》里情歌的不同评价,各代表怎样的文学观?

2. 为什么明代后期,文人们对民间情歌能够作出肯定的评价?

3. 曹雪芹的"写男女之真情"说的独创性何在?

注 释

〔1〕 《朱子语类》,第 2086 页,北京:中华书局,1986 年。

〔2〕 《闻一多全集》第 3 卷,第 169—170 页,武汉:湖北人民出版社,1993 年。

〔3〕 钱穆:《湖上闲思录》,第 9—10 页,北京:三联书店,2000 年。

〔4〕 柏拉图:《文艺对话集》,朱光潜译,第 50—56 页,北京:人民文学出版社,1963 年。

〔5〕 转引自《元明清三代禁毁小说戏曲史料》,第 245 页,上海:上海古籍出版社,1981 年。

〔6〕 高罗佩:《中国古代房内考》,第 382 页,上海:上海人民出版社,1990 年。

〔7〕 钟叔河编:《周作人文类编·上下身》,第 28—30 页,长沙:湖南文艺出版社, 1998 年。

〔8〕 莫达尔:《爱与文学》,郑秋水译,第 9 页,长沙:湖南文艺出版社,1987 年。

〔9〕 参见《译海》编辑部编:《审判查泰莱夫人的情人》,第 247—250 页,广州:花城 出版社,1996 年。

〔10〕 康德:《实践理性批判》,邓晓芒译,第 38—39 页,北京:人民出版社,2003 年。

〔11〕 霭理士:《性心理学》,潘光旦译,第 429—430 页,北京:三联书店,1987 年。

〔12〕 《王国维文集》第 1 卷,第 4—5 页,北京:中国文史出版社,1997 年。

第十五讲

知言、知人、知音

同嗜与异趣

孟子的"以意逆志"论和"知人论世"论

刘勰的"知音"论和"六观"论

　　前面各讲主要围绕着文学艺术创作来谈,在这一讲里,我再来集中谈一谈文学艺术的接受,介绍古代诗学家关于文学接受的主体与文学接受的过程和规律等方面的论述。文学接受包括文学欣赏和文学批评,这两者既有许多共同和相通的地方,又有各自不同的特点和要求。任何一个正常的人都可以成为文学欣赏者,而文学批评家则需要专门的知识和专业的能力;同时,批评家首先应该是一个欣赏者,先做好一个普通的欣赏者,才有可能把他的批评建立在正当的、可靠的基础之上。

　　中国古代诗学认为,文艺批评的目标是《文心雕龙·知音》说的"平理若衡,照辞如镜"——像秤一样的精确,像镜子一样的客观。要做到这样,就要求了解对象。如何去了解呢? 要有一套程序,要有正确的方法。第一步是要细致地阅读文本,逐字逐句地分析文学文本。"披文入情,沿波讨源"——"文"和"波"是指作品的文词字句,"情"和"源"是指作者的思想情感。从语言形式诸要素的分析中，把握作者所要表达的思想情感，这就叫做知言。这一步相当于现代所谓的文本批评。第二步是寻找有关作者生平、作品产生的经过等方面的材料，"遥以其知逆于古人"，用这些材料来推知作者的为人、信念和主张，这就叫做知人。为了知人，自然就要了解作者所处的时代环境，从时代的背景上再来认识作品，"原始要终"，"寻其枝叶"，"始"是指孕育作品的土壤，"终"是从这土壤里长成的果实，这就叫做论世。这一步相当于现代所谓的作者批评和社会批评。以上两种都属于客观的批评、科学的批评，都是力求最大限度地接近于作家赋予作品的本意。

文学批评还需要设身处地，体会作者蕴含在艺术形象里的寄托，体会作者在审美形式创造上的苦心，甚至把作者本人也没有明确意识到的地方清楚地揭示出来，这就叫做知音。知音是很难得的，是文学接受、文学批评的最高境界，是古代文学批评的理想和典范。汉代扬雄《解难》说："是故钟期死，伯牙绝弦破琴而不肯与众鼓；獟人（古代善于涂壁的巧匠，这里用的是《庄子》运斤成风的典故）亡，则匠石辍斤而不敢妄斫；师旷之调钟，俟知音者之在后也。"创作家期待着知音，钟子期那样的知音虽然极少，我们每一个进行文学欣赏的人，更不要说每一个认真的、敬业的批评家，却是要努力向这个方向走去。

古代诗学家有的不赞成客观的、科学的批评，认为文学批评不一定就是去阐释作者，也可以当做一种创造性的工作，作为表达批评家思想情感的一种方式。这派诗学家认为，文学接受并不是完全被动地追随作者思维和心理的轨迹，更不是死扣文本的词句，而可以充分发挥主动性。明代张次仲的《待轩诗记》摘引徐元扈的话说："古人文词，逐一圆满，不待后人注脚。诸经皆然，至於读《诗》，全要领其不言之旨，若一切粘皮带骨，全非诗理。不了此义，未可与言诗。若是何也？风人之致，借有为机，因无为用，说处不是诗，诗不在说处。知其解者，旦暮遇之。"意思是说，诗的精粹在文本的字词句之外，能够用理论的语言解说的，并不是诗意之所在；诗意只能靠接受者用诗心去领会那非语词的境界。同书又摘引朱殷如的话说："诗三百篇，大都忠臣孝子、劳夫怨妇一倡三叹，自是吐宫嚼徵。今人胸中各有《三百篇》，特古人先获我心耳。奈笺疏师承，画为功令章句之间，搜剔几穷，文辞之外，销铄殆尽。一片家常话,只做书读过。古今志意,万山遮断矣。试从篝灯明灭、更永人静时,取一二章朗诵数过,此际光景,自然欢使舞、悲使泣,古今人相去不远,此可明证。故善说诗者,以眼前作商、周,以当身为作者,即从笺疏师承讨出本心疑信,即从文词章句灼见古人肝肠,谁谓删后更无诗耶。"他更提出,诗意是接受者心里本来也有、古今人心里都有的,不过被作家先体会到,先写出来。所以,诗意可以从接受者内心去体会而不是从字里行间去发掘,批评家应该把自身当做作者,走进作者当时的时代环境里,不要管那些一词一句的训诂笺释。这样一种接受态度,较之那种追求客观、准确的接受态度,在中国古代诗学中得到更多人的认同。金圣叹《第六才子书西厢记》作为序言的"痛哭古人"、"留赠来者"说:"夫我比日所批之《西厢记》,我则真为后之人思我,而我无以赠之故,不得已而出于斯也。我真不知作《西厢记》者之初心,其果如是、其果不如是也。设其果如是,谓之今日始见《西厢记》可;设其果不如是,谓之前日久见《西厢记》、今日又别见'圣叹西厢记'可。总之,我自欲与后人少作周旋,我实何曾为彼古人致其矻矻之力也哉!"他进行文学批评的目的,不是要探寻剖析作者王实甫的原意,而是要向读者传达批评者金圣叹对人生、对文学的感慨,他要借评论《西厢记》而作出自己的一本新的"西厢记"。

文学欣赏和文学批评可以是也应该是多个向度、多种方式的,不必拘于一格。科学的、客观的文学批评也好,印象的、主观的文学批评也好,都可能作出成绩。在更多的情况下,还可以把两者结合起来,既不要撇开作品,不要撇开作家,也要发挥接受者的想象力、思考力。

一 同嗜与异趣

文学的世界无限广阔,它容纳了体裁、题材、风格相去甚远的作品。文学接受者千千万万,分布在不同的地域、不同的年龄段,有不同的学养、不同的性格。可是,总有一些作品,得到各种各样读者的共同喜爱,从古到今,经历了几百年、几千年,它们的魅力毫不减弱;从这一个国家到那一个国家,越过海洋和高山,它们给不同肤色和种族的读者带来审美的快感。这是什么原因呢?《孟子·告子上》里说:"口之于味也,有同嗜焉;耳之于声也,有同听焉;目之于色也,有同美焉。至于心,独无所同然乎?"孟子用人性的普遍性来解释这种现象。人性有一些共同的地方,比如,人都会期待和珍惜爱情、亲情、友情,都乐生而厌死,都追求生命的价值和意义,在春风、秋雨、朝阳、落日前有相似的感触。面对滔滔奔流的河水,孔子说"逝者如斯夫,不舍昼夜!"赫拉克利特说:"人不能两次踏进同一条河流。"这两个哲人的感叹被无数的文学家在诗歌和散文里抒发,引起世世代代读者的沉思。诗人们还一再写到月光洒下的乡愁、落叶飘来的哀怨。这些都是人之常情,属于人皆有之,文学艺术表现人情、人性,所以超越时间和空间而被人们"同嗜"、"同听"、"同美"。

优秀的文学艺术的感染力不被时间所磨损,还由于文学艺术与科学技术发展的不同规律——科学技术的发展是新的替代旧的,文学艺术的发展是新的源源不断补充进来,而经过考验的不少古老作品仍然在流传。马克思指出过,希腊神话是人类童年时代的产物,是由于人对一些自然现象无法解释而用想象力来征服自然的结果。例如,希腊、北欧、埃及、中国的神话中都有雷神,希腊神话中的雷神就是宙斯,是"明亮的闪电和黑云之神",远古的人以为,雷电是由神所掌握。后来,科学技术进步了,人类知道了闪电和雷产生的原因,但神话却并不因此而失去人们的宠爱。正如马克思所说,神话具有永久的魅力,至今"仍然能够给我们以艺术享受,而且就某方面说还是一种规范和高不可及的范本"[1]。这是因为,神话的价值不在于它的知识性,而在于情感性、审美性。技术产品是后来先进的淘汰原先落后的,煤油灯淘汰了菜油灯,电灯淘汰了煤油灯;杰出的文学艺术产品则不会被后来者所淘汰。唐代李德裕在《文章论》中针对《诗经》风、雅、颂和《离骚》已不足为贵的说法,指出:这些文学作品,"譬诸日月,虽终古常见,而光景常新——此所以为灵物也"。一个现代有教养的人,对全人类所有的文学艺术精品,都会有浓厚的兴趣。

但是,人和人的文艺欣赏趣味又不会是完全一样的,有时代的差异、地域的差异、个人的差异,有时候还会出现对立——这部分人迷恋的,恰是那部分人所厌弃的。人的欣赏趣味的形成毕竟不限于先天的因素,而更多地取决于后天的养成。《荀子·正名》说:"然则何缘而以同异? 曰:缘天官(感觉器官)。凡同类、同情者,其天官之意物也同。"人类的感觉器官,对于对象的反应有许多相同之处。《荀子·性恶》又说:"若夫目好色、耳好声、口好味、心好利、骨体肤理好愉佚,是皆生于人之情性者也,感而自然、不待事而后生之者也。夫感而不能然,必且待事而后然者,谓之生於伪,是性、伪之所生,其不同之征也。故圣人化性而起伪。"这里区分了先天的"性"和后天人为的教养,也就是"伪";这个"伪"不是虚伪,是人为。不是圣人,而是社会的发展、文明的进步改变和丰富人的本性,把人们引到更高的层次。"化性而起伪"的,是教育,是环境的感染。每个人后天的教养,不会一样,而往往有很大的差别,因此,他们的文学欣赏趣味也就有很大的差别。能够欣赏文学艺术,欣赏精美的文学艺术,是人与动物的区别所在,是文明人与野蛮人的区别所在。《庄子·至乐》说:"咸池(尧时美妙的乐曲)九韶(舜时美妙的乐曲)之乐,张之洞庭之野,鸟闻之而飞,兽闻之而走,鱼闻之而下入,人卒闻之,相与环而观之。鱼处水而生,人处水而死,彼必相与异,其好恶故异也。"《抱朴子·广譬》说:"观听殊好,爱憎难同。飞鸟睹西施而惊逝,鱼鳖闻九韶而深沉。故衮藻(绣饰文采的衣服)之粲焕,不能悦裸乡(习俗不穿衣服的部落)之目;采菱(楚国的名曲)之清音,不能快楚隶(鄙贱没有文化的人群)之耳。"这种差异的形成,可以用社会环境的影响和个体素质的区别来解释。我们这里不是要解释产生这类现象的原因,而是讨论对待这种现象的态度。

每个接受者有各自的审美取向,他每次新接触的文艺作品,有符合他原来的审美取向的,也有与他原来的审美取向冲突的。怎么处理这种关系,是文学欣赏过程中的一个关键。《文心雕龙·知音》说:"慷慨者逆声而击节,酝藉者见密而高蹈,浮慧者观绮而跃心,爱奇者闻诡而惊听。会己则嗟讽,异我则沮弃。各执一隅之见,欲拟万端之变。"刘勰是针对批评家说的,批评家应该兼收并蓄,以宽厚之心对待各种流派的作品,不能因为与自己的爱好不同就弃置不予理会。那么,普通读者呢? 普通读者也不要兴趣过于狭窄。《淮南子·说林训》说:"佳人不同体,美人不同面,而皆悦于目。梨、橘、枣、栗不同味,而皆调于口。"美的对象多种多样,我们要能够静心观赏各类作品。一个人在文艺欣赏上既要有精细的辨别力，还要有宽泛的容受力，而且，精细的辨别力的养成离不开宽泛的容受力的帮助。审美的选择，总是在比较中确定，没有比较也就没有选择。《抱朴子·广譬》说："不睹琼琨(美玉)之熠烁，则不觉瓦砾之可贱；不觌虎豹之或蔚(文彩斑斓)，则不知犬羊之质漫(犬羊的毛皮没有虎豹的毛皮漂亮而珍贵)；聆白雪(高雅之曲)之九成，然后悟巴人(低俗之曲)之极鄙；识儒雅之汪濊(渊深)，乃可悲不学之固陋。"这里批评的是不能领会经典的、高雅的艺术，而沉迷于浅俗的艺术。不少文学艺术的精品，需要必要的准备才能够欣赏，拒绝学习、拒绝了解和领会比较高深的文学艺术，是可悲的。与此相反的偏向是，只接受传统风格的作品，而拒绝新颖独创的作品，那样一种保守迂腐的态度，也是审美鉴赏力衰弱的表现。柳宗元被贬谪到永州，听说韩愈写了一篇游戏文章，替毛笔作了一篇传记，取名为毛颖，因此而被一些士大夫耻笑，便写了《读韩愈所著〈毛颖传〉后题》，讥讽那些士大夫趣味的褊狭。文章中说："韩子之怪於文也，世之模拟窃窜、取青妃白(用青色匹配白色)、肥皮厚肉、柔筋脆骨，而以为辞者之读之也，其大笑固宜。"那些人只知道欣赏华艳纤柔的风格，而不能领会朴素诙谐的文笔。韩愈的类似小说的文章，是"以文为戏"之作，幽默而有讽世之意。人们在社会礼法的约束中紧张疲劳，有轻松的作品调剂一下，有什么不好？"学者终日讨说答问、呻吟习复、应对进退、掬溜播洒，则罢愈而废乱，故有息焉游焉之说……大羹玄酒，体节之荐(祭祀用的食品)，味之至者，而又设以奇异小虫、水草、楂梨、橘柚，苦咸酸辛，虽蜇吻裂鼻、缩舌涩齿，而咸有笃好之者。文王之昌蒲菹(菖蒲作的腌菜，传说楚文王爱吃)、屈到之芰(菱角，屈到喜欢吃)、曾皙之羊枣(一种果实，传说曾皙爱吃)，然后尽天下之奇味，以足於口，独文异乎？"人既爱吃鱼肉，也爱吃野菜，文艺欣赏何尝不是如此？兴趣广泛可以得到丰足的享受。

文艺欣赏水平，体现在辨别作品的诗性与非诗性，辨别作品思想与艺术的精粗、雅俗、文野、高低和深浅。《礼记·乐记》说："知声而不知音者，禽兽是也；知音而不知乐者，众庶是也；唯君子为能知乐。"艺术欣赏能力的高低，不能用"君子"、"庶人"这些社会地位的高低来划分，但纯正而多样的兴趣，需要长期培养训练，却是不应怀疑的。欧阳修《集古录跋尾·唐薛稷书》说:"昨日见杨褒家所藏薛稷书(唐代画家薛稷的书法作品),君谟(蔡襄,宋代大书法家)以为不类,信矣。凡世人于事不可一概,有知而好者,有好而不知者,有不好而不知者,有不好而能知者。褒於书画,好而不知者也。"文学艺术欣赏,爱好是前提,但停留于一般的爱好还不够,还要学习、了解其中的规律。那些藏书而不读书,面对文学艺术文本却不能品味其真伪美丑的人,是可悲的。

提高艺术欣赏能力的最好途径,是仔细揣摩领会历来的艺术精品。《荀子·礼论》说:"故礼者,养也。刍豢稻粱,五味调和,所以养口也;椒兰芬苾,所以养鼻也;雕琢刻镂、黼黻文章,所以养目也;钟鼓管磬、琴瑟竽笙,所以养耳也。"品尝过许多烹调大师的手艺,才称得上是美食家。鉴赏过多种多样的文学艺术精品,才可能有精致的欣赏能力。马克思说:"只有音乐才激起人的音乐感;对于没有音乐感的耳朵来说,最美的音乐毫无意义,不是对象,因为我的对象只能是我的一种本质力量作为一种主体能力自为地存在着那样才对我而存在,因为任何一个对象对我的意义(它只是对那个与它相适应的感觉来说才有意义)恰好都以我的感觉所及的程度为限。"[2]用优美的音乐训练出音乐感,用优美的文学训练出对诗的审美感觉,人才会有"音乐的耳朵"、"美术的眼睛"和感受诗的心灵。

我们观赏一件文学艺术文本,产生的第一印象很重要,它会对其后接下来的反应、理解起到定调子的作用,因此欣赏者要慎重对待自己的第一印象。清代周召《双桥随笔》说:"读书须窗明几净,时时拂拭。"古代人常说读书之前先要沐浴焚香,排除其他的思虑。朱熹说,文学欣赏,"须是沉潜讽诵,玩味义理,咀嚼滋味,方有所益"。"只是熟读涵味,自然和气从胸中流出,其妙处不可得而言。"[3]欣赏者稍一大意,第一印象就有可能走错方向。张僧繇是梁代一位杰出画家,唐朝以前中古的四大画家顾(顾恺之)、陆(陆探微)、张(张僧繇)、展(展子虔),他是其中之一。他画人物很善于抓住对象的特点,张怀瓘《历代名画记》说他"笔才一二,像已应焉"。唐代很多画家对他十分崇拜,民间关于他有不少传说,例如画龙不点睛,说是画了眼睛就会飞去;画鹞鹰使得鸽子、斑鸠看了惊飞远去。他曾经在江陵天皇寺柏堂画佛像,一百多年后唐太宗御前画家阎立本在荆州看到张僧繇的作品,第一眼觉得很平常,说"定虚得名耳!"不过,他没有就此放弃。第二天再去看,有所发现,说"犹是近代佳手"。第三天接着去看,服气了,说"名下定无虚士"。住下来观摩了十多天。唐代和尚彦惊的《后画品》称阎立本"变古象今,天下取则",他在鉴赏中的虚心和认真,是他艺术上取得成就的不可缺少的条件。

古人提出,文学艺术欣赏中要"听和"而"视正",即应该有正当的审美态度。《国语·周语下》说:"夫乐不过以听耳,而美不过以视目。若听乐而震,观美而眩,患莫甚焉。夫耳目,心之枢机也,故必听和而视正,听和则聪,视正则明。"每个艺术门类,怎样做到听和、视正,需要下专门的功夫。中国古代诗学的特别之处是,把味外之味、韵外之致悬为最高的目标,要求透过外在的形式,透过故事情节,去把握深藏的真意。为了达到这样的深度,欣赏者要反求于内心,《淮南子·说林训》说:"听有音之音者聋,听无音之音者聪。"《庄子·人间世》说:"无听之以耳,而听之以心,无听之以心,而听之以气。"到了那样的境,欣赏者与创作者就能够心神相交。但这里,欣赏者的主观性也就凸现了。欧阳修跋《唐薛稷书》说:"画之为物,尤难识,其精粗真伪非一言可达,得者各以其意,披图所赏未必是秉笔之意也。昔梅圣俞作诗独以吾为知音,吾亦自谓举世之人知梅诗者莫吾若也。吾尝问渠最得意处,渠诵数句皆非吾赏者。以此知披图所赏未必得秉笔之人本意也。"对于科学的、客观的文学批评来说,不得作者之意,是一个很大缺憾。对于主观的、印象的文学批评来说,它自有其独立的价值。法国印象主义批评家法郎士有句名言:"诸君,我将与诸君谈谈我自己,而以莎士比亚,或拉辛,或帕斯卡尔,或歌德为题目——这是供给我一个好机会的题目。"[4]批评家是借谈论某部作品,表达其文学观念、人生观念。所以,即使并非作者之本意,照样可以于己、于人很有益处。

二 孟子的"以意逆志"论和"知人论世"论

孟子是最早具体讨论文学批评方法的大学者,他提出的"以意逆志"和"知人论世"是中国最早的文学批评方法论的命题。

以意逆志是文本批评方法,孟子把文本批评的目标设定在确定作者作文的意旨。批评家面对的是文本,是文学文本的语言,要确认作者的意旨,只能从作品的语言着手。孟子自称他的特长就是善于从语言听出语言背后的真意。《论语·尧曰》早就提出:"不知言,无以知人也。"《孟子·公孙丑》记述,公孙丑问孟子:"敢问夫子恶乎长?曰:我知言,我善养吾浩然之气。"什么叫做知言?"孟子曰,我知言——诐辞(偏颇的言辞)知其所蔽,淫辞(过分夸大的言辞)知其所陷,邪辞知其所离(邪辞偏离正道),遁辞(躲闪遮掩的言辞)知其所穷。"汉代赵歧解释"知言"说,"孟子云,我闻人言,能知其情所趋",就是说,能从人的言语推知人的真实的心理。朱熹给学生解释孟子的这些话说:"若能知言,他才开口,自家便知得他心里事,这便是知人。""如一段文字才看,也便要知是非。若是七分是,还他七分是;三分不是,还他三分不是。"知言是孟子经过长期修养和实践获得的能力。《公孙丑》篇讲知言,主要是指人的口头言辞,是指奔走在君王之间的那些说客的言辞,从言辞背后看出说话人用心的不合于"王道"之处。这是日常口头文本的分析。到了《万章》篇讲"说诗",讲对于《诗三百》的阐释,说诗也要求"知言",知文学之言,从诗歌的言辞推知诗人的本意,就是文学文本的分析。怎样知诗歌之言呢?《万章》篇记孟子和学生咸丘蒙谈话时说:

> 故说诗者不以文害辞,不以辞害志,以意逆志,是为得之。

对孟子这段话历来解释不一,赵歧注释说:"文,《诗》之文章,所引以兴事也;辞,诗人所歌咏之辞;志,诗人志所欲之事;意,学者之心意……人情不远,以己之意,逆诗人之志,是为得其实矣。"他的这种解说很平实,大致可以接受。"文"是文字,"辞"是文字组成的句子、句群、篇章。文字,单个词,要放句子里面理解;句子,句群,要放在段落、篇章里面理解。从文本的整体出发,再根据评论者本人的经验比照,推知作家想要表达的思想。清人吴淇《六朝选诗定论·缘起》不赞成这样解释,他批驳赵歧说:"汉宋诸儒以一'志'字属古人,而'意'为自己之意。夫我非古人,而以己意说之,其贤于蒙(咸丘蒙)之见几何矣!不知志者古人之心事,以意为舆,载志而游,或有方,或无方,意之所到即志之所在,故以古人之意求古人之志,乃就诗论诗,犹之以人治人也。"吴淇提出的"我非古人",所以不能以"我"之意说古人之诗,这在文学批评理论、文学接受理论上站不住,也不符合常情常理。凡属批评、诠释,总是以评释者之意去解说原作者之意,如果"非他人"不能说"他人",批评和诠释也就不能存在了。朱熹在给学生讲怎样"推求"古代经典的含义时曾经说过,佛教所说的"他心通"是没有的,只能靠读书者推想、推论。古人留下的诗歌作品、文学作品,他的"志"或"意"都蕴藏在作品中间,需要后人去体会、分析。如果作者已经把"意"或"志"明白地说出来,那也就不需要再去"求"了。而且,吴淇说以作者之"意"求作者之"志","意"和"志"怎样区分? 以古人之意求古人之志,是同语反复,没有实际意义。但是,吴淇提到的"就诗论诗",倒也是一种批评方法,现代西方有的学者把"就诗论诗"发挥到极致,英国新批评派提出:"就衡量一部文学作品的成功与否来说,作者的构思或意图既不是一个适用的标准,也不是一个理想的标准。"一件文学作品"一生出来,就立即脱离作者而来到世界上。作者的用意已不复作用于它,它也不再受作者支配"。对于一首诗的"意思",应该从它的"内部"寻找根据,那就是从语义、句法,或许还有作者和他所属的群体赋予一个词的特别的意味、色彩。[5]这种主张重视文本,本有可取的一面,但是太极端化了,既不理会作家的用意,又不承认读者的阅读感受,把文学批评限制在语言的技术分析上,那就走到死胡同里去了,包括它的提出者,谁也不能够真正实践这样的文学批评。文学作品不是科学论著,其思想的内涵和审美的韵味,仅仅从文字本身分析是不够的。

关于"不以文害辞",是说不能把词语、句子孤立起来理解,这一点非常重要。古今中外都有不少学究式的文学阐释者,一个字一个词地去分析文学作品,弄得支离破碎。明代许学夷《诗源辨体》说:"赵凡夫云:'读诗者字字能解,犹然一字未解也。或未必尽解,已能了然矣。'此语妙绝,亦足论禅。今之为经生者,于国风搜剔字义,贯穿章旨,正所谓字字能解、一字未解也。"心理学上有知觉的整体性原则,人们把握客观对象并不是把一个一个元素拼合,而是整体地把握。枚乘《谏吴王书》说:"铢铢而称之,至石必差;寸寸而度之,至丈必过。"文学欣赏更是如此。当然,读者首先还是要要细读原文,把词义、句子的意思弄懂,但一开始就要作为一个整体去对待,在

"语言流"中理解。程颐甚至说："善学者要不为文字所梏，故文义虽解错而道理可通行者，不害也。"他也是强调与现代心理学里"整体大于部分的总和"相似的一种看法。

关于"以意逆志"，历来诸家更多分歧。"志"和"意"，在上古为同义词，《说文》中志、意互训："意，志也"；"志，意也"。以意逆志，也可以说是以意逆意或以志逆志。把握了诗人之意，就是把握了诗人之志。只有主体不同，才有"逆"的必要。所以，只能是以说诗者即接受者、鉴赏者、批评者之意逆诗人之志。逆，就是揣度、推测。《玉篇》："逆，度也。"《易·说卦》："数往者顺，知来者逆。是故，《易》，逆数也。"韩康伯注："于往则顺而知之，于来则逆而数之。""作《易》以逆睹来事，以前民用。"以今度昔是逆，以己度人也是逆，以意逆志，即是以说诗者之意，推测、体会作诗者之志。诠释者心理过程的顺序与创作者心理过程的顺序相反，《文心雕龙·知音》说，"缀文者情动而辞发，观文者披文以入情"，作家由志、意、情到文、辞、句，批评家由文、辞、句到（作家的）志、意、情，所以说"逆"。问题在于，批评家凭借什么去"逆"，怎样去"逆"。赵歧的以己意说古人之诗，其根据是"人情不远"，这是符合孟子的思想的。孟子的以意逆志，以人性论为理论前提。孟子认为，人的天性都一样，都有恻隐之心、羞恶之心、辞让之心、是非之心，所以，一个人有可能理解另一个人的内心。以意逆志，是根据人情、人性，根据人们情感活动、心理活动的规律去揣度、推测。

当然，说诗者不应该任意地、随心所欲地推断写诗人的意旨，以意逆志，要根据人的心理活动的规律，要根据艺术创作、艺术表现的规律。朱熹说：

> 今人观书，先自立了意后方观，尽率古人语言入做自家意思中来。如此，只是推广得自家意思，如何见得古人意思？须得退步者，不要自作意思。只虚此心，将古人语言放前面，看他意思倒杀向何处去。如此玩心，方可得古人意，有长进处。且如孟子说《诗》，要"以意逆志，是为得之"。逆者，等待之谓也。如前途等待一人，未来时且须耐心等待，将来自有来时候。他未来，其心急切，又要进前寻求，却不是"以意逆志"，是以意捉志也。如此，只是牵率古人言语，入做自家意中来，终无进益。[6]

"逆",是迎接作者之意;"捉",是强人就己。"玩",是细心体会;"虚",是保持客观。朱熹所说,都属于接受文学作品的心理态度和心理技巧。除此之外,还有更加重要的方面,就是以意逆志,不能脱离作品,不能脱离作家。

"意"和"志"是作诗人的"意"、"志",要逆志,不能停留在诗歌作品的文字上,而首先要知人,要力求全面、深入了解作诗者。清代焦循《孟子正义》引顾镇《虞东学诗·以意逆志说》讲得很好:

> 所谓逆志者何?他日谓万章曰:"颂其诗,读其书,不知其人,可乎?是以论其世也。"正惟有世可论,有人可求,故吾之意有所措,而彼之志有可通。今不问其世为何世,人为何人,而徒吟哦上下,去来推之,则其所逆,乃在文辞,而非志也。此正孟子所谓"害志"者,而乌乎逆之,而又乌乎得之?[7]

知人论世是以意逆志的基础,它属于社会历史的批评方法,要求从作者所处的社会环境、时代背景,理解他的性格、思想,从作者思想、性格的整体来理解一篇作品的意旨。王夫之在《诗广传》里说:"故善诵《诗》者……即其词审其风、核其政、知其世,彼善于此而蔑以大愈,可以意得之矣。"从文辞到社会风习到政治的状况,从而认识其时代,一步一步不会远离客观实际,可以凭借接受者的思考而得出正当的理解。王国维也把以意逆志同知人论世融合在一起,他的《玉谿生诗年谱会笺序》说:"由其世以知其人,由其人以逆其志,则古诗虽有不能解者,寡矣。汉人传(zhuan)《诗》(传《诗》即诠释《诗经》),皆用此法……治古诗如是,治后世诗亦何独不然?"[8]他认为以意逆志和知人论世的批评方法具有普遍的适用性。

"知人论世"属于社会历史的批评方法,它被孟子用来作为以意逆志的基础,而且与以意逆志融合,成为心理学批评方法。这种方法,不断得到发扬。司马迁就曾屡屡运用,叫做"读其书,想见其为人"。《史记·孔子世家》记述了一个生动的故事:

> 孔子学鼓琴师襄子,十日不进。师襄子曰:"可以益矣。"孔子曰:"丘已习其曲矣,未得其数也。"有间,曰:"已习其数,可以益矣。"孔子曰:"丘未得其志也。"有间,曰:"已习其志,可以益矣。"孔子曰:"丘未

得其为人也。"有间,曰:"有所穆然深思焉,有所怡然高望而远志焉。"曰:"丘得其为人——黯然而黑,几然而长,眼如望羊,如王四国,非文王谁能为此也。"师襄子避席再拜曰师,盖云《文王操》也。

这里描述的是一个完整的"知人"过程,也是"以己度人"的情感移入过程,欣赏者、研究者从作品的符号系统把握作品的艺术结构,体会作者的旨趣、思想,直到进入作者的整个人格。《史记》的若干篇传记之后,司马迁常常要说,读了传主的著作,"想见其为人"。例如,屈原传的末尾说:"余读《离骚》、《天问》、《招魂》、《哀郢》,悲其志;适长沙,观屈原所自沉渊,未尝不垂涕,想见其为人。"《孔子世家》的末尾说:"余读孔氏书,想见其为人。适鲁,观仲尼庙堂、车服、礼器,诸生以时习礼其家,余低回留之不能去云。"司马迁认真地研读作品,收集故老传闻,实地考察遗迹,然后有意识地进行替代体验,有意识地"逆"作者之志、作者之人,使自己的思想情感与作者重合。这种方法在现代的西方得到呼应,20世纪英国史学理论家柯林武德对这类思想作了很充分的阐述,他说:

> 历史学家怎样识别他所努力要发现的那些思想呢?只有一种方法可以做到,那就是在他自己的心灵中重行思想它们。一个阅读柏拉图的哲学史家是在试图了解,当柏拉图用某些字句来表达他自己时,柏拉图想的是什么。他能做到这点的唯一方法就是由他自己来思想它。事实上,这就是当我们说"理解"了这些字句时,我们的意思之所在。面前呈现着有关尤里乌斯·恺撒所采取的某些行动的叙述的政治史家和战争史家,乃是在试图理解这些行动,那就是说,在试图发现在恺撒的心中是什么思想决定了他要作出这些行动。这就蕴含着他要为自己想象恺撒所处的局势和对付他的可能办法的。[9]

柯林武德所说的,既有想象局势一面,也有推想主体动机、意志一面,他是把这两面相结合。以意逆志与知人论世的结合,是行之有效的文学鉴赏方式和文学批评方法,以现代的社会学、心理学的理论和方法来充实和丰富它,古老的理论可以产生更大的活力。

三　刘勰的“知音”论和“六观”论

刘勰的文学批评论,是他的严密的文学理论体系的一个部分。虽然《文心雕龙》全书许多地方涉及欣赏和批评,但集中的论述是在《知音》篇。把论述文学批评的这一篇题名为“知音”,表达了对于文学批评家和创作家关系的一种理想。知音,在中国古代,最初是指懂乐理、通晓音律。凡有听觉的都可以说是知声,有音乐美感的才叫做知音。《礼记·乐记》说:“是故不知声者不可与言音,不知音者不可与言乐。”汉代桓谭的《新论》记成少伯的话说:“音不通千曲以上,不足为知音。”这句话被刘勰借用到《知音》篇。后来人们加以衍申,把具有精细而高雅的音乐鉴赏力的人叫做知音。宋代方悫《〈礼记〉解义》说:“凡耳有所闻者皆能知声,心有所识者则能知音,道有所通者乃能知乐。”把“知音”和“知乐”再细分开来,并没有被普遍接受,“知乐”一般都归在“知音”里面。不过,很多诗学家都同意,从音乐里感受到美还不够,还不是最高境界,还要从音乐里感悟道,感悟人生的哲理。楚国的演奏家瓠巴善于鼓瑟,吸引鱼儿游到水面来听,伯牙善于鼓琴,吸引许多马儿停下吃草倾听,这是“禽兽之知声者也”,不过是简单的快感。魏文侯好郑卫之音,齐宣王好世俗之乐,这是“众庶之知音者也”,是浅俗的音乐趣味。只有像孔子在齐国之闻韶乐而三月不知肉味,季札在鲁国看表演十五国风,从中一一听出各国的国运民风,那才是“君子之知乐者也”。知音,又常特指从音乐中能听出奏乐者的心理和精神,乃至道德面貌。《韩诗外传》记:“昔者孔子鼓瑟,曾子、子贡侧门而听,曲终,曾子曰,‘嗟乎,夫子瑟声殆有贪狼之志、邪僻之行,何其不仁趋利之甚。’子贡以为然,不对而入。夫子望见子贡有谏过之色、应难之状,释瑟而待之。子贡以曾子之言告,子曰,‘嗟乎,夫参,天下贤人也,其习知音矣。乡者丘鼓瑟,有鼠出游,狸见于屋,循梁微行,造焉而避,厌目曲脊,求而不得,丘以瑟淫其音,参以丘为贪狼邪僻,不亦宜乎!’”孔子看到狸猫要捕食老鼠,瑟声受到影响,曾子在室外听出这个微妙的变化。中国古代很有一些这类故事,这应该属于想象和夸张之词,形容人的音乐鉴赏力可能精细和深入到怎样的程度,而这也可以看做是对于文学批评家的期望和要求。

到了齐梁时代，作诗讲究声律，"知音"又被用来指精于诗文的韵律。《梁书·王筠传》里有一段饶有趣味的故事说，沈约作《郊居赋》，精心构思，没有完稿，请了王筠来看，王筠当面诵读，读到"雌霓连蜷"（古人称雄为虹、雌为霓，连蜷是细长弯曲的意思）一句，"霓"字读入声，沈约拍着手掌兴奋地说，我耽心人们把这个字读平声，请你来，就为了听听你怎么读，"知音者希，真赏殆绝，所以相要（邀约），政在此数句耳"。沈约写作时在声韵上花了很多心力，他认为，对于诗文中声韵美的规律，"自骚人以来，此秘未睹"，曹植、王粲以及谢灵运等大诗人都不懂得，这是他的独创。而王筠能够发现他的形式上的创新，他就特别高兴了。在这里，知音，既是说王筠懂声韵，又可以指领会和赏识他所发现的秘密。此前，曹丕《与吴质书》里说："徐（干）、陈（琳）、应（玚）、刘（桢），一时俱逝，痛可言邪……伯牙绝弦於钟期，仲尼覆醢於子路（孔子痛失子路，把准备要吃的肉酱倒掉），痛知音之难遇，伤门人之莫逮。"曹丕把徐干等人叫做"知音"，是指共同爱好文学，包含赞赏这些人精于艺术以及彼此心心相印这两层意思。

因为把知音作为文学批评的理想，所以《知音》篇开始就说："知音其难哉！音实难知，知实难逢，逢其知音，千载其一乎！"刘勰具体提出尊古贱今、文人相轻和腹中无学却谬于论文三大弊习，妨碍了文学批评的公正性。这三类弊端在各个时代都有，至今也还值得人们警惕。

中国古代知识分子从来有"士为知己者死"的情结，史籍里记载的鲍叔与管仲、豫让与智伯，被各代文人视为生死之交的典范。韩愈《与汝州卢郎中论荐侯喜状》说："或日接膝而不相知，或异世而相慕，以其遭逢之难，故曰：士为知己者死——不其然乎！不其然乎！"流露出对理解自己的人的神往。诗文、小说中多有"知音如不赏，归卧故山秋"、"朱弦慢促相思调，不是知音不与弹"的感叹和表白。白话小说中还有"俞伯牙摔琴谢知音"一篇，里面说：这相知有几样名色——恩德相结者，谓之知己；腹心相照者，谓之知心；声气相求者，谓之知音，总来叫做相知。又说："摔碎瑶琴凤尾寒，子期不在对谁弹！春风满面皆朋友，欲觅知音难上难。"文学批评与文学创作，不仅是一种职业的分工，而是精神上的感应、共鸣。这其实也是现代的文学批评的要求。别林斯基说："人们要求于现代的批评的是，要批评在诗人的作品中发掘并显示诗人的精神，在这些作品中探索出他的整个生活、整个存在的主要的概念，占支配地位的思想，把他的内心观照，他的激情，揭示出来，使之清楚地呈现于读者前面。"[10]这与那种单纯语文学的、诗律学的技术性批评迥然相异，文学批评成为文学创作的知音，这个传统值得大力发扬。

《知音》篇提出"六观"作为文学批评工作的六个方面和步骤：

> 是以将阅文情，先标六观：一观位体，二观置辞，三观通变，四观奇正，五观事义，六观宫商。斯术既形，则优劣见矣。

"六观"是针对着刘勰当时文学创作的情况提出的，一千多年来，文学发生了巨大的变化，它已经不能完全切合后来文学的实际，但是，其中还是有值得汲取的内容。"六观"包括了对文学文本内部和文学文本以外两个方面的考察。通变，就是把要评论的作品，放在文学发展的纵向坐标上，考察它继承了些什么，改革了些什么，有哪些新颖的创造。《文心雕龙》本有《通变》篇，那是就创作来讲，这里则是要衡量作家在通变方面做得怎样。《通变》篇提倡"博览精阅"、"会通适变"，反对"龌龊于偏解，矜激乎一致"，既适合于创作也适合于批评，具有普遍的适用性。艾略特是现代派的一位杰出代表，却十分强调传统的重要，他说："从来没有任何诗人，或从事任何一门艺术的艺术家，他本人就已具备完整的意义。他的重要性，人们对他的评价，也就是对他和已故诗人和艺术家之间关系的评价。你不可能只就他本身来对他作出估价；你必须把他放在已故的人们当中来进行对照和比较。我打算把这个作为美学评论、而不仅限于历史评论的一条原则。"[11]"通"和"变"是对立统一的两个侧面，后来的新的作家不但接受传统的影响，他们还或大或小、或多或少地改变文学的总体面貌。文学批评既要研究前一方面，也要研究后一方面，如艾略特所说，要研究"每件艺术品和整个体系之间的关系、比例、价值"怎样被"重新调整"。

"六观"的其他五个方面，都是关于文本自身的。位体，是对于所评作品在体裁、体式的规范和传统上的遵循或创新的分析，本书第十三讲"本色当行"的内容属于这个范围。置辞,是关于语言技巧的分析。这应该是文学批评的一个重点。汉语文学的语言技巧有两个突出特色,就是声律和对偶。刘勰在《声律》和《丽辞》两篇中作了论述。宫商,也就是诗文的声律,因为在刘勰所处的齐梁时代受到重视,他单列出来,也在语言分析的范围。《章句》篇分析作品的字、句、章、篇的关系,语言的各个要素要彼此配合、服从全局,"控引情理,送迎际会";这一篇还具体论述到虚字的运用,"据事似闲,在用实切,巧者回运,弥缝文体"。奇正,是关于风格、手法方面,"奇"是新奇,"正"是通常公认的规范。这一项实际讲的是艺术创新中度的把握:偏于守"正",难有新意;追奇逐异,可能落入诡怪。在这个问题上,最容易引起争议。事义,是作品中例证和典故的运用。"六观",是文学批评写作的教程,可操作性很强。

刘勰讲的只是诗文批评,没有涉及小说、戏剧批评。随着小说、戏剧创作的繁荣,明代以后,文学批评论大大丰富和提高。配合文学作品的流传,诗文、戏剧、小说都出现了评点本,这是文学批评的新形式。明代袁无涯本《水浒传》卷首"发凡"里说:

> 书尚评点,以能通作者之意、开览者之心也。得则如着毛点睛,毕露神采;失则如批颊涂面,污辱本来,非可苟而已也。今于一部之旨趣,一回之警策,一句一字之精神,无不拈出,使人知此为稗家史笔,有关于世道,有益于文章,与向来坊刻迥乎不同。如按曲谱而中节,针铜人而中穴,笔头有舌有眼,使人可见可闻,斯评点所最贵者耳。

金圣叹在《水浒传》"楔子"总评中说:"今人不会看书,往往将书容易混帐过去。于是古人书中所有得意处,不得意处……无数方法、无数筋节,悉付之于茫然不知","吾特悲读者之精神不生,而将作者之意尽没,不知心苦,实负良工,故不辞不敏,而有此批也"。这些都是对文学批评功能的很好的概括。

思考题

1. 人们在文学欣赏中为什么会有同有异,应该如何对待同和异?

2. 怎样理解"以意逆志"和"知人论世",两者是什么关系?

3. "六观"在文学批评的方法、步骤上可以给我们哪些启示?

注 释

〔1〕 马克思:《〈政治经济学批判〉导言》,《马克思恩格斯选集》第 2 卷,第 113—114 页,北京:人民出版社,1972 年。

〔2〕 马克思:《1844 年经济学—哲学手稿》,128 页,北京:人民出版社,2000 年。

〔3〕 《朱子语类》,第 2086 页,北京:中华书局,1986 年。

〔4〕 法郎士:《神游》,见琉威松编、傅东华译《近世文学批评》,第 6 页,上海:商务印书馆,1933 年。

〔5〕 维姆萨特、比尔兹利:《意图谬见》,见赵毅衡编选《"新批评"文集》第 208、211 页、217—218 页,北京:中国社会科学出版社,1988 年。

〔6〕 《朱子语类》,第 180 页,北京:中华书局,1986 年。

〔7〕 焦循:《孟子正义》,第 639 页,北京:中华书局,1987 年。

〔8〕 《王国维文集》第 1 卷,第 76 页,北京:中国文史出版社,1997 年。

〔9〕 柯林武德:《历史的观念》,何兆武、张文杰译,第 244 页,北京:中国社会科学出版社,1986 年。

〔10〕 别林斯基:《巴拉廷斯基诗集》,见《别林斯基选集》第 3 卷,第 530 页,上海:上海译文出版社,1980 年。

〔11〕 艾略特:《传统与个人才能》,见《艾略特文学论文集》,第 3 页,南昌:百花洲文艺出版社,1994 年。

参考书目

《论语译注》,杨伯峻译注,北京:中华书局,1980 年。

《孟子译注》,杨伯峻译注,北京:中华书局,1960 年。

《老子新译》,任继愈译,上海:上海古籍出版社,1985 年。

《庄子浅注》,曹础基注,北京:中华书局,1983 年。

《典论·论文》,(魏)曹丕著,见郭绍虞主编《中国历代文论选》(一卷本),
　　上海:上海古籍出版社,1979 年。

《文赋集释》,(晋)陆机著,张少康集释,上海:上海古籍出版社,1984 年。

《文心雕龙译注》,(梁)刘勰著,周振甫译注,北京:中华书局,1980 年。

《诗品集注》,(梁)钟嵘著,曹旭集注,上海:上海古籍出版社,1994 年。

《戏为六绝句集解》,(唐)杜甫著,郭绍虞集解,北京:人民文学出版社,
　　1998 年。

《诗品集解》,(唐)司空图著,郭绍虞集解,北京:人民文学出版社,1981 年。

《沧浪诗话校释》,(宋)严羽著,郭绍虞校释,北京:人民文学出版社,
　　1961 年。

《论诗三十首集解》,(金)元好问著,郭绍虞集解,北京:人民文学出版社,
　　1998 年。

《金圣叹批评水浒传》,(清)金圣叹评点,见《水浒传会评本》,陈曦钟等辑
　　校,北京:北京大学出版社,1998 年。

《贯华堂第六才子书西厢记》,(清)金圣叹评点,傅晓航校点,兰州:甘肃人
　　民出版社,1985 年。

《姜斋诗话笺注》,(清)王夫之著,戴宏森笺注,北京:人民文学出版社,

1981 年。

《闲情偶寄》(参看其中"词曲部"),(清)李渔著,上海:上海古籍出版社,
2002 年。

《原诗》,(清)叶燮著,霍松林校注,北京:人民文学出版社,1979 年。

《人间词话新注》,王国维著,滕咸惠校注,济南:齐鲁书社,1981 年。

《诗论》,朱光潜著,桂林:广西师范大学出版社,2006 年。

《美学散步》,宗白华著,上海:上海人民出版社,1981 年。

《中国历代文论选》(一卷本),郭绍虞主编,上海:上海古籍出版社,1979 年。

《中国文学批评史新编》(上、下册),王运熙、顾易生主编,上海:复旦大学出
版社,2001 年。

《中国的文学理论》,刘若愚著,田守真等译,成都:四川人民出版社,
1987 年。

《中国诗学通论》,袁行霈、孟二冬、丁放著,合肥:安徽教育出版社,1994 年。

《明清小说理论批评史》,王先霈、周伟民著,广州:花城出版社,1988 年。

《中国戏剧学史稿》,叶长海著,上海:上海文艺出版社,1986 年。

《中国古代绘画理论发展史》,葛路著,上海:上海人民美术出版社,1982 年。

《书论选读》,洪丕谟编著,郑州:河南美术出版社,1988 年。

《中国古代乐论选辑》,文化部文学艺术研究院音乐研究所编,北京:人民音
乐出版社,1983 年。

《国学举要·文卷》,王先霈著,武汉:湖北教育出版社,2002 年。

后 记

　　本书起初拟的题目是"中国古代文论十五讲",后来推敲斟酌,觉得还是叫做"中国古代诗学十五讲"较为恰切,其缘由在第一讲里已经有些交代,兹再补充说明如下。

　　古代文论,作为一个研究方向或者学科分支,与中国古代文学、文学文献学,与文艺学,都有内在的深刻关联。所以,古代文论的研究主体,也就有两类学者、两大学术群体。一类是站在中国古代文学学科和文学文献学学科立场的,一类是站在文艺学学科立场的。相应地,也就有两种研究路径和研究范式、研究风格。这样说,不完全是从研究者在大学里或者在科研院所里的行政归属来划分,而是从他们各自的研究视角、各自所运用的研究方法,从他们的学术思路和学术习性来划分。这两种研究路径的区分,早在上世纪三四十年代就已现出端倪,而在近三十年日渐分明。罗根泽先生早就提出,文学批评史研究的态度主要有两种,一是要写出"事实的历史",一是要创造"功利的历史"。前者是所谓纯粹的史家,就是以忠实地记述过去为目标;后者是要以古为鉴,找出根据,用以指导未来。前者重在"求真",后者重在"求好"。[1]他所谓"事实的"、"求真的"文学批评史,约略近于我们所说的从古代文学和文献学立场对古代文论的研究;他所说的"功利的"、"求好的"文学批评史,约略近于我们所说的从文艺学立场对古代文论的研究。本书既以大学生、包括非中文专业的大学生为主要读者对象,所以,就不刻意追求文学批评史知识的系统完备,不排列繁复的材料。黑格尔在《哲学史讲演录》中说:"我们可以举出许多哲学史的著述,在那里面我们什么东西都可以找得到,就是找不到我们所了解的哲学。"[2]如果一本文学史里面找不到文学,一部诗学史里面找不到诗学,虽然也可能有它另外的价值,显然是不适合于大众阅读的。本书但求使同学们对我们民族的文学思想传统有个初步印象,认识到那里面有许多生动活泼、含蓄隽永的言论,可以启迪智慧、陶冶情操。本书的"求好",是力求使同学感受到本土文论的无穷兴味,体会到古代很多文论著述有助于我们对一切文学的欣赏,有助于我们对音乐、美术乃至于对风烟云树、花卉草木、岩壑溪流的欣赏,大有利于除烦祛躁,大有益于心理的纯净和精神的升华。

　　"求好"的古代文论研究,早有朱光潜、宗白华和王元化等先生开辟了先路。朱光潜先生在《文艺心理学》、《谈美》、《诗论》等著作里以近现代西方理论为参照,重新阐释中国古代文论概念,对中国与西方、古代与现代作了沟通。他那些著作娓娓道来,中学生也可以读懂,可以读得兴趣盎然,而专门家也可从中获益。宗白华先生呈现另一种学术风格,他说,西洋的美学理论与西洋的艺术相表里,研究中国古代美学,必须结合中国古代的工艺品、美术品,结合古代的诗歌和音乐。他带领读者从观赏中领悟理论。王元化先生在《〈文心雕龙〉创作论八说释义》的"小引"里说,他的旨趣"主要是通过《文心雕龙》这部古代文论去揭示文学的一般规律","企图从《文心雕龙》中选出那些至今尚有现实意义的有关艺术规律和艺术方法方面的问题来加以剖析","从中探讨中外相通,带有最根本、最普遍意义的艺术规律和艺术方法",把它和我国传统文论进行比较和考辨,和后来更为发展的文论进行比较和考辨。[3]钱锺书在《诗可以怨》里说:"我们讲西洋,讲近代,也不知不觉中会远及中国,上溯古代。人文科学的各个对象彼此系连,交互映发,不但跨越国界,衔接时代,而且贯串着不同的学科。"他认为,5世纪到6世纪中国的钟嵘可以请来与20世纪欧洲的弗洛伊德对话。[4]他说:"古典诚然是过去的东西,但是我们的兴趣和研究是现代的,不但承认过去东西的存在并且认识到过去东西的现实意义。"[5]钱仲联先生曾经评论说,王元化的《文心雕龙》研究,"给我们以科学研究我国古代文论的钥匙"[6]。这也可以用作对上述几位前辈文艺学学者的共同的评价。能够给读者一把钥匙,是讲解古代文论的很高境界。当然,文艺学的和古代文学、文献学的两种视角的研究,总是相互借鉴、相互渗透、相互靠拢、相互融合的,把实证性、严谨性与理论性、创新性结合,已经成为许多学者的取向。

我们赞成"求好",却很反对以中国古代文论牵合西方近、现代术语及观念,以古人作自己注脚的做法。文艺学家研究古代文论,切忌脱离古人的文本和语境,阔大空疏、游谈无根、望文生义、牵人就己。我们更赞成对古代学者抱着理解之同情。至于我们究竟能做到怎样,那就只有请读者来检验和批评了。

本书的写作缘于温儒敏教授的邀约,他对选题和写作风格提出了很精辟的建议;责任编辑艾英女士以严谨敬业的精神,做了核对引文等大量繁琐的工作,谨致诚挚的谢意!

2007 年 7 月 12 日于武昌桂子山北区

注 释

〔1〕 罗根泽:《中国文学批评史》,第 20—21 页,上海:上海书店出版社,2003 年 1 月第一版。

〔2〕 黑格尔:《哲学史讲演录》,第 4 页,北京:商务印书馆,1995 年。

〔3〕 《文心雕龙讲疏》,第 89—92 页,桂林:广西师范大学出版社,2004 年。

〔4〕 钱锺书:《七缀集》,第 119—136 页,上海:上海古籍出版社,1994 年。

〔5〕 《古典文学研究在现代中国》,见欧洲汉学会二十四届年会会刊(1979 年)《了解现代中国》罗马版,第 79 页。转引自《钱钟书杨绛研究资料集》,第 378 页,武汉:华中师范大学出版社,1997 年。

〔6〕 《文心雕龙讲疏》附录,第 376 页,桂林:广西师范大学出版社,2004 年。